HOUSE OF THIEVES

Copyright © 2015 by Charles Belfoure
Published in agreement with Writers House LLC,
Through The Grayhawk Agency
Simplified Chinese Translation Copyright ©2017 by Chongqing Publishing House Co.,Ltd.
All rights reserved.
版贸核渝字（2016）第020号

图书在版编目(CIP)数据

纽约大盗／（美）查尔斯·贝佛著；林南山译.
—重庆：重庆出版社，2017.7
书名原文：HOUSE OF THIEVES
ISBN 978-7-229-11759-7

Ⅰ.①纽… Ⅱ.①查… ②林… Ⅲ.①长篇小说—美国—现代 Ⅳ.①I712.45

中国版本图书馆CIP数据核字(2016)第272419号

纽约大盗
NIUYUE DADAO

[美]查尔斯·贝佛 著 林南山 译
责任编辑：邹禾 肖飒 方媛
装帧设计：OCEAN
责任校对：郑小石

 重庆出版集团 出版
重庆出版社

重庆市南岸区南滨路162号1幢 邮政编码：400061 http://www.cqph.com
重庆出版集团艺术设计有限公司 制版
重庆市俊蒲印务有限公司印刷
重庆出版集团图书发行有限责任公司 发行
E-mail:fxchu@cqph.com 邮购电话：023-61520646
 重庆出版社天猫旗舰店
cqcbs.tmall.com
全国新华书店经销

开本：890mm×1230mm 1/32 印张：12.25 字数：270千
2017年7月第1版 2017年7月第1次印刷
ISBN 978-7-229-11759-7
定价：52.80元

如有印装问题，请向本集团书刊调换：023-61520678

版权所有 侵权必究

House of Thieves

1

今儿是个抢银行的好日子。

暴雨侵袭，肆无忌惮地狂敲着路沿。西三十三街上向来望不见头的马车洪流——混杂了送货车、双层客运车和其他马车——也变为涓涓小溪。街边的人潮只余下几名举伞疾行的路人，身影在曼哈顿商场和信托银行的平板玻璃上匆匆闪过。看起来，那些要去银行的客户恐怕得等到暴雨停歇以后才能动身了，不幸的是，他们至少得等上好几个小时。

这意味着不会有多少目击者。

一个女人趴在地上，脸贴着光滑的白色大理石地板，司提克·格里森手握柯尔特海军左轮手枪，看了看她，又转头瞥了一眼入口处的橡木框玻璃双开门，放哨的同伙山姆·波特就站在门边。后者点点头：**一切顺利**。就算他俩都戴着棉质面罩，格里森也能猜到波特在冲自己微笑。

面前的女人开始抽泣，那声音让格里森想起了自己以前养的一条猎犬——每次它想放风的时候，就一直尖声狂吠，直到主人受不了满足它为止。他居高临下地看着女人那顶猩红色的帽子：时髦的帽檐，夸张的尖顶，像是盛开在黄绿色衣服丛上的鲜花。近来在白领中大概流行这样的打扮。

"老实点，老太婆。我们就进去几分钟而已。"格里森平静地说着，用枪管碰了碰那顶帽子，女人立刻停止了抽泣。

他自己反倒有点不安。"快点,雷德,还要多久?"

"去你妈的,催个屁啊!早就跟你说过。"巴农生气地回答,声音透过棉质头罩,有点瓮声瓮气。他谨慎地继续手里的工作,把玻璃瓶里的硝酸甘油一滴一滴地注入银行金库的锁眼里。汗珠自额头滑落,顺着眉毛流进了眼睛,巴农眨了眨眼,用左手拭去了头上的汗。

银行里一片死寂。突然间,格里森听到了尖叫,如同水壶沸腾时的鸣哨。

"闭嘴!女人,我警告你——"

刺耳的噪音从女人嘴里猛然爆发,巴农手一抖——司提克目瞪口呆地看着玻璃瓶从他指间滑落,摔上大理石地板。

爆炸声冲天而起,像是陨石碎裂,气浪从银行金库扫荡至窗口,摧毁途经的一切。巴农在一瞬间化作齑粉,还有格里森、那个时髦的白领女人、四名银行出纳、两名顾客,以及橡木门、大理石地板……银行大厅里的一切一切。波特火箭般滚向西三十三大街,撞坏了马路对面那家店的橱窗玻璃。

某位不幸的送货车夫和他那枣红色的马儿一起在爆炸中惨烈遇难,四分五裂的马车残骸散落一地。铸铁灯杆于轰鸣声中倒塌,砸上街面。西三十三街南侧的店面橱窗玻璃大多被震碎,留下黑洞洞的门户,像是百无聊赖的人在寂静的大街上打着哈欠。

在曼哈顿商场和信托银行对面,是八层高的达克沃斯大楼,詹姆斯·T. 肯特正站在楼顶上,举着把伞,静静地观察对面的情况。滚滚浓烟在西三十三街上翻腾,与他擦身而过,混入了乌云密布的天际。

街上一片混乱，人们从四面八方涌向出事的大楼，救火马车的警铃声也在远处响起。无须抢救，肯特想着，爆炸会从周围吸入大量氧气，火势很难蔓延。

从他所站的位置俯瞰，街上的人们像一群没头苍蝇，在被爆炸破坏的银行大门口推搡进出。他们不会找到尸体的，除了一摊肉酱。他冷冷地想着。

"可惜了那些混球。"矮壮的本·卡尔沃感叹着，他是肯特的下属，此时就站在他身边。

"硝基化合物，"肯特不动声色道，"想掌握它就和徒手握水银没两样——都是在做梦。不过还是比用炸药好，记得国家海事①那次吧？现金、可转让支票、股权证明，连渣儿都不剩。不管怎么说，雷德用了好几个小时才从十几根炸药管里榨出那么点硝基化合物……他说过，这东西提炼费力得很，用起来就一眨眼的工夫。"

"我们找不到合适的人来替代巴农，肯特先生。"

"是啊，非常遗憾。雷德是全纽约最优秀的爆破专家。"肯特戴着黑手套的手从金色烟盒里抽出一支雪茄，百无聊赖地在掌上轻敲。

"那些地下室真是结实得要命，肯特先生。不管怎么说，银行的工作还是太危险了。组织的业务是不是可以……"

"多元化？"

"是啊，没错。"

"我同意。"他露出一抹微笑，"你有何建议？"

肯特先生四十岁上下，身材瘦削修长，生着灰白的头发和一张惯

---

① 原文为 Maritime National，或指旧金山国家海事历史公园（Maritime National Historic Park），公园里面有一座海事博物馆，设计成一艘船，俯视着水上公园。馆藏包括航海仪器、绘画、摄影、明信片、船模型等等。

于发号施令的脸。他总是穿着黑色西装外套,搭配同色系的背心与珍珠灰长裤,整套行头均由伦敦最高档的时装店亨利·普尔家定制。可以毫不夸张地说,在接受肯特先生忠告之前,卡尔沃的衣橱里全是一团毫无品位的垃圾。肯特先生的忠告只有一句话:**一位真正的绅士应当重视自己的着装品位,不能让人抓住小辫子。**卡尔沃就像重视工作一样重视肯特先生的建议。

所以这些日子里,卡尔沃的穿衣品位几乎快赶上老板了。不过那张无精打采、堆满肥肉的红色脸庞和精心裁剪的高档成衣配在一起,看着也不怎么合宜。

"河边公园的军队撤了,前总统格兰特将军的坟墓没人顾守。"他说着,因为发现新的商机而兴奋不已,"就剩守夜人。另外,正式的墓碑还没开始修。我们可以用尸体敲诈一笔。还记得1878年的亚历山大·特尼·斯图尔特盗尸案①吧?盗墓贼从他的遗孀手里拿到了两万美元,那男人只是个零售业商人!想想看,要是我们搞到美国前总统的尸体,政府会拿多少钱来赎它?"

"很抱歉,我发现这个计划有两个问题,"肯特和蔼地说,"第一,在战争期间,我很荣幸曾在格兰特将军麾下任职。至于第二……这个计划简直蠢得不可救药。"

他微笑着拍拍卡尔沃的肩膀,似乎要让对方尽量不去在意自己尖锐的点评。卡尔沃的脸上浮现出失望的神色,低着头盯住自己脚上那双奢侈的黑色皮靴——这是肯特先生建议他购买的。卡尔沃也许不聪

---

① 亚历山大·特尼·斯图尔特(A. T. Stewart)是美国零售业的王子,被誉为现代百货公司经营典范。1878年11月7日,斯图尔特遗体被盗,他的遗孀在支付两万美元赎金之后,盗墓贼归还了遗体,但没有确切证据证明遗体是斯图尔特本人。

明,但毫无疑问,他是组织里最忠诚的下属,肯特真心喜欢他。

"死者的家属需要抚恤,"肯特先生一边说一边从皮夹里掏出十张一百美元的钞票,"这是我的一点心意。"

"肯特先生,您真是个大好人。"

肯特从背心口袋里掏出戈勒姆纯金怀表,一瞥之下皱起眉头:"十一点要召开大都会博物馆的年度董事会,我得赶紧走了。"

2

"约翰,你真该为你儿子感到骄傲!"

约翰·克洛斯站在德尔莫尼科酒店的入口,转头看着儿子。真是很难相信那个牙牙学语的男孩已经长大成人,他带着小家伙在朗布兰奇市和中央公园划船的画面还历历在目。乔治长得很俊,遗传了他妈妈的深色皮肤,黑色直发,个子比父亲至少高出三英寸。二十二年了,儿子的过去在克洛斯脑子里如走马观花般掠过,而现在,男孩已经长成一名男人。

"多谢,斯坦尼,我希望他一切顺利。"

斯坦福·怀特发出雷鸣般的大笑,在这个六英尺高、红发、蓄着一把大胡子的男人身边,查尔斯·麦金也笑了起来——麦金本来是个沉默寡言的人,不过怀特的热情总是极富感染力。

克洛斯与怀特、麦金相识多年,当初他们都还在老亨利·霍布森·理查森手下当学徒。怀特和麦金没有忘记自己的老朋友,克洛斯也很高兴他们能来出席自己儿子的毕业宴会。

"哈佛大学毕业,棒球队队长,真不赖。"麦金说,"实话实说,嫉妒死我了。当年我可是坐冷板凳的。"

"是啊,乔治,恭喜你。话说,你打算接你爸的班,进军建筑行业吗?"怀特冲克洛斯眨眨眼。

"可惜不能,先生,很遗憾我没有遗传到父亲的建筑师天赋。今年秋天我打算去圣戴维斯中学当一名数学教师。"

"去年冬天开始乔治就在儿童援助协会当老师了,"克洛斯骄傲地宣称,"等到明年,他还要去哥伦比亚大学继续深造。"

"对教师而言,起点不错,"麦金说,"圣戴维斯是一流学校。"

一旁的怀特点头附和,令乔治有些害羞地笑了笑。

"啊哈,看哪,特洛伊的海伦来啦!"怀特突然叫道。

克洛斯的妻子海伦正朝他们走来。她身着一袭巴黎沃斯家定制的绯红色晚礼服,低胸的领口上缀了串精美绝伦的珍珠钻石项链,一对镶钻耳环在那张轮廓分明的脸庞边闪耀。纽约鲜有女人拥有能与她相提并论的美貌和魅力,无论宴会或舞会,总有成群结队的男人被她吸引,如蜜蜂追逐花蜜般趋之若鹜。这让克洛斯既自豪又紧张:妻子艳名在外是一柄双刃剑——海伦的美丽满足了他作为男人的自尊心,同时也带来不少流言蜚语。当然,他知道自己根本不用担心斯坦福,在选择女伴方面,那家伙只会锁定十五岁以下的女孩。

海伦平静地看着他们。"几位先生,很抱歉你们挡住客人的道了。我诚心建议你们把男士之间的友谊带到餐厅里去,好吗?约翰,还有乔治,你们分头去准备招呼客人吧。"

怀特鞠躬,在她手背上轻轻一吻。"谨遵特洛伊的海伦之命。"

克洛斯看了看酒店的玻璃大门。

"你说她会来吗?"

海伦转了转眼珠。"她向来说到做到。"她严厉地说,"看在上帝的分上,不要担心。"她整了整乔治的白色领带,扫走粘在他白色丝绸背心上的绒布线头,抚平黑色燕尾服的肩线,最后,她带着满足的神情,踮起脚尖,亲吻了儿子的面颊。

"接下来,我希望你务必跟格兰尼——还有玛丽·莫尔斯聊聊。"

"噢,妈妈。"

在接下来的二十分钟里，三重唱取悦了更多的客人。终于，克洛斯冲着大门点了点头，低声说："她来了。"

德尔莫尼科酒店对面的第五大道上，两匹毛发梳理得溜光水滑、套金色挽具的栗色马拉着一辆贵气逼人的黑色篷车稳稳当当停了下来。马车夫和随从都穿着金色间杂海蓝色的制服，头戴黑色礼帽。随从跳下马车，打开了主车厢的门。

在温暖的七月黄昏扬起的尘土中，一名体态丰腴的矮个子女人闪亮登场。她身着一袭华贵的丝绸织锦晚礼袍，伸出戴白色手套的手，由随从搀扶着缓缓步下马车，走上了人行道。街边的灯光映出她的身影——正巧这里最近才把昏暗的煤气灯换成明亮的电灯。在炽红灯光的照耀下，她头顶三重冕冠上的钻石，还有硬立领包裹的脖子上那串衬着深紫色缎带、镶嵌了几百颗碎钻的项链瞬间绽出夺目的光彩。女人抚了抚肩上的黑色披肩，道路两旁的行人痴迷地看向她。

克洛斯注视着她以女皇般的气度和自信走进酒店玻璃门，仿佛她就是德尔莫尼科酒店的主人——从某种意义上来说，她确实是。

就纽约的社交圈而言，卡洛琳·艾斯特是毋庸置疑的女皇，有时候甚至可以称之为暴君——顺她者昌，逆她者亡。没有得到她认可的人，在社交圈里可算被判了死刑。

1886年的纽约社会分为两个党派：新党和旧党。旧党大多是新阿姆斯特丹的荷兰人后裔，被戏称为"灯笼裤"——这个名字源于旧时期荷兰人的招牌及膝马裤。旧党首领大多来自斯凯勒、舍默霍恩、范科特兰、范伦斯勒等家族，以及一些旧式英国后裔，由利文斯通和菲利普斯家族领衔。"灯笼裤"一丝不苟地遵循严苛的社交礼节，保持统一性，不能行差踏错半步。他们严格而虔诚地循规蹈矩着，甚至连居住的砂石建筑都刷成一模一样的巧克力色，生怕会被认为"特立独行、与众不同",成为别人茶余饭后的谈资,或者流言蜚语的主角。

然而新党在悄然崛起,大多是新生代百万富翁,靠着铁路、钢材或者马车运输等行当迅速积累起雄厚身家,被灯笼裤嗤为满身泥土气、不懂礼仪的土老帽。新党用暴发户式的铺张浪费来彰显自身财力,修建奢华的别墅庄园,一掷千金地购买游艇、珠宝和高档成衣——老派贵族批判其庸俗不堪、满身铜臭、毫无品位。但不可否认,这些暴发户从全国各地涌向纽约,对灯笼裤的贵族藩篱造成了极大冲击。

卡洛琳·艾斯特是一名高贵的舍默霍恩,不过她嫁给了美国新首富约翰·雅各·艾斯特的孙子——首富是德国裔,靠皮毛生意发家。这场联姻让卡洛琳在新党和旧党之中都混得风生水起。海伦·克洛斯是舍默霍恩家族的远亲,约翰·克洛斯则出身于和利文斯通沾亲带故的家族,跟灯笼裤的社交圈有着千丝万缕的联系。"姑妈"卡洛琳非常喜欢他们两口子,像老母鸡一样把他俩纳入自己的羽翼悉心照顾,在她的庇护之下,克洛斯一家轻而易举地立足于"新时代"的纽约社交圈。卡洛琳甚至亲自为海伦添置了塞满整个衣橱的高档服装和珠宝首饰。不过克洛斯一家从不恃宠而骄,他们住在麦迪逊大道和三十街交汇处一栋三层高的砂石建筑里,家里仅有四名仆从。克洛斯满足于用建筑刻度尺画图谋生,也满足于在艾斯特家的刻度尺上占据百分之一的位置。

百分之一已经足够让他们在上流社会如鱼得水,克洛斯本人、乔治、还有另外两个孩子——朱莉娅和查理多少都沾了姑妈的光。但是他很清楚,要是家里人惹上丑闻,哪怕只有一丁点儿,卡洛琳就会毫不犹豫地跟他们划清界限,不留任何情面。这就是上流社会残酷的潜规则,恶毒的流言蜚语足以摧毁整个家庭的名誉,让它被彻底边缘化:再也不会有邀请函,再也不能举办宴会或舞会,完全被隔绝于社交圈之外——昔日的密友会与他们划清界限，他家的后代也没有任何机会再次打入上流圈子。

"卡洛琳姑妈，您愿意赏光真是我们的荣幸。"海伦站在大门边，伸开双臂拥抱这位美丽高贵的舍默霍恩。能成为在公开场合允许跟卡洛琳姑妈拥抱的女人之一，这可是鲜有的荣耀。

"今晚我还要去出席音乐学院一个无聊的慈善晚会，"卡洛琳姑妈说，"不过那之前我得先来看看乔治，你家的帅小伙子在哪呢？"

"卡洛琳姑妈。"乔治快步走上前，双手握住她，然后亲吻她的面颊。

"这是为86级毕业生准备的礼物。"她说着，递出个银纸包起来的小盒子。乔治当着她的面拆开，很明显，卡洛琳姑妈想看他收到礼物的反应。人群聚拢过来，迫不及待地想给艾斯特夫人留下点好印象。作为她手下的建筑师之一，斯坦福·怀特陪着查尔斯·克里斯特·德尔莫尼科挤在人群最前面。查尔斯不仅是酒店创始人洛伦佐·德尔莫尼科的侄孙，也是目前家族酒店事业的掌舵人。他创办并经营的这家位于第五大道和西三十六街的分店，已跃居全纽约酒店排行榜第一位，超过了位于十四街的老店。

一条带表链的纯金怀表静静地躺在礼品盒里的软衬上，乔治把它握在手里，惊喜得双眼放光。它跟普通怀表的雕纹装饰完全不同，表盖和侧面的纹理是以碎钻和小红宝石镶嵌而成，组成弯弯曲曲的藤蔓状，内盖里有漂亮的浮雕旋涡纹，正中嵌了一颗硕大的钻石。怀表背面蚀刻了几行字："赠乔治，哈佛大学1886级毕业生。卡洛琳姑妈。"海伦和约翰·克洛斯彼此交换了目光，他俩的第一反应竟然不是惊喜，而是恐惧——如果乔治不小心弄丢了这份贵重的礼物，后果不堪设想。

怀特在一旁吹了个口哨。"精美绝伦哪。"

"你该认得出这风格,怀特先生。我让路易斯·康福特·蒂芙尼亲自为乔治设计的。"艾斯特夫人说。怀特先生前不久才为蒂芙尼家族完成一项建筑设计,在麦迪逊大道和七十二街的交会处建造了一栋巨大的金褐色砖瓦大楼。

"真是无上的艺术品,非常感谢您的慷慨。"乔治弯腰拥抱了姑妈,卡洛琳也用力回抱他。

"你喜欢就好,我亲爱的孩子。好了,我得走了。"没等周围的人反应过来,卡洛琳姑妈迅速地转身,长袍下摆一扫,带着惯有的傲慢走回马车。许多人等待在路边,希望能多看她一眼,尤其是她的穿着打扮——因为卡洛琳·艾斯特直接决定了纽约时尚界的风向。如果她今天心血来潮戴一顶中国小工的草帽参加晚宴,第二天它们也会在整个第五大道的精品店里风靡。

当约翰和海伦站在大门口朝马车挥手告别的时候,查尔斯·克里斯特·德尔莫尼科满面春风地微笑着,高声宣布:"女士们,先生们,晚宴准备就绪,请大家移步主餐厅。"

只有卡洛琳·艾斯特才有这么大面子,让哈佛大学校长查尔斯·埃略特出席乔治的毕业宴会并致辞。正巧埃略特在毕业典礼后第二天就要从波士顿前来纽约,自然无法拒绝这一请求,尤其是对有钱又慷慨的捐助人。此外,乔治本身在学业和运动方面都极为出色,可谓校园风云人物,校长也非常乐意为他效劳。

为免误了接下来去华盛顿的火车,埃略特把简短的致辞安排在宴会开始之前。他看上去五十来岁,体型瘦削,温文尔雅,高耸的鼻梁下留着一圈浓密的胡须。这位全美最伟大的高等学府领导人一站起身，四周立刻安静下来。

"女士们，先生们，很骄傲我校能培养出如乔治·克洛斯这样的青年才俊，尤其是在我主持学校工作期间。这让我感到哈佛人的素质可谓青出于蓝，年轻人的荣誉感和自律性令人钦佩。学校里的酗酒现象日益减少，虽然校内仍然存在令人痛心的奢靡与放纵之风，但我们出色的乔治·克洛斯没有受到丝毫影响！他不仅在学业上取得了辉煌的成就，更证明了自己是一名拥有出色品质和顽强意志力的男人——正如他在去年对阵耶鲁大学那场精彩球赛第九局中所表现出的那样！"

餐厅里爆发出震耳欲聋的掌声和欢呼声，乔治红着脸站起来，朝四周挥手致意。埃略特校长摆摆手，冲大家鞠躬，然后快步离开了房间，这一信号揭开了晚宴的序幕。因为海伦和诸多女士在场——更是由于卡洛琳·艾斯特为这场晚宴买单的缘故——让今晚这个本该是男人们纵情饮酒的狂欢，成为了一场尽显上流社会奢华的盛宴。现场一百多名来宾坐在房间正中的长桌边，长桌中央是一片水池，被一圈漂亮的夏花围簇。三只白天鹅在水面优雅地游弋，浑然不觉四周宾客的存在。席上的八道正餐盛在漂亮的银盘里，有皇家清炖肉汤、马里兰水龟汤、红鲷鱼、北美灰背野鸭肉、牛里脊、凉拌冰芦笋、带骨羊腰肉、松露焖鸡，以及一大盘冰冻果子露和各种新鲜蔬菜——好让宾客们被油荤填满的肠胃清爽一下，之后还有丰盛的甜品和糖果。勃艮第的红葡萄酒、马德拉的白葡萄酒以及香槟源源不断地从酒桶龙头里涌出来，注入各位宾客的酒杯。后台有八种乐器在合奏，悠扬轻柔的音乐恰到好处地活跃了整个宴会场的气氛，却又不会影响人们之间的交谈。

这场欢乐的盛宴一直持续到凌晨两点才结束，终于，克洛斯看到儿子和最后一位离场的宾客斯坦福·怀特道别。

"乔治,我和你妈妈也该走了,"他拍了拍儿子的肩膀,"今晚的宴会真是棒极了,务必记得要跟我们保持联络。"

"非常感谢你,爸爸。我永远不会忘记今晚的。"乔治紧紧握着父亲的手,面露微笑。

"伟大的盛宴,乔治老伙计!"斯坦尼跟约翰和海伦一起走出酒店的时候放声大笑,"夜晚才刚开始,我知道在东四十五区有个地方正火热着哪!"

"我们可不要跟这无赖去任何地方。"海伦在克洛斯耳边悄声说,他们一起走向停在第五大道的马车。克洛斯苦笑了下,他早就放弃扭转妻子对斯坦福·怀特的印象了。在海伦眼里,怀特就是个耽溺于奢侈逸乐的无赖,尤其是他对女人的品位。

客人们离开了,乔治来到酒店楼下的露天咖啡馆,挑了把木雕椅子坐下,点上一根烟。在宴会厅里待了几乎六小时后,终于能呼吸到清凉的新鲜空气。夜阑寂静,第五大道上空无一人,宁静的空气抚慰着之前漫长喧嚣残留的些许烦躁。他靠在椅背上,闭上眼,回味着这个胜利的狂欢夜。

"真是个美好的夜晚,对吗,乔治?"

轻柔的声音在他背后突兀响起,乔治微笑着,转过身,还以为是哪位宾客向他贺喜。突然间,他的脸色唰地白了,嘴里的香烟也掉落在地。

詹姆斯·T.肯特坐在几码外的桌旁,一身雅致的晚宴装,吸着雪茄，啜饮一杯白葡萄酒。

"啊哈，乔治，真是人生何处不相逢，本来我只是从剧场回家，路过此地想喝杯睡前酒。相请不如偶遇，正好我有话要跟你说，关于我们之间的……业务往来。"

乔治猛地站起身，朝着露天咖啡馆的铁栏杆出口跑去。夜色的阴影中冒出一个矮壮的人，拦住了他的去路。

"还记得卡尔沃先生吧，他是我的生意伙伴。"

卡尔沃冲着乔治微笑，一言不发。

"那我们就动身出发吧，享受一段美妙的旅行。"肯特说。

3

"噢，他在空中飞翔，
举止优雅，轻巧无比。
勇敢的年轻人啊，
在秋千上飞来飞去。
优雅的勇士，
取悦着姑娘。
他偷走了我的心。
噢，他在空中飞翔……"

看到手下的小伙子们玩得如此开心，肯特先生由衷地感到欣喜。真是出人意料，弗雷迪·杜根竟然有副浑厚的男中音好嗓子，如果不是当了强盗，他倒是可以在舞台上一展歌喉。

肯特和十名手下站在新式缆车动力工厂里，此处位于东区地底，是座大型砖石建筑，带有拱形窗户和巨大的、洞穴一般的大厅，大厅里摆放着蒸汽机，用来控制线盘，其上的缆线铺设于城市街道地下，为缆车提供动力。缆车是纽约城新兴的交通工具，不少聪明人打赌它很快就能全面取代马车。肯特认为这是一个绝佳的投资机会：缆车无须喂养，可以从早到晚不间歇地工作，最重要的是，它不会在城市街道上留下成吨的马粪和汪洋般的马尿。三年前建设布鲁克林大桥的时候就铺设了缆车，这是个成功案例。

纽约大盗

不过缆车是未来的事情，目前小伙子们的娱乐对象是乔治·克洛斯，他被一条粗绳绑起来，倒吊着，绳索的另一端绕过离他脑袋差不多有二十英尺的屋梁桁架，握在卡尔沃手里。汤米·弗拉纳根推着乔治的身体，像荡秋千一样晃来晃去。小伙子们看着乔治，又是唱歌又是大笑，肯特从未见过他们在清醒的时候这么高兴。在狂笑大吼声中，乔治把晚宴大餐吐得一干二净。

终于，肯特朝着空中飞人走去，举手示意大家安静。

"作为一名数学家，"他看着摇摆的男孩说，"你对数字很敏感，对吧？"

他神情愉悦地抽出一支雪茄，点燃，深吸了一口，缓缓吐出烟圈。

"计算复利的话，乔治，你已经欠了我四万八千美元。这可不是笔小数目，容我提醒你，一名技艺娴熟的工匠每年大概能赚一千美元，你欠了他四十八年的工资。"

"看在上帝的分上，放过我吧，吉姆！"

"瞧你说的，不过是赌输了而已。愿赌服输，欠债还钱，天经地义，你说对吗，乔治？以前我就提醒过你，这个嗜好有可能让你倾家荡产，可惜你把它当耳边风了。我是个有耐心的人，也够宽宏大量，对吧？我给过你机会解决问题，只要你在对阵哥伦比亚大学的棒球赛上放放水，赌债就能一笔勾销……可你没把握住啊，我的孩子。我下了重注，结果全盘皆输。你真该庆幸我没把这笔账加算在你头上。"

"我尽力了！我发誓，我已经尽全力了！可是打棒球不是我一个人能决定的啊！"

"那么很遗憾，我不能放过你。生意场上的事情得讲规矩，要是坏了规矩，别人会把我当成软柿子，免不了在背后耍些小动作。"

"求求你，再给我一次机会吧。"乔治哀求道。

肯特看着荡来荡去的乔治,冲弗拉纳根打了个手势。于是在空中飞人来回晃荡的时候,弗拉纳根一次又一次抓扯推拉他,直到他停下。可怜的乔治仍然在原地打转,像是挂在钩子上的牛肉。在肯特的示意下,阿尔·卡尼走上前来,他壮硕得像一座小山,肩宽腰挺,拳头几乎和铁锤一般大。

"乔治,阿尔以前跟约翰·L. 沙利文①同台打过拳击,差一点就撑过了第五轮。跟伟大的沙利文对战到第五轮,这消息上了报纸的,《警方公报》。"

卡尼走近被倒吊起来的男孩,粗犷的脸上泛起一阵潮红,然后,他的拳头毫不留情地击打在乔治身上,就像在体育馆里打人形沙袋。每打一下,乔治就发出一声哀号。

"我很抱歉,竟然要用这种方式招待一名绅士。"肯特的声音里流露出由衷的歉意,"可是你要理解,乔治,我生活在一个残酷苛刻的地下世界。就像纽约的上流社会一样,如果有人坏了规矩,就必须接受惩罚。当然,你可以想象,那种惩罚,非常……可怕。"他露出一抹残忍的笑容。"来,容许我为你介绍安倍·吉本斯,在加入我们之前,安倍是名屠夫。"

瘦削的灰发男人走了出来,约莫五十岁,手里提着一把锋利的长刀,刀尖指着乔治的咽喉。卡尼像是没看到他一样,继续自己的拳击游戏,这位前职业拳击手似乎乐在其中,已经到了忘我的地步。

"看来你注定要变成碎肉撒向四面八方了,乔治,从布朗克斯区到开普梅镇。"

---

① 十九世纪八十年代的世界重量级拳赛冠军现代职业拳击鼻祖,拳击史上最后一位徒手拳击选手。他在 1887 年至 1888 年全美巡回表演赛期间,悬赏一千美元寻找能与自己对战四回合以上的拳手,最终在六十场比赛后,仅有一人取走奖金。

"不！求你了——不！"乔治尖叫着。

"你就想不起来有谁可以帮你还债？"肯特无奈地问，恼怒更多于好奇，"你的家人呢？"

"我家拿不出这么多钱，我父亲只是一名建筑师。"

肯特皱眉，示意卡尼停手。

"我之前不知道你父亲是名建筑师，他设计什么的？"

"办公大楼，比如东四区的科特兰大楼……"

"真的？那可是栋非常漂亮的建筑，还有呢？"肯特饶有兴趣地追问。

"拿骚街的帝国人寿保险大厦，圣玛丽教堂……还有麦迪逊大道、河滨车道上的许多大型建筑。"

肯特沉思着，转身开始踱步。他绕了一大圈，又回到被倒吊的乔治身边，对着吉本斯点了点头，后者快步走到男孩身边。

"上帝啊！救命——"乔治尖叫，声音因为恐惧而颤抖。

刀光一闪，粗绳被割断。乔治头朝下直直地摔上工厂地板，沉闷的声响夹着他痛苦的呻吟。周围的人放声大笑。

肯特慢慢朝卡尔沃走过去，后者已经放开了绳头，面朝墙壁站好，享受着嘴里的香烟。

"你还记得乔治·莱斯利吗，卡尔沃先生？"

"当然，银行劫匪中的王者，在1878年策划了曼哈顿储备金抢劫案嘛，搞到了两百万。"

"他是个建筑师？"

"别人都这么说，听说他能看懂银行的建筑图，甚至能亲自画图。"

"好像他死在扬克斯？"

"对啊，说是因为搞了一个手下的女人。他可是个天才，为了个婊子送命，太不值了！"卡尔沃感慨地摇摇头。

乔治躺在水泥地上呻吟："我受够了！杀了我！一了百了，你们这群人渣！"

"哈佛大学毕业，拥有出色品质和顽强意志力的男人吗？"肯特低声嗤笑，转身看着弗拉纳根。

"弗拉纳根先生，我要给你个新任务，带上乔治·克洛斯先生去度假。"

尽管难掩失望之情，吉本斯还是收起了长刀。

"遵命，先生。"弗拉纳根低声说。

"你到底要对我做什么？"乔治大喊。

弗拉纳根拖过乔治脚上的绳索。

"等等。"肯特突然让他停下来。

他从乔治的内袋掏出了一个漂亮的皮夹，从里面抽出张卡片，然后把皮夹放了回去。他朝弗拉纳根点点头，对方拖着乔治走出了缆车动力工厂。

"卡尔沃先生，明天早上你要做的第一件事，就是送个消息出去。"

4

约翰·克洛斯坐在公交马车的上层位置,来到第五大道。七月的烈日烘烤着一切。他的眼神有些空洞,自打两个小时前发生的怪事之后,克洛斯的思绪就一直在神游——他从来没接过这样怪异的委托。

上午九点左右,一名长相粗鲁的男子来到办公室,这家伙一进门就让克洛斯吃了一惊:满口烂牙,但穿着奢华,比建筑师自己还考究。这身衣服和它的主人完全不搭调,看上去就像一头猪穿着晚礼服进了剧院。那名粗鲁的男子说他的老板欣赏克洛斯的才华,想邀请他设计一栋建筑。不过老板有事情要出城,所以约他今天上午十一点碰个面。

80年代的经济繁荣使得纽约市里的建筑如雨后春笋般拔地而起,克洛斯也借此积累了良好的口碑。他的熟人,来自联盟会所、灯笼裤会所、马术俱乐部、哈佛大学同好会、圣托马斯和新港的绅士们都乐于给他介绍工作。但是,眼前这位显然不属于这些圈子。

碰面的地点也很奇怪,雇主指定的地方在第五大道的圣帕特里克大教堂。或许这个项目在大主教管区——大主教负责监管教会、教会学校和修道院等利润丰厚的机构。虽然克洛斯是一名有声望的新教高教会成员,但丝毫不介意为罗马天主教徒服务——他的岳母一直瞧不起这些人。设计教堂可是能赚大钱的肥缺,克洛斯只在早期职业生涯中为新教徒设计过一次,他渴望着有第二次施展才华的机会。

来访的男子抬了抬昂贵的礼帽,转身离去。克洛斯也立刻动身,从位于第八街和百老汇附近的办公室走去第五大道,中途赶上了公共马车,他喜欢坐在马车顶层俯瞰城市,那里视野很棒。

第五大道上有着支撑他这一行最中坚的力量,许许多多三层以上的砂石建筑在他眼前如走马观花般掠过,高高的门廊、铁艺栏杆和支棱出的条纹遮阳帆布顶棚随处可见。克洛斯看到人们行色匆匆地从高大的木框玻璃双开门里进出,篷马车、双座小马车和维多利亚马车一溜排开,戴着高顶礼帽、穿黑色礼服外套的车夫勒住马缰,站在路边恭候着主人。货运马车载着各式各样的东西,缓缓地从四面八方涌向第五大道,再分送到各家各户。

第五大道和百老汇大街交汇于麦迪逊广场,这里的建筑风格变化为商业楼和住宅楼混合。左边是全纽约目前最时尚的第五大道酒店,还能看到三十二街上的大理石学院教堂,教堂里尖顶高耸的塔楼吸引着人们的视线。再往左是一片熟悉的景色:威廉·巴克豪斯·艾斯特二世雄伟的庄园,卡洛琳姑妈的家。往南是一片被围墙围起来的大花园,连通约翰·雅各布·艾斯特二世家里。

去年夏天,克洛斯曾跟艾斯特家的人一起站在花园里,透过高耸的围墙观看格兰特将军的葬礼游行。现在他路过此地,为它的低调而微笑。这里看上去只是一栋高大宏伟的砂石建筑,但这就是它展现自我的方式:谦逊、沉稳、令人肃然起敬。

马车在鹅卵石路上缓缓停下,有乘客下车。克洛斯的视线扫过了大教堂,八年前,圣帕特里克大教堂就已经建成——只差双顶尖塔,而沉寂了八年之后,尖塔才彻底完工。设计这座教堂的建筑师是小詹姆斯·伦维克,克洛斯非常钦佩他的才华。他俩都是美国建筑学会纽约分会的会员,当克洛斯在努力赚取佣金的时候,伦维克到欧洲各地旅游了三年多,观察和描绘各种双尖顶教堂。最终圣帕特里克大教堂落成之后,它那高耸入云的塔楼成为了旧世界大教堂最宏伟的设计之一。

　　灯笼裤以新教徒为核心，对这么一座庞大的天主教教堂能够坐落在第五大道上感到无比震怒，它让附近的新教教堂相形见绌，不管是圣托马斯教堂还是第五大道长老会都无法与其媲美。难道就没有相关的法律可以管管这样的事情？灯笼裤成员抗议过。事实上，圣帕特里克大教堂的建筑费用是由爱尔兰移民一个镍币一个铜板凑起来的，这些垃圾只配给灯笼裤清洗地板和刷盘子，这一点让他们尤为难堪。所以有传闻说灯笼裤打算在西区修建一座新教教堂来别别苗头。

　　克洛斯叹了口气，将目光转到大街上。每天散步成为新时代的时尚，现在已经开场。男子们穿上优雅的定制大衣，陪伴着身着步行礼服、撑一柄带流苏遮阳伞的美丽姑娘们款步而行，逐渐成为第五大道上的一道风景线。灯笼裤把这些"时尚"的新人称为"劣等货"，克洛斯想着，他们穿戴华丽，却更加彰显出在品位和教养方面的匮乏。他认出人群里有自己的一名客户，不过压根没想过要跟他挥手打个招呼。

　　克洛斯在教堂门口下车，他来过这里好几次了，每次都为教堂中殿那宏伟壮观的、由一排排哥特式拱门支撑起来的拱形天花板惊叹。半圆形的后殿里有一座高高的祭坛，周围是嵌有彩绘玻璃的大窗户用于采光。置身其中，感觉自己仿佛到了法国，他惊讶着即使在这么一个闷热的夏天，教堂厚重的石墙里面竟然也能保持清凉宜人。

　　大多数男人并不热爱自己的工作，只将它视作谋生手段，但克洛斯打从心底喜欢建筑师这个行当。他很自豪选择了这条人生道路，梦想着成为全城最优秀的建筑师（当然，他明白竞争者众多，要脱颖而出困难重重）。真希望有朝一日也能亲自设计这样宏伟的大教堂，即便过世了，自己的名声也能随着设计作品流芳百世。克洛斯坚信以自己的天赋能够做到。他抚摸着清凉的石栏，笑吟吟地想着：总有一天我会一鸣惊人。

他转过身，四处寻找雇主。

那位奇怪的访客说，肯特先生会在西北角的后方长椅上等他。听起来神秘兮兮的。克洛斯摇了摇头，快步走了过去。一名出色的美男子映入他眼帘：四十上下，胡须刮得干干净净，头发梳得一丝不苟，长着突出的鹰钩鼻。令克洛斯感到欣慰的是，这位先生看上去像是上流社会的绅士。

"肯特先生？"

"我想，建筑师一定是个美妙的职业，克洛斯先生。"肯特看着教堂中殿的天花板，静静地说，"想想看，这样宏伟的教堂，假如每一英寸的结构都是由您亲自设计和绘图，这一切如何呈现在世人面前，都取决于您的意志，下至最微末的细节，上到令人惊叹的拱顶，那种自豪的感觉恐怕是难以言表吧？"

就凭这番话，克洛斯对眼前的男人充满了好感。

"您说得没错，确实是非常美妙。"他回答。

肯特站起身，与克洛斯握手，"詹姆斯·T. 肯特。非常感谢您在百忙之中抽空前来。"

"很高兴认识您，肯特先生。听说您想设计一栋建筑？"

"克洛斯先生，很抱歉，我确实非常欣赏您的才华，但不得不承认这是请您前来会面的借口。"

克洛斯脸上的笑容敛去，皱眉。

"请允许我开门见山，克洛斯先生，本次会面实属私务。很遗憾，令公子乔治在过去一年多的时间里跟我有着业务往来。而现在，他陷入了比较严重的财务危机，说得通俗一些，他欠了我不少钱。"

"他——欠了多少?"

"请您先坐下说话。"

"到底多少?"

"差不多四万八千美元。"

克洛斯呆住了,直愣愣地站在原地,然后,像是突然被人戳了一下,他砰地瘫坐在长椅上,用手捂着嘴,说不出话来。

"难以置信。"他艰难地开口。

"很遗憾,您不得不信,克洛斯先生。乔治会亲口告诉您他欠了钱——不多不少,正好四万八千美元——并且无力偿还。"

"看在上帝的分上,他怎么会欠你这么多?"

"当然,我想您还不知道,令公子嗜赌成瘾,长期出没于那些欠缺教养的地方,在包厘街,或者田德隆区——您知道这些地方意味着什么吧①?"

"不,不,这不可能!"克洛斯紧紧咬着牙。

"孩子有什么缺点,父母往往是最后一个知晓的。"

克洛斯猛地站起身,抑制不住愤怒。"你这个无赖,你到底是什么人?"

"一名商人,先生。期望收回欠款的商人。"

"你这个恶棍有何居心?你早该知道乔治无法偿还这样的巨额欠债。"

"那就让他偿命吧,克洛斯先生。"肯特轻描淡写地说。

克洛斯双腿一软,又瘫坐下来,直勾勾地盯着祭坛前的皮革跪垫。

"你是在威胁我?"最终,他镇定下来,挑衅地冲着对方道。

---

① 包厘街和田德隆区是臭名昭彰的流浪汉聚集地和犯罪高发区。

"这不是威胁，克洛斯先生，我可以负责任地说，要么还钱，要么偿命。"

"他才二十二岁！刚从哈佛毕业，他还是个——"

"——让你无比骄傲的孩子，是的，至少在此刻之前。"肯特露出一抹微笑。

"我不会让你得逞的，听到了吗？我不会！"克洛斯忍不住提高了音量，在寂静的教堂里显得格外突兀，坐在附近长凳上拨弄念珠祈祷的女人横了他一眼。克洛斯这才明白肯特坚持要在公共场合见面的用意，他捏紧了拳头。

"你当然不会，"肯特说，"所以你打算替他还债，对吧？当然，还包括利息，我得提醒您，我们谈话每过一秒钟、一分钟，都意味着债务总额在不断变化。"

克洛斯自嘲地笑了："你觉得我能拿得出四万八千美元？"

"不，但是你有办法赚到——别说区区四万八，更多的也不在话下。"

"胡说八道！"

"您是个优秀而成功的建筑师，服务的对象都是些资产丰厚的大公司，还有银行。您为他们设计的各种大型建筑里储藏着无穷无尽的财富。"

"该死，你这蠢货指望我去当强盗抢劫？"

"当然不是，我出面抢劫，您只需要助我一臂之力。"

"你疯了吧！"

"是吗？那很遗憾，明天早上您只能在环曼哈顿岛的河里一点一点搜集儿子的碎肉了，您可能不了解，言出必行是我的优点之一。不过到目前为止，乔治还是我的座上宾客。"

"你撒谎!他昨晚上就回家了。"

"那么,您如何解释这东西在我手里?"

肯特微笑着递出一张纸片,克洛斯一看,目瞪口呆,全身的力气像是突然被抽干了一样——那是乔治的联合俱乐部会员卡。

"才二十二岁就是全城最负盛名的俱乐部成员,令人刮目相看哪。顺便提一句,我是纽约俱乐部的人。"

克洛斯倏地起身,一把抓住肯特的外套衣领。"你这个该死的无赖!我要报警,你就等着蹲监狱吧!"

肯特不慌不忙地拨开他的手。"奉劝你打消这个念头,克洛斯先生,除非你想给乔治收尸。我向你保证,我会当着你的面一点一点活剐了他,再干掉你。识时务者为俊杰,乖乖跟我合作才是彻底解决问题的办法。好好想想吧,在你想通之前,乔治得留在我身边。"

"下地狱去吧你!"克洛斯怒吼一声,大踏步走出圣帕特里克大教堂,沉重的脚步声在教堂里面回响。

他呆滞地站在第五大道上,就似一块被冲击的岩石,四周的行人如潮水般来来往往。头晕目眩,克洛斯感觉自己像在旋涡中挣扎,又像经历一场恐怖的梦魇。或许下一秒钟他会在床上醒来,迎接新的一天,生活一如既往,什么也没发生。

这不可能。一定是乔治和朋友串通好了搞的恶作剧,一定是这样!愤怒和欣喜交杂,克洛斯坚信这就是个可恶的玩笑,而他居然被耍了。儿子还活着,平安无事。说不定幕后黑手就是斯坦尼那个混蛋,他要痛骂这家伙一顿,居然拿乔治来开这种玩笑!

笃定的感觉让他安下心来,呼吸也平稳了,克洛斯开始往南走。不过,当他走到四十九街的时候,突然停了下来。

如果不是玩笑呢?

一名穿着深灰色大衣、戴窄边礼帽的男人猝不及防地撞在他背上。"该死的蠢货!"那人低声咒骂一句,绕过了他。克洛斯毫不理会,不祥的感觉重新涌入脑海,他开始回顾今天早上的事件。精心策划的会面,残酷冰冷的现实,不,这不可能是一个玩笑。如果一切属实,肯特的威胁并非恫吓,那他怎么能袖手旁观,让自己的儿子送命?如果要拿自己的命换乔治、朱莉娅或查理的,他绝不会有丝毫犹豫。失去孩子比失去性命更可怕。

克洛斯机械地挪动脚步,恍恍惚惚走过一个又一个街区。他不管不顾地在街上穿行,所幸没被飞驰的马车给撞个正着。突然间他脑子里塞满了乔治被肯特残忍杀害的恐怖画面,他的儿子怎么会惹上这种麻烦!

这一刹那,克洛斯意识到自己压根不了解乔治,就跟不了解路边擦身而过的行人一样。儿子平日的表现不像是真实的,那英俊迷人的皮相掩盖了令人发指的行为。一直以来,克洛斯自认为是一名模范父亲,而如果肯特所说的一切属实,那太讽刺了:他的家庭教育简直是一败涂地。他膝盖突然一软,差点摔倒在路边。养不教,父之过。这句话反复在他脑子里回响。

克洛斯意识到,这件事情单靠自己没法解决,可是他不能告诉海伦。她是个脆弱敏感的女人,有些神经质,要是知道了这种可怕的事情一定会歇斯底里。他继续往前走,路过卡洛琳姑妈的家,然后停下来——前面是一条死路。是的,还有卡洛琳姑妈,纽约最有权有势的女人在背后支持他。一定能够救出乔治的,一定能。

他朝着卡洛琳姑妈家跑去,又猛地停下来。自己这是在犯什么傻?敲开卡洛琳姑妈家大门,告诉她发生了什么事?他怎么开得了这个口?乔治的遭遇只会让卡洛琳姑妈感到耻辱,她会因此摒弃整个克洛斯家族。要是她自己的儿子杰克遇到这种事,卡洛琳还会签张支票,悄无声息地解决,但可怜的舍默霍恩和利文斯通家族的远亲绝无资格享受这种待遇。上流社会的人们恨不得整个儿活在可以阻隔流言蜚语的鸡蛋壳里,一次丑闻就足以颠覆一个家族,这类事情克洛斯见过不少,甚至有些传闻根本就是捕风捉影。要是这事是真的……

不,他不能直接找卡洛琳姑妈,但他应该可以略微借助她的影响力,找到合适的人帮忙。克洛斯在艾斯特庄园的大门前来回踱步,仔细思量。不一会儿,他顶着烈日,慢慢地朝市中心的麦迪逊广场走去。在十四街新落成的林肯大楼前,克洛斯停下脚步。托马斯·格里菲斯的办公室就在这里,他是纽约法律界的翘楚,也是卡洛琳姑妈最信赖的律师,他一定有办法解决问题。另外,格里菲斯向来谨言慎行,不会在艾斯特夫人面前吐露半个字。

想到这里,克洛斯收拾好心情,走进了那栋十层楼高的宏伟建筑。

5

虽然七月的夜晚还不算闷热，克洛斯却在床上翻来覆去，无法入睡。白天的事情着实让他震撼和害怕。

辗转反侧几小时后，他无奈地坐起身。幸好他和海伦都有独立的卧室，要是和妻子同床，她肯定能意识到有什么不对劲：克洛斯一向沾枕头就睡得死沉。

他披上深绿色丝绸睡衣，坐在客厅里抽烟，直到微弱的晨光透过厚重的天鹅绒窗帘缝隙洒进屋来。他满脑子都是乔治的事情，肯特的话听上去像是天方夜谭，难道儿子真的沉沦至一个深不见底的秘密世界了？

克洛斯当然明白上流社会的绅士们偶尔也会偷偷摸摸找点乐子，斯坦福·怀特就是个坏榜样，克洛斯自己也不是圣人。但乐子归乐子，总得有个底线。至少一个白种人不可能出没于包厘街或是唐人街上的赌窝。

埃略特校长在毕业宴会上的致辞又一次在克洛斯耳边响起。"……**令人痛心的奢靡和放纵之风。**"当时他压根没想到这句话跟儿子有半点关联。他见惯了上流社会的父亲用满足儿子一切需求——金钱、游艇、赛马——的方式来毁掉他的前程，予取予求会让孩子丧失理想。不过克洛斯自己选择了另一条路，没错，他出身于纽约的贵族阶层，享受许多特权：精英私立学校、在新港和伯克郡度过暑假、赛马、射击、欧洲旅游、仆人、舞会等等。他也在哈佛大学读过书，但并没有进入贵族传统的商业体系，而是去了巴黎美术学院学习建筑。毕业后，他在全美最伟大的建筑师亨利·霍布森·理查森手下当了一年学徒，随后成立了自己的工作室。克洛斯这辈子都在朝着自己的梦想冲刺，另外，他希望能给孩子们塑造一个好榜样。令他高兴的是，乔治跟他一样有着远大的理想——成为一名数学家，在哈佛大学当教师。而该死的，事情怎么会变成这样？

当务之急是保住乔治的命，克洛斯跟自己说。昨天和托马斯·格里菲斯的谈话让他内心的焦躁略微平息，或许只是因为他终于能够跟人倾诉，宣泄出沉重的压力。

让克洛斯感到震惊的是，当七十来岁的格里菲斯听到肯特的名字时，沉默寡言、稳若磐石的老人突然变得面色铁青。他郑重地告诉克洛斯，肯特来自巴尔的摩，出身于富有的商贾之家，受过良好教育，毕业于普林斯顿大学，据说以前是名医生。他跟纽约的政府官员和富商有着千丝万缕的联系，是个举足轻重的大人物，就连操纵整个纽约的政治机器坦慕尼协会都在他掌控之下。

另外，肯特是个可怕的人。富可敌国，却组织了一个致力于谋杀、绑架等堕落勾当的犯罪团伙，被称为"肯特的绅士团"——得名于团员们的穿着打扮就像上流社会的绅士，就连手杖都是镀金的，虽然他们用手杖来打人，而不是散步。

律师让克洛斯一字一句地重复了圣帕特里克大教堂里发生的谈话。听完以后，他一脸惊恐地告诉克洛斯，必须马上采取行动，否则乔治真的会送命。肯特的威胁向来不落空。

这些话像是一记重拳击打在克洛斯的肚子上，他呻吟一声，垂下了头，几乎快忍不住流泪。格里菲斯赶紧跑到电话边，给桑树街的警察总署打电话。很快，他找到了纽约警察局总监托马斯·伯恩斯，听说话的口气，他俩像是好朋友。格里菲斯解释说他有紧急情况，必须尽快见面商谈，伯恩斯答应他第二天一早就来。

听到警察总监的名字，克洛斯如释重负地长舒了一口气。伯恩斯是个铁血正直的爱尔兰汉子，在警界声名赫赫。他一手扭转了纽约警察无能腐败的形象，利用各种现代化工具缉拿罪犯；他创新地运用特写摄影给通缉犯拍照，拍下的照片足以开一次画展。以前，纽约的黑社会嘲笑本地警察只是群无能的蠢猪，可伯恩斯走马上任以后一切都变了样。比如华尔街，以前这里是罪犯的天堂，银行押运人员经常遭遇袭击，现金、债券、证券被洗劫一空。伯恩斯却悍然宣布华尔街最北面的富尔顿街是一条"死亡线"，在此范围内的一切犯罪活动必将被严惩不贷。诚如他所言，很快，华尔街的抢劫率降到了零。

克洛斯想着，伯恩斯，是唯一能救出乔治的人。

❖

早上六点，他听到女仆科琳在底楼的厨房走动，点燃火炉，摆桌子预备早餐。管家约翰斯顿太太和厨师奥谢太太很快就会下楼。从昨天早上跟肯特碰面起，克洛斯就粒米未进，这会儿他终于意识到饥饿无比。

他站在通往大厅的楼梯口上，突然电话铃响了，奇怪，大清早谁打电话来？

"是找您的，先生。"科琳爽朗的爱尔兰腔响起，走上楼梯，和男主人擦肩而过。

克洛斯拿起听筒。

"早上好，克洛斯先生。"一个男人说，"通知您一声，冰块已送到，请检查。"

电话挂断了。克洛斯转头看着厨房墙上的冰柜。现代化的厨房配有现代化的设备，符合建筑设计师的身份。华丽的灶具点缀着镀镍花纹，内置超大的锅炉，还设有专门的格子为饭菜保温。冰柜由深色胡桃木制成，内衬软木材料，设计为上下两层，顶层足够容纳两百磅重的大冰块，下层摆放着置物用的搁板。冰柜背后开了个小门，通往外面的褐砂石墙，克洛斯在外墙上设计了同样大小的洞，这样送冰工人可以不用进厨房，直接从墙外把冰块推到冰柜里就行。可是，往常需要送冰的时候，奥谢太太只需要在厨房窗口摆张卡片就行，真奇怪今天会有人专门打个电话来通知冰块送到。

克洛斯慢慢踱到冰柜门口，拉开下层柜门，搁板上一切如常，摆着容易腐坏的奶酪和生菜之类。他想了想，打开顶层的柜门。

猛地倒抽一口凉气，他踉跄着退到墙边，喘着粗气。冰格里，巨大的冰块包裹着一个人头！几秒钟后，克洛斯才认出那是托马斯·格里菲斯，艾斯特夫人的律师。格里菲斯的双眼惊恐地瞪大，断裂的脖子上有青色瘀血，他口唇发紫，白发飘在头颅上面，像是溺水而亡。

克洛斯的心脏几乎快跳出了胸口，他猛地转身，还好厨房里没有其他人。他砰地关上冰柜门，就在这时，电话铃又响了。他飞奔而去，赶在科琳下楼前接起电话。

"克洛斯先生？非常抱歉，今天早上的冰块送错了。不过别担心，我们会马上为您更换。"

他猛地把话筒掼在话机上，无力地瘫坐在地，像是天塌了一般。深呼吸几口，克洛斯惊恐地盯着冰柜，仿佛从遥远的地方传来动静——冰柜后门打开的声音，冰块移动的声音。没过多久，电话第三次响起。克洛斯盯着电话许久，才慢慢伸手拿起听筒。

"早上好，克洛斯先生。请于今天下午三点到达科他公寓楼 7G 跟我见面。"克洛斯认出这是肯特的声音，不过对方说完这句就挂了电话。

奥谢太太睡眼惺忪地走了下来，这位爱尔兰女性穿着暗灰色连衣裙，外面套着白色围裙，一边走进厨房一边哼着歌。

"怎么了，克洛斯先生？您今天起这么早？"没等克洛斯回答，她就打开冰柜顶层的门检查冰块，这是她每天的惯例。

冰块里空无一物，清澈透亮。

6

"首先你得把名片递给管家，朱莉娅，等着看女主人是否会收下你的名片。如果管家告诉你'主人现在不方便会客'，不要觉得被怠慢了，这合情合理。把你的名片留给管家，就算尽到义务了。记住，如果主人没有出来接待你，不要在她家停留超过三十分钟，在两个小时——最好是四个小时——之内都不要打电话过去。"

海伦·克洛斯像最严厉的教师那样讲述着社交礼仪，她的女儿皱着眉头，从母亲手中接过名片，翻来覆去地看。

"有礼教的夫人绝不会在第一次拜访的时候只留下自己的名片，应该连同丈夫的一起留下来。"

"这么复杂啊，妈妈，为什么我必须去记这些荒谬的社交艺术？"朱莉娅不以为然地问，口气轻蔑。

外祖母双手搭在朱莉娅肩膀上，直视着她的眼睛。"我的孩子，名片是社交的基础和开端，你必须记住这些。"年过七旬的老太太仍然身材苗条，优雅的脸上依稀看得出年轻时的美貌。

"记住，初次步入社交圈时，你没有自己的名片。你的名字会附在我的名片上。"海伦说，"听上去是挺复杂，不过这些都是你必须牢记的社交规矩，每个女人都必须记住。"

"务必牢记最重要的一点：未婚女子绝不能在没有母亲或年长女伴在场的情况下接受男人的名片。"外祖母严肃的神情让朱莉娅一惊，"女士们懂规矩，年轻姑娘什么也不懂。"

卡洛琳·艾斯特姑妈拥住朱莉娅的肩膀。"别忘了，亲爱的，你是一名舍默霍恩。我们都是上等人。"

"是的，当然啦，卡洛琳姑妈。"

"你将在这座城市的舞台上大放异彩，当然，第一次登台亮相一定得在我的地方。我会安排好一切。"卡洛琳姑妈故作神秘地对海伦说，后者微微一笑。这表示从现在起，卡洛琳姑妈将为朱莉娅的衣柜买单。海伦看着朱莉娅说："在新步入社交圈的少女中，你会成为最光彩夺目的那一个。"

"准备工作还有很多，我们必须敲定嘉宾名单，还要给每个人打电话。"海伦沉思着，这是她第一次为女儿筹划舞会，她仿佛已看到了两百多人在生命中最特别的时刻闪亮登场。女儿步入社交圈意味着母亲真正成为一个成熟的女人，更重要的是，准备好接受来自富贵人家年轻男子的致敬。

"我呢我呢？我的邀请函在哪里？"朱莉娅的弟弟查理问道。十岁的金发小男孩站在楼梯边，跳上黑胡桃木栏杆，朝大厅滑下来。

"你还是小孩儿，来不了。"朱莉娅皱着眉说。

"才不要来你的哑巴宴会，我打赌没人来的。"查理在撞到廊柱之前跳下栏杆，轻巧地落地，灵活的身手可以媲美杂技演员。

"查理，你不打算去麦迪逊公园玩？"他妈妈问。

"正要去呢！"查理一边喊着一边冲向大门。

朱莉娅的顾问团满意地看着宽敞雅致的门廊，门廊尽头通往仆人专用的楼梯。繁花图案的壁纸贴满了十英尺高的墙，墙上还装有黑胡桃木壁板。雕刻精美的胡桃木衣帽架、穿衣镜和嵌在墙边的座椅占据了大部分空间。外祖母指了指最近才安放在座椅旁边的银色名片展台。

"名片要放在展台上。每当有访客留下名片的时候，你要做好记录，记得要及时更新。"

"记住，参加晚宴后两天之内要亲自去个电话。其他的娱乐活动，给管家留下名片就行了。"卡洛琳姑妈强调。

"我明白了。"朱莉娅其实仍然一头雾水，"请问我可以上楼了吗，妈妈？"

"当然，亲爱的。我们今晚就开始列宾客名单。"海伦兴奋地说，像个期盼生日宴会的小孩。

女人们目送着小姑娘跑上楼梯。

"她遗传了你的美丽，海伦，这真是再好不过了。拥有美貌才能拥有辉煌的未来。"卡洛琳姑妈说，"这是一个女孩子最重要的资产。"

"漂亮是漂亮，不过我觉得朱莉娅太过独立了。"外祖母不以为然地说，仿佛她的外孙女做了什么天怒人怨的事情一般，"女孩子要恭顺，必须要恭顺，才能找个好丈夫。"

"好了，妈妈。朱莉娅不会做什么出格的事情，她才十七岁。"

"可她说想要去上大学，到那个什么瓦萨学院？"老太太难以置信地说，语气近乎恐慌，"女孩子家家的上什么大学？她读的书已经够多了。男人可不希望找个比自己聪明的妻子。"

科琳从前厅走出来，屈膝行礼。"下午茶已经准备好了，太太。"她细声细气地说。

"非常感谢。"海伦的回答让外祖母皱眉。海伦知道她在反感什么——老太太觉得她该去掉"非常"，甚至连感谢都可以不说的。朱莉娅的外祖母固执地认为对待仆人不可太过亲切，这才能彰显主人家的格调和礼节。上等人少不了仆人伺候，所以要教会他们认清自己的地位。美国人总是调教出一群可怕的仆人——他们太富有独立精神，不断地期望拥有更多自由和权利。老太太总是说，一个理想的上流社会家庭，需要一群哑巴似的、恭顺的爱尔兰仆人，一个英国老处女管家，还有，如果房子够大的话，还需要个英国式的男仆役长。

女人们来到客厅就座，海伦从红木茶几上拿起闪闪发光的银茶壶，为大家斟茶，然后微笑着端出一盘冰柠檬蛋糕。克洛斯家的前厅被称为"独一无二的顶级房间"，由一扇嵌板滑门通往门廊，重要的家庭聚会和招待活动都在这里举行。前厅的墙上挂着蓝色锦缎，装饰用的壁画和版画充分彰显出克洛斯家女主人非凡的艺术品位和鉴赏力。像所有的社交名媛一样，海伦生怕会客厅留有空白，恨不得用古玩器具填满墙上和地上的每一寸空间。她的审美无可挑剔，深紫色的圆背椅，朱红色的天鹅绒沙发垫，鲜花纹饰的地毯，带花边窗帘的落地窗，就连椅背上的森林绿花边丝巾都称得上是艺术品。海伦为自家时尚而高雅的客厅感到骄傲，不久以后这里将成为朱莉娅的社交舞台。

"你看过芝加哥工人罢工的新闻吗，卡洛琳？他们好像要求每天只工作八小时。"外祖母摇了摇头，感慨着时代变迁，"十五万人在联合广场游行，支持他们罢工。"

"芝加哥所有的罐头厂、烟厂和皮革厂的工人都罢工了，真是难以置信。他们每天仅仅工作十小时，那些傻瓜应该感恩才对，以前可是十二小时。我想，明年他们甚至会要求星期六也放假。"卡洛琳嗤笑一声，"威廉说，工厂主可能会雇佣平克顿来对付他们。"平克顿不属于警察体系，更近似安保，富商们经常雇佣他们解决各种棘手的问题，尤其是镇压某些政府不方便处理的罢工或劳动纠纷。人们都觉得他们比警察更聪明变通，尤其擅长使用武力和子弹解决问题。

"就该这么做，平克顿很擅长处理这些无政府主义者。"外祖母笑着说。

"我还看到一篇关于是否该给爱尔兰人立规矩的文章，"卡洛琳说，

"《论坛报》每天的头版都会刊登议会里的各种辩论赛。"

"爱尔兰人只配当仆人,疯子才会觉得他们懂得自律,"外祖母说,"还不如小孩子。"

"我的爱尔兰仆人们挺好的啊。"海伦微笑着说,她已经猜到母亲的下一句话了。

"你让仆人们在你面前走来走去,海伦,这简直太不像话了。"

"妈妈,我只是凑巧还记得他们也是人罢了。"

"当女主人走进屋子的时候,仆人就该回避,更不能直视主人!"外祖母愤怒地说,"你的仆人居然敢在主人没有问话的时候擅自开口!"

"反正仆人们对我很尊重,又忠心,那就够了。"海伦暗自庆幸,母亲没跟他们住一起。

卡洛琳不动声色地转移话题:"上个月,艾伦·萨克雷参加了克利夫兰总统的婚宴,她说新娘子弗朗西斯·福尔瑟姆简直惊艳全场。"

"只可惜新郎的年龄跟她爸爸差不多了。"外祖母说。

大厅里传来一阵响动,海伦听着像是约翰从楼上下来的声音。她站起身,在门厅前拦住了丈夫。

"约翰,我还以为你不舒服在房里休息呢,不是说今天不去办公室吗?"

她看了一眼克洛斯,立马感觉到有什么事情不对劲:他脸色苍白,摆出副无精打采、昏昏欲睡的样子,跟平时的精神抖擞判若两人,甚至对她的话充耳不闻。

"海伦,我要出门。"克洛斯说着要往门口走,妻子拦住了他。

"你看起来很糟糕,约翰。回去歇息吧,我叫科琳给你送一杯茶上去。"

"该死的,我不要喝什么茶。我有预约,不能迟到!"克洛斯高声说。

  海伦被他严厉的口吻吓了一跳，赶紧让路，她警觉地看着丈夫一把抓起帽子，头也不回地冲出大门，想不通到底发生了什么事让他这般失常。

7

"克洛斯先生,我原谅你的所作所为。不过,下不为例,我的宽容仅此一次。"

肯特像是坐在办公室训斥学生的校长,克洛斯僵硬地坐在对面,呆滞地看着他倒茶。卡洛琳姑妈一定会称赞眼前这套精巧的银质茶具,茶桌上摆着多层点心架,里面有各式糕点,但经历了今天早上的送冰事件过后,克洛斯根本提不起半点胃口。

达科他公寓楼像一栋巨大的欧式城堡,有陡峭的山墙、塔楼、尖顶,还有用橄榄色岩石和红砖围砌成的天窗。它位于上西城,周围都是空地和简陋的棚屋,衬得这栋堡垒威风凛凛,如同一座拔地而起的高山。从中央公园方向望过去,又像是童话故事里坐落在森林深处的古堡。

虽然位置偏僻,这里仍然是纽约上等人置宅的流行选择。肯特和克洛斯坐在可以媲美图书馆的藏书室里,四周全是高及天花板的书架。从他们身后的落地窗望出去,中央公园的景色尽收眼底。

"您要加几块方糖?"

"两块,不要牛奶。"

肯特为克洛斯递上茶杯,坐回到绿色天鹅绒扶手椅的软垫上。他呷了一口茶,看上去很满意。

"这地方感觉如何,克洛斯先生?像是住在宫殿里,又不需要为管理它操心,对吧?"

克洛斯没有回答。

公寓的前门开了，一名衣着贵气、优雅出众的女子走了进来，她娇小玲珑，披着栗色长发，身后跟着三个小孩。

"克洛斯先生，这是我的妻子，还有孩子们。"肯特快活地说，"嗨，米利森特，外面天气如何？"

"非常棒，孩子们骑马骑得特别开心。"

克洛斯站起身，跟美丽的女主人微笑致意。

"很高兴见到您，克洛斯先生。"米利森特回以微笑。

"克洛斯先生是我生意上的新合作伙伴。这几个小坏蛋叫比尔、亨利和阿比盖尔。"

三个衣着得体的孩子彬彬有礼地冲克洛斯鞠躬，然后朝着不同的方向跑掉。

"抱歉，亲爱的，我和克洛斯先生有点生意要谈。不过我希望能跟你们一起吃晚餐，到时候务必要跟我说说今天的趣事。"肯特送自己的妻子离开，顺手关上推拉门，坐回座位上。"很高兴我们之间能够达成共识，克洛斯先生，"他不紧不慢地说，"相信我们可以谈谈合作的事情了。"

"乔治不能受到任何伤害。"克洛斯以不容置疑的口吻宣称。

"当然，这是我们合作的前提。不光乔治，还有海伦、老太太、查理和朱莉娅……只要你好好配合我工作。"

克洛斯一震，他明白肯特的言下之意，这个手眼通天的家伙拿家人威胁自己。肯特是那种不动声色就能灭门绝户的冷血恶魔，这一点毋庸置疑。

"我喜欢和有家室的人合作。"肯特亲切地说，"他们会顾虑到家人安全，这样的合作对象比较靠谱。"

"乔治在哪儿?"

"在一个舒服的地方度假。我会告诉他债务被赦免了,当然不会提及你我之间的交易。别担心——他什么都不知道,只要你跟我好好合作,这几天乔治就能回自己公寓,不过我希望他能处理好自己的'小毛病'。你也知道,除了我的赌场以外,纽约城还有成百上千的赌窝。不过,这个问题还是留给您这个当父亲的去操心好了。"

克洛斯眨了眨眼,他还没来得及考虑这些事情。

"言归正传吧,我来解释下给你的业务安排。"肯特放下茶杯,"你在自己设计的建筑中选择一些有价值的——里面有大量现金、股票、黄金或者奢侈品那种,比如高档成衣、细亚麻布、银器和珠宝之类。在我策划抢劫之前,你得拿到建筑的平面图,指出那些值得去拜访的地方。给你的分成用于抵扣乔治的欠债。"

"债务还清以后,我要求退出。"

"为什么?好吧,如你所愿。不过我不认为你能从犯罪生涯里半途而废,克洛斯先生。"肯特冲他眨眨眼,"您可是个优秀的建筑师,想想看科特兰大厦——还有所有的大型建筑!我羡慕您的天赋,真希望我也能拥有。"

克洛斯沉默了,这些话从眼前这位冷血的恶魔嘴里说出来,很难让人相信它是发自真心。

"接下来需要您花费一点时间了——就暂定一周吧,怎样?你得选好目标,然后我们碰头讨论可行性,你需要从一名劫匪的角度来评估和选择目标。"肯特说,"当然我明白您迫切想两清的心情,不过第一次行动我们需要谨慎点。把建筑图的复本带来,据我所知,现在有了新的制图法,复制一份建筑图应该不费什么力气,对吧?"

肯特说得没错,仅仅在几年前,建筑图的复本还必须手绘,会耗费大量时间。不过引进新式制图法以后，一切变得简单多了。现在只要把涂了光敏涂层的纸贴在原始图的后面，放到太阳下晒一会儿，很快就能得到完美的复本，就跟照相一样方便。

"是的，"克洛斯点头，"我可以把建筑图带来。"

"从现在开始，我们最好在其他地方见面。我会通知您具体的时间和地点。"

肯特从座位上站起身，这意味着谈话结束。

"请原谅我的失礼，我必须在一个小时后赶到东七十二街参加长老会医院的董事会。"他真诚地致歉，把克洛斯送到门厅，"不过在您离开之前，请务必看看我新入手的珍藏。"

他把克洛斯领到一张宽大的大橡木桌前，取出一张看上去古老泛黄的羊皮纸。

"法国八世纪的泥金手抄原稿，是不是很精美？"

克洛斯忍住了咒骂，出于礼貌假装仔细地看了看金箔斑斑的纸页，然后，他点点头，快步走向大门。

"从今以后，克洛斯先生，您必须学着从犯罪者的角度去考虑问题。当然，鉴于您的出身背景，这一点可能比较困难。"肯特为他打开镶板门。

"对你而言似乎没什么障碍。"

肯特放声大笑。"看来格里菲斯把我介绍得很全面，是的，我在普林斯顿里没学到什么跟专业相关的知识。您是哈佛毕业的吧？"

克洛斯点点头。

"不错的学校，可惜没有美食俱乐部，不像普林斯顿，所以算不上完美。"他说，"在离开之前您可以欣赏下周围的建筑，一定会觉得很有意思。"

纽约大盗

"我在它落成之前就知道了,了不起的建筑,设计它的亨利·哈登伯格是我的朋友。"克洛斯抬头望着天花板,轻声说,"整个纽约城里最好的住宅楼,真希望它是我设计的。"

8

站在达科他公寓的庭院，克洛斯做了个深呼吸，抬头望着四面足有七层楼高的围墙。他感觉自己像是只被困在笼子里的老鼠。

从七十二街的转角折向第八大道，一路走到中央公园，横断路广阔的草坪上停放着许多马车。每天到了这个时候，上流社会的人就开始风雨无阻地显摆自己。各种华丽的马车一字排开，全身制服的车夫驾着马，得意扬扬地穿梭于马车道上。每天都有许多平民在公园里围观贵族、暴发户和社会名流的车驾经过。浮夸的派头，污浊的空气，这就是每天这些名流名媛留给中央公园的东西。克洛斯对他们没有半点兴趣，自顾沉思着穿过树林小径。

至少乔治脱离危险了，他安慰着自己，这是最重要的。接受肯特的提议纯属无奈之举，没有人救得了他。格里菲斯在跟警察总监会面之前就被杀害，克洛斯只能自救。

他别无选择，只能堕落成一名罪犯，不仅是为了乔治，更是为了所有家庭成员的安全。事关亲人，他只能铤而走险。尽管如此，克洛斯内心深处仍然忐忑不安。走上犯罪道路是否背叛了他的信仰？不，他并非出身于宗教家庭，虽然上流社会的人都会在每周日、圣诞节和复活节前去教堂祷告，不过大部分是作秀，跟信仰无关。

或许，只是因为恐惧？良心的谴责只为了掩饰自己内心对犯罪的恐惧而已？是的，克洛斯如此作想。他打从心底明白这才是真正的理由。从本质上来说，克洛斯是个懦弱的人。二十年前南北战争爆发，他就犹豫着是否要参军，结果最后雇佣了一名替身代他去冒险。大多数贵族都雇佣替身，因为他们不能中断自己的商业或职业生涯，但克洛斯只是想到炮火横飞的战场就害怕而已。

对他而言，战争不过是一个神圣而抽象的概念。后来他看到了马修·布雷迪在战场上的遗照，这才第一次真切地感受到战争的残酷。报纸上只会吹嘘辉煌的胜利，布雷迪的照片才是令人难堪的事实，弹痕遍布的尸体在阳光下曝晒，腐烂变形。死者的亲人会如何作想？当时，克洛斯目瞪口呆地看着图片，大脑一片空白。尸体上盘旋着上百只恶心的苍蝇，他忍不住在脑海里把自己的脸安放在尸体头上，这画面让他不寒而栗，不敢再多想一分。

克洛斯的父亲告诉他可以雇佣替身上战场，虽然他也假惺惺地表示想亲赴前线。父亲是位成功的商人，从不反对奴隶制，但也不拒绝从奴隶解放战争中大敛横财。他逼迫克洛斯雇佣替身，还足足花费了三百美元，才让儿子避免马革裹尸的结局。不过克洛斯的哥哥罗伯特拒绝逃避兵役，毅然加入了联邦军。

战争不断升级，克洛斯庆幸自己做了个明智的决定。不过后来联邦军获胜，凯旋的战士赢得了鲜花和欢呼。勇敢的汉子们同样恐惧着死亡，但又义无反顾投入战场，实在是令人敬佩。罗伯特甚至获得了一枚英勇勋章，这让克洛斯更为自己不齿。直到现在，他仍然是个懦夫，他的妥协充分证明了这一点。但不管克洛斯如何害怕，他仍然别无选择，哪怕走上犯罪道路同样可能意味着死亡。

当务之急是让自己冷静下来，琢磨下抢劫的目标。他来到湖边，坐在草坪上，看着湖中的天鹅优雅地列队游弋。一长串建筑名单在脑子里列出来，克洛斯努力地回想每一栋建筑隶属于哪位客户，位于何处。但是做了十四年建筑师，脑子里的记忆太多太杂，很难一下子分辨清楚。写字楼、公寓楼、六十四街的圣玛丽教堂、郊区的火车站、交易所酒店、曼哈顿医院和药房，还有各式房屋和别墅……他不得不考虑回去办公室仔细厘清。

克洛斯穿过树丛，回到横断街，再折向东面。站在宽阔的石阶上，俯瞰着尽头的贝塞斯达露台广场。广场上修建了巨大的喷泉，在酷热的七月天，十来个人站在那里享受喷泉带来的水雾。孩子们在喷泉边泼水嬉戏，几个衣衫不整的顽童不顾公园规则，跳到喷泉里戏水。一群名媛撑着明艳的彩色阳伞，走出马车，在露台上散步。

克洛斯站在石阶最上层，望着眼前的景色。中央公园早就彻头彻尾地成为平民的游乐场，因为它的设计师，奥姆斯特德和沃克斯坚持这个理念。在下方，上等人和平民之间的差距微乎其微，这里甚至有来自东城区和包厘街的贫民。像克洛斯这样有身份的人不可能跟他们打交道——除了需要人擦鞋和清洗地板的时候。上等人总是聚集在伯克郡、新港或者朗布兰奇享受新鲜空气和大自然，不过中央公园的便利性仍然对他们有极大吸引力。对穷人而言，中央公园是他们仅有的天堂，乘坐马拉小车很容易抵达，高架铁轨也有站台。在这里，他们可以舒适地享受几个小时自然风光，然后再回到自己肮脏的日常生活里。中央公园不愧为建筑史上的杰作，克洛斯想着，一切都是艺术。所有的一切，包括露天摆放的大石头，都灌注了设计师的心血。

叹了口气，克洛斯步下了石阶，绕着喷泉慢慢踱步。正在他准备往回走的时候，有人叫他的名字。他回头，原来是他的老客户，威廉·库克。

"翘班偷偷来这里玩呢，老伙计？"库克个子不高，五十来岁，算不上肥胖，不过挺壮实。他是暴发户中的一员，在圣路易斯经营制鞋厂，身家千万。他的妻子逼他搬到纽约，希望能抱上卡洛琳姑妈的大腿,打入上流社会交际圈。纽约城里大多数暴发户来自于中西部和西海岸,跟成千上万的贫民一样涌入这座大都市。每年都有新的百万富翁来到纽约,梦想着开始更上一层楼的新生活。

尽管库克是一名"劣等货",穿着只顾舒适,没有品位,但也是个善良正直的人。当然他也难以免俗地会炫耀自己的财富,不过那只是为了取悦想要打入上流社会的妻子。

"是啊,比尔①,可惜被你逮个正着。怎么着,你也没上班呢?"

"暂时关门啰,今晚我们要坐汽船到新港的农舍去,还记得那儿吧?那可是你的作品,爱丽丝喜欢得很。对她而言,农舍才是最爱,比城里的房子好多了。"

"你太客气了。"

库克口中的"农舍"位于贝尔维尤大道,是一座有二十四间房的木质建筑,瓦片屋顶,门廊宏伟。克洛斯认为这是他最好的设计之一,客户的称赞让他心花怒放。

"当然啦,在离开之前我想来中央公园散散步。住在第五大道简直是棒极了,随时可以来公园!我喜欢这里,每天都有好多人等着看戏。你懂我的意思吧?"库克冲他眨眨眼。

"我和海伦在月底也会去新港,到时候给你打电话,我们可以在赌场俱乐部里聚一聚。"克洛斯挥手向库克道别,快步走向台阶。

"那敢情好!"对方在他身后叫道。

克洛斯回头笑了笑。这些暴发户啊,他家的老太太肯定会抱怨他们老是乱用庸俗的英式词汇。

他回到了第五大道,沿着中央公园的外墙行走。不一会儿,克洛

---

① 威廉的昵称。

House of Thieves

斯停下脚步，站在一棵榆树背后，打量着七十八街上库克的豪宅。看着这栋文艺复兴风格的建筑，他露出了微笑。

从外面看去，这栋豪宅固若金汤，四周环绕着无水的壕沟。自打第一次去英国旅行之后，库克就迷上了城堡和护城河，迫切地想要在自己的地盘上再现它们，就像孩子们垂涎圣诞礼物一样。在城市里修一条真正的护城河那是异想天开，不过克洛斯巧妙地设计了一个不灌水的石制壕沟，宽十五英尺，深二十英尺。除了满足库克的心愿以外，它还有实用价值：壕沟里修建了两层楼高的厨房、储藏室，以及仆人居所，甚至还带窗户。这些屋子深藏其中，站在街上根本看不到。令库克高兴的是，克洛斯为他精心设计了包裹铁皮的木质吊桥，横跨于"护城河"上，连接前门和仆从出入的小门。在夜里，或者没人居住的时候，吊桥升起，整栋豪宅便与外界隔绝。最重要的是，库克认为这样固若金汤的堡垒不需要守夜人。

是的，这样很好。克洛斯想着。

9

虽然身为阶下囚，乔治不得不承认这座"监狱"舒适宜人，尤其是窗外的风景。南边可以眺望卡兹奇山，北边可以看到南湖和北山。他和狱卒汤米·弗拉纳根在卡特兹琪尔酒店前的广场散步，这是全卡兹奇最好的酒店，整栋建筑长四百英尺，三层楼高，据说六百间房里都配有蒸汽取暖设备、自来水和服务电铃。

"你知道我最喜欢这里的什么吗，乔治？空气，这里的空气很清爽，不像在曼哈顿，简直是蒸桑拿。我们最好在这里多走走，享受享受。"

"是啊，感觉棒极了。"乔治敷衍地回应，没有心思延续气候的话题。这里空气再清新又怎么样？他冷冷地想着，自己还不知道有没有命来享受呢。

肯特送他来这里无疑是精明的，如果继续把他囚禁在曼哈顿，乔治可能会找机会逃跑，跳上一班去中国的船之类。不过卡兹奇距离最近的城市足有七十五英里，深山老林中他无处可逃。

"看看这栋酒店，多壮观啊。你知道吗，它来源于炸鸡。"

"什么炸鸡？"

"酒店主人乔治·哈丁住在卡兹奇酒店的时候，想给女儿点一份炸鸡，结果酒店不提供，因为菜单里没有这个选项。服务员跟哈丁说，想要吃炸鸡就得自己开家店。嘿，他真的自己开了这家卡特兹琪尔酒店！"弗拉纳根嘎嘎大笑，乔治觉得他就是个大蠢货。

他们走回酒店大厅,乔治用余光瞥了一眼弗拉纳根。这些日子以来他一直害怕成为五点区或者包厘街的受害者,警察手里肯定掌握了黑社会所谓的服务价目表:十九美元卸掉一条胳膊,十五美元割掉一边耳朵,十美元打破鼻子和下巴,二十五美元断条腿之类的。不过弗拉纳根看上去挺和善,不像是动用暴力的人。这几天下来,他一直表现出同情乔治的样子,似乎真心不希望小伙子送命。

"走吧,乔治,"弗拉纳根用宽大的手掌拍了拍乔治的背,"你会没事儿的,我听说肯特先生打算免除你的债务。"

"在打断我的胳膊和腿,挖出我眼睛以后吗?"

"哦,不,乔治,我可不想这样对你,该死的,我真心不愿伤害像你这样英俊的小伙子,感觉就跟打坏上帝的杰作一样。"

"您可真是位绅士,弗拉纳根。"乔治小声嘀咕着。

酒店大厅里挤满了登记入住或者离店的客人,自 1881 年开业以来,卡特兹琪尔酒店就是纽约人度假的首选之地。壮得像头马德里公牛的弗拉纳根奋力在人群中挤出一条通往前台的路,乔治在休息区等候,拿起一份《论坛报》打发时间。他禁不住想到自己很快就可以上头条了——纽约城里大多数谋杀案受害者的尸体都会在东河或者哈德逊河里被发现,浮肿的尸体经常撞在桥墩上。他想象警察来家里询问父亲确认尸体身份的场景,整个家庭都会陷入万劫不复之境。乔治冷酷地想着,最好自己的尸体永远消失,那么就没人会发现丑陋的真相。从某种意义上来说,肯特也算是名绅士,或许他会仁慈地这样安排。

"克洛斯先生。"

乔治抬头,看到玛丽·莫尔斯站在他面前,穿着宝蓝色长裙,戴着同色系帽子,衬得她那头漂亮的黑发和一双蓝色眼睛更加美丽。她身边跟着一个五十来岁的矮个子女人,眼神锐利,面无表情。女伴,乔治想着,像玛丽这样的女孩身边都有年长的女伴,形影不离。

"您好,莫尔斯小姐。"

乔治的声音有些冷漠,对方的脸上浮现出失望的神色。在他的毕业宴会上,这位姑娘就像追逐马粪的苍蝇一样在他身边转来转去。

"真高兴在这里遇见你,"玛丽·莫尔斯轻快地说,"在去新港之前,我们会在这里停留几天。今天下午我们打算步行去卡兹基尔参观大瀑布,它一定非常漂亮。我衷心希望您能和我们一起去。这位是兰普林太太,我母亲的姑婆,她会陪我一起去。"

兰普林太太给了乔治一个冷冰冰的微笑,她的字典里一定没有开玩笑这三个字。

"我很抱歉,莫尔斯小姐,我已经另有安排了。"乔治说,"或许这周的之后几天,如果你们还在这里的话,我可以打电话给你。"

"噢,太好了!我们住在——"

"这狗屁酒店!我费了半天劲才他妈的挤进去,拿到那把该死的蠢钥匙。哎——啊哈,你们好啊!"弗拉纳根小跑着来到他们面前。

"莫尔斯小姐,这位是弗拉纳根先生,我的……朋友。"

"认识你真他妈高兴!"弗拉纳根粗鲁地说,朝着玛丽伸出红色的大掌。她小心翼翼地摇了摇弗拉纳根的手,像是上面沾了血一样。

"这位迷人的女士又是谁啊?"

"兰普林太太。"玛丽的女伴后退了一步,显然无意跟他握手。

"喂,我们一起去酒吧喝几杯怎样?我来买单。"

"莫尔斯小姐正准备去山上散步,弗拉纳根先生,改天吧。"

"好啊,你们房间号多少?我晚点儿过来找你们。"

"我已经询问过前台了,他们说要等会儿才能确定。"

"哦,该死的蠢货。"

"莫尔斯小姐，后会有期。"乔治鞠躬，拉着弗拉纳根的手臂走开。

"那小妞儿长得真靓啊，乔治。你在跟她约会吗？我是不是坏你好事儿啦？"

"没有，汤米。事实上你拯救了我，感激不尽。"乔治大笑。像玛丽这样的女孩他见得太多了，她们都以婚姻为终极目标，好像生活里就只有这么一件事情。拥有出色的长相和不错的家庭背景，姑娘们都把乔治当成丈夫候选人——或者说婚姻阴谋的受害者。

弗拉纳根和乔治住在东塔六楼，酒店最好的房间，很大，但一点也不花哨。纯白色墙壁，两张床，一张五斗柜，铺着亮色地毯，房间角落里还有绿色的贵族卧榻。乔治躺在卧榻上，双手搓着脸，脑子里像跑马车一样思绪万千。到底是从什么时候开始，他的生活变得这样一团糟了？

答案是显而易见的，他脑子里浮现出那年冬天第一次走进彭德尔顿大门的画面。彭德尔顿是城里最堕落最邪恶的销金窟，哈佛大学高年级的学长带他去那儿度过了 1884 年的圣诞节假期。在彭德尔顿，高贵的绅士们可以尽情赌博、饮酒作乐、勾搭驻唱女歌手，无须顾忌卡洛琳姑妈所在的上流社会不齿的目光。藏身于东四十五街的俱乐部内部装潢极其奢华，有着胡桃木镶板墙、大理石地板和水晶吊灯。在私家赌场里，人们可以尽情地玩法罗牌、扑克、巴卡拉纸牌或者轮盘，俱乐部免费供应美酒和食物。乔治就这样推开通往陷阱的大门，走入了快乐而神奇的世界。

作为一名数学家，乔治有着与生俱来的赌博天赋。这一切都让他着迷——计算概率、计算卡牌、计算骰子。但最让他着迷的是赌博带来的刺激感和兴奋感，那种快感如此纯粹直观，比做爱更愉悦——这也是他在彭德尔顿学会的另一种游戏。没过多久，赌博成了他生活里不可或缺的部分,他满脑子都想着赌两把,一秒钟都按捺不住内心的兴奋和激动。乔治不是个有自制力的人,没有毅力对抗赌博的欲望,他沉沦于此,彻底投身赌场。

在彭德尔顿,乔治认识了詹姆斯·肯特。打从第一次见面起,他就很欣赏对方。肯特是乔治理想中的自己:富可敌国,英俊潇洒,风度翩翩,富有智慧和魅力,并且懂得如何享受生活。

不是所有的"娱乐场所"都有彭德尔顿那样高的档次,下层贫民也有自己的娱乐方式。包厘街和田德隆区到处都有廉价的低级舞厅、妓院和赌场,那些肮脏污秽的下等人可以在这里找乐子。除了赌牌和骰子,这些地方还有斗鸡、斗狗、斗鼠、地下黑拳和赛马等。唐人街上不仅能买到鸦片,还有特别的赌法:番摊和牌九。

乔治找到这些地方纯属偶然,哈佛大学的一名教授鼓励他在工业学校的儿童援助协会当志愿者,他很高兴地发现自己非常适合当老师,并且喜欢跟孩子们相处。不过工业学校位于下东城区——整座城市最邪恶的城区之一,每个街区平均有四个赌窝。像是小男孩走进了糖果店一样,乔治不可自拔地深陷其中。慢慢地,他再也离不开赌桌,深陷其中。

1885年秋天,乔治开始走背字,逢赌必输,输了又想翻盘,陷入了恶性循环。不久以后他就输得一干二净,不停地往这个无底洞里扔钱,花光了祖父留给他的遗产——原本这笔钱应该用于支付他到哥伦比亚大学深造的学费。这感觉像是在环形铁路上追逐一列火车,每次试图跳上最后一节车厢的时候,列车都会突然加速,把他甩开。除了空空如也的裤兜,他什么都没得到。

翻盘的最后希望破灭在一匹名为灰色幽灵的赛马上,乔治只能向肯特借钱,真正的梦魇就是从那天开始。肯特非常乐意把钱借给他,好运似乎重新回到乔治身上，很快他还清了欠债。可惜好景不长，幸运之神不会一直垂青于他，借贷的大门一旦打开，他便一次又一次找肯特借钱。最终，他债台高筑，无力偿还，只好竭力躲避债主，直至毕业宴会那天。

敲门声响起。

"该死的玛丽·莫尔斯，我不想出去散步！"乔治低吼。

"说不定她们想去喝一杯，"弗拉纳根说着就跑去开门，"噢，伟大的基督啊，凯蒂·麦高恩！小美人儿，你他妈的怎么来了？"

"特殊任务，汤米。好了，拿着，去吧台喝点带劲儿的吧。"她灵巧地弹出一枚硬币，弗拉纳根一把接住，离开了房间。

"凯蒂，"乔治倒抽一口气，"噢，凯蒂！"他冲到女人面前，把她抱在怀里。"噢，上帝啊，见到你真是太好了！"

凯蒂也紧紧地拥抱着他，把头埋在他胸膛，过了许久，乔治才放手，退开一步，凝视女人美丽的眼睛。即使放在名媛云集的盛宴中，凯蒂也会是最美丽优雅的一个。她是全纽约最炙手可热的妓女之一，许多富家子弟、白领精英、银行总裁和华尔街股票经纪人都是她的入幕之宾。乔治第一次遇见她是在珍妮小姐家，那是一间专为有钱人服务的高档妓院，伴着叮咚作响的钢琴声，里面的香槟都要卖十美元一瓶。姑娘们也都干净精致，全都受过相关训练，很会取悦男人，跟她们聊天是件愉快的事情。珍妮小姐家通常在周五和周六晚上开放，只有穿着晚礼服、手持花束的绅士们才有资格进去。最重要的是，它一直规规矩矩做营生，保障顾客的安全。客人在姑娘房间里销魂一刻的时候，不用担心有人悄悄从壁板背后溜进来，摸走他放在裤子里的皮夹——纽约城许多被称为"镶板房"的妓院就干这种勾当，还有姑娘给客人下迷药，把他洗劫一空。当然，这些事情在珍妮小姐家是绝不可能发生的。

　　自从看到凯蒂第一眼，乔治就被她迷住了，他毫不介意对方是个一双玉臂千人枕的妓女。没过多久他俩就打得火热，凯蒂也是真心对乔治的——乔治可以随时找她做爱，不管她是否在上班，更不用付钱。两人很快坠入爱河。

　　"乔治，是肯特派我来的。我这儿有个好消息，亲爱的，肯特刚刚打电话说免除你的债务，你自由了，我的爱。"

10

"吸一口气，对，保持住。"

约翰斯顿太太用力拽着紧身胸衣的带子，勒得朱莉娅·克洛斯喘不过气来。英国女管家用健壮的手臂熟练地系好束衣，轻松得像是在捆包裹。

"真棒，"海伦啧啧地赞叹，"你的身材像公主一样完美，纤细修长。"

"完美，"约翰斯顿太太点头，"现在要穿的是蕾丝花边背心，还有蓬边衬裙。"

海伦面带骄傲的微笑看着管家给女儿梳妆打扮。这一天她期待已久，朱莉娅那一头自然披散的长发终于可以梳成时髦的发型，再也不用穿着简朴的少女蓬裙，即将改换成靓丽的晚宴装。还有最重要的，她可以佩戴珠宝首饰了——只要不是未婚男子赠予的礼物就行。从这一天起，朱莉娅要向稚气未脱的少女时代告别。

管家把朱莉娅背上最后一根绳子系好。

"现在是晚礼服。"约翰斯顿太太说。朱莉娅的礼服是蓝色的，上面绣着漂亮的矢车菊花，管家迅速地帮她整理好。母亲站在她们身后，看着镜子。

"你看起来漂亮极了，朱莉娅。"海伦从背后拥抱女儿，绾起女儿的长发，在她头顶盘好。"得要几只发夹。"

十五分钟后，在十八只发夹的帮助下，海伦终于在女儿头上盘出满意的发型。"你的首次私人宴会定在下周，到时候会见到许多人。我听说比克曼的儿子刚从西点军校毕业。"她露出微笑，望着约翰斯顿太太，对方也很清楚西点军校的年轻毕业生在上流社会相当受欢迎。

"我不换衣服可以吗？就一会儿，要习惯习惯。"朱莉娅问道。

海伦点点头。

"那我去写东西了，下午茶时间再下来。"朱莉娅说。

海伦看着女儿蹦蹦跳跳地跑上楼，那俏皮的样子跟她的淑女装扮不太合宜。她本该按照贵族家庭的方式教育子女，就像母亲教育她那样，但海伦拒绝成为一个所谓的"理性家长"。她的母亲曾经说过，不能让孩子对父母太过依赖，只能"偶尔"跟他们见面，一定要"适度"地熟悉他们。海伦才不管这些，她喜欢跟孩子们亲密无间的感觉，相信她丈夫也是这样想。

朱莉娅成年并不意味着她很快就要失去一个女儿，毕竟小姑娘才十七岁，短时间内不会步入婚姻的殿堂。不过绝不能掉以轻心，在上流社会的婚姻市场上，朱莉娅可是抢手货，所以绝对不能沾上一星半点不名誉的绯闻。还好有卡洛琳姑妈为她保驾护航，海伦安心地想着，姑妈一定不会让朱莉娅重蹈她亲生女儿的覆辙。

艾米丽，卡洛琳的长女，曾经疯狂地和詹姆斯·范阿伦坠入爱河，范阿伦家在伊利诺斯州仗着投资中央铁路发迹，是个不折不扣的暴发户，狂热地崇拜英国的一切，连讲话都带着浓重的英式口音。艾斯特家族认为这种人根本不配和自己女儿联姻。卡洛琳的丈夫，威廉·巴克豪斯·艾斯特二世曾在公开场合表示不会承认女儿和范阿伦家的婚姻。新郎的父亲是名参加过内战的将军，曾因此向艾斯特提出决斗，威廉战败，不得不收回了自己的话。可是婚礼同时也开启了一段不幸的婚姻历程，在忍受了多年的空虚寂寞之后，艾米丽在 1882 年生第三个孩子时死于难产。

卡洛琳自己的婚姻则是一场精心粉饰、各取所需的作秀。艾斯特大方地任妻子支配自己的百万家产,但很久以前就不再让她介入生活。大部分时间,他都待在被戏称为"后宫"的豪华游艇上,和妓女舞女们厮混。卡洛琳是个理智的人,丝毫不为所动,她假装艾斯特是位深情又忠贞的丈夫,但挖空心思让他远离自己的宴会和舞会。

海伦不得不承认,而自己的婚姻,也遵循着同样的规则。

❖

同往常一样,朱莉娅一进门就冲向床边,整个人扑倒在床上。她大叫了一声,不过这次束腹顶在她的乳房下方,裙撑又撞到了背上,她疼得立马跳起来。

悲哀的感觉袭来,她突然意识到,穿上成人的衣服就意味着告别了轻松和快乐,她总不能穿着这一身滑栏杆吧。朱莉娅笨拙地爬到书桌边,紧身胸衣强迫她笔挺地坐在座位上,但不舒服的姿势不能阻止她开始每天两小时的写作。朱莉娅在写一本浪漫冒险小说,显然是受了沃尔特·斯科特爵士①文风的影响。

真庆幸父母没有顺从外婆的意思让她接受家庭教育,而是把她送到走读学校——斯彭斯小姐精英学校去上学,在那里她结交到许多门庭相近的女孩,并接受了一流教育。也是在那里,她发现了自己对文学和写作的热爱。在外婆的古板世界中,女孩子不能读太多书,那样

---

① 英国诗人、小说家,主要著有长篇叙事诗八部、长篇历史小说二十七部,以及传记作品。他的诗歌充满了浪漫的冒险故事。

不合时宜，女士们需要掌握点"观赏性知识"，才能找个好丈夫。为了安抚老太太，海伦还是努力让朱莉娅学会了绘画、素描、刺绣、钢琴，以及最重要的跳舞——在朱莉娅成年以后，这项技能不可或缺。

当然还有别的，贵族男士都疯狂地迷恋骑马，尤其是赛马，所以朱莉娅从小就接受骑术训练。每周至少两次，她都在中央公园骑行——当然，女孩子总是侧坐在马鞍上，不能跨坐。因为每年夏天克洛斯一家都要到新港或者伯克郡度假，她在射箭、草地网球、槌球戏等方面称得上专家。当然啦，女孩子可以精通这些项目，但永远不要超过男人。

这一个月以来朱莉娅在严格的督促下学习着复杂的社交礼仪。她知道了晚宴最好不要早于九点开场，雪利酒必须冰镇后饮用但红酒不能冰镇，宴会上不能连续上两种同样颜色的调味酱汁，不管是褐色还是白色。最重要的两条铁律，她听了无数遍，早已深深记在脑海里：第一，在公共场所绝不能让情绪失控；第二，绝不能沾上哪怕一丁点绯闻，否则就要面临灭顶之灾。一个女孩一旦成为流言蜚语的主角，她就完了。外祖母和母亲不厌其烦地对她说，如果谁犯了其中之一，就会被上流社会永远驱逐。

朱莉娅求知欲非常强，她喜欢上学，这些年已经出现了可以让女子就读的高等学府，比如瓦萨学院和卫斯理大学。她热切期待着能够继续深造，不过不知道家里人是否允许——大部分灯笼裤都认为女孩子读大学无疑是虚度光阴，学会希腊文什么的又如何？不能让她们的刺绣技艺提高，也不能帮助她们更好地管理仆从，对判断一间屋子是否该派人打扫之类的也完全没用。

"读这么多书干什么？"外祖母总是这样说，"女人和男人天生就有差异，所以男孩子比女孩子聪明很正常，这是天生的。"

但朱莉娅不想当个只具有"观赏性"的花瓶,虽然母亲也反对她上大学,但她可以说服父亲支持她。作为一名建筑师,克洛斯对知识和美感有种与生俱来的渴求,女儿成功地遗传了这一点。

沉浸在对女主角忠实保姆的描写中,朱莉娅没意识到查理进了房间,直到他一屁股坐在她床上。

"你干吗穿成这样?"他问。

"从现在开始,我得打扮得像个成年人了,知道吗,小屁孩?"

"像头笨熊一样,难看死了。"

"成年人需要私密空间,所以你这个小萝卜头赶紧给我出去。"

"我不要,我要在这里躲老爸。"

"怎么这么说?"

"他那张脸臭死了。"

11

海伦·克洛斯看着丈夫心不在焉地戳着盘中的烤羊羔肉，这可是他平时最喜欢的一道菜，但今天的晚餐已经进行了三十分钟，他却只吃了一口。这段时间里他嘴里蹦出来的字也不超过五个，不过这倒挺正常，克洛斯夫妇在晚餐时候说的话比一个发下沉默誓言的苦行僧还少。

"奥谢太太看到你盘子里剩的菜会很伤心的。"

遵从灯笼裤的习俗，除了星期天和假日以外，克洛斯夫妇都在自家餐厅里享用晚餐。未成年的小孩们则下楼去厨房里，跟着仆役们一起吃。

餐厅的天花板和墙上都镶嵌着黑胡桃木镶板，昂贵的韦奇伍德餐具反射着天花板上四臂吊灯的柔光，映上白色亚麻桌布，别有一番温馨气息。

克洛斯砰地放下叉子，敲得盘子当啷一声。"海伦，我又不是小孩子了，不需要人提醒该怎么做。"

沉默在餐厅中持续着，只有侧面墙上的仿古挂钟滴答作响。海伦用亚麻布餐巾擦了擦嘴唇，凝视着丈夫。

他们结婚半年左右，就发现彼此没什么共同话题，在他们的认知里，这很正常。一年后，他们几乎习惯了各过各的日子。海伦曾经奢望她的婚姻不会延续父母的模式，可惜事与愿违，她无力阻止，就像谁也无法阻止冬天降临。虽然早就认清了这个事实，并且无可奈何地接受，这么多年过去了，有时候想到自己如死水一潭的婚姻仍然会让她难过。

"我想，你今晚又要出去吧？"她说，"最近没有应酬的时候你都要出去。"

"我们能不能不谈这个，海伦？我没心情。"

"你可以留在家里，花点时间跟我待在一起。"

"昨晚一整晚我都跟你待在一起。"克洛斯严厉地说。

"那是在梅里克斯家的舞会厅，而前天晚上，是在林登－特拉弗斯家的餐桌上。"

"该死的，海伦，我们能不能不说这些废话？我自认还是个能养家的称职丈夫。"

"就养家糊口而言你很称职，没错，但就丈夫而言，要做的还有很多。"

"比如？"克洛斯忍不住提高了音量，"你还需要买什么东西吗？"

他的目光滑向了墙壁，在设计餐厅的时候，他在墙上留了一个直通厨房的通道，可以让女佣把食物装在盘子里，直接从厨房滑到餐厅。今晚站在通道背后的是奥谢太太，她肯定能听到主人夫妇的对话。

"不缺什么，不管是衣服还是东西，我说的不是物质上的满足。你有没有考虑过我的感受？也许我渴望情感交流更甚于一身杜普雷晚礼服呢？"

"是吗？"克洛斯被逗乐了，"情感交流？比巴黎的晚礼服更重要？"

"没错！就你和我，我俩坐在客厅里，你问问我今天过得怎样，或者感觉如何，或者我在读什么书，这有什么不可思议的？"

"海伦，看在上帝的分上，我经常询问你今天过得怎样。"

"不是这么回事！你问的是家里怎样——餐点准备得怎样，你的内衣有没有收拾好，有没有管好仆人，还有提醒你我们要出席哪些宴会之类，但你从来没关心过我。"

"能不能别犯蠢了？我现在没心情跟你争辩。"克洛斯低声咆哮，从椅子上站起来，"我也不会应允这种要求。"

海伦盯着她面前的空盘子。"只是一点小小的情感交流而已。"她喃喃地说，一脸挫败。

"那么你最好找个更称职的丈夫。"克洛斯走到餐厅门口，拉开，"是的，我今晚要出去，还会晚点回来。"

❖

"我们到了，先生，赫斯特街158号，比利·麦高乐音乐厅。"车夫为他打开车厢门，絮絮叨叨地说，"想找乐子吗，去布鲁姆街的密里根地狱吧，那儿的婊子浪得很，腿张得跟他妈的密西西比河一样宽。怎么样，要不要我带你去啊？"

克洛斯震惊了，随即脸上浮现出厌恶之色。"不用了，谢谢。"他礼貌地说，把一张钞票拍到车夫戴着手套的手里。

虽然已经晚上九点，赫斯特街上仍然热闹得很。克洛斯家附近可不会这样，七点以后街上几乎空无一人，只有流浪猫狗出没。他看了看街道北边的房子，仍然点着老式的煤气灯，五六层的砖瓦房密密麻麻挤成一堆，临街的一楼是各式店铺。每家阳台的遮阳篷或者窗户上都印着希伯来文的名字——利伯曼和斯基之类的。家家户户窗户大开，依稀能看到一张张潮红的脸，满身大汗，希望能在潮湿的七月晚上找到点凉风。街上的行人挤满了车道，货运和客运的马车只能在人群中一英寸一英寸地挪动，夹杂着车夫不时的污言秽语。

克洛斯低头，发现自己踩到了水沟渗出的黑褐色污物，赶紧在路边蹭了蹭鞋底。不到六英尺远的地方躺着个醉汉，夹克口袋和裤袋都被翻在外面。相互依偎的男男女女手挽手从周围走过，不少人若无其事地跨过醉汉，仿佛他只是一堆垃圾。

真奇怪，麦高乐音乐厅会在这样的地方，克洛斯还以为这里聚集了许多音乐爱好者，或许还有宽阔的大门之类。他朝着毫不起眼的门口走去，右边传来不同寻常的动静，克洛斯震惊地看着一个人用脏兮兮的手绢猛地捂住一位绅士的鼻子，没过几秒钟，后者晕倒，不省人事。小偷的另一个同伙蹿上来，合伙洗劫了肥羊的钱包，还把那身精良的西装扒下来。街上的行人视若无睹地继续走自己的路，全然不顾眼皮子底下的犯罪。

克洛斯目瞪口呆地朝赫斯特街158号昏暗的大门冲去，突然从里面走出来两个人，架着另一个人的胳膊，像拖面粉袋一样砰地把他扔在街道中间，然后大踏步回去。克洛斯颤抖着走进大门，里面是狭窄昏暗的走廊，他像盲人一样扶着墙壁往前走了大概二十英尺，前面的大门缝隙透出一丝光亮。推开门，他惊奇地看到一间巨大的舞厅，灯火通明的大厅里摆放着几十套桌椅，吧台几乎有整个街区那么长。两层楼高的大厅侧边设有带门帘的包厢。大厅里不少于五百人，钢琴、短号和小提琴的三重奏夹杂着客人们的高呼狂笑，显得格外刺耳。年轻的姑娘化着艳俗的浓妆，穿着红白相间的短裙穿梭于人群中，一边唱歌一边端上饮料托盘，那裙子短得几乎连她们丰满的大腿都遮不住。

几乎每张桌子都有打扮得更加艳俗暴露的女人，坐在一群男人中间，手臂像水蛇一样缠着他们的脖子，笑闹着，亲吻他们的嘴唇。其中一个女人令人惊讶地表演了绝活：一口气灌下一大杯啤酒。

肯特真的会在这种地方跟他见面？克洛斯快疯了，推搡着穿过人群，绕过像迷宫一样的酒桌，终于找到一个空位坐下来。他的屁股刚落在椅子上，两个陪酒女郎就来到他身边，其中一个大胆地坐到他大腿上，更可怕的是，这是个假扮成女人的男人，脸上刷了白色粉底，还打上了胭脂色的腮红。

"请我喝杯酒吧，帅哥。"人妖嗲声嗲气地说，克洛斯还没来得及回答，两杯酒仿佛从天而降般摆在桌上了。假女人飞快地抓起一杯，消失在人群中。

"两美元。"一个声音传来，为了不惹麻烦，克洛斯乖乖付了钱。

"给我的袜子打赏点儿呗，会有好运的哦！"另一个女人说着，伸出修长丰满的大腿摆在克洛斯面前，他只能掏出钞票打发她，至少看上去这是个真正的女人，头发染成佛罗利亚橘色。客人出手阔绰让她非常满意，于是倾身在克洛斯耳边低语："不如我们去私密场合玩玩？"她指着四周带门帘的包厢，"能看到特殊的东西哦——"

克洛斯抬头，正好看到一名穿着正装的男人掀开门帘走出来。

"听上去很诱人，女士，但我在这里还有个商务约会。"他抱歉地说，四周嘈杂的音乐和人声让他觉得头痛。

妓女俯下身，双手缠在克洛斯身上。"像您这样优雅高贵的绅士，怎么也要抽点时间给人家啦。"

在一秒钟之内，有人抓着她的手腕，粗鲁地把她拽开。是一名圆脸的男子，鼻子被打破过，留着八字胡。

"肯特先生想跟您见面，克洛斯先生，请往这边走。"他那彬彬有礼的口气可以媲美卡洛琳姑妈的管家。然后，他抓住了妓女的另一只手腕，从她手里夺过一个皮夹。"想必这是您的东西，先生。"

男子把钱包递给克洛斯，反手一巴掌狠狠地抽在女人脸上，力道之大，女人砰地跌倒，后脑勺狠狠地撞上了潮湿的地板。

12

伴着嘈杂的声响和弥漫的烟雾,克洛斯跟着引路的男人穿过摇摇晃晃的木楼梯,来到了地下室。在狭窄昏暗的通道里他好几次差点撞到头,幸好板门后面是宽阔的大厅,四面墙上都新贴了墙纸。十来个人围坐在摆满了酒瓶、啤酒桶和玻璃杯的橡木桌子边,克洛斯一眼就看到了肯特。对方优雅地起身,张开双臂表示热烈欢迎,像是面对久别重逢的亲人。

"孩子们,都来认识下,这是约翰·克洛斯,我们的新业务顾问。"

雪茄和香烟缭绕的烟雾弥漫了整个房间,礼貌的欢迎声稀稀拉拉地响起。听到自己的名字,克洛斯不由得打了个冷战。他迅速地坐上了肯特对面的空椅子,打量起桌边的人们。在联盟和灯笼裤会所从来没见过这类人:眼神凶狠,粗糙的脸上有着生活磨砺的痕迹。有个人脸上像是被九尾猫抽过一样疤痕遍布;另一个脸上坑坑洼洼的,就跟被无数钉子扎过;还有个缺了一只耳朵,绷着脸,不停地用手里的钻孔锥刺着木头桌子,刺出一个又一个小孔。大多数人的鼻子都被打断过,可他们都穿着最时尚的手工西装、背心和细条纹长裤,看上去出自克洛斯定制成衣的裁缝店,"布鲁斯兄弟"。有几个人身旁还摆着黄金杖头的手杖。

克洛斯最先认出来办公室拜访他的人,然后,他意外地认出了那个在外面街上用手帕迷晕别人的家伙。有人礼貌地起身对他表示欢迎,也有人不动声色,用怀疑的眼光打量着这位不速之客。

纽约大盗

他旁边坐了个眼神凶狠的大汉，有一头夺目的火红色头发，手指上戴着一组铜指节套，克洛斯注意到上面还有血痕。一名矮个、面貌斯文温柔的俊美男子从座位上起身，递过来一杯威士忌。

"润润嗓子吧，约翰尼①。"他说。

克洛斯报以一笑，接过酒杯啜饮了一口。新朋友们认可地点点头，他想，这大概是人们从陌生到熟悉的最好方式。

那名拿着手帕的男子微笑着开口："我想，今晚上我们在街上见过面。"

"是啊，我记得见过你，好像你挺忙的。"

"有个客户要处理。"

"这是麦格克盖尔②，绰号小猪，整座城市里最棒的氯仿人。"坐在他另一边的枯瘦光头笑着说，拍了拍小猪的背。

"氯仿人？"

"是啊，我可以从背后偷偷靠近某人，把一张浸了氯仿的手帕盖在他脸上，不出十秒就可以扒光他。"

"在座的都是我们组织的特殊人才。"肯特的口气听起来像是在炫耀自己的孩子们，"就像你一样，克洛斯先生，我相信你能为我们带来惊喜。"

克洛斯从外套口袋里掏出折好的设计图，展开铺平，让坐在他对面的肯特能看清楚。他正打算开口，却犹豫了下。他没想过会当着这么多人的面陈述计划，本来以为会跟肯特单独见面的。好吧，"盗贼无隐私"，这句话突然浮现在他脑海。那天早上送冰的场景又冒了出来，

---

① 约翰的昵称。
② McGurk，苏格兰人名，意思是"猪"。

他明白在座的人没有一个敢背叛肯特。

"这是库克的堡垒，第五大道最早修建的建筑之一，在七十八街的转角。"他指着图纸的正面为大家解释。这栋建筑极其富丽堂皇，石砌的屋顶十分陡峭，还有高耸的烟囱，占据了街区的一半面积。另一半街区也属于库克所有，一直到七十九街，所以他的堡垒背后有一大片开阔地，还有庭院和马车车棚。

"真是栋漂亮的大房子，我打赌它有室内卫生间。"麦格克盖尔说。

"你他妈就知道说废话！难不成住在这样的房子里，还要出门去倒屎尿盆吗？"只有一只耳朵的男人叫道。

"嘿，这是不是那栋周围有深沟的大房子？"另一个人问道。

"是的，那是旱护城河，我设计的，还有吊桥，用新型的电动马达和钢缆升降——跟布鲁克林大桥的原理一样。"克洛斯带着淡淡的骄傲回答，"我知道怎么操作它，这样街上的人不会看到我们，我们可以从后面突破，我降下吊桥，你们从后门闯进去。"

其他人纷纷点头，用钦佩的目光看着克洛斯。

"等等，我们办完事儿后，别人会不会想到是你搞定吊桥的——你刚不是说这是你设计的？"

大家脸上的笑容敛去了，都用警惕的目光看着克洛斯。他们都想着同一件事：如果克洛斯被警察逮捕，肯定毫不犹豫把他们都卖了。

"麦格克盖尔先生，"克洛斯说，"有几十个建筑工人参与了这栋楼的建设，所有的仆人也都知道吊桥怎么操作。警方会把他们列入嫌疑人名单，更重要的是，没人会怀疑一名绅士。"他的最后一句话让肯特面露微笑。

"来，我们接着说。"克洛斯说，"这里是地下二层，葡萄酒窖右边是大型金库，存放着银器和瓷器，隔壁房间储藏着亚麻布。库克家有一整套价值可观的银器,出自英国王室珠宝公司加勒德。还有成套的德累斯顿和塞夫尔瓷器,昂贵的爱尔兰刺绣和比利时蕾丝床单,在雪松木密室里。"克洛斯指着图纸中间的房间,"密室的门就隐藏在酒瓶架背后,拉开铰链就行。"

"门上有密码锁吗?"肯特问道。

"不,只是一把挂锁,用撬棍就能撬开。"

团伙成员都站起身,凑过来看图纸,不过克洛斯认为除了肯特应该没人能懂,连他那些富有、受过高等教育的客户都鲜有人能看懂设计图。不过为了给大家留下好印象——当然,最重要的是为了多捞点钱,早日还清乔治的债务——他抽出二楼的设计图,摆在最上面。

"二楼是库克家的私密空间——卧室和书房,还有通常用来举行家庭聚会的客厅。"

"真他妈的棒极了,这么大的房子就他妈住了一家人。"一名穿着贵气的暗灰色燕尾服,外面套着珍珠灰马甲的胖子说。

"库克夫人的卧室里有个保险箱,里面装着她的珠宝首饰。"

"这女人有自己的卧室?"麦格克盖尔惊讶地问。

"是的,所有的夫妇都有自己独立的卧室。"

麦格克盖尔和他的伙伴们交换了个心照不宣的笑容。

"这家人正在新港,贵族太太绝不可能把所有的珠宝都带在身边,她会把最好的首饰留到十一月中旬开始的社交季。正巧我知道库克夫人有一套卡地亚头饰,五颗大钻石,每一颗都配有硕大的淡水珍珠装饰,它们应该在保险箱里。"

"保险箱在哪?"肯特问道,"藏在一幅画背后?"

"你说的地方确实有,不过那是用来迷惑别人的。我特意做了一扇假的保险箱门,藏在壁画后面。真正的保险箱在这里。"克洛斯指着卧室一角画出的方形说。

"那是什么?"肯特问。

"罗马狩猎女神黛安娜的大理石雕。它的底座背后有一个可拆卸的面板,里面放着小的便携式保险箱。"

"有锁吗?"

"有个暗码锁,不过保险箱没有固定在地上,你可以直接拿走。"

肯特的小伙子们笑嘻嘻地交头接耳,为有这么一大笔生意兴奋不已。克洛斯低下头,内心挣扎不已。跟那些鼻孔朝天的贵族不同,库克一家出身草根,善良诚恳,是他合作过最好的客户之一。比尔·库克出身于密苏里州的农家,从未因为暴富而得意忘形。他还好心地记得查理的生日,在上个月送来了昂贵的礼物。

但克洛斯别无选择,库克一家顶多丢点钱财,总比让乔治送命好。

他还给肯特的手下们带来另外的惊喜。

"卧室旁边是库克夫人的更衣室,衣柜里都是她的高档成衣。"

"上帝啊,更衣室跟她卧室差不多大!"红发、戴指节套的男子惊呼。

"比我们所在的这间大厅还大,"克洛斯点头,引出了周围几声口哨,还有"操蛋的狗屎"之类的感叹声。"更衣室必须要大,因为社交名媛每天至少要换四套衣服。"

"每天?换他妈四套?我家婆娘连内衣都不肯天天换!"一个长着招风耳、尖鼻梁的男人叫道。他看上去像是儿童读物里的小精灵。

"上午穿家居服,下午要换礼服,喝茶时候要穿茶会服,骑马时穿骑马装,配套的上衣、裙子都得换。不过最昂贵的应该是晚礼服和宴会服,都在这个雪松木衣柜里。库克夫人从沃斯家定制成衣,那是巴黎最时尚的成衣店。她每年会订两套全新的礼服和整套配件,都是用最昂贵的丝绸、锦缎和天鹅绒做的，还带有蕾丝花边。衣柜的其他地方摆着帽子、鞋子、手套、丝质内衣和皮毛大衣。"克洛斯的手指在图纸上衣柜所在的地方敲了敲，"这才是你们能拿走的最值钱的东西，比珠宝和银器值钱得多。"

他抬头，看到肯特满意地冲他微笑。

"干得太漂亮了，克洛斯先生。"肯特称赞道。周围人纷纷举起酒杯应和。

突然间，有个高大但面容憔悴的人站起身，克洛斯早就注意到他的手里一直把玩着一股像是钢琴琴弦的东西。男子用硕大的拳头砸了下桌子，手指上的钻戒在桌面上发出砰的声响。

"等一下，这个油头粉面的家伙可信吗？"他高声叫道，"我们都不了解他，万一他是个来卧底的平克顿呢？"

"看在上帝的分上，冷静点，布雷迪！"有人喊道。

肯特脸上的笑容消失了，锐利的目光扫向提出抗议的大个子。

"我们可以信任他，因为我说可以。"他冷冷地说。那名男子皱了皱眉，勉强点点头。

"还有个问题，克洛斯先生，"微笑又一次浮现，肯特说，"库克家里有人看守吗？"

"没有，他和家人都去了新港，而他家没有守夜人。"

克洛斯不愿再回答任何问题，一门心思只想赶紧离开这里。"好了，先生们，很高兴认识大家。"他说着，从桌上拿起帽子，"毫无疑问，你们还需要继续讨论行动细节，我想我该离开了，晚安，各位。"

他几乎就快要走到门边，但被肯特叫住。

"请稍等，克洛斯先生。卡尔沃会为您安排一辆马车，下东城可不是您这种身份的人来去自如的地方。"肯特朝着卡尔沃挥了挥手杖，又看向克洛斯,"我们去隔壁等一会儿,好吗?"

他领着克洛斯来到另一间屋,里面存放着多余的桌椅,大部分都是坏的。没过多久,一群衣衫褴褛、浑身脏兮兮的人走了进来。戴着墨镜的盲眼乞丐捧着罐子坐到桌子边,摘下墨镜,倒出罐子里的纸钞硬币数起来。浑身污垢的残疾乞丐拖着假肢,一瘸一拐地走进来,他把假肢脱下,露出完整无缺的腿。看到克洛斯目瞪口呆的表情,肯特哈哈大笑。

"比利·麦高乐真是好心,让这些不幸的人在这里容身。"

"不幸的人?可是那个人眼睛明明是好的,还有另外那个,根本没残疾!"克洛斯大声嚷嚷。

"欢迎来到我的世界,克洛斯先生。"更多伪装成残疾的人走了进来,肯特笑得前仰后合,用手杖的黄金杖头轻轻敲着掌心,"我们有个完美的开头,您的工作非常棒,给小伙子们留下了美好而深刻的印象。我们会采纳您的计划,马上着手工作。准备工作,准备工作,准备工作决定一切,克洛斯先生。"

"我的儿子在哪儿?"克洛斯质问道,他的耐心快要告罄。周围的乞丐们投来好奇的一瞥,然后继续忙着数手里的钱。

"今晚您带来了诚意,投桃报李,我自然也不会让您失望,放心吧,乔治一切安好,最迟明天中午他就可以回家。"

卡尔沃的身影出现在门口,克洛斯起身朝他走去,肯特用手杖拦住了他。

"真是抱歉,离开之前,还有点小事情需要麻烦阁下。"

❖

内德·布雷迪习惯在回家之前去手摇风琴酒吧喝一杯,酒吧里有为他保留的私人房间。虽然已经结婚，许多酒吧女仍然争先恐后地想要跟他搭上关系。布雷迪魁梧俊朗，出手又阔绰，当然，他只会挑最漂亮的几个当女伴。

不过今晚不需要女伴，他喝完黑麦威士忌就出门了。刚走到西斯顿街，一条脏兮兮的白棕相间的狗从阴暗处跳了出来，凶狠地咬上了他的腿。布雷迪叫了一声，愤怒地一脚把狗踢飞，然后看到一名衣衫褴褛的老头站在路边。

"干你娘的，让你这条该死的狗滚远点，老蠢驴！"

"麦粒是条好狗，专门咬混蛋。"老头大声说。

布雷迪走到他面前，笑了。

"这么说你的狗很聪明了？"

"他妈的，老子的狗当然聪明。"

话音刚落，布雷迪朝老头扑了过去，手里的钢琴弦缠上了对方的脖子。他那硕大的拳头攥紧了琴弦两端，用力拉拽，毫不放松，直到老头的脸色转为灰败，双眼凸出，他才松手。

砰的一声，老头倒在了人行道上。

"你真的很聪明，老子就是个混蛋。"布雷迪对那条狗说。它害怕地呜咽着，蜷缩在转角的阴影里。

13

"三个加上两个是多少?"

九个孩子坐在课桌后面,困惑地看着老师。第一次见到这些学生的时候,乔治震惊了,这些孩子全身脏污,瘦小,反应迟钝,更像是一群小动物,跟他的弟弟查理简直有天壤之别。起初,乔治只知道他们是孤儿,没过多久,他就了解到这些孩子都是被家人遗弃的,因为家里穷,养不起,他们只能自生自灭,在街上偷东西,或者擦鞋卖报之类。女孩子就在街上卖鞋带或者火柴,还有一些孩子在工厂里糊信封、捻麻绳,换得一点点血汗钱。

在来到寄宿居所之前,他们都无家可归,露天席地睡在五点区和包厘街的墙根下,依靠街上的蒸汽炉取暖。学校的主管考德威尔医生说,纽约城的街上大概有两万多流浪儿童,像老鼠一样在阴暗的角落流窜。他们从来没庆祝过圣诞节和自己的生日,许多孩子甚至不知道自己是哪天出生的。对乔治而言,他们就是活生生的悲剧。

"蒂姆,你来说说,到底是多少?"

瘦骨嶙峋、满脸雀斑的小男孩怯生生地盯着老师面前的焦糖糖果,在算术课上,乔治用糖果代替牙签和火柴做教具,这些孩子们几乎没吃过什么零食,这种一石二鸟的法子挺有用的,于是口香糖、甘草棒和各种糖果经常出现在课堂上。

蒂姆皱着眉,偷偷地数着手指头。

"五个?"

"真聪明，为了表扬机灵的蒂姆，大家现在可以吃掉今天的糖果了。"乔治笑着说。

欢乐的笑声响起，孩子们迫不及待地剥开糖纸，抓起焦糖糖果塞进嘴里。最初，乔治还以为他们会把所有糖果一口气吃掉，很快，他惊讶地发现，孩子们不约而同地都留了一些。他意识到这是他们在残酷的街头生活中无师自通的生存本能。

乔治欣慰地看着学生们享受着课后甜点，在这里当老师当得越久，他就越同情这些孩子们，为他们感到心疼。无父无母，前途渺茫，这让他隐隐为自己优渥的生活感到惭愧。所以每到周末，他就从剑桥搭火车过来教小淘气鬼们算术。他们一点也不傻，只是悲惨的遭遇和冷漠的世情像是一团冰雾封冻了他们的思维。有时候他想多为孩子们做点什么，便带他们去中央公园郊游，去伊甸博物馆看蜡像展，或者去第十四大道看木偶戏。考德威尔医生向他抗议过，不过乔治解释说这是教学的一部分。

"好了，孩子们，下周见。"乔治挥了挥手，孩子们像是脱缰的野马纷纷冲了出去。

走出教室，他冲着卡文迪什小姐微笑问候，年轻的女秘书红着脸，暗暗高兴这么英俊的年轻人居然会注意到自己。儿童援助协会的建筑位于百老汇东面，砖石结构的楼房是由乔治父亲的一位好友卡尔弗特·沃克斯设计的，有食堂、教学楼、教师和孩子们的宿舍。有人抱怨援助协会修得太精美，完全不像是收容流浪儿童的处所。

乔治沿着北勒德洛街朝第三大道高架铁路走去，他的新公寓位于布拉德利区西五十九街，正对着公园。作为送给他的礼物，外婆付清了一千八百美元的年租金，虽然她反对外孙住在公寓楼，在她的概念里，上等人是不会租房住的。外婆不屑地说，这只是现在的流行病罢了,盎格鲁—撒克逊人绝不会与陌生人分享同一个屋檐。

一边走着,乔治忍不住又回想起之前的事情。肯定有什么地方不对劲,肯特不可能平白无故赦免他的债务,这简直不可想象。他以为自己必死无疑,甚至已经认命了,而现在他回到了城里,没事儿人一样,仿佛一切都只是场噩梦。凯蒂不会告诉他肯特大发慈悲的理由,让他失望的是,前债主断然拒绝跟他对话。

真令人沮丧。乔治本想告诉肯特,他愿意把周薪的大部分用于偿还债务,以感激对方的仁慈,不过弗拉纳根在松开绑绳之后警告过他,最好别再跟肯特扯上关系。乔治无法理解自己得到特赦的原因,但感谢上帝,家里人对此毫不知情,否则这种耻辱会毁掉整个克洛斯家族。

德西兰街前面的街区上,有一家修建在地下室的酒馆,被称为地狱之家,那是下等人经常光顾的赌窝,乔治以前去过很多次。他在通往地狱之家的楼梯口前停了下来,盯着破木门上的雕工粗糙的虎纹,这个标志表明下面的房间有赌法罗牌。纸币在他兜里蹦跶,他忍不住把它们掏了出来,六美元。乔治沿着楼梯往下狂奔,又倏地停下来,转身回到人行道上。他闭上眼,喘着粗气。

在这样的时刻,总有种他无法抗拒的力量在作祟,仿佛他不是血肉之躯,而是由钢铁组成,地下赌场就是一块巨大的磁铁,有股神秘的力量让他不由自主地想要投奔而去。乔治紧紧地抓着栏杆,似乎要阻止自己的身体被投入深渊。可是那地窖不是磁铁,他也不是钢铁,那股力量存在于他的脑海,迫切地命令他赶紧把兜里仅剩的六块钱放在法罗牌桌的绿毯上。乔治迫不及待地想要体验赌博时那种心跳加速的感觉,赢钱时那股纯粹的欢乐。他不会告诉凯蒂,那样的快感精彩绝伦,比高潮来临之时更令人兴奋。他精通数学,所以有信心能在赌场里大展拳脚,赌博只是一系列的概率运算而已,通过分析可以掌控其规律。

全身开始冒汗，乔治把栏杆抓得更紧，然后，深深地吸了一口气，他放开手，从人行道上狂奔而去。他不敢回头，一旦回头，他将再次迷失在赌博的深渊。

❖

查理·克洛斯下定决心要搞到克兰德尔迷你蒸汽摩托。

上个月收到的生日礼物简直让他失望透顶，他才不想要那些该死的纸牌游戏，教人学习怎么管理资金和产业之类，诸如"街角杂货店的快乐游戏"和"银行博弈纸牌"之类。他想要辆摩托车，或是最新款的安全自行车什么的。可他收到的唯一像样的礼物是乔治送的麦克·凯利棒球棒。

克兰德尔迷你蒸汽摩托简直棒极了，你可以骑着它四处飞奔。查理在论坛报的体育版上找到这条玩具广告，那家店在珍珠街和包厘街交汇的地方，在广告上店主用引人注目的黑色字体强调本店交通便利，靠近第二大道高架线。

查理和朋友们坐过许多次第三大道线，这回他决定自己一个人去坐高架火车。克洛斯家的父母信任孩子，从不限制他们的自由，查理可以尽情出门，在离家不远的地方玩耍。他和小伙伴们曾经步行走到过公园，往南走到过联合广场，往东和往西都走到了河边。

他乘高架火车游玩，在第三十四站和第二站短暂地下车，看着商店的橱窗，买几根甘草棒，陪流浪猫玩耍，兴冲冲地翻找路边的垃圾堆，然后再乘上去往市中心的火车。查理跪在座位上，望着窗外飞速掠过的建筑，他喜欢这种居高俯瞰的感觉。每一座大楼外墙的彩色招牌都让他着迷。

他的目的地查塔姆交叉路口站快到了。查理转身，跟上同一站下车的旅客，他们穿着奇怪的服装，叽叽喳喳地大声讲着陌生的语言。跟第五大道和麦迪逊大街的居民不同，查理发现这里的人们似乎喜欢打扮成童话里的人物：一位老伯戴着顶黑宽边帽，蓬松的雪白胡须一直垂到胸口，卷发两边分开，别在耳朵后面。远处还有个穿着猩红和金色相间棉袄的中国人。

查塔姆交叉路口是第二大道和第三大道高架铁路线的换乘站，巨大的双层铁轨交错着，查理蹦蹦跳跳地跑下通往街道的楼梯，朝东边走去，寻找珍珠街和包厘街，没过多久就发现自己完全迷失了方向。他困惑地绕过一栋大楼，惊讶地发现前面隐约可见的是布鲁克林大桥的石塔。他从未见过这么高大的塔，衬得周围的建筑相形见绌，连教堂的尖塔也不例外。

密密麻麻缠绕着石塔的缆线让他想起了巨大的蜘蛛网，潮水般的人流和马车流朝着大桥的两边泾渭分明地流淌。看来自己走错了路，查理转向北边继续往前，一直走到巴克斯特和沃什街的转角。他差点以为自己来到了另外一个星球：路边的低矮楼房摇摇欲坠，人行道上挤满了行人，恶臭的垃圾随处可见。没有鹅卵石，满街都是碎石夹杂着泥浆和马粪，臭味熏人。双轮送货马车和手推车像打仗一样艰难地行路。查理惊诧地瞪大眼睛，看见阴沟里有具马尸，绿头苍蝇像裹尸布一样覆盖其上。在他的头顶上，干瘪的老太婆从二楼窗户直接往大街上倒尿罐，路上的行人面不改色地躲开从天而降的污物。

巴克斯特街上的铺子完全不像他家附近的商店那么干净整洁，尽是些昏暗破旧的地方，店主们用长凳抢占了人行道，摆上装货的箱子，大多是一些二手衣物之类。他们不知疲倦地朝着过往行人叫卖，几乎

纽约大盗

快冲上去把他们拉进店里。小贩们推着独轮车沿街兜售,有个抽着烟袋的胖女人在卖苹果和姜饼,查理惊讶地看到,有几个比他还小的姑娘卖着枯萎的鲜花和廉价的袜子。一些手脚残疾的男人坐在路边,面前摆着鞋带和纽扣摊。

今天温度几乎有 90 华氏度①,街上恶臭蒸腾,熏得查理头晕眼花。他靠在一栋房子边,房子的外墙上布满了黏糊糊的绿色青苔,一只浑身油腻的老鼠蹲在臭烘烘的排水沟里,用那双黑色的小眼珠瞪着他。

"小子,你穿的衣服很新潮嘛。"

两个比他年长几岁的男孩站在离查理三英尺左右的地方,他们穿着肮脏破烂的帆布衬衣,破烂的裤脚短了好几英寸,露出满是黑泥的赤脚;脸上和身上涂满污垢,像是才从煤矿坑里钻出来。查理低头看了看自己的衣服,为了让母亲满意,他穿着带花边领的天鹅绒夹克,款式跟最近在杂志上连载的《小公子方特洛伊》里的一样,在时下的纽约城非常流行。在十岁的时候他就开始穿长裤,拒绝再穿方特洛伊式的短裤,剪他那样的发型,这件夹克是他对母亲唯一的妥协。

"嘿,跟我来,给你看点好东西。"一个男孩咧着嘴笑,做了个手势让查理跟他去堆满垃圾的小巷子。后者正准备礼貌地拒绝,年长一些的那个突然用那双肮脏的大手抓住了他的脖子,那双手有力得像是老虎钳,猛地把他扯了过去。查理挣扎着,但另一个男孩狠狠朝他脸上打了一拳,他跌倒在地,两个男孩开始凶狠地踢他,查理被打懵了,张大嘴却发不出一点声音。男孩们把他按在地板上,开始脱他的衣服。

"这可是真的丝绒啊!还有鞋子,一个洞都没有!"

如同被饥饿的秃鹫扑倒的猎物,没过几秒钟查理就被扒了个精光,

---

① 约 32 摄氏度。

连内衣都不剩。听到男孩们跑远的脚步声,他只觉得头疼欲裂,肚子也被踢得生疼,想要忍住眼泪,可泪水不由自主地滑落。查理艰难地从满是污垢的地上站起来,扶着旁边接雨水的水桶,试图稳住自己。

眼角的余光瞥到一个年纪较大的男孩正大踏步地朝他走过来,两只手分别揪着刚才那两个混球的耳朵,两个小偷痛苦地号叫着。

"把东西还给他。"男孩说,手臂用力伸直,被抓住的小偷尖叫着,忙不迭地把手里的衣物和鞋子扔在地上。

"现在,你来,把他们的蛋蛋踢爆。"男孩冷冷地说,查理摇了摇头,不明白他在说什么。

"蛋蛋?"

"是啊,蛋蛋。"男孩灵活地一抬腿,踢中一个小偷的两腿之间。"来吧。"他命令道。

查理忘了身上的疼痛,冲上来,用尽全身力气朝那两个小偷踢去。年长的男孩仍然揪着他们的耳朵,用力地把他俩的头撞在一起。砰的一声巨响,像是椰子被砸裂那般。两个小偷晕倒在地,过了一会儿才跌跌撞撞地爬起来,捂着头,朝小巷深处逃去。

"我来帮你。"男孩拿起查理的裤子,让他可以方便地把腿套进去。

"谢谢你。"查理讷讷地说。

"穿好了吧?我想知道,你今天来五点区干什么?"

14

克洛斯今晚不想来的,不过肯特坚持要求他出场。

他们在第五大道八十街坐上马车,等待着对库克家的行动。现在是凌晨两点,七月的这个夜晚黑得没有一丝月光。提出计划的一星期后,肯特就通知了行动的具体日期和时间。后来他们又在赫斯特街碰过一次面,肯特吩咐他一起参加行动。当克洛斯表示反对的时候,对方笑着说他只需要"间接"参与就行了——为小伙子们参考房子结构,以免他们临时记混了。

"你一定能体会到前所未有的乐趣。"肯特又加了一句。

乐趣?应该说是恐怖吧。克洛斯紧张得无法自控,抖个不停,他的衬衫早就被汗水浸湿了。

卡尔沃和布雷迪坐在他俩对面,这两人对克洛斯一直不太信任,布雷迪摆弄着手里的琴弦,皱着眉头。克洛斯最近才意识到犯罪团伙里也有阶级之分,眼前这两位算是肯特的左膀右臂,荣幸地陪老板坐在马车里。卡尔沃是肯特最信任的助手,而凶悍残暴的布雷迪则是肯特手下的得力悍将。

四周的街上停满了各式各样的封闭式货运马车——送牛奶、杂货、面包、木材等等,今晚全都用来运送战利品。第五大道七十六街的发展刚刚起步,鳞次栉比的店铺正在施工。这里有不少空地,看起来挺荒凉,尤其在夜里,几乎没有警车经过巡逻。克洛斯很满意周围不会有目击者。

肯特点燃雪茄,深吸一口,车厢里弥漫着来自哈瓦那的烟草气息。他掏出怀表。

"两点一刻了,先生们。"他那快活的口气让克洛斯想起了查理,在圣诞节那天早上蹦蹦跳跳地跑进他的卧室,宣布节日到来的样子。

肯特、布雷迪和卡尔沃走出了车厢。今晚的计划是每间隔一分钟,一辆马车里的其中两人就下车,另外一人留在驾驶座上。大家在库克庄园的后门集合,车上的人负责放哨。

克洛斯仿佛被粘在座位上,大脑命令他起身下车,但身体拒绝执行。

"该下去了,克洛斯先生。今晚可是您首次登台亮相啊。"肯特说,"我们可不能迟到。"

克洛斯仍然端坐不动,布雷迪回到马车上,一把抓住他的衣领,把他拖了下去。

"走啊!"布雷迪低声咆哮。

"请不要觉得不好意思,克洛斯先生。毕竟是第一次参与行动,每个人都难免紧张。"肯特叫道,挥手示意他过去。

克洛斯感觉双腿灌了胶水一样软绵绵的,仿佛随时都会倒下去。他完全不知道自己是怎么走到库克庄园后门的,巨大的铁门和周围的栅栏围着十五英尺宽的干壕沟,他惊讶地发现门锁已经被取下来了。

克洛斯咽了咽唾沫,深深地吸了口气,慢慢地走到铁门旁的路基石边,把全身的重量都压在石头的侧面。基石突的一声弹起,隐藏在下面的机关呈现在他面前,看上去像是放大的钟表内部复杂的机械结构。身后的同伙相视而笑,克洛斯蹲下来,把操作杆扳向右边。

悬在后门上的铁木吊桥缓缓地降下,缆线和滑轮发出低沉的摩擦声。

突然间，所有人的目光都被一道灯光吸引了，灯光来自干壕沟远端地下的位置，克洛斯弯腰把操作杆扳停。吊桥放下了一半，倾斜着。肯特和他的手下一动不动地站在原地，眼睛死死地盯着那道光。差不多半分钟，灯光熄灭了。

布雷迪用指控的眼光盯着克洛斯，冷笑一声，在夜里听起来格外刺耳。

"我就说这个混账靠不住。"

"只是一名仆人。"克洛斯尽量保持平静地开口，他很清楚那是什么房间。

"解决他。"肯特轻描淡写地给布雷迪下了命令，就像让他去把皮鞋擦一擦那样。克洛斯看到布雷迪脸上的狞笑，突然意识到接下来会发生什么。

"不！"他叫道，一把抓住肯特精心裁剪的西装袖口。对方的眼睛慢慢地从袖子移动到克洛斯脸上，建筑师尴尬得满脸通红，意识到自己失态了。但他不能保持沉默。"不要伤害任何人！"他低吼。

布雷迪扬起硕大的拳头，正准备朝克洛斯脸上击去，肯特无声地举手阻止。

"恐怕这很困难，克洛斯先生。我们总不能半途而废吧。现在已经是箭在弦上不得不发了。"

面对布雷迪仍然举着的拳头，克洛斯鼓起全身勇气。

"让我先从窗口看看吧。"

"那他妈有什么用？"布雷迪嗤声说。

"也许他什么都没察觉到呢，就听我的吧，这次的行动是我提议的，你至少可以给我十分钟。"

肯特勉为其难地点点头，眼神里仍然充满怀疑。"好吧，克洛斯先生。不过这是在浪费你的时间——还有我们的时间。"

布雷迪愤怒地看着老板,但没有吭声。

克洛斯跨出一步,又停了下来——没路下去。谁也没带梯子或绳子来,因为没想到会派上用场。灵光一闪,他想到壕沟两边的粗糙的灰色花岗岩——岩块之间的缝隙应该足够落脚。他翻过栅栏,小心翼翼地爬到干壕沟底部。很快找到了目标房间,他蹑手蹑脚地爬到窗户边,伸长脖子,谨慎地透过窗框边缘往里看。低矮的窗户半敞着,为狭小的房间透气。过了一会儿,克洛斯的眼睛适应了屋内的昏暗,往上撑了撑,把头探进窗户里。

这是个典型的仆役房,几乎没什么家具,也没铺地毯。通常主人家不允许仆役在房间里放个人物品,四面都是裸露的白石膏墙,感觉挺像牢房。克洛斯趴着的窗户正下方是铁床,有位穿着白色睡衣的年轻人仰卧着,睡得很香,轻轻打着鼾。克洛斯不明白他为什么会在这儿,库克庄园的所有仆人在夏天会都全体跟随主人去新港。

克洛斯轻手轻脚地爬离窗边,靠墙坐了下来。他需要时间思考对策,肯特估计都等得不耐烦了。

"你身上带着那玩意吗?"克洛斯抬头,尽量压低声音询问站在肯特身边的麦格克盖尔。

"氯仿?不把它带在身上,我出门都不安心。"对方笑着说,用手拍了拍夹克内袋。

克洛斯伸长手臂,示意麦格克盖尔把氯仿瓶子丢下来。他稳稳地接住了。

"卡尔沃先生,可否请您回趟马车,把马鞭和水桶里的海绵拿过来?"

虽然不明白为什么需要这两样东西,卡尔沃仍然小跑着离开。

"你他妈的到底要干什么？混球，你在浪费时间。"布雷迪从牙缝里挤出咆哮。

"闭嘴，白痴。"克洛斯忍不住说，他惊讶于自己的大胆。他抬头盯着肯特，径直要求："不要杀人。"

很快他拿到了海绵和马鞭，挤出海绵里的水分，用身上的小刀割开一条口，把马鞭穿进去固定好，然后打开瓶子，把一整瓶氯仿都倒在海绵上。

刺鼻的气味在温暖的夜空中弥漫。

克洛斯蹑手蹑脚地爬回了窗户外面，慢慢地把穿着海绵的马鞭伸进去，几乎半个身子都探进了窗口，他小心翼翼地把海绵往下放，放到熟睡的男人脸上，盖住了他的鼻子。两分钟过去了，克洛斯往后仰头，悄声问站在人行道上的麦格克盖尔："时间够了吗？"

对方低声笑了。"你给他一整瓶啊？恐怕到明天晚上他才会醒吧。"

克洛斯收回马鞭，沿着花岗石墙爬了上去。

"好了，我们开工吧。"他用命令的口气对肯特说着，然后把吊桥完全放下来。卡尔沃撬开铁门，克洛斯首先带着他们去地下室，窃贼们轻松地打开挂锁，进了金库。他们飞快地清理出空间，把值钱的东西装上麻袋运走。肯特的团队分工明确，效率惊人，就连布雷迪也全身心投入到了搬运工作中。几分钟之后，金库几乎被搬空了，一袋袋战利品迅速地穿过吊桥，在后门外等待运货的马车面前堆积。

整个过程中，肯特都站在地下室门口压阵，抽着雪茄，惬意地享受每分每秒。克洛斯想着，优秀的领导者应该像将军一样，带领士兵冲锋陷阵，他手下的小伙子们十分尊重这位眼神锐利的老板。肯特伸手拦住一个正要出门的小伙子，把手伸进他的上衣口袋，掏出一瓶酒，勒令他把它放回原处。

金库被洗劫一空，窃贼们在厨房重新集合，克洛斯领着他们从仆役用的阶梯走上二楼，进了库克夫人的卧室。小伙子们惊呆了，鸦雀无声。

"该死的，地狱啊。"麦格克盖尔低声说。

库克夫人的卧室墙壁镶着雕工精致的鎏金细木壁板，在巨大的水晶吊灯照耀下闪闪发光。这倒不是克洛斯设计的，房间的软装全都来自法国国王路易十六的宫廷，买回来后在纽约重新组装。房内另一边设有带着镀金栏杆的高台，上面摆放着精雕细琢的巨型四柱床，挂有鲜红丝绸和墨绿天鹅绒的帘幔。

"这床上可以睡下一家人了吧？"麦格克盖尔说。

为了尽快把小伙子们的注意力拉回来，克洛斯赶紧指出狩猎女神雕像位置，示意他们保险柜就在底座里面。两名窃贼把它搬了出来，放到枣红和金色相间的地毯上，又在保险箱底下垫上一块长木板，抬着它飞快地走出了卧室。类似的事情他们之前肯定干过不少次，驾轻就熟，效率惊人。

接下来大家拜访了库克夫人的更衣室。壁橱里的宴会装、晚装、皮草、大衣、礼服、骑马服以及各种配搭的帽子纷纷被扫进帆布袋，鞋子、围巾、手套、丝质衬裙、紧身束裙甚至连鲸骨内衣都无一幸免。然后克洛斯带着他们去了库克先生的卧室，壁橱里的订制成衣全被一扫而空，这群窃贼让他想起了蝗虫，所过之处颗粒不剩。

偷窃继续进行着，出乎意料的是，克洛斯反而不紧张了，之前在马车里他全身汗湿，几近崩溃。可是来到现场他反而精神起来，扬扬自得的感觉让他有点晕眩，如同喝下一整瓶香槟般兴奋不已。浑身像有电流通过，充满了能量。

小伙子们默默地工作着，那天晚上麦高乐音乐厅的嘈杂声响消失不见,他们默契十足,彼此之间无须语言沟通。在他们继续扫荡库克先生卧室的时候,突然一声巨响从隔壁屋传来,像是什么东西被打破的声音。所有人都一愣,几乎同时从夹克口袋里拔出手枪。克洛斯也停下脚步,从库克收藏的各种武器中回过神来——刚刚他几乎完全沉浸在小口径手枪、短管左轮、六发式柯尔特海军手枪的世界中。

数秒死寂过后,麦格克盖尔慢慢地从走廊来到木质镶板门边,轻轻推开门。所有人都屏住呼吸,直到他的提灯照到壁炉套上的一只花斑猫和地上一堆中国瓷花瓶碎片。猫跳下壁炉,跑了过来,蹭蹭他的裤腿。现场一片哗然,所有人回去继续工作,麦格克盖尔抱起那只猫,在下巴上磨蹭了两下,又把它轻轻放到地上。这间屋子是库克的书房,关上门,便不会有任何打扰,全是一个人的世界。小伙子们冲了进去,出来的时候带着库克珍藏的心爱物件:十六世纪的决斗手枪和几把中古世纪长剑。

肯特心满意足地抽着烟,看着手下忙碌地工作。然后,他走到二楼四处闲逛,长长的走廊两边镶有绿色的玛瑙石,五盏青铜吊灯闪耀着柔和的光。走廊的另一边连接着巨大的灰色大理石台阶。他用挑剔的目光审视了整个楼层,下令把一张描绘罗马战争的佛兰德斯挂毯和两套来自苏格兰城堡的盔甲带走。他甚至还派了个人回到库克夫人的卧室,卷走了她的毛皮地毯。

最后,肯特来到克洛斯身边,双手搭上他的肩膀。

"库克有没有收集手稿?"

肯特一脸失望地看到克洛斯摇摇头。他叹了口气,抬头打量方格木质天花板和上面镶嵌的金箔。

"可以媲美私人宫殿,设计感惊人。如果有一天我想要个类似的地方,还得拜托您来设计,克洛斯先生。我想米利森特一定会喜欢的。"

克洛斯的心忽地一跳，可是想到这笔潜在业务的雇主，只能苦笑。

"这些绘画里面，"肯特突兀地说，"有没有大师的杰作？像提香、伦勃朗之类的？"

"没有，都是些法国沙龙里流行的画作。你看那幅军事画，梅索尼埃的。"克洛斯指着一幅拿破仑在马背上指挥部队的巨型油画说。

"真是糟糕，它们都太大了，货车装不下。"

克洛斯笑了起来。"这些社交生物总是喜欢大家伙，至少大的更值钱。"

肯特看到卡尔沃做了个到此为止的手势，他和克洛斯一起朝楼梯走去，布雷迪叫住了他。

"肯特先生！"

"你先走吧，克洛斯先生，待会儿见。"肯特示意克洛斯先行离开。

布雷迪站在二楼走廊尽头的房间门口。"嘿，瞧瞧这是什么。"他把一个瘦小的女孩拖到走廊。她有着一头鲜红的头发，碧蓝色的眼睛，穿着睡衣。女孩剧烈挣扎着，眼睛瞪得大大的，充满了恐惧。

"我听到哭声，发现她躲在楼梯转角。"

"到这儿来，小姐。"肯特用一种慈父般的口气说，"告诉我，庄园里是不是只有你和楼下那个人？"

女孩点点头。

"真的吗？你要知道小姑娘撒谎的后果很严重。"

"撒谎会下地狱，我明白，可是我说的是实话，先生。"她颤抖着说。

"为什么你会在这里？"

"我忘了带上库克夫人的猫，舍巴。"她惭愧地低下头，"杰米和我一起回来找它，于是决定在这里过夜。请不要告诉夫人我忘带舍巴了,她会生气的。"

"没关系,我保证不会告诉任何人。"肯特伸手抚摸她的头发,冲布雷迪笑了笑,然后走开。

15

"庄家再赢一把。"

乔治盯着桌上绿色的法罗牌桌毯和上面的蓝色象牙筹码，他又输掉二十五美元。荷官和助手坐在牌桌后面，数着庄家赢的钱。他盯着乔治，估量着客人要继续下注的可能性。但乔治起身，挽着凯蒂从桌前离开。

他输得一穷二白。而两个小时前，他赢了很多。

债务被赦免后不到一个星期，乔治就抵抗不住诱惑重新开始赌博。完全无法控制自己，离开了赌场，他仿佛无法呼吸。竭尽全力想要摆脱赌博的欲望，可惜完全没用。学期结束后，乔治花费更多时间在教学上，这样他才可以一直在下东城的赌窝里待着。每天路过赌场都面临巨大的诱惑，像是饥肠辘辘的人走过一排排香气四溢的饭馆，那股魔鬼般的诱惑力从心底驱使着他沉溺其中。

他曾经克制过自己，用各种方式打消赌瘾，可惜他无法控制自己的身体。抽烟，在公寓里踱步，徒步走到中央公园……这一切都无法帮助他摆脱对赌博的饥渴。哪怕是跟凯蒂做爱的时候，他脑子里也是赌桌。可是在今年秋天去圣戴维斯中学教书之前，他都没有收入。乔治手里唯一的经济来源是每周的信托基金补贴，那是他的生活费。要是连这个也输掉，他就得靠凯蒂过日子了——或者更糟，向父母求助，他们免不了会问东问西。

这天早上，他从床上跳起来，凭着一股子冲动，把卡洛琳姑妈送的毕业怀表和金烟盒之类值钱的饰品拿去了东四十四区的当铺。一千美元的当金在口袋里跳动，乔治的意志力消失得无影无踪。凯蒂用尽办法阻止他，哀求他不要再去赌场，但他像失控的火车头一样，不管不顾朝目的地冲去。

因为凯蒂坚持跟他一道，乔治没有去贫民区的赌窝——通常那里的赌注不大，他能承受——而是去了高档会所。张伯伦之家，符合上等绅士身份的赌场，看上去跟百老汇附近的大楼差不多。会所内灯火通明，配有昂贵的家具、大理石壁炉、带壁画的天花板和绒毛地毯。前厅供客人聚会娱乐，后厅则是赌场。背后的餐厅为赌客们提供免费的餐点、雪茄和烈酒。城市里最流行的法罗牌在这座一流的会所里随处可见，乔治很清楚，这里的庄家不会玩什么花招。

他们在前厅找了个地方坐下，凯蒂把头靠上乔治的肩膀。

"我可以借你点钱继续玩。"

"不，你已经给我太多了。"乔治说着，吻了吻她的脸颊。

"走背字了吗，乔治？"哈瓦那雪茄的味道传来，有位胖墩墩的男子，穿着一身考究的晚礼服，朝他们走过来。

"运气不太好，参议员。"

张伯伦之家号称经常接待城市里的特殊人群，比如眼前这位，新泽西州参议员菲利普·梅里尔。除此以外，今晚还有两名国会议员、一名市议员和一位前任州长在这里打发时间。不过会所的常客是华尔街的投资商。他们一掷千金地豪赌，一晚上输个五千块眼都不眨一下，这些人只消在第二天的交易里动动手指头，说不定就能赚回八千了，实在是令人羡慕。

参议员在作了礼貌性的招呼后很快离开，内德·张伯伦走了过来，这位身穿晚礼服的中年男子是张伯伦之家的老板。他亲切地凑近乔治。

"今晚很抱歉,克洛斯先生,"他带着歉意说,"希望您能想开点,我真不希望看到这种事情发生在您身上。"微微鞠躬,他转身离开。

凯蒂拍了拍一言不发的乔治。

"你得问姑妈要点钱,乔。"

乔治惊讶地看着她。

"看在上帝的分上,凯蒂,我不能这样做。这可不是什么光彩的事情,会毁了整个家族。"

"毁了整个家族?你们这些上等人只关心名声。"

"你不明白,你以为上流社会的人只会享受奢华?嗯,这话也没错,不过一切都是有代价的,我们必须严格遵循让你难以想象的刻板规则,半点不能越轨。如果我做了出格的事情,就会遭到比死亡和肉体上的痛苦更可怕的惩罚:被社会驱逐。永远,没有第二次机会。"

凯蒂慢慢地摇了摇头。"你们就是群不知人间疾苦的家伙。"

"你也不懂我们的疾苦嘛。"乔治俏皮地在她脸颊上来了一吻。

"都凌晨四点了,去我那儿吧。"她突然换了个话题。

"不,我得回家备课。我答应了孩子们今天去炮台公园,他们已经很可怜了,我绝对不能让他们失望。"

"今晚我得工作,"凯蒂说,"不过两点之后我可以去找你。"

"那时候我应该在温莎宫殿。"

凯蒂坐起身,抓住乔治的胳膊。"看在上帝的分上,乔治,你不能去那里。"

"那儿最近流行三骰游戏①,我可以赢的,相信我,我已经算出了规律。"乔治笃定地说,他最近迷上了包厘街流行的骰子游戏,"就拿

---

① 用三枚骰子玩的赌博,玩家对三个骰子的可能性组合进行押注。

五美元当赌本,等着大赚特赚。"

"不要,亲爱的,别去。留在家里等我,我给你做早餐,做你喜欢吃的牛排和牛腰。"凯蒂抚摸着他的头发,看着他。

像凯蒂这样备受追捧的尤物,大可以在纽约城里轻而易举地找个有钱人,过上在钻石和珠宝堆里泡澡的日子,但她选择了乔治,因为他并不只是把她当成床伴,而是发自内心地喜欢她。对凯蒂而言,他们之间的交流是热恋中最美的部分,他们喜欢在阳光下漫步,久到几乎忘了归途。有时候,彻夜长谈到甚至忘了做爱。他们一起去自然历史博物馆,去尼布洛花园的剧场,或是在洛克威的木板步道上漫步,手挽着手。乔治从不避讳跟她在公开场合露面,这一点跟其他客户不一样,凯蒂经常想:那些道貌岸然的绅士们在街上碰见她的时候总是把她当作透明人。真讽刺。对他们而言,她只是一个妓女,不管她多么美丽,多么迷人。而让凯蒂高兴的是,乔治从来不这样评判她。

他也从未让她放弃工作,当然其中有现实的因素——乔治没钱养活她,凯蒂得靠自己谋生。她一晚上赚的钱抵得上乔治一个月的教师薪水。另外,有别的男人垂涎自己的女人,这一点反而让乔治觉得很刺激。他从不以凯蒂的职业为耻,凯蒂自己也不会有这种感觉。在性事方面,凯蒂聪明又开放,完全懂得如何取悦男人。据乔治所知,大部分淑女都把做爱当成一场完美婚姻所附带的令人不愉快的义务,在这方面,上流社会的法则相当严酷。乔治曾经告诉凯蒂有关妹妹朱莉娅同学的故事,只是因为那个姑娘在马车上坐在一位绅士身边,而不是对面,她就被上流社会无情地驱逐,整个家庭都受到牵连。上流社会的女子,即使和最亲密的伴侣也不能提及半点跟性暗示有关的东西,一个有教养的女人连脚踝都不能露,否则就是妓女做派。

凯蒂非常明白,这些虚伪的道德规则只是光鲜的遮羞布罢了。那些所谓的上流社会绅士经常会有极其变态的性行为，有些人甚至跟年仅十岁的小女孩发生关系。乔治就亲眼见过他父亲的朋友斯坦福·怀特在珍妮小姐家调戏一个十三岁左右的姑娘。第五大道二十四和四十街之间的建筑有半数都被用来干不道德的勾当，是那些财大气粗的上等人最好的娱乐场所。有时候，凯蒂甚至认为每一个道貌岸然的绅士都在这个猥亵恶劣的世界里占据了一席之地。她想起了一位客户曾经说过：没有黑暗面的绅士不是真正的绅士，每个人都有点不可告人的小秘密，比如嫖妓、赌博或是玩弄娈童。

凯蒂用在珍妮小姐家赚取的丰厚报酬买了一套精致的公寓。乔治在她家发现了凯蒂练习素描的手稿，一直鼓励她继续深造。他告诉凯蒂她很有绘画天赋，介绍她去每月五号和十五号在纽约艺术学生联盟学校开办的绘画班。凯蒂利用业余时间上课，绘画技巧突飞猛进。这项才艺让她激动不已，自豪感油然而生。乔治是真心爱着她，并用心照顾她的，凯蒂在画画的时候不由自主地想着，她的笔触在白色的画布上蜿蜒，黑色的线条逐渐成形，就像乔治逐渐占据她的心。凯蒂幻想着，总有一天他们会携手前往加利福尼亚州，在一个全新的地方开展全新的生活。她是这么地爱乔治，真不希望看到他在赌博的泥潭里继续沉沦。

"求你了，亲爱的，今晚上不要出去，乔，答应我，在家等我。"

乔治俯下身，亲吻她面颊，点了点头，目送凯蒂在五十一街 3 号公寓前下了马车。他在车厢里大声对车夫说："再到五十九街 7 号公寓。"

不过，几分钟过后，他又用力拍着车厢叫道："你知道怎么去包厘街的温莎宫殿吗？"

16

朱莉娅喜欢把街上那些精心打扮的贵妇人想象成一条汹涌的河流,在二十三街到十四街之间奔腾不息。每一天都有许多女士穿着各式各样天鹅绒、丝绸或锦缎制成的衣服,戴上饰有大花朵或长长羽毛的帽子,如绚丽的彩虹一般在被称为女士大道的商圈里走过。接连好几个街区,巨大的百货商场鳞次栉比,玻璃橱窗里陈列着各种漂亮新奇的事物——不管是宠物猴子、法国进口的丝袜还是秘鲁的羽毛帽,应有尽有。街区中心的百老汇大街挤满了各种客运和货运马车,行人在车马群中穿梭,交错成一道美丽的风景线。

朱莉娅和母亲一起挤在人潮中行进,在百老汇和十九街,她们挤进了洛德·泰勒百货商场的拱门。百货商场大楼转角处的斜塔和双重斜坡屋顶让它看起来很气派——打从孩提时代,父亲就教过朱莉娅不少建筑学的常识,她认出整栋楼是用铸铁修建的,父亲非常喜欢铸铁这种材料,经常在自己设计的建筑物中使用它。不过他说,一些评论家认为这种材料徒有虚名,只是石材的劣质替代品。不管怎么说,每当朱莉娅走过用铸铁修建的大楼时,都要敲一敲,听听那股金属的声音。

她们走进了商场,主楼里上下几层都是购物区,虽然朱莉娅已经从沃斯家定制了成年宴会上所穿的晚礼服,不过家里仍然有一整个衣柜需要塞满。还得挑选晨礼服、便宴服和晚礼服,每一套还得有十几种装饰品搭配。女士的衣服选择面很广,这让周围的男士投来羡慕的眼光，绅士们的衣服大多款式类似，没什么特别吸引人的，要是谁胆敢特立独行地穿一身招摇的紫色背心，立刻就会被当作异类驱逐出社交圈。不过对淑女而言，衣着单调就是有失身份，姑娘们的衣橱里必须塞满奢华绚丽的各类服饰，越昂贵华丽越好。

母亲带她添置衣服是件让朱莉娅开心的事情，海伦可是社交圈里有名的美女，在衣着品位方面也是出类拔萃。更让人高兴的是，今天外婆没有陪她们来。自开始准备成人宴会那天起，老太太成天就在她耳边不停念叨，像炮轰一样没完没了。昨晚上她还极其严肃地强调："除了非常、非常、非常亲近的关系以外，只有没教养的男人才会在对淑女脱帽行礼的时候露出笑容。"

朱莉娅和海伦喜欢在同一个商场里消磨一整天，而不是在整个百老汇街上跑来跑去。昨天她们在阿诺德·康斯特布尔商店购物，明天计划去 B. 奥特曼。今天她俩要把洛德·泰勒百货商场转个遍，乘坐蒸汽电梯一层一层往上逛。每一层楼都摆着让女士们眼花缭乱的商品，售货小姐站在柜台后，满脸堆笑地为诸位贵妇人介绍商品、打包货物并且殷勤地跑腿。洛德·泰勒的男服务生穿着白色衬衫，体贴地跟在女士们身后，为他们提行李。这里几乎见不到男顾客。

母女俩耐心地逛完了所有柜台，领着男服务生慢悠悠上了五楼，终于，她们心满意足地结束购物，乘坐电梯回到了底楼的休息室、和贵妇人们闲聊、喝下午茶，欣赏着女钢琴师演奏的巴赫。

离开洛德·泰勒的时候，海伦发现自己把手套落在休息室了，她打发朱莉娅先去门外等着，自己回去拿。在百老汇街来来往往的人潮中，朱莉娅看到一个骑着安全自行车的男孩，安全自行车是时髦新品，其特点是前后车轮一样大小。男孩缓缓地朝南骑行——突然间，他加速冲向一个正在过马路的老妇人，把她撞倒在地。拧着车把，男孩粗野地大喊大叫，咒骂着老妇人不长眼睛。很快周围的人就围拢来，阻挡了朱莉娅的视线。她正寻找缝隙看过去时，注意到一个二十岁左右的年轻人，他身穿灰色三件套西装，不动声色地走到人群中，站在一个踮起脚尖看热闹的男人身边，不出几秒钟，就从那人裤兜里掏走了钱包。小偷绕着人群外面走了一圈，很快又从另一个专注看热闹的男人兜里得手，之后飞快地把手伸进一名贵妇人的天鹅绒挎包里，掏出一个皮质钱夹。他的行动迅如闪电，很快就心满意足地往百老汇南边走去，若无其事地有如散步。朱莉娅像是看了场魔术表演，完全不敢相信自己的眼睛。

直到海伦回来，她仍然无法把目光从那男人身上移开。

"妈，我刚才遇见了拉维尼亚·斯图尔特，她要跟她母亲一起去梅西家看套裙子，邀请我一起去，我到时候会自己乘小马车回家，可以吗？"

"没问题，我正巧要去 W. & J. 斯隆家去看看查理卧室的地毯。记得晚饭之前回来，亲爱的。"

朱莉娅亲吻了母亲，消失在人群中。她气喘吁吁地沿着百老汇街道正跑，不久就看到了前方二十英尺左右那个身影。让人晕眩的兴奋感席卷了她全身，作为一名狄更斯的崇拜者，她读了三遍《雾都孤儿》，为费金及其党羽的故事着迷。但是，她只从书里读到过扒手的故事，从来没有亲眼见过活生生的小偷。

在靠近百老汇十五街的地方，骑着脚踏车的男孩又一次出现，朝一名老人撞去。又是围观的人群，年轻的男人再一次赚得盆满钵满。朱莉娅停在一家商店门口，看着他，不知怎么地咧开嘴笑了。她一直跟着小偷，人行道上挤满了购物者，她很清楚自己混在人堆里，不会引起对方注意。

House of Thieves

年轻的小偷一路走到第六大道高架铁路的十四街车站,沿着铁楼梯爬上站台。铁轨在十四街上支棱着,像是趴在空中的大螃蟹。朱莉娅跟在他后面,阳光透过格子栅栏洒下来,投下斑驳的影子。

虽然她家主要靠马车出行,但父亲经常带他们三兄妹乘坐第三大道高架铁路线游玩,朱莉娅对乘坐高架火车的流程相当熟悉。跟在那个小偷身后,隔着安全的距离,她花十美分购买了非高峰时段的车票,走进了黑桃木和彩色玻璃建成的候车室。没过多久,轰隆隆的火车声渐渐靠近,震得四周都在颤抖。候车室里的乘客纷纷站起身,往站台走去。小偷要乘前往住宅区的火车,朱莉娅躲在站台的铁柱子背后,偷偷留意他的动向。

火车在蒸汽机的尖啸声中靠站,朱莉娅跟小偷上了一辆车,坐在他对面。很快,火车驶离站台,开始加速。她一边小心地维持着那个男人视线范围内的状态,一边假装饶有兴趣地看着窗外。乘坐高架铁路最好玩的事情就是欣赏窗外飞速闪过的建筑,尤其是那些窗户,隔得那么近,仿佛一伸手就能碰到房里人的肩膀。夜晚的景色美不胜收,一栋栋楼房亮着灯,可以偷窥住户的私密生活:吃饭、看书、争吵。她能看到母亲在哺乳婴儿,恋人手拉着手坐在沙发上……就像是在庞大的剧院里,成百上千的小舞台堆叠在一起,飞速闪过。朱莉娅沉迷于窗外的景色,那个小偷在三十二街下车的时候她差点跟丢了。

下车后,年轻人沿着第六大道往南走,停在三十街上一栋三层砖楼、外墙漆成明黄色的建筑前,和两个从里面走出来的人打招呼,然后钻了进去。朱莉娅小心翼翼地靠近大楼,一边担心着小偷突然又折回来。门口的招牌上有"干草场舞厅"几个大字,旁边标注着女士入场免费,男人则要付二十五美分。她走到门口,探头往里看,满心期待着费金和他的党羽围坐在一起聚会的场景。音乐从里面传来,有个肥胖的中年男子搂着一个衣着花哨、浓妆艳抹的女人走了出来，朱莉娅退到一边让路。

一个衣冠楚楚的男人走到她面前，对她露出微笑。

"我出两美元……两美元一小时，你看怎样？即使是你这样优雅的美人儿，这个价格也不赖。"

"不好意思，我不知道您在说什么。"朱莉娅说。

"好吧，三美元，如何？"

朱莉娅没有回答，男人耸耸肩，快步离开。她困惑着要跟着他跨进舞厅大门。

"我要是你的话，就不会进去。"她的身后突然传来一个声音。

朱莉娅大惊失色地转身，看到自己跟踪的小偷正站在她面前，距离很近。他看上去二十出头的样子，脸庞出人意料的英俊，蓝色的眼睛闪烁着锐利的光芒。她强自镇定下来，摆出一脸愤慨的样子。

"为什么？上面不是写着女士免费？"

她的回答让小偷笑出声来。

"不是指你这样的女士。"

令人困惑的答复，令人无名火起的笑声。朱莉娅的脸沉了下来，口气冰冷。

"很抱歉，先生，我从不站在大街上跟陌生人聊天。"

"我可不是什么陌生人，对吧？你从十五街那儿就开始跟踪我了。"

"胡说八道！"

"你还跟着我坐了同一辆火车。"

"你疯了吧？"

"真是个蹩脚的便衣侦探——因为你太漂亮啦，一英里外我就能看见你。"

讽刺挖苦中夹着恭维，让朱莉娅很是意外。她愣了会儿，继续用言语攻击。

"你就是个小偷，我亲眼看见的。"她用指责的口吻锐声说。

"所以，你抓住我啦，干吗不把我交给警察？哎，天大的机会就摆在你眼前。"小偷指着在第六大道巡逻的壮硕警察说，"去呀。"

朱莉娅完全不知道怎么回答，张口结舌地看着警察甩着警棍走了过去。

"我的名字叫约翰·诺兰，绰号花花公子。"小偷抬了抬圆礼帽，笑着对她说。昨晚上老太太的训诫立马浮现在脑海，朱莉娅转眼看向别处。

"先生，很抱歉我们还没有通过双方母亲正式引见。"

"谁往你脑子里灌输的这种瞎扯淡啊？听着，你一路走来这里挺辛苦，来，我请你喝啤酒。看上去你很好奇这里面的事儿，我带你进去玩，走吧。"

朱莉娅抬头看着英俊的年轻人，又看了看干草场舞厅的大门，茫然不知所措。要是费金在里面，她下定决心要去见识见识。没什么好怕的，作家怎么能放弃体验生活的机会呢？

"我从来没喝过啤酒。"她轻声说。

"现在你有机会了，那可是诸神的享受。"诺兰又对她露出微笑，这一次朱莉娅羞涩地回以笑容。他绅士地伸出手臂，她犹豫了一下，伸手挽住。

他俩一起走进了干草场舞厅。

17

"这是金矿啊,吉米,你他妈哪儿搞来的,金矿!金矿!"

肯特看着贝拉·莱文在仓库里快活地跑来跑去,穿梭在成堆的成衣之中。

"都是从巴黎来的!巴黎!吉米啊,这可是最棒的,最棒的!你看,你看哪!这是真正用金丝银线裁缝的,天哪!"她兴奋地大喊大叫。

莱文是个体重超过三百磅的女人,她忍不住一边叫着,一边把脸埋进衣服堆里。

"就像是在柔软的面团里游泳,吉米,你这混蛋到底从哪儿搞来这些的?"她抚摸着一件绿色丝绸锦缎长袍,"棒极了,比找到基德船长的宝藏还厉害!"

肯特笑了,喷出烟圈。"你说的没错,贝拉,我找到了一座金矿。"

即使是最专业的窃贼,赃物没有变现的时候依然是个穷光蛋。肯特总不能毫不避嫌地把它们拿到市场上去出售吧,他需要一个销赃的渠道,而贝拉·莱文是纽约过去十年里最优秀的中间商,处理过数百万美元的战利品——当然,她会抽取50的昂贵中介费,不过肯特认为值得。首先,贝拉很公道,最重要的是,她诚实可靠。她和丈夫住在东区二十六街的豪华三层公寓里,以销赃营生。丰厚的收入让她可以用大手笔贿赂法官、警察和地方检察官,对她的生意睁只眼闭只眼。她家经常举办各种奢华宴会,招待社会名流和掌权人物,包括坦慕尼协会成员。贝拉是整个纽约城最风光的女罪犯,城里有名的女窃贼——比如小手套罗茜和小安妮——都十分崇拜她。

肯特欣赏她的谨慎和职业道德,自从前任收赃人黑寡妇莉娜·莱茵施密特戴着偷来的钻戒参加宴会被逮捕后,贝拉就成了他最好的合作伙伴。她出手阔绰,总是给出令人满意的价格收购赃物。偷来的货物通常是在布鲁姆街448号的小仓库里检查和交接的。铁质的仓库看起来有点阿诺德·康斯特布尔商场的味道:五层楼高,每层楼都摆满了货架,里面的东西琳琅满目,应有尽有,肯特甚至还见过恐龙骨架。

"这是纯银的!"贝拉指着地板上的东西惊呼,"这可不是美国货,英国的东西,绝对是顶级的!"

"很高兴你这么满意我的货物,贝拉,看在东西质量的分上,不如你高抬贵手,这次只收45%的中介费?"

贝拉脸上的笑容敛去,换上一副气势汹汹的表情。通常她总是快活得很,心宽体胖嘛,不过这时候她就像一头愤怒的公牛或者大象。摇摇摆摆站起身,她从成衣堆里朝肯特走去。

"最多48%,如果下次你能给我带来更多好东西,或许可以降到45%,或许吧。"

"不用担心,我美丽的鸽子,好东西会有的。"

卡尔沃从货梯上走下来,冲老板做了个手势。

"抱歉失陪下,贝拉。"肯特说,贝拉还沉迷在晚礼服中,压根没听见。

"我没告诉你不要吵我吗?"他略带严厉地教训手下。

"光头杰克被捕了,抓他的人是伯恩斯。"卡尔沃压低嗓子担忧地说,希望贝拉不会听见。

"为什么?"肯特震惊地问。

纽约大盗

"四年前杀银行信使那事儿。"

多年以来,银行一直保持着愚蠢的习惯:派遣信使步行运送现金或证券。一般都是些小银行,没有太强的押运武装,对在暗处的犯罪分子而言,他们就是摆在嘴边的肥肉。虽然从信使身上捞到的油水远不如入侵金库丰厚,但到手没什么难度:信使通常不会反抗,大多会选择交钱消灾。可惜杰克·桑德斯倒霉地遇上了携带手枪的联盟信托人,如果不是肯特的手下抢先开枪把信使打死,光头杰克早就没命了。目前在哈德逊街上已经找不到这一事件的目击者了,肯特冷酷地想着,得派人给光头送信,串好口供,一定会从轻判决的。

"他被送去坟墓了?"肯特指着大街上的监狱问道。

"不,伯恩斯不敢掉以轻心,目前光头被押在布莱克威尔岛,准备乘船去辛辛监狱,直到审判日。"

肯特点燃了哈瓦那雪茄,在仓库里绕着圈踱步。如果是其他人,那很容易解决:杀人灭口一劳永逸。但光头杰克是他手下最得力的干将,他偷窃技术精湛,比组织里任何一个人带来的收入都高(肯特讨厌团伙这个词)。他胆大包天,没有不敢去的地方,杰克最辉煌的战绩是从塔里敦的纽约中央铁路公司劫走四辆装满货物的平板车。

"在布莱克威尔岛上的新区还是旧区?"

"新区,今年春天才完工的那片地方。"

贝拉走近他们。"你们在说谁?光头杰克?"

肯特一点也不惊讶,贝拉的消息比城里所有人都灵通。

"去找胡梅尔斯。"她建议道。

House of Thieves

❖

亚伯·胡梅尔斯长得像个畸形侏儒,但他和同伴威廉·豪是纽约城最得力的刑事律师。自60年代开始,豪和胡梅尔斯总共为数以千计的罪犯提供过辩护。最令人瞩目的一次,他们成功地为三百名囚禁在布莱克威尔岛上的罪犯做无罪辩护,通过法律手段让其中两百五十人被释放。他们的客户名单囊括了所有大型犯罪集团,如外呼斯团、犹太暴民等,以及诸如P. T. 巴纳姆[①]和埃德温·布斯[②]之类的名人。豪和胡梅尔斯这样优秀的律师自然备受纽约的犯罪团伙和犯罪分子欢迎,就连贝拉每年也为他们贡献五千美元的咨询费。

肯特立即动身去找胡梅尔斯咨询,律师的办公室位于伦纳德中心,正对着被称为坟墓的中央监狱。

"这件事情有点棘手啊,吉姆,"胡梅尔斯坐在办公桌后面,雪茄的烟雾遮掩了他的表情,"伯恩斯绝不会让步,他一心想处死你的人。"

"要花多少钱摆平他?"

"这次不是钱的问题,贿赂守卫什么的也没用。"

肯特透过窗户盯着对面的坟墓,这座监狱和它的名字很般配,看上去就像埃及陵墓,四根大理石柱上雕刻着树叶的纹饰,像宫殿一样气派十足。真是座宏伟的建筑,他想着,里面容纳了地球上最肮脏的

[①] 美国著名的马戏演出团老板,被誉为噱头界的莎士比亚。十九世纪,他的马戏团拥有八百余名员工、三个演出场、两个表演台,号称全球规模最大的马戏团。他非常擅长经营、炒作,后成为美国娱乐业巨子、节目经济人、政治家、企业家、作家。

[②] 美国演员。

罪犯。监狱分内外两部分,外边的建筑是牢房,里面是行刑地,死囚们人生的最后一段路就是连接两者的叹息之桥。

坟墓里关押着全纽约最危险的罪犯,伯恩斯却出人意料地把光头杰克押送到布莱克威尔岛——位于东河中央的一座小岛。伯恩斯果然是小心谨慎啊,肯特用手指轻轻敲着桌子,思考着。虽然坟墓看上去无懈可击,但也有不少囚犯从那里成功越狱。

"他的囚室在岛上的新区,对吧?"

胡梅尔斯点点头。

"我要知道囚室号码。"肯特说着,从椅子上站起身。

18

"欢迎来到我家。"

"太酷了!"查理叫道。

查理的救星埃迪·穆尼慷慨地邀请他去家里做客。他们站在位于东河附近樱桃街拐角的一座废弃工厂前,埃迪打开工厂大门,首先映入眼帘的是一个大型的废旧蒸汽锅炉。他俩一起爬进了锅炉的铁皮隔间,里面只有一张旧床垫、一张桌子和一把椅子。隔间很大,足够让人站直。埃迪点燃桌上的蜡烛,微弱的烛光闪烁,照着四周生锈的墙壁。

"漂亮舒适,对不对?"

"真不赖,全部都是你的?"

"是啊,除非这栋楼要拆,不过谁知道那是猴年马月的事情?"埃迪说,"请坐吧。"

查理为了答谢他的救命恩人,把准备买克兰德尔蒸汽摩托的三美元给了埃迪,他的慷慨让对方感动,埃迪提议请他喝杯酒。令他惊讶的是查理从来没喝过啤酒或者威士忌,最后他只能买一杯沙士汽水请他。

埃迪一屁股坐在床垫上,掏出烟袋,卷了两支烟,递给客人一支。他压根没想过查理不抽烟,他认识的每个人都抽,不给对方递烟似乎有冒犯之嫌。

微笑着帮查理点燃,对方好奇地吸了一口,剧烈地咳嗽,差点呕吐。

"你的父母让你住在这儿?真是、真是太不可思议了。"查理好不容易才恢复正常。

"父母?我五年没见过他们了。七岁的时候他们就一脚踢在我屁股上,把我赶出家门了。"

"为什么?"

"养不起呗,五个小崽子都会被赶出来。我那老不死的爸爸是个该下地狱的醉鬼,老妈是个廉价婊子,也爱喝酒,爱得要命。我认识的孩子都是被爸妈赶出门的,你呢?你也是被赶出门的吧?"

"哦,不,没有,至少目前还没有。"查理被这个问题问得一愣。

"以前我就睡在酒窖门口,或者旧驳船上,有次在一辆马车上躲了一个月,最后还是被人发现了。不过这两年找到这地儿,挺好的。我在隔间门口挂了一把锁,这就安全了。"

查理简直不敢相信自己听到的,他回想埃迪之前说的话,又问道:"什么叫婊子?"

"陪陌生男人睡觉,然后收钱的女人。"埃迪回答。这个问题对他来说也够奇怪的,像是有人在问"我们这是在哪个星球"一样好笑。他笑着看向年幼的客人。"查理啊,老伙计,看来我得教你不少东西才行。"

"可是,没有家长,谁来照顾你啊?"查理仍然迷惑不解。

"我自己能照顾好自己,"埃迪愤愤地说,"我有工作,当报童……当然还有点其他的活计,凑点生活费没问题。"

查理想着随处可见的报童,都是群衣衫褴褛的流浪儿,年龄不比自己大多少,在高架铁路入口处、繁忙的街头、女装百货店门口等地方大声叫卖,乞求过往的行人光顾生意。

"当报童能赚多少钱?"他想起自己从来没赚过哪怕一分镍币,只知道找父母要零花钱,以及等待生日或圣诞节到来。

"生意好的话,付了报纸和地盘的钱以后能赚五十美分。我的地盘在汉诺威广场站——很多华尔街的阔佬来来往往的,生意可好了。之前还要给一个叫米奇·哈里根的家伙上贡,他保护我的地盘,不过要拿走一半的收入。所以,去年我自己当了老大,老子拿了根铅管,打得他屁滚尿流的,再也没人收我的保护费啦。"埃迪说。

查理年龄也不小,至少知道自己和富有的阿斯顿家族是远亲,但不知道为什么,埃迪那股自力更生的狠劲比纽约城首富更让他钦佩。

"不早了,"埃迪说,"我要去公园那边的取报点拿晚报,跟我一起吧。"

他把隔间的门锁上,亲切地拍了拍旧锅炉。

"告诉你吧,这儿比报童寄宿之家舒坦多了,是,那儿有床,还有饭吃,每天只用六美分,但你知道里面做些什么勾当吗?如果待过一个月,他们就会把你送到堪萨斯或者西部那些像地狱一样的地方。你会在一座该死的农场工作,跟他妈的黑奴差不多。你能想象得到?永远不能回纽约,纽约可是世界上最好的地方。你也这样觉得,对吧,查理?"

他们朝东边走去,埃迪叽叽喳喳地说着,像只停不下来的小鸟儿。

"以前我打扫过猪圈,还铲过一阵煤,也试过在工厂工作,编麻绳或者糊纸盒,那种生活忍不下去啊,被关在厂里一整天,赚点狗屁钱。后来,'黎明男孩'的人找我入伙,帮他们抢劫。你知道码头上停着很多船,我从舷窗爬进去,偷东西出来。后来我个子大了,爬不了舷窗,没法再继续跟他们干。"

两个男孩走到麦迪逊街和罗格斯街转角,前面有一家杂货铺。

"你饿了没,查理?"埃迪问,没等查理回答,就把他拉到门口。"好吧,我教你一招,看到柜台前那个老头了没?你去他那儿,问他去市政厅要怎么走,问仔细点,再假装没听懂,让他多说两遍。"

查理感到莫名的兴奋,假装漫不经心地朝老人走去,他不像流浪儿童那样衣衫褴褛,所以在问路的时候,老人站起身,朝门外望了望,看看有没有家长跟在后面。趁此机会,埃迪飞快地从货架上抓了几个水果,塞在自己破烂的衬衫里,再走出杂货店。他朝着麦迪逊街方向一直走,不到两分钟,查理从后面追了上来。

"干得漂亮,来吃个桃子。"

查理咬了一口熟透的水果,用袖子擦拭着嘴边的汁水。偷来的东西味道格外鲜美,他想着。

来到取报点,埃迪从几十个报童中挤出一条路,拿到了报纸。这里的人似乎都认识他,查理很自豪自己跟这么受欢迎的人待在一起。两个男孩乘坐第二大道高架铁路到了汉诺威广场站。在火车上,埃迪打开一份《太阳报》浏览着。

"你要知道,"他自豪地说,"我可是认字儿的,复杂的单词也难不倒我,看,这个词是'议会'。"

"嘿,你看!"埃迪突然叫起来,"有人在经过 A 大道的时候被疯狗咬了,这条消息够吸引人。谋杀、被动物攻击、火灾、抢劫……人们就喜欢看这些。所以我们得这样叫卖:'今天的晚报!有人被疯狗咬死啦!'"

查理低头看了那篇报道。"报上说他只是被狗咬了,又没说他死了,别撒谎。"

"那有啥?反正他总会死的。查理,报上的东西本来就是撒谎。"

他俩在汉诺威广场站附近分别找了个人流较多的位置,高叫着卖报。人们被他们叫卖的新闻标题吸引，一把把便士塞到查理手里，令他兴奋不已。很快，他俩的报纸都卖完了，两个小男孩来到附近的汉诺威银行门口。

"给你。"查理自豪地把手里的钱倒在埃迪手中。

"嘿，你可是个天生的报童，太棒了。"

"我得回家了，明天早上我再来你家找你。"查理说着，蹦蹦跳跳地朝轨道站走去。

❖

埃迪目送查理离开，清晰地感觉到今天的时光如此欢乐，不禁悲喜交加。查理让他想起自己的弟弟哈利，想到和弟弟一起共同度过的时光，让他觉得快乐，但很快，埃迪又陷入了深深的悲伤中。

哈利跟他一起被踢出家门，一起在街上挣扎着生存，彼此扶持。埃迪潜入商店或者仓库偷东西的时候，哈利帮他把风，他俩配合得十分默契。可是哈利身体没有埃迪强壮，流浪儿的生活击溃了可怜的小弟。他生病的时候总是咳血、不停颤抖、全身冒汗。他的全身痉挛时常发作，像是在行驶的马车上颤抖的小石子。

三年前，那是埃迪有记忆以来最冷的冬天。那天早上他哆嗦着从二十街地下仓库的过道里醒来，脚趾和手指都冻麻木了，他轻轻推了推哈利，但弟弟一动不动。拉开肮脏破旧的被单，埃迪发现弟弟已经死了，活生生被冻死了，瞪大眼睛，仰望着天空。

那天早上，埃迪做了一件多年没做的事情：哭泣。他抽泣了好几个小时，可是弟弟的身体仍然冰冷。他知道不能叫警察或者医生，否则会被强制送到孤儿院。所以一直等到天黑，他才背起弟弟的尸体，把它放在几个街区以外的卫理公会教派教堂前，教徒们至少会仁慈地让弟弟入土为安。

从哈利的尸体边走开是埃迪经历过最孤独的事，那可怕的记忆一直印在他脑海里，直到如今。

19

"你说什么？债务只能减免六千？"

"克洛斯先生，你和乔治似乎不太明白什么叫复利，乔治的欠债每周会产生15%的利息。"

"15%？每周？这是高利贷！你这个混蛋！"克洛斯怒喝，"连该死的希伯来人都不会这么狠！"

布雷迪从后面走过来，抓住克洛斯的脖子，用膝盖顶住克洛斯的后背，把他的身体拗成一把弯曲的弓。

"银器和床单至少价值两万美元，那些成衣不止四万吧！"克洛斯大叫着，丝毫不顾布雷迪的钳制。

"销赃的中间商要抽50%的提成，克洛斯先生。抢劫所得也没你估算的这么多。"肯特耐心地解释，"不过不用担心，你很快就能了解我们的业务模式了。"

"肯特，你这混账！"克洛斯愤怒地吼道，"太荒唐了！这次行动是我策划的，凭什么我只有这么点钱！"

"你怎么不去向你的议会成员抱怨？"布雷迪大笑着说。

"克洛斯先生，除了接受现实之外，你别无选择，还是省省吧。"肯特轻声说。

克洛斯颓然地瘫倒在椅子上，他们仍然在麦高乐的地下室里碰面，不过这一次肯特身边只有布雷迪和卡尔沃。

"你还记得那个光头绅士吗，克洛斯先生？我们的劫匪之一。"

克洛斯迷惑地抬起头。"嗯，我记得。"

"容我为您介绍，他是光头杰克·桑德斯，我们组织内非常重要的一位成员。"肯特说。

建筑师讽刺地笑了。"你们这些地下生物都喜欢这样称呼一个人？在建筑行业，我们可没有万人迷查理·麦金或是热辣莫里斯·亨特这样的绰号。"

肯特无视他的问题。"光头杰克被捕了，对您而言这可是个麻烦事儿。"

"我？"

"他亲眼见到您参与抢劫，要是扛不住审讯的话，可能会把你卖了。"

"有这个可能，不过我也可以把你给卖了。"

肯特举起威士忌酒杯，轻啜一口。"我知道您不会这么做。就像我之前所说，有家有室的男人总是会审慎一些。"

克洛斯死死盯着肯特，脑子里一刻不停地思考，试图厘清各种可能性。肯特恐吓他有什么目的？

"光头杰克被关押在布莱克威尔岛上的监狱里，碰巧我知道那里是由您的朋友设计的，设计达科他公寓的亨利·哈登伯格。"

克洛斯爆发出一阵大笑。"行啊，你是要我给他打个电话说'喂，你好啊，亨利，我需要你帮助我把一个混球从监狱里救出来'？"

"我的确是要救他出来。"肯特平静地说。

"我是不是听错了？詹姆斯·肯特对同僚这么有情有义的？你一定很爱这个家伙，所以甘冒奇险劫狱，而不是直接杀人灭口。"

"对于一个毕业于哈佛大学的上流社会绅士而言，您的精明实在是令人叹服，不过为了您自身的安全，我坚持请求您的帮助。"

"抵扣一万美元债务。"

"四千。"

※

"这么快就能见到你，真是太幸运了，亨利。"

"别这么说，约翰，我很乐意为你效劳。"

"我刚从华尔街过来，看到你设计的艾斯特大楼。入口真是气派，太令人惊讶了。我希望能参考下廊柱和拱门的细节设计，可以吗？还有阁楼墙对面的陶俑装饰花纹。"

"谢谢你的称赞，约翰，这项工作完成得不错。"哈登伯格有些局促地点头。有这么点尴尬吧，克洛斯想着。毕竟，克洛斯跟艾斯特家族关系亲密，但他们没有把这项委托交给他。虽然沾亲带故，但多年来克洛斯从未得到过直接为远亲效劳的机会。

"约翰，很抱歉我必须去参加一个晚宴，失陪了，不过麦克斯韦会留下来帮你。"二十出头的绘图员面无表情地冲克洛斯点点头，他一定因为被迫留下来加班而生闷气。哈登伯格戴好帽子，挥了挥手，转身出门。现在差不多六点，大型开放式办公室里没有其他人。煤气灯微弱的光线让设计师和绘图员都没法在这个点儿继续工作，但克洛斯的办公室安装了最新式的电灯，大大改善了照明条件——只不过他的员工都挺沮丧，因为没有理由拒绝加班了。

"这是艾斯特大楼的设计图纸。"麦克斯韦从抽屉里拿出一摞足有四十英寸厚的设计图，摆在桌上，退到一边。克洛斯认真地翻着图纸，寻找自己想要的资料。他把图纸抽出来，转头冲着绘图员微微一笑。

"老伙计，劳驾帮个忙，下楼去四十一街的酒吧，帮我买个三明治,再来点啤酒。"他把一张五美元的钞票递给麦克斯韦,"剩的零钱就不用找给我了。"

麦克斯韦的眼睛一下子亮起来,他每天工资才三美元,克洛斯给的小费至少有四美元。

"太感谢您了,先生!"他叫了一声,立刻出门而去。

克洛斯迅速地回到文件柜前,拉开标有布莱克威尔岛的抽屉,取出里面的图纸摊在桌上,飞快地浏览,寻找监狱布局的信息。他从桌上拿出描图纸,开始复制沿东河的监狱布局图。十五分钟后,工作完成。他把图纸放回抽屉,又回到桌上继续研究艾斯特大楼。麦克斯韦带着汉堡和啤酒回来的时候,他正看得专心呢。

20

"你确定要这么做？"诺兰问道，摘下窄边圆礼帽，挠着头。

"当然确定，"朱莉娅说，"我迫不及待要见识见识，快请吧。"

自从一周前在干草场舞厅邂逅，这已经是朱莉娅第二次跟诺兰约在嫩腰肉区见面了。她就像掉进兔子洞的爱丽丝一样兴奋不已，不知道自己怎么闯入了一个充满幻想和叛逆的世界。就连这地方的名字"嫩腰肉"，听起来都充满了奇幻色彩。

第一次见面，诺兰就带着她见识了舞厅里的音乐会。在这里男士们可以尽情约会舞女，跟她们交朋友——诺兰也为她解释过舞女的意思。音乐声很小，但朱莉娅觉得相当有趣，整个舞厅里的气氛热乎着呢，"嗨"得很——她从诺兰那里学到不少俚语。干草场舞厅的老板，威廉·麦克马洪是一名和蔼可亲、衣冠楚楚的绅士，在他的地盘上禁止说脏话和跳贴面舞，女人不能裸露脚踝，如果有客人不规矩，壮硕的保安会把他们拖出去扔进排水沟。

舞厅的一侧设有挂着窗帘的隔间，诺兰告诉朱莉娅里面有人跳脱衣舞，甚至可以脱到一丝不挂。还有通往附近旅店的秘密通道呢，诺兰神秘地说。

回到家以后，朱莉娅兴奋得无法入睡，脑子转得飞快，走马观花地回放着以前从未想象过的场景。第二天早上，她决定中断正在进行的小说，开始以她发现的新世界为背景的新篇。为了再次跟诺兰碰面，她告诉母亲要跟同学拉维尼亚一起出门。撒谎让她有种叛逆的兴奋感，她意识到一名作家应该拥有改写真相的能力。

"我们是不是该出发了？你说过一点准时开始的。"朱莉娅问诺兰。

诺兰皱着眉，似乎有点犹豫，不过看到朱莉娅那张美丽的脸庞，还有棕色的大眼睛里闪烁着的兴奋光芒，他投降了。"好吧，我们去二十七街。"

她明白嫩腰肉区也有等级之分，西二十八街上都是些高级赌场，而西二十七街是平民赌场，西二十九街则是专供妓女营生。他们路过了前天才去玩过的开罗歌舞厅，这里比不上干草场，朱莉娅想着，诺兰说这家店不地道——尽卖些掺了水的寡酒。

这边街上舞厅遍布，他们还去过两家：星袜带和毁灭。里面都有长长的吧台，吧台背后还有面大镜子，铺满木屑的地板，烧旺的火炉，墙上到处贴着丰满的裸女海报。女人进场都免费，如果在里面消费两瓶啤酒，还奉送一份三明治套餐，朱莉娅发现三明治挺好吃的，就是有点咸。以前，她一直以为舞厅都是下等人聚集的地方，现在她觉得完全不是这么回事，男人们在舞厅里玩牌、打撞球、跳舞、为政治和体育界的事情争得脸红脖子粗。从某种程度上来说，跟父亲常去的联合俱乐部或灯笼裤会所没什么两样。

诺兰很高兴朱莉娅喜欢这儿，他自豪地扶着她的手臂，充当护花使者，出入各家舞厅。走在街上的时候，他为朱莉娅介绍本地名人，像是风流的落魄艺术家，虽然朱莉娅完全没搞清楚这人究竟是做什么的。她询问诺兰的职业，当知道他是从费金的学校训练出来的奥利弗·崔斯特时，高兴得大笑不已。诺兰不知疲倦地学习了诸多转移他人注意力，趁机偷窃的法子。她看到的那出骑自行车撞人的把戏是一个叫疯狂鲍勃的人教的，鲍勃甚至训练了一条名叫威士忌的狗来叼走别人的钱夹！

这是诺兰第一次对朱莉娅的要求有所犹豫,他们停在名叫"最后的希望"的舞厅门口,从外面看,这家舞厅没什么特别之处。"我们到了。"他说。

"带路吧,诺兰先生。"朱莉娅眨了眨眼说。他们之间以小姐和先生相称,上流社会的礼仪规定,除非是青梅竹马的世交,年轻男女之间不能随随便便称呼对方的名字。

诺兰微微一笑,伸出胳膊让她挽着,一起走了进去。穿过举着啤酒杯酣畅痛饮的客人们,一身时尚的蓝色便宴服让朱莉娅吸引了全场男女惊讶的目光。

来到通往地下室的楼梯口,朱莉娅抽了一口气。"我还以为穿越回古希腊了呢。"

面前的楼梯下是一片宽阔的地下室,装修成露天剧场模样。长凳上坐满了人,大部分是男士,有的身边坐着打扮妖艳的女人。诺兰付给服务员四美元入场费,领着朱莉娅找位置坐下。他们的座位在舞台附近,周围的男士吹着口哨、高叫着表示欢迎。诺兰举起帽子回礼,有朱莉娅这样艳惊四座的女孩作伴,他感到非常自豪。

环绕舞台的栅栏高四英尺,内衬着锌板。地上满是泥土,散发出一股潮湿、发霉的气息。舞台边上有位穿绿色格子三件套西服的人,牵着一只套着皮项圈的狐犬。

"这个怎么赌的?"朱莉娅在观众兴奋的声浪中问道。

"二十分钟为限,桑普森要咬死五十只老鼠,三比一的赔率。"

"我们押赢还是输?"她问道,从金红色的皮夹里掏出一张钞票。"我赌五美元。"她递给诺兰,他找到站在前排的下注员。

"准备开始啦。"下注员高叫道。

舞台一侧栅栏上的铁门打开,两名身材魁梧的男子抬出一个硕大的木笼子，打开前挡板。五十只老鼠飞快地跑出来，在舞台上四下乱窜。工作人员把箱子抬走，锁上铁门。有人吹了声口哨，穿绿色西装的男人放开了狐犬，翻过栅栏，找了个位置坐下。

小狐犬冲进了老鼠群，露出白森森的牙齿，一口咬在一只老鼠背上，锋利的牙齿深深地刺入老鼠的体内，它剧烈挣扎着，发出吱吱的尖叫。狐犬毫不怜惜地咬死了它，把尸体甩过一边，又朝第二只老鼠进攻。每当它咬死一只老鼠，观众席上就爆发出一阵欢呼，狐犬训练有素地大开杀戒，一分一秒都不肯浪费。观众们大喊着桑普森加油。

计时员坐在前排长凳上，拿着怀表。旁边的记分员在白板上标记死去的老鼠数目。随着杀戮的进行，白板上的数字不断跳动，人群越发狂热。肮脏的灰老鼠在舞台上东跑西窜，跳来蹦去，踩着它们同胞的尸体。计时员大声喊着："还剩十分钟，已杀死二十九只！"

朱莉娅也在尖叫着桑普森的名字，还剩五分钟的时候，它的战绩已经到四十一只，四周的欢呼声此起彼伏。小狐犬继续狩猎，丝毫不见疲惫。朱莉娅心想它一定特别喜欢咬死老鼠。胜利临近，不过剩下的老鼠非常狡猾，灵活地朝不同方向奔跑，逼得狐犬绕着舞台跑了一圈又一圈。还剩三只老鼠，它们求生的决心不容置疑。桑普森突然坐了下来，耐心地等待着。两只老鼠朝它的右边跑去，还有一只在左边，狐犬选择了左边那只，狠狠地扑过去。

"还剩一分钟！"计时员大叫，观众们简直要发狂了。舞台上还剩最后一只老鼠，它不仅动作灵活，更是聪明伶俐，似乎知道拖到时间结束就能活下来。桑普森左冲右突好几次，终于抓住个机会，加速，狠扑，它锋利的牙齿刺入老鼠的身体，就在那一瞬间，计时员大喊道："时间到！"

人群沸腾了，有的狂喜，有的狂怒。朱莉娅和诺兰高举着手臂庆祝胜利,"我们赢了十五块!"诺兰兴奋地叫道。

桑普森重新套上了皮项圈,主人领着它在舞台上绕场一周,四面八方的欢呼声包围了它,狐犬像是罗马竞技场上活下来的英雄。嘴边的白色毛发被鲜血染得通红,但毫无疑问,它是今天的胜利者。为了取悦观众,它停下脚步,咬起一只死老鼠,甩了甩,又把它扔在地上。

过了一会儿,朱莉娅和诺兰回到西二十七街上。

"真是令人兴奋,诺兰先生,"朱莉娅气喘吁吁地说,"感谢你带我来。"

"你相信这条狗的最高记录是十五分钟咬死一百只老鼠吗,克洛斯小姐?"

"一百只?十五分钟?太不可思议了!"

"我可是个诚实的人,说实话,我不知道你是否喜欢看这种东西。"

"噢,诺兰先生。老鼠是邪恶的生物,你知道在十四世纪的时候它们导致了可怕的黑死病吗?欧洲的人口在瘟疫中下降了一半!"

七月的下午相当炎热,朱莉娅一边说着一边为自己扇风。

"你想喝点什么,克洛斯小姐?冰沙士汽水怎么样?"

"不行,我必须回家了。我跟妈妈说了今天跟拉维尼亚去自然博物馆。"

"我想你确实看到了不少动物。"

朱莉娅笑了笑。"是啊,饥肠辘辘的动物。"

"我觉得跟你在一起很开心,克洛斯小姐。"

"不如我们下周二早上十点再碰面?"她微笑着说,跟他握手道别。

21

遥对着布莱克威尔岛，克洛斯坐着划艇浮在东河上，时值凌晨两点，夜晚的空气如此清凉，让他惊讶。

河上吹着强风，八月的曼哈顿夜晚炎热潮湿，此处的习习凉风让人感觉无比舒适。整整一天克洛斯都在害怕这个时刻，他压根没有费心去询问肯特自己能否缺席，明知道对方一定会命令他出场。

划艇的缆绳系在树上，隐藏在长岛河岸边的树荫里，船上有三个人，离布莱克威尔岛不到一千英尺。为了躲开曼哈顿码头的检查，从人口较少的女王郡东边靠近是最安全的。

"来了，"布雷迪低声说，冲着驶过来的巡逻船点点头，"两个小时之内它不会回来。"

这艘蒸汽动力的监狱巡逻船不停地绕着这座十二英里长、雪茄形状的岛屿航行。等它行远后，壮硕的野人吉米·库根解开划艇缆绳，开始向着岛屿方向划去。监狱几乎是在岛屿最南端，紧邻着市政天花医院，远看上去像座宏伟的要塞，像城堡一样修有锯齿城墙。库根灵活地操纵着划艇方向，顺着往南的水流前行，克洛斯猜想他在加入犯罪团伙之前应该是名水手。一路上他们没有撞见其他船只，三位乘客一言不发，只听到船桨在水中轻轻划动的声音。

到了河心，对岸监狱的几点灯火清晰可见。

库根奋力划船，很快就把他们带到离防波堤五十英尺的地方，倾斜的花岗岩环绕着整个海岛。

"现在怎么走，工程师先生？"布雷迪压低声音问道。

克洛斯掏出笔记本，今夜没有月光，看不清楚。他划了根火柴，抬头看了看防波堤。

"我是名建筑师，不是工程师！"他愤愤地说。

"管你妈什么师！老子问你走哪条路！"布雷迪低喝，右臂用力推了他一下。

"朝前二十码左右，再往南转。"克洛斯龇牙咧嘴地忍着痛。一分钟后，他叫了一声："就这儿！"

他们眼前的防波堤上出现了一个圆孔，库根正朝着它划去。若是在涨潮时分，他们不会发现这条下水道的，它约莫一百五十英尺长，连通到南边的监狱新区。当克洛斯听肯特说这里的设计者是哈登伯格的时候，他想起了一篇刊登在专业杂志《美国建筑师与建筑新闻》上的文章，回到自己的办公室后，克洛斯把它找出来仔细看了一遍。文章里提出在囚室里修建开放式厕所，排污系统直接连通下水道，取代不方便又容易污染环境的便桶。在牢房楼顶设置巨大的水箱，定期放水冲洗下水道，把污物冲进河里。布莱克威尔岛新区正是按照这样的标准设计的，这得感谢监狱改革协会的请愿，该组织一直致力于游说政府按照人道主义准则改善监狱条件，维护社会稳定。

令人惊讶的是，在哈登伯格的设计图上，下水道出口没有设置铁门。也许政府不舍得花钱，克洛斯猜测，抑或压根就没想到。那样更好，他们不必费神去锯断挂锁。

离下水道出口还有十英尺，布雷迪突然抓住库根的手臂，指向顶上的防波堤——有一道模糊的光线不停晃来晃去，似乎在朝他们的方向移动，光源距离岸边大约有二十英尺。

"糟糕,是巡夜守卫。"布雷迪嘘声说,三个人迅速地伏低身子,壮硕的库根把吃奶的力气都用上了,奋力划桨,终于,赶在守卫走到岸边之前一秒,有惊无险地把整条划艇划进了下水道中。守卫几乎就停在他们正上方。所有人屏气凝神,不敢有丝毫动静,只听着下水道里哗哗的水流声。库根用桨抵住隧道壁,以免划艇被冲出去。

大约五分钟后,布雷迪点点头,大家开始检查设备。他们费了不少力气才把划艇固定下来,突然一阵水流的声音打断了工作,布雷迪举起手,示意大家暂停。三人在黑暗中彼此交换着不安的眼神。

隧道外面,一股水流从天而降,没过多久逐渐变细,然后停止。模模糊糊传来"啊哈哈"的人声,不久,一个雪茄屁股被扔进了河里。虚惊一场的劫匪们对望一眼,笑了笑。布雷迪点燃一盏提灯,下令克洛斯带路。

隧道只有四英尺多高,勉强可以让人猫着腰走路。走过即使海水涨潮也冲不到的地方,一股腐败酸臭的味道扑面而来。

"张嘴呼吸,这样就闻不到了。"克洛斯轻声说,低头看了看,他真不该穿一双好鞋出来。

下水道坡度陡峭,便于排水,不过走起来就辛苦了。他们艰难地来到离头顶的监狱还有五十英尺的地方,突然听到一阵轰隆隆的声音。

"稳住!稳住!抓牢工具包!"克洛斯反应敏捷地喊道。

几秒钟后,一道褐色的水墙冲他们撞过来。"上帝啊,老子全身都是屎!"库根尖叫着,眼看着那股洪流没过他腰际。

"他妈的,你带的好路,克洛斯!"布雷迪破口大骂,把工具包抱在胸口。

"该死,我怎么知道会在这时候冲水?"克洛斯厉声说。真不该穿这条从布鲁斯兄弟定制的裤子,他想着。

三人全身恶臭，憋着一肚子气继续往前走，直到爬出下水道，来到监狱楼的外墙。翻过一个不起眼的舱口，他们到达了垃圾管道外面，三层高的监狱楼外修有横竖交错的管道，用于每间囚室的排污。克洛斯从浸湿的衬衫口袋掏出图纸，布雷迪把提灯举高。

"他在二楼24号囚室。"克洛斯低声说，往右边踱步，测算距离，很快，他指着一间囚室："就是那儿。"

借那些横竖交错的管道当梯子之利，布雷迪灵巧地往上爬，肮脏的帆布工具袋在他身边跳动。没想到，在伸手抓一根铅管时，它的接头松掉，落在水泥地上，发出当啷一声。这声音惊破了宁静的夜空，久久回荡着。三人全身一僵，等着接下来会发生的事情。

几分钟，像是过了几个月，克洛斯汗湿重衫，他开始试想怎么解释今晚上自己会出现在这个地方，却找不到理由可以开脱。他几乎可以看到自己在报纸的头版头条，全家人都惨遭厄运的场景。

但什么也没发生，周围仍然一片死寂。布雷迪另外选了条道爬向二楼，库根跟在他后面。为了保证通风，每间囚室都有两英尺见方装着铁栅栏的通风口，看上去像编好的篮子。囚室楼顶上还装有通风设备，不停地往囚室里输送新鲜空气。哈登伯格不是傻瓜，知道必须防止囚犯利用通风口越狱。他详细解说了自己的设计：用巨大的螺丝和铁板把栅栏固定在窗口四周的石墙上，这样囚室里的犯人就不可能越过栅栏拧螺丝。但从外面来突破就容易多了，布雷迪只需要用大号扳手把螺丝拧松，花点力气就能卸下铁板，从外面打开栅栏。

"桑德斯，我们来救你了。"他透过通风口低声说。

"好，我去门口望风。"一个声音从囚室里传来。

布雷迪用扳手钳住一颗螺丝，把全身的重量都压在手柄上，螺栓发出松动的吱吱声，卸下它，再处理好其他三个，把拧下来的螺丝放进帆布包里,很快,他把栅栏从通风口里拉了出来,递给蹲在旁边的库根。不久以后,光头杰克闪亮的脑袋冒了出来,幸好他身形瘦小,从通风口爬出来比较容易。

"晚上好,见到您真高兴,布雷迪先生。"光头杰克小声说。他穿着粗羊毛灰黑条纹囚服,不过看起来精神不错。

布雷迪和库根帮着杰克在横竖交错的管道上站稳,突然,通风口里又冒出个红色的脑袋。"谁他妈在那!"布雷迪嘶嘶地低喝,警惕地看着蠕动着的人。

"是戈登,我的狱友。"光头杰克说,"这又不是在第五大道的酒店里,我他妈享受不到单间待遇。"

"我也要走,你们别丢下我。"戈登断然说。他的半拉身子已经冒出了通风口,光头杰克和布雷迪扶着他站到管道上。戈登三十来岁,比杰克矮一点。布雷迪仔细地把栅栏装回去,拧紧螺丝。

"他们肯定以为我们凭空消失了。"光头杰克笑着说。

"我们赶紧走吧。"库根率先往下爬去。

"地狱啊,这个多出来的家伙又是谁?"克洛斯一直在下面等着他。

"不关你的事。"布雷迪带头朝下水道的方向走去。

"好臭的味道,像屎一样。"戈登说。

"屎闻起来当然像屎了。"库根笑着说。

五个人沿着下水道原路返回,到了出口,布雷迪先出去望风,很快,他冲着库根打了个开船的手势。

"你们知道吗,其实这里面待遇也不赖,每天的晚饭还有一磅肉。"坐在划艇上,光头杰克回头看了看监狱。

"还有整整一夸脱蔬菜汤。"戈登补充说。

"你俩这么舍不得这儿啊,要不要把你们带回去?"库根说。

"妈的,那可不行。你知道在里面最糟糕的是啥?会让你去读夜校!"光头杰克说。

布雷迪笑了。"丫的,真不该把你救出来,说不定等你待到四十岁就能读会写了。"

划艇无声地在河上前行,克洛斯安心地发现可视范围内不见一艘船。还剩几百码,他们就能安全地抵达女王郡。

"话说,你是怎么进去的,戈登?"布雷迪问道。

"抢劫东区四十七街圣罗杰姆神父家的时候失手了。"

"点儿背啊,"布雷迪遗憾地说,"那地方有好多银币。"

"没错,等我回到曼哈顿,一定要大干一笔,说不准再去那儿碰碰运气。"

"聪明!谁也想不到你敢去第二次。"布雷迪赞同地点头。

他们到了河边,系好船,跳到岸上。戈登把双手放在光头杰克肩膀上:"哥们儿,够仗义,啥都不说了,今晚上的事情我记下了。记得来布里克街看我,我的窝点就在黑褐色酒吧。"

"没问题,戈迪。"光头杰克说着,伸出一只手。

戈登也伸出手,可没想到,库根和布雷迪突然闪电般抓住他脖子,把他的脑袋按进河里,又死死压着他的身体。克洛斯惊恐地看着戈登死命挣扎,胳膊腿挥舞着,溅起一大片水花。几分钟后,他停止了挣扎,不再动弹。光头杰克冷漠地看着布雷迪拖住尸体的衣领把它丢进水里,水流湍急,布雷迪松开手。

穿着灰黑色囚服的尸体很快从他们的视线中消失。

"混蛋!"克洛斯尖叫着,刺破了寂静。

下一秒钟,他的头也被按到了河里,窒息猛然袭来,他拼命挣扎着,几乎快吞下一加仑的水,他感觉意识都快模糊了。

突然,他被拽起来,跌跌撞撞退到一边,咳嗽,呕吐。

"已经很晚了,克洛斯先生,你该回家了。"布雷迪冷冷地看着他。

22

"克洛斯先生,外面有个自称是您哥哥的人要见您。"

克洛斯放下手里的铅笔。他一直在思考位于百老汇和春天街交界的办公楼设计。跟他以前的老板一样,克洛斯习惯先绘制草图,再交给助手补充细节。但从上个月开始,工作积压如山,而他的效率又在下降,甚至还没来得及去管威彻斯特的新孤儿院的设计。

每当他坐下来工作,脑子里都挥之不去戈登的尸体顺着东河漂走的场景。不仅是因为亲眼目击了一场活生生的谋杀,更可怕的是,布雷迪和库根下手又快又狠,毫无半点人性可言。不过,戈登的死至少还有一点好处:洗劫库克庄园过后,他一直担心自己被警察抓去蹲监狱,现在没啥好担心的了——估计还没等被送到监狱,就会被灭口。

克洛斯慢慢地往会客室走去,想看看来者到底是他的兄弟还是肯特派来的人。越狱行动一个星期后,他接到电话通知还有一个星期来准备下一次工作。也许肯特的人提前来了?

谢天谢地,他的猜想没有成真。站在会客室里的是他几年没见的哥哥罗伯特,克洛斯欣慰地笑了。哥哥看起来气色很好,虽然满头黑发中已经夹杂了一些灰白,但笔挺的身材仍然富有军人气概。父亲总说罗伯特是个不孝子,他在哈佛念了一年书就退学去东海岸流浪,直到南北战争爆发。他加入联邦军,获得了上尉军衔,还在葛底斯堡战役中赢得了奖章。他的英雄事迹让克洛斯感到骄傲,但也有些羞愧自己逃避战争的行为。

"罗伯特!"克洛斯激动地叫起来,引得绘图员们纷纷抬头。两兄弟用力地拥抱着对方,克洛斯的眼眶都湿了。

"混小子,我都三年没见你啦!"罗伯特说,"打住,先别说你的工作啊,一说起来就没个完,告诉我,海伦和孩子们还好吗?"

"他们都很好,很好。乔治已经毕业了,查理都十岁啦,还成天像匹小野马,而朱莉娅马上要首次亮相社交圈。"

"真够快的,上次我见她的时候还是个小丫头呢。"

"已经长大啦,虽然她说受不了穿紧身胸衣。"

"我迫不及待想见见他们。我们美丽的海伦近来如何?"

"跑前跑后地安排朱莉娅的成人舞会呗,跟疯了一样。"

罗伯特掏出怀表看了看:"都快中午了,把你那堆累死累活也画不完的图纸放一放,跟我一起吃饭吧。"

"真凑巧,我和乔治约了在十四街的德尔莫尼科酒店吃午饭,你就来了。"克洛斯幸福地说,"他见到你一定会惊讶得要死。"

看到哥哥就是治愈他心烦最好的良药。克洛斯从小就崇拜总是悉心照料和保护他的大哥,对他而言,大哥的影响力比父亲还大。罗伯特不像其他的长兄那样坏心地希望看到兄弟姐妹出丑,他经常教克洛斯怎么玩棒球和骑马,怎么避免被同学欺负,怎样吸引异性的注意。若是弟弟有什么烦心事或者解决不了的问题,罗伯特总是第一时间挺身而出,帮他排忧解难。过去几年兄弟俩的疏远一直让克洛斯很伤心。

时值八月,今天正巧风和日丽,他俩决定从百老汇街步行去酒店。罗伯特询问兄弟的工作近况,他一直是个最棒的倾听者。时间还很充裕,他亲切地询问弟弟附近有没有他的设计作品。还真有,于是两兄弟绕路去了位于拉菲特和邦德街的一家出版公司。

"天哪,约翰尼!"罗伯特盯着气派的办公楼看了好久,惊叹道,

"我真希望能拥有你的才华,这里的拱门修得简直气势恢宏,真了不起!"

从孩提时期开始,克洛斯就喜欢听哥哥的表扬。今天罗伯特的话却让他一愣,突然间想起了肯特对他也有过类似的称赞。

"难不成这是卡洛琳姑妈给你介绍的业务?"哥哥带着狡黠的微笑问。

"托姑妈的福,不过不是艾斯特家族的委托。"

"当个好孩子,别让姑妈失望。哈哈,约翰尼。"罗伯特笑着说,"还记得她说的话吧,我在她家抽雪茄,被她逮个正着。"

"在她家正式的会客厅!你那时候才十岁。"克洛斯也忍不住笑起来。

他们转到第五大道上,克洛斯还没来得及开口询问大哥目前的生活,罗伯特抢先开口:"我最羡慕的是你有个家,嫉妒死了。"

"别瞎说了,现在是和平时期,你干吗不结婚生子?"

"都快五十岁啦,再说我现在这工作,不方便。"

这些年来克洛斯不清楚大哥在做什么,几年前罗伯特为雷明顿军火公司工作,他还以为现在也是。

"你现在做什么工作?"

"我现在是个平克顿了。"

"什么时候开始的?"

"大约两年前,之前有个战友当了平克顿,他说我在战争期间的表现很棒,他想把我也介绍进去,在法布罗。这两年我一直待在那儿,不过最近被调到纽约了。"

"你喜欢这个工作吗,大哥?"在克洛斯看来,私家侦探这个词光是听听就充满浪漫色彩,令人兴奋。虽然近年来工人们都把平克顿当成镇压他们罢工的无情雇佣军，但上流社会的人喜欢平克顿，私家侦探的用处很广。"

"我终于找到最合适的行当了。"罗伯特点点头，拍了拍兄弟的肩，继续前行。

"你会一直待在纽约吗？"克洛斯兴奋地跟上去。

"是啊，我被提拔到总部。暂时住在布伦瑞克酒店，你能帮我找间公寓吗？"

"当然，太好了，罗布。我会给你推荐几个好地方。"

"真是棒极了。对了，你知道吗，我接到桩特别有意思的案子，有个名叫库克的新富——好像是在圣路易斯开鞋厂的吧？也许你知道他。几个星期前，他在第五大道的庄园被人洗劫一空，从来没见过这样彻底的。罪犯还勒死了一位不幸在庄园里过夜的女仆，警方在河里捞到她的尸体。"

罗伯特说完看向身边克洛斯的方向，竟然没人，他奇怪地转过身，看到弟弟一动不动地站在人行道中央，像是突然变成了雕像。

"怎么了，约翰尼？"罗伯特惊讶地问。

克洛斯沉默着，盯着天空，他的脑袋昏昏沉沉，几乎要不支倒在路中央，还好他最终控制住了自己。罗伯特走过来，关切地看着他。

"我在报纸上怎么没看到这事儿？"克洛斯低声说。

"库克要面子，不想闹得太大，所以雇佣私家侦探调查。"

"有什么线索吗？"

"还没呢。嗨，快走吧，我饿得可以生吞一头熊。"

House of Thieves

❖

　　这是毕业宴会后,克洛斯父子第一次见面——也是克洛斯扛起债务以后第一次见到乔治。尽管儿子的秘密颠覆了自己的生活,当父亲的还是迫切想见他。克洛斯对乔治的怒火已经慢慢平息,几乎已经彻底原谅他了。"养不教,父之过。"他不停提醒着自己。每当他想不顾一切摆脱肯特的时候,乔治的尸体便浮现在脑海,让他冷静下来。

　　但肯特警告过他,关于乔治的"小毛病"还是让克洛斯头疼。大多数上流社会家庭的父子关系十分淡漠,虽然跟他们相比,克洛斯和儿子算是亲近的,不过父子之间仍存有代沟。克洛斯不敢想太多,他拼命说服自己,要相信乔治已经吸取教训。他压根不敢去想象乔治继续沉溺赌博的可能性,这个想法让他不寒而栗,所以赶紧把它赶出了脑海,就像冷酷的姑妈卡洛琳那样——她总是把不愉快的事情置之脑后。

　　乔治是个成年人了,克洛斯对自己说,不是个时时需要管教的孩子。

　　本来跟乔治见面是件让人欣慰的事情,不过现在他一点也提不起精神。大哥刚才的话让他震惊,像是一拳击碎了他的精神世界。乔治和罗伯特愉快地闲聊着,而他满脑子都是一个女孩的尸体漂浮在河上的画面,就像戈登那样。

　　她是否跟自己家的女仆科琳一样,是个漂亮、性格爽朗、乐观的人?从爱尔兰漂洋过海来到美国,弯着腰打扫、拖地、熨衣服,把主人家里整理得井井有条?她们喜欢纽约,憧憬着幸福的未来。克洛斯回想起洗劫库克庄园那天晚上,回程的时候布雷迪手里把玩着钢琴弦,没有半点紧张或者异样的神态。

费力地咽了口唾沫,他压根没动眼前的羊排和水龟汤,看着欢声大笑的乔治。

"约翰,约翰?我说老弟啊,你在神游吗?"罗伯特问道。

克洛斯一下子回过神来。"啊?没有,怎么了?哎,走了下神,你们聊到哪儿了?"

"真的很难置信,乔治打棒球居然是一把好手,还参加了比赛。"

"他肯定不好意思告诉你,他率队打败了耶鲁大学。"

"天哪,真希望我能亲眼看到!把耶鲁的混蛋打得屁滚尿流,哈哈!"

看着他们聊天、轻松自在地大笑,克洛斯慢慢清醒过来,他对乔治的愤怒也逐渐升起,不能这么自欺欺人,他得认清现实:整个家族差点因为乔治的愚蠢陷入万劫不复之地。克洛斯盯着儿子的脸,哈佛大学的优秀毕业生?那只是假象罢了,英俊的皮囊下包裹着一个可怕的秘密。在那一瞬间,他的父爱一下子消失了,只想伸出手把桌子对面的儿子掐死。不,父亲怎么能恨儿子呢?克洛斯在心里痛斥自己,但愤怒的感觉仍然席卷全身,他只能转过头不看儿子那张可恶的脸。

"现在我也在纽约落脚了,"罗伯特兴致勃勃地说,"以后我们可以约好去球场看巨人队的比赛。"

"查理也喜欢他们。"乔治说。

"罗伯特,"克洛斯异常响亮的声音打断了他们的谈话,"明天晚上到我家吃饭吧,见见家里的其他人。乔治,我希望你也来。"

"对不起,爸爸,我明晚已经有安排了。"

克洛斯怒视着儿子。餐桌上突然陷入沉默,服务员拿着甜点菜单过来,给他们奉上咖啡和白兰地。罗伯特试图讲点轻松的话题,可惜没有成功。餐后,克洛斯目送大哥坐马车离去后,才给自己叫了一辆车。

"我送你回公寓,乔治。"

"可是,爸爸,我现在要去——"

"上车!"克洛斯厉声打断他。

马车缓缓地行驶在第五大道上,下午的交通有些拥挤。瞪着儿子,克洛斯心里的怒火像是岩浆一样灼烧着五脏六腑,随时可能从喉咙里冲出来。他深深地吸了一口气,转头看着人行道上的人流。他想着,没有人可以承担现在他所承担的一切。

"你说,你明天有安排了,对吧?跟数字打交道去了?"

"不,爸爸,不是教书。"

"那就是打牌吧?五张方块,三张黑桃什么的?"

乔治脸上的困惑变成了惊恐,忍不住在真皮座椅上挪了挪位置。

"你从小就对数字特别敏感,能解开最复杂的数学题,心算加减乘除,该死的,我真为你感到骄傲。我一直相信你会成为一名数学家——你也做到了。"克洛斯不再看儿子,而是看着窗外飞掠而过的街景。

"是的,数字对我来说充满了魅力。"乔治说,目光里透着担忧和怀疑。

"我想,对你来说,有个数字充满了特殊魅力吧?四万八千。"

克洛斯还以为乔治会惊慌失措地打开马车门逃走,可是男孩僵硬地坐在座位上,直勾勾地盯着父亲。

"……我欠了四万八千美元的赌债。"沉默半晌,乔治用清晰的声音说。

儿子的坦率让克洛斯在愤怒中多了一丝欣慰,他看得出来乔治吓得腿都软了,但仍然有勇气承认这个事实,虽然也只是在虚张声势。

"你确实欠了四万八千美元的赌债,而我已经帮你还清了。肯特先生和我达成协议,以后不会再来找你麻烦。"

乔治勇敢镇定的模样一下子土崩瓦解,他用双手捂着脸,弯下腰,像是肚子上被重重地打了一拳。

"家里人都不知道——他们永远不会知道。"

没有抬头,乔治开始抽泣。"我很抱歉,爸,我……"

"我不知道你怎么会变成这样,也不想追究。你是个成年人了,孩子,我尊重你,不会对你的生活指手画脚。但是,不准再去赌钱,乔治。不准。听到了吗?绝对不准!"

乔治抬头看着父亲。

"谢谢您,爸,"他用颤抖的声音说,"我不知道该怎么说,我……我真的很抱歉,给您添这么大麻烦……"克洛斯看到儿子的脸上交杂着耻辱和痛苦,这张脸几乎让他心碎,但他强忍着没有去安慰他。

"你给自己添了麻烦才是。知道吗,你差点毁了自己——还有家人。你会成为一个受人尊敬的学者,这是摆在面前的一条康庄大道。乔治,你不能毁了自己的前程。过去的事情就让它过去吧,但是,我绝对不允许你再沾染赌博,绝对不允许!你必须答应我,儿子。"

"是的,是的,好,我答应!我知道我做了蠢事,愚蠢透顶!我向您发誓:绝对不再赌钱了。我发誓,爸,下不为例。"

马车抵达了公寓附近,乔治伸出双臂紧紧地抱着父亲,克洛斯也用力拥抱着儿子,他们的眼里都含着热泪。眼前的儿子似乎突然变成了幼童,克洛斯只想抱着他,保护他,为他遮风挡雨。

乔治下了马车,冲父亲挥手道别。克洛斯再也感觉不到一丝一毫对儿子的愤怒,他用全身心爱着自己的家人,只要能挽救儿子,他做什么都在所不惜。

※

乔治沿着街道北边走进了中央公园，在石板路上跌跌撞撞地前行，迷迷糊糊地走入树林深处，一下子跪倒在地，吐出了中午吃的大餐。晕眩着，他平躺在地上，仰望着绿荫织成的冠盖，阳光透过树叶缝隙洒下来，刺着他的眼。

最害怕的事情发生了——父亲知道了他的秘密。耻辱的感觉不断冲刷着他的内心，要是在仓库里那天晚上直接死在肯特手里就好了。苟且偷生没能让他感到丝毫欣喜，痛苦不断啃啮着他的内心。依照上流社会的传统，父子之间的关系不该如此亲密，可他们家是个例外，这让乔治更觉得难以承受。

乔治知道，自己很幸运，一般的家长只会残酷地把他赶出家门，永远断绝父子关系。可父亲原谅了他，甚至只要求他答应再也不沾染赌博。

乔治很想信守诺言，但他清醒地知道，这不可能。赌瘾已经根植在他灵魂深处，这是一种病。他没法跟父亲解释，也明白没人能理解，人们都认为沉溺赌博只是道德问题。不，那是种病，乔治疯狂地想着，就像酗酒，甚至吸毒，会让人不可自拔。他不知道自己能不能从赌瘾中解脱。

可是，父亲从哪弄来这么多钱还债？他盯着树林，陷入了沉思。首先跳入脑海的是卡洛琳姑妈，但很快乔治否决了这个想法，父亲不可能去找她求救，否则整个克洛斯家族都会被上流社会驱逐。难道从朋友或者客户那里借贷？卖掉麦迪逊街的房子？抑或也是从赌场赢的？

纽约大盗

这可是笔巨款,相当于父亲当建筑师三年的总收入。

不管钱是从哪儿来的,乔治发誓,他一定会赚钱还给父亲——当然,要等他先偿还完九千美元的新赌债再说。

23

"查理，这是我的朋友，山姆·凯利，绰号印第安人。"

查理从来没见过真正的印第安人，他好奇地打量眼前的男孩，从他身上寻找印第安人的特征。可惜山姆看上去是个纯种的白人，皮肤白皙，满头金发，看上去八岁左右。穿着成年人的格子衬衫，下摆垂过了膝盖。

"很高兴认识你，查理，叫我山姆吧。"

"你现在干嘛呢，山姆？"埃迪问道。

"给外呼斯的人放哨把风。"山姆自豪地说。

"外呼斯？哎，牛啊。这是镇上最扎手的团伙，都快比得上肯特的绅士团了。"埃迪告诉查理，"晚上他们抢劫店子的时候，山姆负责盯着有没有警察，这就叫把风。"

"除了店子，还有新教教堂，我们都是爱尔兰人，讨厌新教徒。"山姆神神秘秘地说。

"比你之前干的勾当好多了——假装残疾儿童，在桑树镇乞讨，去捡别人扔在你身边的便士。"埃迪说着，微微一笑。山姆翻了个白眼，突然想到个好主意。

"我说，我知道在格兰德湾最末尾的地方有家仓库，里面的箱子全装着笼头和各种马具，我们可以轻而易举地偷出来，你们觉得怎样？卖了钱咱仨平分。"

"改天再说吧，我和查理要去住宅区打猎。"

纽约大盗

◆

背着大大的、印有"美国邮政总局"的帆布邮包，带着根木棍，埃迪领着查理一路在第十二大道上穿行。查理跟父母撒谎说今天下午要上舞蹈课，于是就有了一下午的时间可以陪埃迪到处跑。上周四，他说要去上美术课。小儿子开始对艺术感兴趣，这让克洛斯夫妇十分高兴，开心地摸着他的头，还给他不少钱交学费——这是查理意料外的收获。下一次的理由已经想好了，在自然历史博物馆学自然科学，他微笑着想。

"就在右边，沿路的码头都是好地方，"埃迪像个权威一样说，"不过我往往会在这一家交上好运。"

他们停在一座废弃的四层砖楼前，这儿过去用来给对面码头的船只装卸货物。埃迪指了指拱形入口，那里曾经有一道门，他们顺利地溜了进去。里面空间挺大，木地面上到处撒着碎玻璃和各种垃圾。从高大的窗户透进来的阳光照得仓库里亮堂堂的，埃迪指着后面的墙壁，让查理过去，还把手里的木棒递给他。

"我说开打的时候，你就用木棒敲地板，敲疯了都没关系。"他低声说。

埃迪从后墙上的小门走出去，外面是座小院子。靠近大楼转角的地方有个小窗户，里面是地下室，窗户上的玻璃早就不知道去哪儿了，埃迪把帆布包口子拉开，张得大大的，盖住了整个窗户。

"开打！"

收到信号，查理拼命地用木棒击打地板，乒乒乓乓的声音像是一场连环爆炸，在整座大楼里回荡。埃迪听到地下室里传来细微的跑动声,吱吱的尖叫声,很快,他的目标们纷纷从窗户往帆布包里跳,速度飞快,像是一堆堆石子被人扔出来。很快帆布包就鼓起来了,还不停地蠕动着。

"停!"埃迪喊道。他猛地拽下帆布包,飞快地把袋口系紧。几十只长着粉红色尾巴的灰老鼠从窗口跳出来,飞掠过他脚边。查理手里提着木棒朝他跑了过来。

"我打赌包里至少有一百只。"他高兴地说。

"不知道,不过我可不会伸手进去数。被老鼠咬可疼了,而且会得狂犬病,发病的时候就像疯狗一样口吐白沫。"

埃迪再次检查系口袋的绳子,确保没有一只老鼠能钻出来。帆布包里的老鼠拼命挣扎着,发出尖叫。他从查理手里接过木棒,敲打着布包。"这样它们会老实点。"他说。

两个男孩拉着帆布包的系绳,把它拖出仓库,上了人行道。

"我们走一会儿就到,就几个街区背后,在西二十七街。"埃迪说。

"能卖多少钱?"查理急切地问。

"现在的行价是每只十二美分,我一个子儿都不会让步。"

他们在每个街区口休息几分钟,终于来到一家门口漆成蓝色的舞厅前,男孩们拖着帆布包,穿过一条小胡同,来到舞厅的后院。

"你在这儿等着,我去叫纳尔代洛。"

很快,埃迪和一个瘦削、黝黑的男人一起出来了,那人一头黑发,油腻腻的,不知道多久没洗过头。"把它们放畜栏里,再来数数。"他命令道。后院有块用约莫四英尺高的木板围起来的地方,木板上有个小活门,纳尔代洛用脚把它踢开。

"好吧,把它们放进去。"

埃迪解开系绳,把帆布包的口子对准活门,踢了几下布袋,直到袋子里的老鼠全跑出去。

"每只十一美分。"

"去你妈的,你个婊子养的渣滓,当老子不懂行啊?十二!混球,你他妈好好看看,这群耗子多厉害!跑得快,个头又壮。"埃迪大叫,查理听得目瞪口呆,他从来没见过一个孩子用这种成人的口气讲话。

"十二就十二,老子总有一天会干爆你屁眼。"

埃迪趴在畜栏顶,开始数数,手指飞快地屈伸。纳尔代洛也做着同样的事情。

"四十八只。"纳尔代洛说。

"我数了五十三只。"埃迪厉声说。

"好吧,算五十怎样?"纳尔代洛说,埃迪点点头。

六张一美元的纸钞落到埃迪手里,两个孩子对望一眼,露出了胜利的微笑。

"马上就开场了,你们想看吗?让你们免费进去。"纳尔代洛说。

"不了,我们还得去拿报纸。"埃迪说着,分了三块钱给查理。

就在他俩从小胡同口出来的时候,朱莉娅和诺兰正巧进了舞厅的前门。

24

乔治讨厌自己做饭，虽然西五十九街的单身公寓里配有厨房，但他很少进去。如果凯蒂没在她那儿做饭，他会去外面的小餐馆解决，或者买个三明治填肚子。今晚下课后，他从东五十三街的熟食店买了夹着奶酪和火腿的黑麦面包三明治，准备带回家当晚餐。母亲总是央求他回家吃饭，但这就意味着要面对父亲，乔治还不敢回去。他以为羞耻感会随着时间推移而减弱，可它反而越来越强烈。他一次又一次重温和父亲的对话，每次都让自己坠入痛苦的深渊。

他对父亲的爱超过了一切，约翰·克洛斯和所谓的上流社会精英不一样，他把许多时间用在和儿女们相处上，跟儿子谈心，和他一起打马球。每次有什么麻烦了，父亲都会不遗余力地帮助他。虽然工作繁忙，但父亲从来不以此为借口疏忽跟家人相处。他无微不至地关照着乔治、朱莉娅和查理，所以克洛斯家的三个孩子跟父母的关系比一般的上流社会家庭融洽得多，乔治的很多朋友压根就没从父母身上得到过什么关爱。

躲着父亲就意味着也见不到弟弟和妹妹，这让乔治感到十分孤独。他喜欢和朱莉娅讨论文学，和查理谈论球赛。他还答应过弟弟今年夏天带他去球场看巨人队比赛，可不能食言。乔治决定回去就给家里打电话。

父亲从哪里弄来四万八千美元替他还债，这个问题也深深困扰着乔治，像块巨石压在他心上。想要赚钱把这笔巨款还给父亲的决心全

纽约大盗

盘破灭——他把钱全输在了赌桌上。霉运当头,他那微薄的薪水早就输得一干二净。没有雄厚的赌本,什么时候才能赚够四万八?

"嗨,乔治?好几百年没见你了吧!我亲爱的哈佛大学精英,你还好吗?"身后突然传来热情的招呼声。

乔治转身,看到杰克·培根站在他身后,杰克是帮人收账的打手,为土耳其人霍尔顿服务,霍尔顿是休斯顿街上银拖鞋赌场的老板。

"很高兴见到你,杰克,"乔治压抑着转身逃跑的冲动,"你来这附近有何贵干?"

"嗨,帮霍尔顿老板跑跑腿罢了,"壮硕的恶棍说,"你懂的,乔治,跟我一起走走?你会发现很有趣的东西哟。"

"嗯,杰克,我现在赶着——"

"哎,几分钟,就几分钟。来吧,老伙计,跟我一起。"他欢快地打断乔治的话。

杰克拉着乔治的胳膊,带着他一路来到五十六街,一边走一边喋喋不休地跟他絮叨着棒球、布鲁克林队打得怎样、本赛季的分数和统计数据什么的。他领着乔治来到一家挺上档次的公寓楼,穿过金碧辉煌、铺设大理石地板的大厅,走上五楼。杰克走到其中一间屋前,敲了敲门,一名衣着入时的中年女子前来应门,当她看到杰克的时候,脸色唰地白了起来,惊恐万分。

"下午好,托德夫人,请问威廉在吗?"杰克彬彬有礼地问道。

"不,我很抱歉,他……"

杰克用蒲扇大的手掌推了女人一把,她跌在了地板上。他嚣张地进了门,转过身,满脸堆笑地示意乔治跟上。这间公寓里摆着上好的家具,宽敞的客厅里有张气派的圆桌,四周放满了装饰品和雕塑。杰克故意朝圆桌中间走去,砰的一声把它掀翻在地。女人大声尖叫。

"哎呀呀，瞧我笨手笨脚的，抱歉啊。"面带微笑，他伸手猛地一拉面前的玻璃书柜门，书柜砸上地板，玻璃碴四下飞溅。女人哭闹的声音充当背景音乐，杰克一间一间地查看公寓屋子，翻遍了床下和衣柜。乔治跟在他后面，不知道该做什么。

终于，在厨房的储藏室里，杰克找到了一位五十来岁，大腹便便的秃头男子。

"哎，不容易，很高兴再次跟您见面，威廉。"杰克用力拽着他的脚踝，把他拖了出去。

"我会给你的，明天，就明天！我发誓！我发誓！"威廉尖叫着。

杰克一脚踢在他脸上，就像踢足球那样，然后转而攻击他的肚子。威廉的妻子不停地在前厅发出尖叫。踢得不过瘾，杰克把威廉拉起来，抵在厨房的白色瓷砖墙上，照脸上一拳一拳地揍了过去。血花飞溅，威廉尖叫着求饶，从口袋里抓住一些纸钞，可杰克丝毫不为所动，开始冲他肚子打去。乔治紧紧地背靠着墙壁，几乎快止不住颤抖。

托德夫人急匆匆地跑来厨房，但她还没靠近杰克，就被他一巴掌扇到光滑的木地板上，如同赶走一只苍蝇。半晌，杰克似乎打累了，松开手让威廉摔落在地。他在厨房里四下张望，取来一把刀，刀尖伸进威廉左边的鼻孔里，一挥一旋，鲜血如泉涌般喷出。杰克退后一步看着自己的杰作，摇了摇头，又在他另一边鼻孔里如法炮制一番。现在满意了，他一脚踢在威廉的下腹，算作告别礼。

"我明天会再来的，你最好把六百美元准备好，威廉。否则，可别怪我不客气了。"杰克说完朝外走去，抓起摆在厨房门边柜子上价值不菲的蓝白色花瓶，砰地砸在墙上。

乔治看着这一切，现场仿佛经历了一场大屠杀，夫妇俩在血泊中痛苦尖叫，厨房地板像是被泼了一桶红色油漆。他感到胃部一阵翻腾，用力靠在客厅的墙壁上,稳住呼吸,片刻之后,终于忍不住呕吐起来。杰克猛地拍了拍他肩膀,领着他离开。

"对了,刚说到哪儿啦?哎,布鲁克林队的杰弗里斯可是一把好手,不输给巨人队的球星。"

25

克洛斯不想去李家参加宴会，可他和海伦已经接受了邀请。普遍说法认为，哪怕接受邀请的人当天暴毙，继承人也要接替他准时出席。今晚，李家有幸请到了刚从伦敦前来的亨利·塔尔顿爵士夫妇出席。早在三个星期前，请帖就送到了，主人亲笔手写的邀请函，用的最考究的白色厚牛皮纸。鲜花也已预订送达，来自法国的大厨坐镇厨房，李夫人亲自为晚宴挑选了一批新的银质餐具。社交宴会从来都是一场奢侈华丽的秀场，而女主人从来不会让满怀期待的客人们希望落空。

七点三十分，克洛斯家的马车出现在李家的大楼前，晚宴八点开场，他们向来按照惯例提前半小时抵达。大楼坐落在第五大道和六十一街的转角，宏伟的四层楼建筑，有着法兰西帝国时期的风格，外墙又带着点英式建筑的特点。真是沉闷而平庸的设计，克洛斯想着。红地毯边上站着两排穿黑色镶金边制服的仆役，负责迎宾，为他们打开车厢门，鞠躬致敬。今晚的客人们穿着都差不多，男士穿白色燕尾服，打着白色领带；女士身裹鲜艳的夏日晚礼服，戴长手套。女主人霍诺丽娅·李站在金碧辉煌的接待大厅里迎接客人，多年来，她的美丽似乎丝毫不曾褪色。

"海伦，你今晚真是太漂亮了。"她热切地称赞。克洛斯挺开心的，有人称赞就意味着不用花费时间来听妻子的自夸。"约翰，见到你真开心。快去看看你要给谁当护花使者吧。"

克洛斯走到信息台前，台上摆着写有男士名字的小信封，他找到自己的，抽出里面的纸条：伊丽莎白·伯纳姆。那是某位保险公司老板的妻子，长得很漂亮，生着一头乌黑的长发和美丽闪亮的蓝眼睛，可惜性格呆板又沉闷，跟她待在一起就像对着块石头讲话那样无趣。尽管如此，上流社会对美女总是宽容的，绅士不能抱怨自己的女伴，否则就太没风度了。克洛斯在客厅里四下走走看看，富丽堂皇的空间点缀着插满红玫瑰的中国瓷瓶，红木镶板、白色大理石地板在水晶灯的光耀下熠熠生辉。一群人围着今晚的贵宾塔尔顿一家，热切地闲聊。

看上去每个人都是狂热的亲英派，热衷于英式贵族的一切，哪怕是繁琐的社交生活。人们兴致勃勃地讨论板球、野鸡狩猎和花呢西装，亨利爵士扬扬自得地谈着世代居住的特威克纳姆城堡的装修风格。据约翰·克洛斯所知，塔尔顿家是目前硕果仅存的老派英式贵族之一，并且仍然坐拥巨额财富。许多没落的英式贵族在几代之前就挥霍光了家产，不得不想办法屈尊迎娶可以帮助他们保住家产和头衔的美国富豪的女继承人——小报记者称她们为"美元公主"。

当海伦出场的时候，众星拱月下的亨利爵士和他丰腴的太太黛德丽停止了口若悬河的演讲，迎上去打招呼，很快，海伦就以独特的魅力吸引了塔尔顿夫妇。克洛斯在人群之外走动，跟相熟的朋友点头问好，称赞在场的女士们美丽迷人，顺便以一个建筑学家的眼光打量着整个大厅。这是他多年工作养成的职业病：喜欢研究每栋建筑的比例、细节、装饰等，揣摩和评判其他人的设计思路。

有人轻拍他肩膀，克洛斯转头，看到斯坦福·怀特微笑的脸。

"你好啊，斯坦尼，我就知道你会来。如果我没记错的话，他们在新港的住宅就是你设计的，对吧？"

"没错。再说了，我怎么会错过吃顿大餐的机会？"怀特拍拍肚子说。跟他们一起共事的年月相比，他的肚子整整大了一圈。

"最近忙什么呢?"克洛斯问道。这是做他们这行的人每次见面都不忘的问题。

"上帝,我刚从哥伦比亚银行过来,就是第五大道和四十二街的那栋楼,我设计的,他们现在要求改建大厅。真是白痴,瞎折腾。"

克洛斯点点头,怀特先生的建筑都有其独特风格,他羡慕老朋友那天马行空的设计思路,也承认自己很难在设计方面超越他。那栋银行大楼是独一无二的——斯坦福的所有作品皆是如此。也有着浓郁的文艺复兴时期风格,尤其值得称赞的是那一对阳台,上有顶盖,下有细长的支柱,让整栋大楼充满了轻盈美妙的感觉。

"你把金库设计在哪儿?"

"雇主要求放在地下二层,里面都是保险箱。"

"金库是钢板修的还是水泥?"

"钢板。"

"有用最新的警报系统吗?"

"就用一根电线连到警察分局。怎么了,最近有银行的委托?"

"嗯,是啊……我在琢磨着怎么设计保险装置。"克洛斯点头,低声询问,"方便参考下你的设计图吗?"

艾弗里·李,晚宴的主人,朝他们走了过来,他身边是一名留着小胡子的男人,精心打蜡的唇髭反射着明亮的水晶灯灯光。

"先生们,请容许我为你们介绍,这位是来自圣彼得堡的谢尔盖·亚历山德罗夫伯爵,很荣幸今晚能邀请到他来我家做客。"

两人冲着伯爵鞠躬,都为对方的贵族气度所折服。俄国贵族和英国的差不多,也是希望在美国寻找有野心的富商联姻。眼前这位就是活生生的欧洲贵族典范:高个子、身材修长、相貌英俊、器宇不凡。

"伯爵大人,这两位是纽约最优秀的建筑师,或许可以请他们为您设计在美国的住处?"

"那真是太好了,总不能老是打扰朋友或者住酒店。"伯爵彬彬有礼地回答,带着浓重的外国口音。鞠了一躬,他礼貌地说声失陪,然后走开。

"斯坦尼,约翰,你们有听说过城里发生的抢劫案吗?"伯爵刚走远,李就压低声音对他们说,"真是太不可思议了,一整栋豪宅被洗劫得干干净净!警察干什么吃的?"

克洛斯低头看着光滑的木地板。

"你怎么看待这事情,克洛斯先生?"李问道。

"各位,准备用餐了。"管家突然冒出来招呼大家,让克洛斯不用再思考怎么回答这个尴尬的问题。房间里的男士们像老鼠般蹿来蹿去,寻找指定护送的女伴。严格遵照习俗,首先由李先生领着塔尔顿夫人进了餐厅,随后是其他客人,李夫人和亨利爵士最后入场。餐桌上摆着二十四张姓名卡,主人家在安排座位上显然花了不少心思,按照惯例,出席晚宴的夫妻座位不能相邻。最尊贵的客人亨利爵士安排在李太太的右边。

即使按照纽约城奢华的标准,这张餐桌也是令人惊叹的,克洛斯想着。刺花的锦缎白桌布上有一层玻璃板,玻璃板下方安放着几十个微小的装饰电灯,闪烁着令人赏心悦目的光芒,映在每隔三英尺摆放的雕花玻璃碗上,仿佛给它们加上一层魔法光环。每个座位面前都摆着塞夫尔瓷器碗碟,配有十几只戈勒姆银质餐具,包括牡蛎叉、面包刀、各种切鱼和切肉的刀,以及水果叉。五种不同的玻璃杯摆在餐具侧边,对应苏打水、葡萄酒、香槟、霍克酒和干红。克洛斯为伯纳姆太太拉开椅子,请她入座,自己也坐了下来。叠成金字塔形状的丝绸餐巾展开后,里面包裹着晚宴目录。盘子边摆着派对礼物——给男士的是银质烟盒,克洛斯的晚宴女伴拿到了宝石胸针。晚餐菜品郑重地手写在镶有金边的牛皮纸目录上,夏季的晚宴通常比较清淡,只有八道正餐。今晚的菜品是经过精心搭配的:半壳的切萨皮克湾牡蛎,意大利清炖鸡汤,西班牙鲭鱼——上这道菜的时候服务员会为客人们倒上佐餐的霍克酒,填馅软壳蟹配上香槟,鹧鸪松露配上红酒,诸如此类。霍诺丽娅的安排实在完美,在纽约,一名称职的法国主厨比珠宝还珍贵,毫无疑问,李家这位是个中翘楚。每一道菜肴都烹饪得恰到好处,比饭店的品质更上一层楼。

克洛斯试图跟伯纳姆太太聊聊天,开头很艰难,他只能先说点老套的天气话题。

"对了,您认为英国国会能让爱尔兰实现地方自治吗?"这个消息连续几周上了纽约各大报纸的头版头条。

"我……我不太清楚这些事情,很抱歉,克洛斯先生。"

仆役出现在他们左边,端着摆满了牡蛎的托盘,这种服务方式很有俄罗斯特色。仆人们站在每一位客人的旁边,为他们奉上每一道菜品,而不是杂乱地在桌上传递餐盘——那是法国人的做派。每道佳肴都井井有条地呈上来,社交晚宴在霍诺丽娅夫人的安排下显得精致又有格调。

克洛斯改换话题,尝试谈一些女人感兴趣的东西。

"伯纳姆太太,我想请教一下,沃斯家的长袍比起平哥特家的如何?"

这个话题让她眼睛一亮。"沃斯家,克洛斯先生,沃斯家的衣服简直是棒极了。其实上周我刚刚收到包裹,春天的时候我们去了巴黎,在沃斯家订制了不少成衣。他们从来不会让客人失望。"

"这套礼服穿在您身上显得格外精致。"这个答案一点也不出人意料。

　　伯纳姆太太脸红了，接下来的二十分钟，她热情洋溢地大谈特谈自己的衣柜，中途只有一次跑题说到亚历山德罗夫伯爵有多么英俊迷人。

　　戴着白手套的仆役们川流不息地上菜和倒酒，终于，晚宴进行到尾声，布丁、冰激淋、巴伐利亚甜点、小蛋糕、糖渍板栗等甜品次第奉上，还有水果和奶酪。克洛斯已经放弃跟伯纳姆太太继续沟通，转而和坐在他对面的马莫杜克斯·斯科特先生攀谈。斯科特靠着用冷藏车厢从西部进口牛肉发家，克洛斯希望有机会能赚到他的佣金，比如在伯克郡为他设计一栋避暑的庄园之类。社交晚宴对他而言往往意味着新的商机，不过看上去今晚上斯科特心情不太好。

　　"今天早上这交通状况太糟糕了，在百老汇街，我的马车足足花了一个小时才走四个街区！这路上堵得，马车的速度就跟鼻涕虫一样。我就说，在纽约这种大城市，交通状况糟糕得令人发指！"他愤愤地抱怨，大口大口吃着草莓，还灌了一杯葡萄酒。

　　"而且灰尘和粪便简直让人不能忍受。"伯纳姆太太点头附和。

　　"据说高架铁路会改善交通状况，减少一半的马车，简直是一派胡言，交通状况糟糕了十倍不止。我们需要新的交通工具，也许钻到地底下才通畅。"

　　"没错，"伯纳姆太太说，"我还记得多年前家父带我乘坐过比奇先生的地下铁路，那感觉美妙绝伦，他破产真是太可惜了。"

　　正在把一勺巴伐利亚甜点送进嘴里的克洛斯突然瞪大了眼睛，他慢慢咽下嘴里的甜品，转头看着伯纳姆太太，笑了。

　　"伊丽莎白·伯纳姆太太，您真是位魅力惊人的女性。"

26

"我想您一定有什么理由迫切地要见我,因为现在已经凌晨两点了。"肯特穿着晚礼服,头戴礼帽,神情冷淡地说。

"我很高兴,您还没有入睡。"克洛斯说。李家的派对还在持续,在绅士们从餐厅来到吸烟室享用雪茄和白兰地的时候,他给肯特打了个电话。

"我和米利森特参加完雪莉家的晚宴,刚刚进门——容我提醒您,那是一个男人最疲惫的时候——你就来电话了。"肯特皱起眉头。

他们站在高耸的美国邮政大楼阴影下,靠近市政厅。夜晚几乎没有一丝风,但跟炎热的白天相比,还算清凉。

"街对面的富达国民银行大楼是我设计的。"克洛斯指着狭长的六层砖楼说,银行的拱形入口由磨光的花岗石圆柱支撑。

"很气派的银行,我敢肯定。可惜,不幸的是,近来我才经历了一桩事故,大白天抢劫银行引起的,"肯特说,"所以我得保持谨慎。"

"原来炸毁曼哈顿信托银行的就是你们。"克洛斯十分震惊。

"真是个糟糕的结局,所以我们找有钱人的住宅下手。利润丰厚,也没啥风险。"

"假设我们要策划一场银行抢劫行动。"

"请继续说,克洛斯先生。"

"早在70年代,有位名叫阿尔弗雷德·比奇的人——《科学美国人》杂志的编辑——设想了一种新型的轨道列车,不是在空中,恰恰相反，是在地底。"克洛斯不慌不忙地开头。

"我记得确有其事，他自己花钱修了一个实验性质的地下隧道，连特维德集团都没找出来①。"

"对，使用空气动力的地下铁路，用压缩空气爆炸力来推动。"

"在哪儿？"

克洛斯指了指他们面前的百老汇街。"在那儿，我设计的银行前面。"

肯特走到路边，低头看着路灯照耀下的鹅卵石路面。

"十英尺宽的地下隧道，通往街区，沿着你左边的百老汇穆雷街到你右边的沃伦街。经历了1873年的经济恐慌后，比奇拿不到投资，地铁计划流产，他把隧道租出去当酒窖或者射击场。到1874年的时候就彻底废弃了。"

"这么说，隧道仍然躺在那儿？"肯特心领神会地笑了。

"在沃伦街的街角有块密封板，那就是入口。跟我来吧。"

本以为这个时候街上应该空无一人，却有许多浓妆艳抹的站街女在街区游荡，正好在银行附近。"金库在哪里？"肯特问。

"大楼前面的地下室，正好跟地铁隧道在一条线上。"

妓女们低声对他们喊道："五十美分，五十美分就能爽一次，搞不搞？"她们大多穿着廉价的衣服，长得跟女巫差不多。烈酒、毒品和纵欲早就吞噬了她们身上曾经的美丽，只留下让克洛斯反感的庸俗和粗鲁。纽约的妓女有着严格的档次划分，西二十街到二十四街有最高档的妓院，那里的妓女可以媲美时尚白领，领着寻欢的绅士们去华丽的

---

① 特维德集团，1860年中期由坦慕尼协会的领导人"老板"特维德组建的臭名昭著的政治集团，致力于公开购买选票、贿赂法官更改审判结果等。后来其舞弊行为被《纽约时报》揭露。

酒店找乐子。最劣等的就是眼前这些站街女，只有堕落和绝望的人才会在这么晚出来找她们凑合。

一个穿着肮脏的、皱巴巴的绿衣服的龅牙女放肆地拦住了肯特。

"五十美分爽一爽，这位帅哥，来不来呀？"她用嘶哑的声音问。

肯特飞快地扬起手杖，狠狠地打在她头上，女人摔倒在街上，号啕大哭。他毫不留情地抓住黄金杖头，抽出一把长刀，指向她的咽喉。

"离我远点，你这肮脏的婊子！"他喝道。妓女吓得瞪大眼睛，哆嗦着爬到一边，用手捂着头。肯特把长刀插回手杖里，若无其事地继续前行。"你说那隧道有多宽？"他漫不经心地问，仿佛只是赶走了一只蚊子。

"直径不会超过十英尺，只有一组轨道，压缩空气从一边推着火车前进，然后从另一边补充回来。"

转向沃伦街的角落，他们看到了地上的铁质密封板，肯特蹲下来，用手杖敲了敲。"你说得没错，就是这儿了。"

站起身，他大步从转角走回百老汇大街，那些妓女害怕地躲着他。肯特停在银行门口，朝着克洛斯微微一笑，戴着白手套的手掌轻轻摩挲手杖杖头。

"干得漂亮，克洛斯先生，很有可行性。不过我得思考更周密的计划，准备工作，嗯，准备工作，你明白的，这是成功的重中之重。我会通知你行动的具体安排。"

他转身离开。

"肯特。"克洛斯叫住他，"富达国民银行经手的都是大宗业务，爱迪生电力公司、大西洋和太平洋船运公司、B. 奥特曼商场之类。他家的负责人亲自跟我谈的设计事项，所以我很清楚他们的财力，这一次行动能捞笔大的。"

"我相信。成功以后,在债务抵扣方面不会亏待你的。晚安,克洛斯先生。"

✧

霍诺丽娅·李太太把头靠在亚历山德罗夫伯爵的肩上,纤纤素手把玩着他浓密的胸毛。"谢尔盖,你太棒了。"她温柔地说。

"你也是,我亲爱的,比圣彼得堡的所有女人都有激情。"

"我拥有一个女人渴望的一切——金钱、豪宅、漂亮的衣服——除了激情。"李太太落寞地说。

"像你这样美丽的女人,每晚都需要激情来浇灌才对。"

"哈,艾弗里·李只知道计算宾夕法尼亚铁路公司的债券能不能带来6%的收益,对激情一无所知。"

亚历山德罗夫笑了。"不管怎么说,在养家方面,李先生是一位称职的丈夫。"

"噢,拉倒吧。"李太太抬头看了看壁炉上面的时钟,"快五点了,我亲爱的,你得赶紧回房,免得被仆人看到。"

亚历山德罗夫吻了吻她的脸,起身穿好长袍。他把卧室的门拉开一条缝,观察了下走廊的情况,挥了挥手,悄然而去。

铺着地毯的走廊上没有开灯,但阳光透过窗户洒了进来。他停在一间房门口,悄悄地打开,脱下皮质拖鞋,蹑手蹑脚地走进去。从呼吸声可以判断出亨利爵士和妻子都睡得死沉,这两位尊贵的客人被安排在毗邻客厅最奢华的卧室里。亚历山德罗夫笑着瞥了一眼床上的夫妻。他们大概多年没有同床共枕了吧,不过主人家担心提供两间客房会冒犯到他们。

他一声不响地来到梳妆台前，亨利爵士漂亮的皮夹就摆在那儿。打开皮夹，里边儿有数百美元，他毫不客气地"借"走了四分之三。有钱人向来没有数自己包里有多少张钞票的习惯。下一个目标是梳妆台，亚历山德罗夫无声地打开抽屉，找到了亨利夫人的珠宝盒。以专业的眼光审视片刻之后，他没有动最珍贵的翡翠和珍珠项链，拿起了一枚镶碎钻的红宝石胸针，滑入自己长袍的口袋。

带着满足的微笑，亚历山德罗夫离开了卧室。

27

"到了舞会现场,你就站在母亲身边,她会把你介绍给客人,最后挑选一名绅士跟你跳最激情的日耳曼交际舞。"

"明白了,外婆。"

朱莉娅和外婆在百老汇逛街,朱莉娅的成人舞会没几天就要举行了,她现在出门总要有个年长的女伴。这可真烦人,母亲让外婆来承担这个重任,而没有找一位老处女阿姨。老太太简直是用疯狂的热情在履行这个职责,孙女的终身幸福和社会价值事关重大,不能随随便便找个人来担此重任。

"每一个有教养的姑娘家都要有个守护她的女伴,"外婆断然宣称,"得寸步不离地跟着。"朱莉娅用尽全身力气才忍住了抗议。

外婆已经七十多岁,寡居多年,独自住在三层高的砖瓦楼里,俯瞰着麦迪逊广场。那里被朱莉娅称为"灯笼裤的心脏地带"。除了平时在克洛斯家指手画脚以外,她最喜欢每天都待在家里,陪着十几只小猫,俯瞰令她着迷的窗外世界。

今天早上,朱莉娅跟母亲说和拉维尼亚·斯图尔特约好去西三十二街看费恩巴赫家的水晶酒杯。这句话半真半假,她确实是要去看酒杯,不过是跟诺兰约好的。外婆坚持要来陪同打乱了她的计划,她得想办法摆脱掉老太太。

"记住,"老太太说,"年轻姑娘不要在脸上涂什么粉底,自然最好。"

"我保证不会的。"

她们走过摆放着各式商品的橱窗，店门口搭有条纹遮阳篷，阻隔了八月灼热的阳光。货运和客运马车一如往昔地在街上汇成无休无止的洪流，马粪马尿的恶臭在这样的天气格外刺鼻。

"拒绝一名男子的邀舞是完全合情合理的，不过拒绝了以后，就不要再接受另外的邀请，安安静静地坐着等下一首舞曲，否则太扫别人面子。"

朱莉娅忽略了外婆的提醒，走过八个街区，老人家就一直不停地唠叨着。她满脑子都想着怎么和诺兰会合，不想再忍受喋喋不休的劝诫。不管三七二十一，朱莉娅决定先带着外婆去找诺兰，见了面再随机应变。

"外婆，我们去三十街吧，我想看看那边的橱窗。"

老人家不为所动地继续念叨着每天早上要冲个冷水澡，朱莉娅看到第六大道火车站转角处有家帽子店，于是带着老太太一起穿过马路。头上，一列火车呼啸而过，终于让外婆消停了差不多十秒钟。外婆从来没坐过高架火车，火车远去后，她感慨地说，自己绝对不会去尝试。跟随人群挤到了店里，朱莉娅假装饶有兴趣地看着货物，眼睛偷偷地扫向街对面。

"不好意思打扰下，女士，我想这是您掉的东西。"年轻男子微笑着递给外婆一个玫瑰色的天鹅绒钱夹。

"我的天哪，是的。真不知道什么时候丢的，不是一直放在手提包里的吗？"外婆大声地说，一脸茫然。

"怎么是您啊，诺兰先生？很高兴再次遇见你。"朱莉娅愉快地说。

外婆困惑地看了看朱莉娅，又看看诺兰，再把视线转到女孩脸上。"你认识这个人，朱莉娅？"她质问道，年长女伴的责任在于阻挡年轻姑娘认识一些不三不四的陌生人。"

"当然,还记得东二十六街的诺兰家吗,罗斯福家的密友。"朱莉娅笑了笑,给诺兰打了个眼色,"罗斯福家的长子西奥多准备竞选市长呢。"

罗斯福是个颇有名气的灯笼裤家族,外婆的神情这才缓和下来。

"这位年轻的约翰先生跟我一起在多兹沃斯舞蹈学院学习跳舞,外婆,你也在那里见过他的。你说从来没见过哪个小男孩跳日耳曼交际舞跳得这么好的,你一定记得吧?"

外婆看着男孩,朱莉娅明白她肯定会为诺兰的英俊的外表和贵气的打扮所折服。

"真是太感谢你了,诺兰先生,你可真是及时雨,那个钱包里可有三四百美元呢。"外婆用令人惊讶的友好口气说。

朱莉娅看到诺兰不着痕迹地皱了皱眉,跟外婆礼貌地握手。

"诺兰先生,这位是我的外祖母,阿拉贝拉·卢瑟福夫人。"

"很高兴认识您,夫人。"

"我们在这边买点东西。"朱莉娅说。

"为了克洛斯小姐的舞会。"外婆自豪地补充。

"克洛斯小姐的舞会?真是太棒了,请允许我暂时充当下你们的随从。在这个街区能买到很多好东西,替你们提东西是我无上的荣幸。"

"那就劳驾了,事实上,我很喜欢在这里购物。"外婆高兴地说。朱莉娅看得出,诺兰的魅力无人能挡。

"不知道您最喜欢什么东西,我的意思是,在这个世界上对您来说最富有魅力的东西,卢瑟福夫人?"

"猫。"

"啊,您喜欢猫啊!真巧,我也喜欢。"诺兰说,"正好我知道在这附近有家店，里面的猫简直是可爱得让人挪不动脚——而且只要花钱就能买到！"

"真的吗？"老太太的声音里充满了期待。子女不在身边，家里的猫就像她的亲人一样，老太太对它们关爱有加，这些年来她养了不少猫，悉心照料它们。这也是一直让朱莉娅想不通的地方：外婆哪怕是对亲人都态度强硬、诸多挑剔和不满，但对家里的猫简直宠溺得毫无原则。在她的观点里，猫才是最大的财富，自己养的猫比全纽约99%的人还尊贵。

"那家店就在隔壁街区，三十一街，您想去看看吗？"

"噢，当然。"

"对了，可不可以请教一些关于克洛斯小姐舞会的相关事宜？"

他们一边走，老太太一边絮絮叨叨地说着舞会细节，甚至连德累斯顿的瓷器怎么摆设都提到了。诺兰装出十分好奇的样子，不停地问东问西。很快，他们来到一家看上去挺气派的建筑门口，诺兰领着他们走了进去。

里面的味道给朱莉娅留下了深刻的第一印象，不难闻，但挺浓郁的一股烟熏味。和通常的房间布置不同，这里的小隔间里摆着毛绒沙发，沙发前面是小圆桌，还有东方样式的地毯。衣冠楚楚的男男女女躺在沙发上，手持像是烟杆一样的东西吞云吐雾。房间里的窗户关着，有些昏暗，不过能看清里面大大小小几十只不同品种和颜色的猫：栖息在桌子和沙发上，睡在垫子上，在走廊里跑来跑去。

"我的天哪，这么多漂亮的小猫咪！"外婆惊呼，开始四下走动，爱怜地抚摸着甜心们。猫咪们习惯了跟人亲近，一点都不怕生。老太太几乎没注意到沙发上躺着的人在干什么。

"看来夫人很喜欢猫。"一名面带微笑的中国人走了过来，穿着蓝色绣金边的外套和闪亮的黑色丝绸长裤。

朱莉娅惊讶地看到外婆微笑着点了点头,据她所知,老太太对非灯笼裤标准打扮的人一向嗤之以鼻,认为他们庸俗又恶心,然而她跟这中国人说话的神情就仿佛对方是范伦斯勒家的人一样。

"哦,是的,请问它们能出售吗?"

"当然,所有小猫都出售,您喜欢哪一只?"

"哦,天哪,这太难选择了,这只斑点的好漂亮,还有那只玳瑁色的,太可爱了!"

"啊,不用着急,请您坐下来,慢慢选。"中国人指了指沙发,他开始把猫咪一只一只抱到沙发上,"请坐下,女士。我给您来点大烟,那可是从英国来的好东西。"

老太太坐在沙发上,爱不释手地抚摸着猫,它们在她身边蹭来蹭去。"真是太可爱了,这些小家伙们。"她高兴地喊着。

诺兰站在朱莉娅身边,面带自豪的微笑。

朱莉娅还以为来自英国的好东西是茶之类的,结果中国人拿来一支象牙的长管子,一个小盒子,还有一盏像是灯的东西。

"这是烟枪,"他指着管子说,然后举起小盒子,"这就是大烟。我叫华吉。"

他从烟盒里抓出一颗像是固体油脂的东西,把它放在烟枪的锅里,点燃烟灯。华吉把烟枪递给老太太,示意她握住,在烟灯上点燃烟锅里的大烟,然后吸气。

"奶奶,你不该吸这个的!"朱莉娅慌张地说。

"别傻了,朱莉娅!"奶奶厉声回答,"我的叔叔赫克托就跟着沃伦·德拉诺家做鸦片生意,大发横财啊。沃伦的女儿莎拉嫁给了海德公园的詹姆斯·罗斯福,几年前我还参加过他们的婚礼。赫克托叔叔跟我说过大烟有一定的药用价值,可以缓解我的腰疼。"

老太太平静地躺到沙发上,缓缓地吸着大烟,然后咳嗽了一声。

"慢慢地吸,然后闭气一会儿,再吐出来。"华吉殷勤地指导着她,带着一脸谄媚的笑容。

"此外,"老太太严厉地盯着外孙女,"这是种礼貌,就像进了印第安人的村子你得抽管烟斗才能谈和平一样,我这样做,这个黄皮肤的鬼东西才会相信我有诚意买他的猫。"

诺兰碰了碰朱莉娅的胳膊,指着一个小隔间。

"那是不是你同学艾伦·宾利的妈妈?"

没错,那个穿着蓝色公主裙,躺在沙发上吞云吐雾的就是艾伦的母亲,她似乎陷入了一种朦胧的幸福,眼皮耷拉着,陶醉在每一次呼吸中。

"快到中午了,克洛斯小姐,"诺兰凑近朱莉娅的耳朵,低声说,"斗鸡很快就开始,我们现在赶紧走还能赶上。你还记得上次帮你赢钱的谢尔曼将军吧?今天它要出场。"

朱莉娅点点头,走到外婆身边,想把她扶起来。老太太抬起头,一脸恼怒,眼睛瞪得跟玻璃珠一样。

"我的孩子,我没打算走,还得好好想到底买哪只猫呢。如果你要去买东西,我允许诺兰先生陪同你去。你说他是西奥多·罗斯福家族的密友,对吧?"

朱莉娅点点头,轻声问诺兰:"让华吉照顾好她,可以吗?"

中国人也点点头,"我会照顾好夫人的,你们去吧。她要好好挑下猫——两美元一只,价格公道。"

"不用担心,"诺兰对朱莉娅说,"我们过一个小时就回来。"

28

乔治把头靠在火车窗口，从大中央火车站出发后仅仅五分钟，他就惊讶于窗外建筑物飞逝的速度。一片空地掠过他眼帘，夹在像栅格一样的街区中，点缀出留白的景色。几栋砖房孤零零地站在路边，如同冒出来的几茎野草。它们的主人想必在耐心地等待北部发展的潮流涌过自家门口，这样土地和房子能多卖点钱。

班上十二个孩子都坐在靠窗的座位上，一张张小脸兴奋地贴着玻璃，看着窗外的景色。乔治知道，他们从来没乘坐过高架火车出城。这些可怜的孩子，长这么大都只在方圆十个街区内活动，看惯了满脸脏污的同伴和拥挤狭窄的街道。今天，他们兴奋得像是要坐火箭去月球。每一个孩子脸上都洋溢着快乐的笑容，让乔治感到欣慰。

沿途路过不少破落的棚户区，孩子们叽叽喳喳地谈论着眼前的篝火、小鸡、母鸡和山羊，兴奋得停不下来。

"你们看哪，一座城堡！"弗雷德·恩曼惊呼。

眼前的景色从城区逐渐变成曼哈顿北部开阔的乡村，到处都是农场，偶尔可以见到几座气势磅礴的别墅和庄园，有些看起来确实很像中世纪的城堡。

十五分钟后，列车跨过哈莱姆河进入布朗克斯。

"下一站是福特汉姆站，福特汉姆站，请下车的乘客做好准备。"售票员叫道。

火车缓缓靠站，乔治带着孩子们走下站台，和几百位赛马爱好者

House of Thieves

混在一起，沿王桥路爬上山坡，来到了杰罗姆公园赛马场。八月的下午，天气温暖却不显炎热。孩子们跟着乔治通过巨大的双拱门，进入赛马场内，赛场对面有两层楼高、一百码长的看台，座无虚席，连看台的栏杆前都挤满了人。

孩子们走走停停，这里的一切都让他们感到新鲜，乔治就像放牛的牧童一样，领着他们穿过跑道来到草场。他看到约拿·基塞尔小心地抓起一把红色软泥，放进自己的口袋。

正对着看台的草场上停满了许多昂贵得超乎想象的大小马车，衣冠楚楚的绅士和穿着华贵的小姐们在明媚的阳光下野餐，郁郁葱葱的绿色草坪上铺着白色的亚麻餐布，柳条野餐篮里装有冷食、冰镇的葡萄酒和香槟。所有人都在轻松惬意地享受午后时光，有的人干脆爬上马车车顶吃东西，那里视野更宽阔。车夫们虽然自顾自享用美食，但还是做好准备随时听候主人吩咐。

高耸的看台背后是美国赛马俱乐部的会所，宏伟的白色木质大楼有着红色双斜坡石板屋顶。这里提供豪华的房间供客人住宿，马主可以在宽敞的宴会厅里举办舞会，招待客人过夜，吃过早餐后观看清晨的赛马练习。乔治以前也在这里消磨过不少时间。

"嘿，乔治，老伙计！过来跟我们一起玩！"一个戴着高礼帽的红发男子大喊着，挥了挥手里的香槟杯。

"是啊，乔治，快来吧。"他旁边的打着黄色阳伞的女孩附和道。

乔治微笑着冲他们抬了抬帽子，带着孩子们继续朝草场南边的大片空地走去，他放下手里的柳条野餐篮，吩咐孩子们在草地上坐下。

孩提时候的乔治对草地有种近乎本能的喜爱，很高兴这些孩子们也有着同样的本能。每次带他们去中央公园的时候，孩子们都非常享受地在草坪上滚来滚去，又蹦又跳，甚至会蹲下来摸一摸柔软的草茎。

纽约大盗

这些孩子每天看到的大多是硬石板路和鹅卵石街道,草坪对他们而言就是天堂。

很快,三明治、苹果和沙士汽水依次传到每个人手上,在分发了甜点之后,乔治从上衣口袋里掏出一副扑克牌。接下来的半小时就是授课时间,草坪就是今天的课堂。每次带学生郊游,他都跟贝内特先生保证这是有教学意义的——虽然他没讲具体会把学生带到哪里去,要知道,贝内特先生有容易中风的毛病。

熟练地洗牌切牌,乔治拿出两张黑桃牌,把黑桃二放在黑桃四的旁边。

"谁来说说,现在这里有几个黑桃?"

孩子们迫不及待地高举着手,不过安迪·克莱顿抢在所有人之前大声叫出来:"六!"

"老师还没点名叫你回答呢,白痴。"金妮·塔尔博抢白道。

"下个问题你来回答,金妮。如果我有九个方块,拿走四个,还剩几个?"

"五个。"她欢快地叫出来。

孩子们的表现带给乔治莫大的安慰,每一天他们都有进步。改革派认为这些贫民窟的下等人生的孩子全是无可救药的弱智,所以从不投注给他们一丝半点的关爱,残酷地任其自生自灭。可是乔治非常清楚,这些孩子聪明着呢。

"我们来复习下乘法,我们在赌马的时候就要运用到乘法。通常我们会说到赔率,那是预测一匹马能否赢得比赛的赌法。如果有匹马的赔率为一赔三,你在它身上下了两美元的注,当它赢得比赛的时候你会拿到六美元。$2 \times 3 = 6$。"

"六块钱!"戴维·希尔感叹道。

"没错。如果你押了五块钱,那么会赢多少?"

"十五?"汤姆·奥哈拉试探着说。

"答对了,汤姆,你有成为数学家的天赋。"乔治微笑着说,低头看了看怀表,示意莎拉·苏斯琪来他身边。莎拉是班上最年长也最成熟的孩子,今年十四岁。

"莎拉,我要去会个朋友,五分钟左右回来。你把这些薄荷糖分给大家,照看好他们,好吗?"

长着一头黑发的漂亮犹太姑娘笑着点头,接过糖果。乔治一溜小跑来到靠近赛马道的木阁楼上,人们里三层外三层地围在这里,疯狂地拿着投注纸大喊大叫。乔治穿过人群,来到投注场。一名蓄着红胡子的瘦高个男人冲他挥挥手,走了过来。

"嘿,乔治,托比可是警告过我,不要收你的赌注,除非它只有两美元。"他无视周围咒骂大吼的赌徒们,笑着对乔治说。

"嗨,杰克。一千美元,押山姆·布朗跑第一。"

杰克难以置信地望着他:"上帝啊,乔治,你说什么,一千美元?"

"是啊,明明白白的一千美元,你没听错。"

"你疯了啊,乔治?它在1.2英里短途竞技比赛里只有一比五的赔率。"

"骑手还是吉米·麦克劳克林吧?他可是全美国最好的赛马手。"

"这话倒是没错,但是一千美元?托比告诉过我别收你太大的赌注,否则你拍拍屁股走人了,我可得留一屁股烂账。"

"别啰嗦了,写下来吧,杰克。"乔治说完转身就走,回到孩子们身边,示意他们跟上来。他领着又笑又闹的学生来到赛马道上方的厚木质栏杆边,小孩个子太矮,只能透过栅栏缝隙看赛马场。第一场比赛就要开始了,马匹排在起跑线后,不耐烦地打着响鼻,晃着脑袋,

纽约大盗

挪动着马蹄,迫不及待要冲出去。一匹马突然人立而起,差点把骑手摔下去。

看到山姆·布朗出现在起跑线上的时候,乔治的心都提到了嗓子眼。山姆的齿龄只有两岁,非常年轻,血统来自全美国最优秀的赛马皮埃尔·罗瑞拉德。再配上最优秀的骑手,乔治相信它能够为自己赢上一大笔。

"我喜欢棕色那匹。"安迪喊道。

"不,灰色那匹一定会赢。"山姆·莫斯特尔反驳说。

"我们要希望那匹黑色的马赢,骑手穿着棕红色衣服的,"乔治指着自己下注的马,"来,大家一起为山姆·布朗祈祷吧!"

发令官来到起跑线边上,骑手们纷纷扭头看着他。他举起右手的红旗,在空中停了十秒,然后猛地往下一挥,发出了开赛的信号。十来匹马如奔雷般冲出起跑线,马蹄敲打在赛道上,重如擂鼓。乔治看到麦克劳克林骑着山姆一马当先冲到了最前方,看样子他要从一开始就保持优势到赢得比赛。

马匹飞驰而过,孩子们兴奋地尖叫,山姆·布朗像火车头一样呼啸着冲在最前面。

"加油,山姆!"安迪不停地叫着。

比赛进入到最后一圈,黑色的骏马领先三个身位。兴奋和得意的感受充斥着乔治全身每个细胞,他的呼吸不由得急促起来。然而,领先的优势没能保持多久,山姆·布朗放缓了脚步,似乎有点后继无力的样子。身后的布克斯顿追了上来,超过了它,乔治的心一下子沉到谷底。

但在最后五十码冲刺的时候,山姆·布朗拿出了吃奶的力气,奋起直追,终于以半个身位的微弱优势第一个冲过了终点线。疯狂的喜悦被点燃了，乔治抱起山姆·莫斯特尔，把他举到半空中，摇晃着，像是举着个布娃娃。老师的兴奋感染了孩子们，他们蹦跳着，尖叫着，彼此拥抱。

"你们在这儿等一下，莎拉，照顾好他们，我马上就回来。"乔治一边跑一边喊着。

杰克利落地数了一大把钞票放到他手里，抽出一百美元收到上衣口袋中，乔治想着晚上要带孩子们去美餐一顿，庆祝今天的好运。他看着投注员，微笑着说："剩下的都押给夜车，我赌它能——"

一只如老虎钳般有力的手突然抓住了他的脖子，乔治只觉得脑袋和肩膀几乎快撕裂开来。艰难地转身，他看到了麦克·多诺万，一名红发的巨人，站在他面前。多诺万一把抓过他手里的钞票，咧开嘴，露出狰狞的笑容。

"现在你只欠哈里根先生三千美元了，乔治。"

29

"告诉奥谢太太,今天的晚餐实在是太棒了,除了她没有人能把鲑鱼做得这么美味。"

因为星期天克洛斯不在家,于是家庭聚餐改到了星期六晚上。他环视了下餐桌周围的家人,温馨幸福的气息弥漫着整个餐厅。而只有他知道背后潜藏的巨大危机,在他们头上,悬着一把达摩克利斯之剑,细细的线牵着锋刃在头顶上晃来晃去,只有他,能够阻止肯特让这把剑落下来。

尽管恐惧闷在胸口,几乎快爆炸开来,克洛斯仍然试图挤出满脸笑容。

"我敢打赌,你期待着巨人队的比赛,查理。"

"那是周二下午的事情,你说会在周一回来的,爸,"查理有些担忧地说,"罗伯特伯伯也不知道在忙什么。"

"我最晚周一下午就回来,只是一次短途旅行,去奥尔巴尼看博物馆的项目。"克洛斯安慰儿子。转头看着女儿,他笑了。"朱莉娅,我都好久没看过你写的小说了。"女儿对文学的热爱和天赋让克洛斯自豪,他很庆幸朱莉娅不会成长为没有头脑的花瓶型社交女。

"恐怕我最近没什么时间写了,"朱莉娅说,"这段时间太忙了。"她咬了咬嘴唇,补充说:"事实上,我打算开始研究新的文学题材。"

"舞会的准备工作太多,当然没时间了。"海伦无视朱莉娅的最后一句话。克洛斯笑了,他明白妻子一直担忧女儿在文学上的抱负会影响她嫁个金龟婿。

"那好吧,我要走了。孩子们,来给老爸一个告别吻,我得赶去火车站。"

朱莉娅和查理跳了起来,跑到父亲身边,拥抱,亲吻。海伦端坐在座位上,双手交叠。

克洛斯拿起皮包,出门叫了一辆马车,不过没有让司机送他到中央车站,而是去了联盟俱乐部。他在那里抽烟、看报,直到卡尔沃来跟他接头。

这次抢劫足足用了三周的时间来准备,他们计划从地下隧道的一侧挖出二十五英尺长的甬道,抵达富达国民银行地下金库,从外部突破,搬走金库里的保险箱。克洛斯不会做挖甬道这种体力活,但他必须到场为劫匪们充当参谋。

马车把他们拉到百老汇和沃伦街交汇的地方,地下隧道入口就在那儿。今天街上很冷清,站街女不知道去哪儿了——这些可怜虫大多在地窖或者小巷子里做生意。很好,没有目击者。

"你先下去吧,克洛斯先生。"卡尔沃说。

入口的铁板下面是一溜台阶,克洛斯缓缓地走下去。地下候车室的豪华出乎他意料,像是高档酒店的大堂,顶上悬着玻璃吊灯,四周有木质镶板,地上铺设大理石,中央还有个早已干涸的喷泉。除了蒙尘已久,这里的一切就跟比奇先生放弃地铁事业的时候一模一样。

一个穿着昂贵的西装外套,戴高顶礼帽的粗野男人在等着他。

"我是达戈·弗兰克。"他简短地介绍,没有伸出手。克洛斯点点头,跟上他。

弗兰克举着提灯,领着他进了候车室尽头的隧道。被遗弃的列车静静地停在轨道上,他们走进了列车前门,穿过两侧安放着奢华真皮座椅的车厢，从后门走了出去。即使摇曳的灯光如此微弱，克洛斯也能看出隧道设计得十分精巧，漆成白色的砖石构造了一个完美的圆柱体，没有半点裂痕或者渗水的迹象。他知道比奇先生发明了一种精巧的液压防护装置，保护隧道不会塌方。当然今晚肯特可不会这么奢侈，他的小伙子们要在沙质土壤里挖掘，用木板撑住天顶和两边。这可是个细致的活儿，毕竟整个行动所有环节都可以悉心计划，除了不可预知的塌方以外。

向南走了约四十码，克洛斯看到前方有灯光闪烁。劫匪们已经敲破了隧道的砖墙，开始挖掘通往银行金库的甬道。他停在入口，往里看去，新挖的甬道已经有二十英尺长了。一开始克洛斯还以为肯特雇了一群煤矿工人来做这事儿，结果发现还是绅士团亲自动手。他们努力地工作着，连老板的亲信布雷迪也不例外。十二个人分工合作，有人挥动着铁镐和铁锹，后面的人把装满沙土的小推车送出去，还有人用木板撑住挖出来的甬道四壁。这一次肯特的团伙没有打扮成绅士，他们穿着劳工服，满身泥土。有条不紊的高效工作让克洛斯想起了小时候看蚂蚁搬家的场景。

肯特从阴影中现身，穿着打扮跟平时一样高贵优雅，手里拿着手杖。

"就差几英尺，我们就能挖到地下室外墙了，克洛斯先生。"

"外墙是四英尺的实心砖基。"克洛斯说。

"我们带了专业工具，您提供的图纸派上了大用场，想来点食物和饮料吗？"

克洛斯确实饿了，他跟着肯特一起来到一个堆满木箱的地方，有个箱子里装着三明治和沙士汽水。

"没带含酒精的饮料，明智之举。"他笑着说。

"我的小伙子们对酒精总是无法抵挡,这样会坏事的。"肯特说着,拿起一个三明治,坐在箱子上吃起来。

"还记得我们说过,"克洛斯说,"今晚的收益应该能抵扣债务了吧。"

"如果我没记错的话,我说的是:也许。"

"在你出售货物的时候,我希望能在场。"克洛斯说。肯特没有回答。

他们默默地吃喝,一个小时过去了,克洛斯听到冰锥敲打砖基的声音。他看了看右边,有个小的红木箱子,顶上和侧面都画着"×"。他的心一沉:肯特打算再次启用硝基化合物。

"为什么你要做这种事情?你肯定不缺钱。"他突然脱口而出。

肯特微笑地看着克洛斯,似乎在想这个问题有没有冒犯到自己。"克洛斯先生,你无法想象策划抢劫的时候,我内心的兴奋感。不管是爆破银行还是潜入有钱人家里偷窃贵重物品,都会给我带来一种强烈的、忘我的兴奋感,没有任何事情能和它相提并论。"他顿了顿,抑制不住笑容,"兴奋来源于一个事实:或许下一秒钟我就会被抓住,锒铛入狱,可我喜欢这种冒险的感觉。你说得没错,我不缺钱,但我缺乏刺激。"

克洛斯难以置信地看着他,肯特的话对他来说就像天方夜谭。

"你……上学的时候真的是学医的?"

"我是一名医生,毕业于哥伦比亚大学,内外科都精通。"

"可是,你怎么会走上这条路……"

"克洛斯先生,无论我们是否喜欢,生活里总有许多不经意的巧合或者机遇。某天晚上,有人急切地敲响了诊所的大门,他说他的朋友受了重伤,我抓起背包就和他一起去了,枪伤,打穿了肠子,处理得

纽约大盗

不好就是大失血死亡。我把他救活了,他叫本·麦克加里哥,当时是这座城市里最令人敬畏的黑道大亨之一。出于感激之情,他付了我十倍的诊费,还把我纳入了他的羽翼之下,像自己亲生儿子一样悉心照顾。比起在巴尔的摩的生父,他更像是我的父亲。于是我就这么走入了黑社会,这是一个独立于正常社会之外的世界,克洛斯先生。它有着自己的规则、道义和价值观,不需要其他人的承认。我很钦佩这些黑道大佬,但我不会放弃上流社会的优渥日子。事实上也不需要放弃,我可以拥有自己的秘密生活。不过后来我走进了更绚丽多彩的世界——犯罪。我从来没后悔过,你看,它让我找到了生命的乐趣。比起救人性命,我更喜欢杀人。"

卡尔沃走了过来,气喘吁吁,但满脸笑容。

"我们成功突破了。"

30

窃贼们聚拢在锯齿状的入口，有两个人拿着提灯探路，其他人则怀着雀跃的心情彼此说笑。

虽然也有银行把金库修在平街层，方便保管，但大多数银行还是喜欢把金库设在更安全的地下室。富达银行的金库在地下室内部四十英尺的地方，用克洛斯亲自设计的结实铁门锁住。金库里保险箱一溜排开，银行的人认为自家的地下室固若金汤，所以没有安装报警装置。为了省钱，连看守都没雇佣，警察夜间巡逻也只是看看大门那儿的动静而已。

劫匪们从新挖的口子鱼贯而入，肯特和克洛斯跟在后面，进入甬道。

"给肯特先生让路。"命令声传来。

就在他们准备继续往前的时候，黑暗的地下室中突然响起了人声。"举起手来，你们被捕了。不要轻举妄动。"

这声音如晴天霹雳般炸响，克洛斯和肯特全身一僵，其他人也一样。突然间，地下室灯光亮起——墙上和天花板上的电灯打开了，照得整个金库亮如白昼。

"平克顿！"有人惊叫道。

"是的，先生们，你们被捕了。"这个声音像一记重拳打在克洛斯的肚子上，几乎让他窒息。那是罗伯特低沉、富有磁性的男中音。他伏低身子，透过人群看到哥哥站在前方，手里举着枪。

"该死的,我说,举起手来!"罗伯特·克洛斯大吼道。

肯特的人站在原地一动不动,克洛斯几乎快晕倒在地。不着痕迹地向后退了两步,他靠在洞壁上,稳住身子。突然,他撒腿狂奔,像是疯了一样。他的腿在抽搐,几乎无法呼吸,不停地想着在监狱牢房里怎么给哥哥讲自己堕落的庸俗故事。

退回比奇的地铁隧道,他急忙右转,跑到装有硝基化合物的箱子前。克洛斯飞快地拿出手帕绑在脸上,小心掀开箱子,里面塞满了棉花。他伸手进去四下乱摸,找到了装有硝基化合物的小玻璃瓶。克洛斯似乎看到了希望,抄起裹着棉花的瓶子,又沿着隧道朝着银行的地下室跑去。

他听到枪响,肯特和他的手下紧紧地靠在支撑甬道的木板上,拔出了手枪。一名劫匪倒在地上,抱着腿痛苦地尖叫。

"这是烈性炸药,放下枪,要不然大家一起上西天!我手里可是硝基化合物!"克洛斯尖着嗓子叫道,祈祷哥哥不会认出自己的声音。

四周一片死寂,所有人都停下了动作。

克洛斯撕开瓶子外面裹着的棉花,走到隧道入口,把瓶子举过头顶。

"快出来。"克洛斯指挥着已经进入地下室的劫匪们,他们照做了。罗伯特和其他平克顿放低了手枪,缓缓地朝后退。"站着别动,否则我就扔过去了!"克洛斯大吼。平克顿停了下来。

他的身后,劫匪们一个接一个走出甬道,其中两个人抬着受伤的同伴。

只剩克洛斯一个人了,他小心地一步步后退,慢慢退到了比奇的隧道里,他没有回头,径直说:"抽掉木板。"

说完以后他转身就跑,入口旁边的两个人猛地抽开了支撑甬道的木板，成吨的黄褐色泥土轰地落下，填满了甬道。安全地离开了塌方范围，克洛斯小心地把装有硝基化合物的瓶子放在软泥上，很高兴自己终于摆脱了它。

肯特在比奇地铁隧道的路口等着他。"有人在沃伦街接应我们，这边走！"他喊道。

劫匪团没有从北边出去，转而向南，克洛斯听到从隧道远处传来的吼声，后面有人拿着提灯朝他们追过来，布雷迪和卡尔沃停下了奔跑的脚步，不约而同地抓起一大摞帆布袋，堆在隧道中间，扔了四个提灯在上面。灯油洒出来，帆布口袋燃起熊熊火焰，迅速形成一道火墙，挡在隧道中央。

在穆雷街的隧道底部，达戈·弗兰克撬开了右边墙上沉重的铁板，像老鼠跳出舷窗一样钻了出去。劫匪们一个接一个穿过，消失在黑暗中。

❖

"你这狗娘养的混蛋，居然敢给平克顿通风报信！"

克洛斯还没从刚才的惊险中回过神来，三小时前，劫匪团在黑夜的掩护下顺利撤离，布雷迪把他拖上了一辆马车。在回麦高乐音乐厅的十五分钟路程里，他无助地躺在车厢地板上，布雷迪用拳头狠狠地教训了他一顿。

而现在，克洛斯坐在椅子上，脖子上勒着钢琴弦。他强迫自己冷静，看样子劫匪们没有领他的救命之情，更像是打算把他当成叛徒处决。

"别玩把戏，狗屎，就是你泄的密！"布雷迪大吼。

肯特没有看这边，他镇静地抽着哈瓦那雪茄，一边给在甬道里受了枪伤的比尔·克拉布包扎。白色的纱布整齐地包裹在伤口上，还绑了个漂亮的结。

"嗯，不错，我的技艺还没有生疏。"他满意地对着自己说，微微一笑。

"你还有啥要说的？"布雷迪一脚一脚地踹着椅子，差点把它踹翻，才终于停下来。

"该死的，不是我！我没有告诉任何人！"克洛斯气得脸都红了，"你用脑子想想，我出卖你们干什么？事实明摆着，你们之间有个叛徒！"

"放屁！以前从来没有过这种事，从来没有！"布雷迪咬着牙说。

"也许警方抓了你们的人，他把你们卖了。"

"金库里的人是平克顿，不是警察。"肯特冷静地开口。

"我再说一遍：我没有出卖你们！我干吗要这么做？相信我！"克洛斯恳求道。

布雷迪又开始踹椅子，克洛斯喘着粗气，心脏如擂鼓般怦怦地跳。如果肯特认出了他的哥哥是那群等着他们的平克顿之一，他就彻底完蛋了。布雷迪会把他连人带椅子撕成碎片。

"如果我们被一网打尽，你就不用再帮儿子还债了。"库根看着克洛斯，双手叉在腰上。

"你省省吧，哪怕有一个人逃走，也会发现我是叛徒，他会当着我的面杀害我的家人来报复。"克洛斯说。

肯特笑了。"克洛斯先生，你开始理解我们是怎么思考问题的了。"

"我说，先生们，如果不是我急中生智，你们现在全都得待在坟墓里等待审判了。该死的，你们就没有半点感恩之心？"

所有人都以沉默来面对他的诘问。

"有人叛变了，该死的，你明白吗？所有人都有危险！"

"我的人不会背叛我——他们知道后果有多严重。"肯特说着，围着椅子转悠，抽着雪茄，陷入沉思。

"好吧，我给你第二次机会，克洛斯先生。今晚的行动失败，我们蒙受了巨大的损失，所以你得弥补下。去找户有钱人家当下一个目标，别想着抢银行了——至少这段时间。"

"但是，叛徒的事情怎么说？不管什么目标，都会有平克顿等着我们自投罗网。"

"那么，从现在开始，我们要加倍谨慎。你跟我单线联系吧。"肯特说着，冲布雷迪点了点头。对方一脸失望地松开了勒在克洛斯脖子上的钢琴弦，一脚把他踹翻在地。

31

"这么早就回来啦?"

克洛斯和海伦都有独立的卧室,所以他半夜回来的时候没有惊动妻子,不过他们共用相邻卧室中间宽敞的浴室,这还是克洛斯得意的设计之作,最新式的管道排布,还有迪科牌高档抽水马桶。

午夜过去没多久,在马车上挨的布雷迪的几记拳头让他的右颧骨留下明显的肿胀。当海伦打开浴室门的时候,他正用湿毛巾敷脸。

"天哪!约翰,你怎么了?"她近乎歇斯底里地尖叫起来,吓了克洛斯一跳。

"哎,回家的路上不小心从马车上跌下来了,海伦。就这么回事。"

她走上前,仔细看着他的脸。布雷迪的劳动成果留下了明显的痕迹。

"不,你跟人打架了。"海伦惊恐地瞪大了眼。上流社会的男人一向用挖苦和嘲讽来战斗,而不是用拳头。动手打架那是东城区的地痞流氓才会干的事情,不管是男人、女人还是孩子。海伦用手捂着嘴,看着丈夫,像是他突然患了麻风病。

克洛斯的怒气又一次升起——不光因为海伦,更是气自己当初没想到给两间卧室设计独立的浴室。

"该死的,海伦,我没事。让我一个人待在这儿可以吗?"他说。

海伦没理会他,伸手托住他下巴,把他的脸转来转去。"不,约翰,你挨了不少揍。"

克洛斯扭头走到一边，默默地忍着冲她大吼大叫的冲动。海伦跟了过来。

"告诉我，到底发生了什么。"

"没什么，遇上几个劫匪而已。"

不料海伦突然走到他身边，从他的口袋里掏出了皮夹。

"他们打了你一顿，但没抢你的东西？"

"我……我跑掉了。"

"你跟一群人打架，然后跑掉了？"

"你管这么多干啥？"克洛斯厉声说，背对着她，"我已经告诉你怎么回事了。"

"约翰，告诉我，到底发生了什么。"海伦哀求道。

恐惧写在她的脸上，尽管很生气，但克洛斯还是感动于妻子的关心。他低下头，看着地板上的黑白色瓷砖。

上流社会的绅士从来不把自己的烦心事告诉妻子，不管是遭遇金融危机还是飞来横祸。哪怕他破产了，妻子和孩子们也一无所知——直到某天银行找上门来，收走房子，把他们赶到大街上。这种沉默来源于绅士的自尊心，社交名媛大多是一些情绪化的花瓶女人，百无一用。绅士们倾诉的对象可以是俱乐部里的朋友、仆人甚至自己相熟的酒保，而不是妻子。唯一可以让男人倾诉的女性是他的情妇。

但是，对克洛斯而言，没人可以信任，没人可以依靠，他只能绝望地独自守着这个秘密。每天早上醒来的时候，他都充满了恐惧：或许这是家人在世界上存活的最后一天了。如果有哪个环节不对劲，肯特会毫不犹豫地杀光他们。这种压力让他几乎无法承受，他不知道自己该怎么在如影随形的恐惧中生存下来，更别提摆脱它。

罗伯特回来了，但只会带来更大的危机。如果肯特发现他们两兄弟之间的关系,罗伯特就有生命危险。克洛斯想过跟他坦白真相,可那无疑是送罗伯特上西天。哥哥是个平克顿,但肯特不会顾忌这一点。

他无路可走,孤独一人。看着海伦的眼睛,一股冲动突然冒了出来。

海伦的心一沉,敏锐地感觉到有什么可怕的事情发生了,本能让她解读出了丈夫眼里的情绪和感受。

"请告诉我。"她低声说。

克洛斯闭上眼睛,一句话也说不出口。到底该不该说,海伦会不会因此丧命?

"我们有大麻烦了,亲爱的。"

"讲清楚吧,坏消息最好不要吞吞吐吐地说。"海伦说。

"乔治染上了赌瘾,"克洛斯说,"他欠了别人一大笔钱,债主威胁说不还钱就偿命。"

海伦脚下一软,踉跄地退了两步,靠在洗手台边,用力抓着大理石台面,手指关节都发白了。

"多少钱?"

"四万多。"

海伦倒抽一口气,用手捂住了脸。

"乔治还不起,那些人就来找我,要我帮儿子还债。"

"但我们没有这么多钱!"

"他们知道,于是让我帮他们策划抢劫我的客户,私家庄园或者公司都行。"

海伦惊讶地看着他。

"我们别无选择,约翰,只能去报警,报警吧。警察会抓住这群罪犯,然后我们就安全了。"

"我试过了,但没用。你明白吗,他们手眼通天。如果我们去报警,所有人——你、我、乔治、朱莉娅、查理,甚至你母亲——我们都得死。这不是吓唬人的,海伦,他们是群冷血无情的杀人狂。"

海伦疯狂地摇头,泪水夺眶而出。

"不!不能让他们伤害到家人!对了,我们可以找卡洛琳姑妈,她会帮忙的!她认识很多厉害的人,可以帮助我们!我现在就给她打电话去!"

她从浴室跑到卧室,克洛斯追了上来,从背后抱住她,把她放在床上,握着她的肩膀。"如果你告诉了卡洛琳姑妈——或者罗伯特,或者任何人——那我们全家就完蛋了!"他叫道,两人的脸离得极近,"你明白吗,海伦,我们会完蛋的。"

她看到丈夫眼里的哀求和无奈,低声问:"那我们怎么办,约翰?我们能做什么?"

克洛斯放开海伦,坐在床边。"在我没有想出别的办法之前,只能先任凭他们摆布。"

海伦躺在床上,哽咽着、颤抖着。过了一会儿,仿佛集中起全身的力气,她坐了起来,搂着克洛斯的腰,把头靠在丈夫的肩膀上。

"暂时只能这样了,我们得想想别的出路。"她说。

克洛斯笑了笑,亲吻她的脸。"这一天过得太漫长了,海伦,我必须睡一会儿。明天还得找个新地方去抢劫。"他用手指梳着她的头发,"虽然我得承认,我脑子里一片空白。"

两人四目相对,突然,克洛斯发现妻子的目光中闪过一抹兴奋。

"还记得第五大道六十五街的格林家吗?这个月他们去了伯克郡。约翰,伊迪丝·格林刚刚买了一个头饰,上面镶着杏仁大的钻石!"

32

"你开枪打中劫匪了吗，罗伯特伯伯？"

暗暗恼怒于查理对罗伯特所提的银行抢劫案比对棒球赛还感兴趣，克洛斯赶紧把话题扯到比赛中，"你看刚刚第三局的时候，公爵艾斯特布鲁克的接杀怎么样？"

"我没看到，不好意思，爸爸。平克顿没有受伤吧，罗伯特伯伯？"

这是个阳光灿烂的日子，最适合打棒球了。克洛斯履行诺言带着小儿子和哥哥一起看比赛，为了让查理开心——也为了从罗伯特那里旁敲侧击打听点消息。

这一盘决胜局中，舞者米奇·韦尔奇漂亮的击球让底特律队三振出局，人群欢呼起来。这是一场重要的比赛，巨人队只比底特律狼獾队少胜两场，目前排第二，如果今明两天巨人队都获胜，就会和底特律队并列第一。比赛的体育场落成至今已经三年了，对面就是中央公园东北角，从一百一十街延伸到一百一十二街，能容纳一万名观众。进不了场的观众把马车停在一百一十二街上，站在车顶遥望赛场。第五大道附近还没有什么特别高大的建筑，偶尔有几栋高楼，屋顶上也站着观众。

"你看到韦尔奇刚才投出的快球没？"

"哎，我没看啦……你的人没有受伤吧，伯伯？"查理又问了一遍。

"没有，查理，万幸我们的人都没有受伤。那伙逃犯在隧道中间点了火，有个平克顿追得太快，被烟呛着了，不过现在已经没事了。"

"查理，伯父是来这里看比赛的，别老问他抢劫案的事情。快看哪，尤文的第一打要开始了。"克洛斯说着给哥哥使了个眼色。

"可是这太令人兴奋了，我伯伯成功阻止了一次银行抢劫案！天哪，我迫不及待要告诉伙伴们！"

"看你的比赛去！"克洛斯恼怒地说。

查理乖乖地转过头，很快就沉浸在比赛中。尤文成功地一垒安打，观众们兴奋地大吼。齐普·沃德靠一次短打成功上到二垒，多根又打出一垒安打，右外野手保送尤文上了本垒，取得了1：0的领先优势。巨人队用尽全力保持领先优势，在第六局的时候来了次漂亮的三分全垒打。

但是攻防互换后，底特律队很快就有两人上垒，观众们都沉默了。不知道主队的明星投手米奇·韦尔奇能否力挽狂澜，带领大家走出困境？

在这短暂的平静中，克洛斯旁敲侧击地问起了哥哥。

"你安然无恙太好了，罗伯特。当时一定很危险。"

"可惜我们功亏一篑。"罗伯特说，"我们还以为能瓮中捉鳖，约翰，结果全部逃走了。"

"你认出那些劫匪了吗？"

"一个都不认识，不过可以去警察局的通缉画像栏看看有没有通缉犯。不过我不抱太大希望，有个狡猾的家伙蒙着脸，威胁要扔一瓶硝基化合物，把那群劫匪全救走了。如果不是他，现在那群混蛋都该待在监狱里。"

"真的是硝基化合物吗？"

"是啊，我们追过去的时候看到那个瓶子了，实在是侥幸，没人踩到它，否则地铁隧道会被炸塌，我们全得成一堆碎肉。"

"那群劫匪真是胆大包天!"

"说实话,策划这次抢劫的人是个天才,可惜做了无用功。"

克洛斯全身僵硬地直挺在座位上。

下一个投手出场,一次重击,球飞过了麦肯著名的帽子广告牌,漂亮的三分全垒打,球场内观众发出痛苦的哀号。但几个回合后,韦尔奇诡谲的投球让打手三振出局。

"查理,下去买点饼干吃吧。"克洛斯掏出一枚镍币递给儿子。

"我不想吃饼干。"

"好吧,那就买点别的,只要你喜欢。"他说。

"啤酒怎么样?"罗伯特插嘴。他和查理放声大笑,克洛斯满脸不高兴地看着儿子跑下看台去买东西了。

打手康纳站上了一垒垒包。

"你们怎么得到消息的?"克洛斯装作不经意地问,眼睛直视着赛场,"劫匪团里有线人?"

"我不知道,星期六下午有人打电话通知我们。"

罗伯特的声音里有些犹豫,克洛斯想着哥哥也许是想保护线人的安全。在确定线人身份之前,团伙里的每个人都有危险。

比赛激烈地进行,康纳、尤文和沃德都下场了,狼獾队最后一名击球手上场。查理捧着一袋爆米花回来的时候,正好看到韦尔奇精彩的三振让对手出局,比赛结束。

"真是精彩的比赛,对吧,查理?"罗伯特拍了拍侄子的后背,"明天我们再赢一场就能拿到并列第一!下周我们再去看球,怎么样?"

罗伯特喜欢跟克洛斯的家人相处,这让后者感到十分欣慰。前几天来家里吃晚饭的时候,哥哥非常开心地跟海伦、朱莉娅和查理闲聊,饶有兴趣地追问他们每一个生活细节。他巴不得一直留在弟弟家里,罗伯特没什么社交活动，在克洛斯家享受过不少安宁的夜晚。海伦和孩子们都缠着克洛斯，想让罗伯特干脆搬到家里来住。

查理打从一见面就喜欢伯伯，在银行抢劫案发生过后，那种喜欢和崇拜之情简直飙升到顶点。"下周巨人队会跟波士顿对战，一定能打得这群狗屎夹着尾巴滚蛋。"

"查理！"克洛斯不满地喝道。

现在小儿子嘴里不时冒出一些不干不净的话，从最近几个星期开始。克洛斯不知他从哪里学来的，可能是范科兰特家的孩子吧，他想着，那小家伙总喜欢跟男仆一起玩。

"我们去售票窗口订票吧。"罗伯特说。

在一百零九街，他们想招呼一辆马车，可惜等了半天也没有。克洛斯问起新公寓的事情，罗伯特的新公寓在本尼迪克，由克洛斯的好友查理·麦金设计。罗伯特笑着说非常满意，简直太棒了。

"我很高兴你找到个好地方落脚，哥，放松下，别老是想着抢劫案了。"克洛斯说。

罗伯特对他微笑。"兄弟，我可放不下那桩案子。我向你保证：一定亲手抓住那个拿硝基化合物威胁我们的混蛋。"

33

银行抢劫案的失手让克洛斯深感遗憾，当然他也明白，自己该庆幸他们在罗伯特和平克顿面前虎口脱险，可他一直指望着做完这一笔就能还上儿子的欠债，既然失败了，就得选择新目标。海伦提议的位于第五大道六十五街的格林公馆是个完美的选择，格林家可是有钱人，目前全家都在新港避暑，而且，他们不是自己的客户。

未雨绸缪，克洛斯明白，如果罗伯特发现库克庄园和富达银行都是自己设计的，迟早有一天他会起疑，所以，这一次他不能再打自己客户的主意。不过他有许多建筑师朋友，怀特、麦金和普莱斯也有大量的客户可供选择。格林家的设计者是詹姆斯·威尔，美国建筑师学会纽约分会的会员。格林家在墨西哥湾合营船运生意发了大财，安德鲁·格林作为一名典型的新贵，想要在纽约城里爬上进入上流社会的天梯。对他而言，威尔是个颇富才华的设计师，设计过大幅增加房间采光和空气流通的新型公寓模型，并以此获得过全美设计大赛金奖。这种模型被广泛运用于下东城区，在此之前那里的建筑总是狭窄得令人难以置信，几乎算得上不人道了。威尔的设计被戏称为"哑铃计划"，因为那些紧凑的房屋看上去很像哑铃。

克洛斯给威尔打电话，询问是否可以看看公寓设计图，他说自己接到笔公寓楼设计业务，非常欣赏他的哑铃式设计，所以想要参考下。建筑师都喜欢听同行的吹捧，威尔简直受宠若惊，忙不迭地一口答应。克洛斯又使出在哈登伯格办公室的那一招，支走了威尔的绘图员，参考海伦对格林家的了解,他很快确定了公馆里存放贵重物品的位置。

不过克洛斯知道自己一定要特别谨慎,有人在监视肯特团伙的行动,并给平克顿通风报信。他特意挑夜深人静的时候去格林公馆踩点,并坚持让肯特在动手之前不要告诉团伙里任何人行动目标。为了避免在库克庄园里的悲剧重演,他花费了不少力气确认公馆里没留下一个仆人。

在一个闷热的夜晚,肯特和他的手下突袭了格林家,偷走了比利时和爱尔兰的亚麻布、戈勒姆银器和十七世纪的塞夫尔瓷器。海伦曾经说过,暴发户家的妻子最喜欢向社交名媛炫耀自己的珠宝玉器,凑巧一个月前克洛斯夫妇曾经拜访格林家,所以她知道格林夫人的珠宝藏在哪儿。最珍贵的头饰和其他贵重物品都藏在她卧室壁炉石台里面的暗格里,长长的大理石基座巧妙地隐匿了铰链,人们根本看不到它在哪。不过只要轻轻按一下石台,暗格会像玩偶盒一样跳出来,露出里面深紫色的天鹅绒内衬。感谢上帝,海伦有着敏锐的观察力,这种地方在设计图纸上是体现不出来的。

当肯特的手下打开暗格的时候,就像是开启了基德船长的宝藏。珠宝玉器闪烁着诱人的光芒,连一向冷静从容的肯特都差点被炫花了眼。

格林夫妇的每一套成衣都被搬上了马车,连真丝内衣也不例外。这一次肯特准备充分,找来大货车拉走了梅索尼埃画的巨幅拿破仑战斗画像。酒架上的美酒也被洗劫一空,还有格林先生收藏的黑红色古希腊花瓶。克洛斯高兴地认出了格林家巨大木质镶板藏书室里有四张法国皇室的挂毯,由高布林亲自设计,价值连城,还有三张波斯挂毯,现在都静静地躺在肯特的马车上。他还凭自己扎实的古典家具知识指挥团伙带走了几样十七到十八世纪的法国家具。

纽约大盗

海伦还知道格林家秘密金库藏在药柜背后,格林太太吹嘘说没有小偷能找到。肯特的手下在金库里收获了大笔的现金、流通债券和所有法国进口的古龙水。

克洛斯突然发现自己非常享受指挥团伙抢劫的感觉,这是种他从来没体会过的权力感,无可言喻,让他飘飘欲仙。从内心深处说,他喜欢这种感觉。有时候,他觉得设计师只是有钱人家高薪聘请的奴仆,必须遵从主人家每一次心血来潮提出的奇葩要求,不管它有多愚蠢。为了生计,他们不得不低眉顺眼地伺候客户。无可奈何地屈从于客户异想天开的荒谬想法,迎合他们的一时冲动,对克洛斯而言也是家常便饭了。不知道多少次他真想拍着桌子让他们全下地狱去,可惜他没那个胆量,只能堆出满脸微笑,腹诽了事。

而今晚,主客易位;今晚,他掌控一切。

❖

有这种感觉的不止他一人。在六十五街行道树的阴影下,海伦默默地看着战利品从格林公馆络绎不绝地被运走。亲眼看到一出抢劫案令她有种突兀的兴奋感,像是一杯接一杯地灌下香槟酒。

往北走到六十六街,她准备叫一辆马车回家。海伦轻快地在人行道上跳跃,像个十来岁的小姑娘。这种久违的感觉,叫做活着。

❖

尽管大获丰收,克洛斯跟肯特碰面的时候才知道债务只减免了一万美元。克制住脾气，他详细地向肯特解释那些挂毯和珠宝如何价值连城。肯特露出嘲讽的笑容，说哪怕他们偷到了米开朗基罗的大卫像，也只能以真实价值的百万分之一销赃。

"又不是在佳士得拍卖场做生意，克洛斯先生。"他补充说。

克洛斯询问欠债还剩多少，肯特心算片刻，在小纸片上写下了一个数字，递给克洛斯。后者一看，下巴都快掉到地上。

"全能的基督，有没有搞错，还剩两万六？"

"你总是忘了每个星期都会有15%的利息，"肯特轻蔑地说，"我还以为建筑师对数字挺敏感的。好了，去想想，下一次的目标是哪儿？"

跟他争论只是徒劳，克洛斯想着，如果海伦知道还欠这么多，一定会暴跳如雷，来找肯特理论一番。但他必须说服妻子不能冲动，这样做后果不堪设想。为了确保她的安全，永远不能让肯特知道海伦已经介入其中。

此外，建筑师心知肚明，肯特仍然怀疑自己出卖了他们，所以在债务抵扣方面如此苛刻。可克洛斯不能泄漏有人匿名举报的事，肯特一定会问从哪儿得到的消息，反而会加重他的疑心。

抢劫案发生过后，一切风平浪静，报纸上压根没有提及这件事。格林和库克一样不希望自家被洗劫一空的丑事闹得尽人皆知，估计他也会聘请平克顿调查，说不定这桩委托又会涉及到罗伯特。可是克洛斯别无选择，只能继续铤而走险，一切都为了摆脱乔治的债务。

跟肯特的会面让他心情烦躁。克洛斯没有回家，去了位于第五大道三十九街拐角的联盟俱乐部。走近大楼的时候，他才感觉心情有所好转，露出微笑：虽然没有在设计比赛中获奖，但他非常钦佩皮博迪和贝尔斯登设计的安妮女王风格的精致大楼，比新装修的灯笼裤俱乐部漂亮得多。克洛斯认为一个俱乐部应该有家的感觉，毕竟，它是绅士们的家外之家。

  联盟会所由漂亮的红砖和贝尔维尔褐砂石构成，面朝第五大道一侧有巨大的落地窗，镶嵌蒂凡尼公司出品的玻璃。克洛斯径直去了二楼的阅览室，那里通常是人们最喜欢的社交空间，也被称作"邂逅屋"，因为这里时不时会有年轻的姑娘出没。克洛斯挑了一把皮质扶手椅坐下，凝望着窗外。会所成员来来往往，有人去了隔壁的吸烟室，也有人去地下的保龄球室一展身手，还有人刚在四楼的餐厅用过晚餐，到阅览室里打发时间。

  据克洛斯所知，许多上流社会的绅士都很少回家。他们在不同的会所里拥有专属的房间，联盟会所也提供隐秘性极高的客房，那是绅士们的专属空间，不会让女士涉足，即使是最高档的妓女也不例外。客房里家具都是成套定制的，绅士们可以在里面尽情畅享一切：闲聊、洽谈生意、呼朋引伴等。服务生会送上白兰地和雪茄，男人们在这里可以随心所欲地放松自己。

  "谢比尔想的点子，真不赖。"大腹便便的中年人用毛刷精心打理着胡子。

  "别出心裁的想法，为赛马开一场宴会！以前可从来没有过。"另一个人附和道。

  "罗伯特会带风暴云来。"

  "真是匹顶呱呱的赛马，他花了四万美元，不过很快就赚了足足两倍的钱。"另一个骨瘦如柴的男人端着一杯白兰地说。

  "我看了它上周在布莱顿海滩的比赛，以八个马身的优势赢得冠军。"

  "晚宴订在西四十九街的德尔莫尼科酒店，菜单很值得期待——灰背野鸭、鹌鹑、牡蛎和烤牛腩。"

"还记得在杰罗姆公园赢得威斯敏斯特赛马大赛的那匹马吧？蓝天，它也会来，还有铅弹和柠檬糖……全国最优秀的赛马都会出场。"

虽然假装在看着窗外，克洛斯竖起耳朵仔细聆听了他们的每一句对话。

34

海伦把首饰盒放回原位，确信看不出丝毫挪动过的痕迹。

她那张美丽的脸庞上露出一抹迷人的微笑，继续翻找伊丽莎白·奥格登太太的梳妆台。没找到什么特别值钱的目标，她把注意力转向了跟克洛斯家客厅差不多大小的更衣室。以专业的眼光评估过奥格登太太的礼服质量，她点了点头，绝对的上等货，跟她之前预想的差不多，毕竟奥格登先生拥有全美最大的铜矿开采公司。

仔细观察之下，发现挂满礼服的雪松木内衬衣柜里有一个很不起眼的连接处。把衣服推到一边，海伦发现了衣柜里的暗门，打开黄铜门闩，里面挂满了漂亮的俄罗斯紫貂和水貂皮草大衣。用手轻轻拂过，再用脸颊贴上去磨蹭下，那种柔软光滑的触感真是太美妙了。

离开更衣室，海伦来到巨大的都铎王朝风格四柱床边，四柱床是从英国的多庭顿大厅进口的。坐在床上，她掏出小巧的红色皮革封面笔记本和一支金色的铅笔，仔细记下了自己的发现。没有丝毫紧张和害怕，也没有为自己想要窃取不义之财感到愧疚。

起初，海伦只是想帮助约翰偷偷还清儿子的债务。像母老虎保护幼崽一样，她告诉自己母亲可以为了儿子付出一切。她必须保护自己的家庭成员不受任何伤害。但另一种感觉开始悄悄冒头——她喜欢这种冒险，原来抢劫会给人带来强烈的快感。虽然她不能跟丈夫一起行动，但参与策划已经让她兴奋莫名了。

这段时间海伦一直忙着拜访即将出席朱莉娅成年舞会的人家，在约翰说出那个几乎毁灭全家的消息之后，她的拜访就有了全新的意义。还有五十家需要观察，一定能找到不少好东西，为"后续行动"做准备。海伦是一名灯笼裤，也是主教派成员，不过现在，第七诫已经被她抛诸脑后。

距离她离开茶会去洗手间已经超过一刻钟了，不过对女士而言这个时间不算太离谱。要把长裙下摆提到腰上，再一层一层地脱下内衣，这可不是轻松的活。女士们去趟洗手间就意味着经历一次烦琐的苦恼。

面带微笑，她从床上站起身，走到楼下，重新加入了茶会。

❖

"你会去看本季的歌剧吗，克洛斯小姐？《浮士德》将会在大都会剧场首映。"阿尔弗雷德·沃顿礼貌地询问，驾轻就熟地把茶杯和茶碟稳稳摆在膝盖上。

"是的，沃顿先生，我会出席。"朱莉娅说。

这句话并非客套，朱莉娅很喜欢歌剧，尤其是意大利的。但她所认知的在剧场欣赏歌剧和想象的不一样。当她在卡洛琳姑妈的钻石包厢里就座的时候，极其厌恶地发现出席的名媛们根本不是冲着欣赏歌剧来的，只是为了炫耀自己从巴黎添置的最新款礼服和珠宝。社交季于十一月开始，到来年二月结束，这是上流社会重要的日子，每逢星期四都有歌剧上演。大都会剧场巨大的金色嵌白边礼堂里聚集了闪闪发光的钻石头饰、耳环和项链，在闪光灯的照耀下散发出耀眼得令人窒息的光芒。

朱莉娅觉得最糟糕的一点是那些名媛总是迟到，而且总是选择第一排中间的座位。当卡洛琳姑妈出场的时候，没有一个人再关注舞台，全都伸长脖子去看她今天穿了什么衣服。歌剧演出期间老是有人交头接耳，还总在第二场落幕前就退场去吃晚饭。当朱莉娅告诉卡洛琳姑妈她想从头到尾欣赏一出歌剧的时候，姑妈像听到什么笑话一样抑制不住地哈哈大笑。

"我家在花园第二层有个包厢。"沃顿说，"不知道是否有这个荣幸邀请克洛斯小姐和我的家人一起在包厢里欣赏歌剧？"

在大都会剧场有包厢证明沃顿家是老牌贵族。当暴发户新贵们发现无法在音乐学院、十四街的老歌剧院拥有专属包厢的时候，范德比尔特、惠特尼和摩根家决定在百老汇和三十九街交汇处修建他们专属的歌剧院。音乐学院无法与新建的歌剧院竞争，于是以卡洛琳姑妈为首的老牌贵族战略性撤退到大都会剧场的豪华包厢里。

"感谢您的盛情邀约，沃顿先生，我非常乐意与您和您的家人共享音乐盛宴。"

这是朱莉娅第五次参加家庭茶会了。像伊丽莎白·奥格登太太之类的社交名媛会送出"八月的周四下午四点，家庭茶会"之类的邀请卡，并在角落里亲笔签名。于是每周的那一天她们会在家接待访客。参加这类茶会是让朱莉娅学习社交技巧和熟悉社交圈的非正式行动，在她家也开过一次。因为男人们要工作，所以访客们大多是女性。只有一些年轻人，诸如沃顿之流，会抽空前来拜访。很快朱莉娅就成为了本次社交季最耀眼的新星。今天，至少有二十来位访客填满了奥格登家的豪华客厅。

"我们计划去塔利亚观看吉尔伯特和沙利文最新的演出，《日本天皇》，听说剧情是顶尖的。"沃顿说。

坐在朱莉娅身边的外婆插话了，她的任务是为外孙女各种不合时宜的邀请挡驾。

"虽然克洛斯小姐必须要在女伴陪同下出门，不过我想你们可以参加出席同一场歌剧。"她看着女孩，满意地微笑。老太太要保护外孙女的名誉，也要引导她接受体面的灯笼裤男子。沃顿相貌英俊，家世显赫，没有任何污点绯闻之类——真是个完美的婚姻候选人。

"那太好了，"沃顿热情地说，"我可以提前告知我们出行的时间。"

"您在耶鲁大学学习什么科目呢，沃顿先生？"朱莉娅问道。不知道沃顿是一名认真治学的学者，还是只在大学里混日子，先把时间花在喝酒玩乐、从不翻看书本的纨绔子弟？

"古生物学，克洛斯小姐。目前我在皮博迪自然历史博物馆研究恐龙。"

这个答案吸引了朱莉娅的注意力，她放下手里的茶杯。

"我的暑期调研刚刚结束，在西南地区。我们很幸运，发现了八种全新的恐龙骨骼，还有十二吨脊椎动物的化石。"

"多么令人兴奋啊，沃顿先生。我真想亲眼目睹这一伟大的发现。"

沃顿非常高兴能找到让朱莉娅感兴趣的话题，比起其他年轻英俊的追求者，他现在占据了优势。

"诚挚地邀请您今年秋天来纽黑文，很荣幸我能为您介绍我们的新发现。"

"这是我在斯彭斯小姐精英学校的最后一年，"朱莉娅骄傲地说，"然后我会去瓦萨学院继续学业。"

她屏住呼吸，期待沃顿的反应。他会反对女孩上大学，还是支持呢？

"那太好了，克洛斯小姐，请问你学习什么科目？"

"英国文学。"

"毕业以后当一名老师？"

"不，我想成为一名作家。其实，我正在写一部新书，讲一个可怜的女孩，出身于贫穷又残酷的包厘街，是怎么自强不息奋斗成为一名医生的。"

"真是引人入胜。"

"目前我正在为这本书做调研。"

老太太冲着朱莉娅神秘地笑了笑，暗示她应该起身结束目前的谈话，跟客厅里其他的客人多接触接触。但朱莉娅还没来得及从椅子上站起来，海伦就过来了。一名高大的年轻人跟在她身边，长着栗色头发。

"范科兰特先生，这是我的女儿朱莉娅。"

"很高兴认识您，克洛斯小姐。"年轻人彬彬有礼地说。

"范科兰特先生，您和沃顿先生认识吗？"朱莉娅问道，她很了解灯笼裤的子女几乎都不陌生，他们上同一所舞蹈和骑术学院，乃至相同的预备学校。

"你好啊，沃顿，你心爱的恐龙骨头还好吗？你知道耶鲁大学的人都怎么称呼沃顿吗，克洛斯小姐？'笨骨脑'，哈哈。"范科兰特像是讲了个特别幽默的段子，自顾开怀大笑。

朱莉娅瞪着他。"总有一天沃顿先生会成为一位声名显赫的科学家。"她略带气愤地说。老太太投给海伦一个羞愧的眼神，很快海伦不动声色地掌控了话题走向，又为朱莉娅介绍了一名风度翩翩的绅士，名叫约翰·比克曼。

"朱莉娅，比克曼先生刚刚从西点军校毕业，目前在军队担任参谋，编入亚利桑那州的迈尔斯将军麾下，协助追捕阿帕切族野蛮人海盗，杰罗尼莫。"

约翰自豪地笑了。"自打从圣卡洛斯保留地逃走以后,杰罗尼莫杀害了几十个美国公民和上千墨西哥人,克洛斯小姐。我们要进山追捕他,无论死活。"

"听起来危险重重,论坛报上有好多关于这个印第安异教徒的传说。"海伦低声说。

"他是个狠角色,毫无疑问,克洛斯夫人。"

"杰罗尼莫之所以战斗是因为要反抗美国政府对西部的侵占,还有针对保留地的苛刻条款。"朱莉娅说着,抿了一口茶。

一阵尴尬的沉默,连朱莉娅把方糖放入茶杯里搅拌的声音都清晰可闻。在有人开口说话之前,似乎过了好几个小时。

"朱莉娅……每天都读报纸。"海伦非常尴尬地解释。

约翰·比克曼低头看着他的茶杯。

"绅士们,能原谅我们失陪一会儿吗?"海伦向四周灿然一笑。在大厅里,她只能用力地抓住女儿白色的晚宴裙后背,拉得如此之紧,勒得朱莉娅几乎无法呼吸。她的斥责只持续了不到一分钟,母女俩又回来了。随后,朱莉娅和范科兰特礼貌地交谈了一会儿,然后是查尔斯·惠特尼和弗雷德里克·麦凯。

茶会结束后两个小时,朱莉娅疲惫地扑在家里客厅的卧榻上,愤愤地看着母亲。

"在这出假惺惺的狂欢后,我是不是必须在两个小时内打个电话?"

"不要用这么粗鲁的词,朱莉娅。我告诉过你多少次?茶会后不需要打电话!"

朱莉娅好奇地看着母亲,海伦的声音里有着深深的恼怒。女儿已经注意到,过去的几周里,海伦对打电话拜访社交名媛的热度和兴趣突然消退,变得暴躁易怒,有时候她会直直地看着天空发愣。但每次

纽约大盗

朱莉娅询问母亲有什么问题的时候,海伦都会立马挂上一副完美无瑕的微笑,坚持说一切安好。

外婆在朱莉娅身边坐下来,低声说:"我很惊讶奥格登夫人今天没有邀请诺兰先生出席。"

朱莉娅突然语塞。"我……我记得他好像有笔生意要谈。"

"真是太失礼了,你不觉得吗?亲爱的。对了,下次我们去逛街的时候,我想再到华吉先生那里看看可爱的小猫咪。"

35

晚上七点左右，二十辆运输马匹的马车在西四十九街一条小巷里一溜儿排开，停在五层高的铸铁仓库边。

赛马接连不断地乘上小巷尽头的货运升降梯，直上顶楼。它们都经过精心打扮，皮毛油光水滑，搭配精致的马鞍，钉有结实的马掌。每匹赛马都有专属的马童照料。

仓库顶楼改建得相当有田园风格，仿佛朗布兰奇的乡村美景被原封不动地搬了过来。木质地板上铺了一层鲜嫩的草皮，十英尺高的室内空间有着直径二十英尺的石膏穹顶，漆成蓝黑色，挂满了不断闪烁的小电灯，装点成深夜星空的景象。房间里的廊柱也改成类似松树的样子，巨大的盆栽树木和灌木丛摆出森林的造型，还有几十只小鸟在林子里飞来飞去——真正的鸟儿。

穹顶正下方以白木板围成圆形栅栏，里面打了二十根拴马桩，每根旁边都有水槽和一堆干草。赛马由货运升降梯出来以后，打扮成骑手的仆役会把一个特殊的托盘安放在马鞍前端，再挂上一对马鞍包，里面各有一瓶冰镇的香槟酒。旁边站着一群衣冠楚楚的中年绅士，身穿裁剪掉下摆的大衣，白领带，白手套，抽着烟，彼此闲聊着。

绅士们一个接一个骑上自己的马，把它引到指定的拴马桩边。没过多久，二十匹马全部就位。仆役们在每两匹马之间摆上包裹红毯的小梯子。当所有人各就各位时，六人乐队开始演奏《康城赛马歌》，骑在马背上的绅士之一举起手，开始讲话。

纽约大盗

"亲爱的骑士们,欢迎大家出席第一届赛马宴会。今晚我们荣幸地邀请到全世界最伟大最优秀的赛马出席!"宾客们纷纷鼓掌欢呼,兴奋的大叫声此起彼伏。赛马则忙着吃草喝水,压根没留意到它们成为了今晚的主角。

"现在,我正式宣布,晚宴开始!"司仪高叫道。

二十名仆役川流不息地端着摆满食物的托盘,小跑着来到骑手边上,爬上小梯子,把各种佳肴放在马鞍前的特制托盘里。骑手们掏出香槟,此起彼伏的砰砰声像是二十响礼炮,软木塞四下弹出,他们用一根长长的胶管啜饮着倒进托盘上玻璃杯里的美酒。乐队演奏着欢乐的歌曲,绅士们兴致勃勃地喝着餐饮酒,二十个马童跟在赛马背后,拿着小铲子随时清理马粪。他们吸着烟,开怀大笑,彼此吹嘘自己的赛马,肆意享受着这场狂欢,现场充满了浓浓的欢乐和友谊气氛,连草皮上马尿的臭味都没有让宾客们觉得丝毫扫兴。

八道正餐很快上齐,享用完浇了奶油巧克力的草莓甜点后,司仪举起手,吸引了全场的注意力。

"先生们,接下来有请阿莫斯和他的黑人舞蹈团为大家献上精彩的表演!"

三名白人男子来到内圈,脸颊涂成黑色,穿着白色晚礼服,戴着礼帽,手拿班卓琴。表演者鞠躬,绕场一周,人群疯狂地欢呼着。"比真正的黑人还棒!"有人喊道。

马鞍包里源源不断地放上新的香槟,终于,在痛饮三瓶酒以后,克拉伦斯·普斯特从赛马日蚀的背上掉下来,摔在草皮上,跟跟跄跄地重新爬上马鞍。

出于对宝贝赛马的呵护,宴会只持续了三个小时就宣告结束。

"你是罗伯逊先生家的吧？"

"是啊，你呢？"

马车夫站在漆黑的夜色中，等待宴会结束，重新把赛马送回去。现在他们心情非常糟糕，在楼上，连马匹都可以大快朵颐；而在巷子里，他们这群人却只能饿着肚子等待。

"我是谢尔比先生家的。哎，在这儿傻站着太难受了，我请你喝两杯怎么样？"

"有人请客喝酒，我当然不会拒绝啦。"

蒙哥马利从怀里掏出细颈酒瓶，猛灌两口。

"嘿，你看四十九街的街鸡，怎么样？"他冲着外面的大街点点头，"可惜我们要工作，倒霉催的。"

马车夫顺着他的目光打量着那群女人。

"那个穿紫色裙子的看起来不错。"他接过蒙哥马利递来的酒瓶，仰着脖子灌了一大口。"谢谢。"烈性酒精的刺激让他的脸有点扭曲。

十秒钟后，罗伯逊家的马车夫晕倒在地。蒙哥马利抬头四下张望：海岸边没有目击者。他迅速地把马车夫踢下座椅，藏在车厢里。说到给人下蒙汗药，左撇子蒙哥马利可是全纽约城数一数二的行家，眨眼间就能把水合氯醛偷偷加进酒瓶子里。二十多年的经验让他的手艺炉火纯青，通常他会把受害者拖到背街小巷里洗劫一空。水合氯醛的剂量把握是一门艺术，根据他的经验，像这位马车夫这么魁梧的男子，五十格令①是最合适的。如果用太多会直接影响心肺功能，闹不好就出

---

① 格令，旧时使用的记重单位，1格令等于64.79891毫克。

人命了。

赛马从货运梯次第运送下来,蒙哥马利跳上驾驶座,戴起车夫礼帽。手执缰绳等了差不多五分钟,听到罗伯特先生家的马童把赛马送上马车车厢后,车厢那边响起人体倒地的声音。藏在干草堆里的小猪麦格克盖尔悄悄爬出来,用氯仿迷晕了小马童。约定的三声暗号响起,蒙哥马利一抖缰绳,赶着马车前行。

在西第十一大道和十九街转角一处废弃大楼里,他们把两个昏迷的仆役拖进地下室,然后沿着南边前行,又转向东方。克洛斯和肯特在码头等候他们,蒙哥马利跳下马车,麦格克盖尔一脚踹开车厢门,牵着赛马的缰绳把它拉了出来。

一切顺利,克洛斯高兴地想着。因为肯特在债务减免方面的苛刻,他才去联盟会所散散心,无巧不成书地撞到这个天上掉下来的馅饼。这次行动简单又快捷,收获颇丰,又不用冒险闯入有钱人的家宅,更不需要精心策划路线之类。克洛斯自己琢磨出了整个行动的计划,真是够简单的——只需要等着马车装好,然后把它驾驶过来就行。

他走上前去看赛马,突然浑身一僵。

"这不是风暴云!"他失声叫道,肯特赶紧跑到他身边。

"该死的,你说什么?"

"这是匹栗色马,不是枣红色的,头上还有块斑。不,风暴云可没有斑痕。"克洛斯惊慌失措地说。他走到马车边检查车厢侧面的徽章:蓝色圆圈里两把交叉着的金色军刀。"车没有错,该死的,肯定是装错了马。"

"那有什么关系?反正都是一等一的赛马。"蒙哥马利不满地嘟囔。

"对我的买家而言,有关系,"肯特说,"他出了天价要买风暴云,只要它。"

克洛斯和肯特面面相觑，仿佛要读出对方心里的想法。

"我们必须去找其他马车，只过了十五分钟，它们可能还在街上。"肯特转身招呼手下，他们都在码头上闲逛。

"大多数马厩都在新泽西，所以他们会在霍伯肯码头等渡船。"克洛斯说。劫匪团的小伙子们纷纷钻进道路边的马车里，或是骑上马，逐一消失在夜色中。"它的前腿打着绑腿！"克洛斯跟在他们身后大喊。

"谁把它找回来，重赏五百美元！"肯特也喊道。

一名满脸风霜的老人走向肯特。"这艘船两小时后准时开，否则就要落潮了，不会多等一分钟！"他咆哮着。

肯特利索地从手杖中抽出长刀，刀尖抵住老头的咽喉。"放心吧，船长，"他轻柔地说，"我们的货物一定会及时送到。"

"不行就把这匹马送走吧。"克洛斯指着栗色马说。

肯特戴着白手套的手抚摸着赛马的鼻子。"真是匹漂亮的赛马，我的孩子们一定会喜欢它。正好他们该正式学骑马了。"

一个街区之外，坐在马车里的海伦惊讶地看着码头上的人们急匆匆地朝四面八方跑去。

❖

麦格克盖尔用手枪抵住马车夫的头，蒙哥马利猛地拉开车厢门。

"妈的，不是这个！"他吼道，五百美元的赏金仿佛长着翅膀飞走了。两名男子跳回自己的马车，飞驰而去。

纽约大盗

✦

　　国王街和格林威治街上,一名蒙面男子把马车夫和小男仆拉下马车,另一个跳上车厢,打开了门。
　　黑暗中,灰斑骏马正嚼着满口干草,好奇地看着闯进来的不速之客。打了个响鼻,它继续享用美食。

✦

　　"嘿,宝贝在这儿呢!"弗拉纳根兴奋地叫道,盯着赛马前腿上的白色绑腿。在霍伯肯码头前一个街区,他的五百美元赏金正在前面冲他招手呢。他跳着爱尔兰快步舞跑到马车前,打了个信号让詹金斯用枪柄砸晕马车夫,他自己摆平了马童。他俩合力把两个不省人事的人抬到了巴克利和西百老汇街某处建筑的门口。

36

"请相信我,这是天赐良机,斯普林格先生。要在个价位买入金砖可不容易,您是位精明的商人,自然明白这种机会有多难得。"

乔治·克洛斯冷静地看着站在对面的赫伯特·斯普林格,来自俄亥俄州托莱多市的富裕粮商。斯普林格抚摸着桌上的金砖,顶上和侧面都蚀刻着"US"的缩写。粮商把金砖托在手上,细细查看,阳光透过酒店窗户照进来,金砖反射出柔和的光。

斯普林格来纽约城参加在第五大道克林大厅举行的全国粮食交易大会。昨天晚上,这位自称乔治·坎德勒的先生带他在嫩腰肉区玩了个遍,因而斯普林格先生愿意抽空听他详谈下所谓的天赐良机。

"黄金可是硬通货,无疑是最佳的投资渠道,斯普林格先生,金价一定会大涨。"乔治说。

"你说的没错,坎德勒先生。但首先我要确定金砖的质量。"斯普林格把手里的金砖放回桌上。

"当然,请允许我为您介绍勃特仑·约翰逊先生,曼哈顿信托和担保投资公司首席检验员,很荣幸今天邀请到他同行。"

胖墩墩的约翰逊先生戴着一副金丝眼镜,微笑着鞠躬。他从手中的公事包里取出一个小玻璃瓶,里面装着清澈的溶液,又拿出一个空钢杯。斯普林格好奇地走到一边看他工作,约翰逊拿出滴管在玻璃瓶里吸了点溶液,停下来,以专家的口吻解释道:"先生,这里面装着硝酸,用来检验黄金。"

他把硝酸滴在金条上。

"如果硝酸溶液变成绿色，证明它是镀金的。如果没有反应，那就是百分之百的纯金。"

斯普林格盯着金条，等了一会儿，毫无反应，他露出愉悦的笑容。

"我向您保证，斯普林格先生，所有金砖的质量都没问题，全是高纯度黄金。"乔治说。

"那好吧，你说得没错，坎德勒先生。投资黄金的机会不容错失，只有那些纨绔子弟才会去关注白银。"斯普林格掏出一支雪茄，一只手拿起金砖，把它抛在空中，再用单手接住。作为一名四十来岁壮硕的中年人，这个游戏对他而言丝毫不费力气。但是第三次抛接的时候，金砖从他手里滑落，落到了壁炉的石制炉床上。斯普林格弯腰拾起金砖，突然，全身一僵。

他用冰冷的眼神看了看乔治，慢慢地，用手指拂过金砖边缘的灰色裂口。斯普林格掏出小刀，在金砖上刮动，很快，镀金的薄膜被刮开，露出里面的一片暗灰。不过滴硝酸测试的地方的的确确是纯金，大约有四分之一英寸宽。

"你这个该死的混蛋！竟敢拿铅块来骗我！"斯普林格咆哮道，愤怒地把"金砖"扔在乔治脚下。

乔治愣住了，恐慌地看着粮商从外衣口袋里掏出一把大口径短口手枪。

"你以为我是个没见过世面的乡巴佬？这么好糊弄吗？"他愤怒地说，抬起胳膊，黑洞洞的枪口直指乔治。

"这个……其实，事实上，没错！"乔治说着，拿出运动员的敏捷身手，迅速地抄起地上的金砖，猛地拍在斯普林格头上。

乡下来的粮商倒在地上，一动不动。

"我们快离开这个鬼地方,乔治!"约翰逊大叫,抓起公事包。乔治跟着他走向前门,突然顿了顿,又回到斯普林格身边,掏出了他的皮夹。

不到一分钟,他俩就来到大街上。"不要跑,慢慢走。"乔治低声说。两名男子踱步到了百老汇街,右转来到三十一街,沿着第六大道走了八个街区,然后进了一家酒吧。乔治猛地灌下两杯啤酒,感觉喉咙干涩得像着了火。

"上帝啊,差一点就成功了。"约翰逊说,"现在我们怎么办?"

乔治掏出皮夹,数钱。

"只有四百。"他沮丧地说。

"你还欠多少钱?"

"四千。本来可以凭这块金砖不费吹灰之力赚到的。"乔治说着,用双手搓着脸。

"至少金砖还在我们手里,不过我们得给它重新镀金。"

"这块金砖可是好宝贝,亨利,它已经帮我还清八千欠债了。"

"哎,最近你得低调点。还得想办法赶紧赚钱,乔,否则他们会再来找你的。"

乔治忽视了亨利最后一句话,望着远方,他缓缓地稳定着呼吸。"有了这四百美元,我今晚上就能翻盘,一定能。"他喃喃地说。

37

"我想第一支舞应该属于我,对吧,克洛斯夫人?"

"别这么猴急,威尔伯福斯,我早就预约第一支舞了。"

霍勒斯·威尔伯福斯和克林顿·科林伍德面对面怒视着对方,脸色潮红,像两头愤怒的公牛。

海伦·克洛斯举起一只戴着白手套的纤细手掌,隔开了两名崇拜者的圆肚子,不过他俩都没有在意,仍然只顾着怒目相视,就像两只发情的麋鹿为了争夺对象那样,似乎要大打出手。

海伦用温柔舒缓的声音说:"第一支舞属于威尔伯福斯先生,然后我陪您跳第二支如何,科林伍德先生?"

科林伍德哼了一声,后退了几步,愤怒地看着威尔伯福斯那张得意扬扬的脸。大宴会厅阳台上的乐队奏响了施特劳斯圆舞曲。海伦拉着威尔伯福斯那只肥硕的手,走下了舞池。老头子乐得眉开眼笑,虽然执着地打扮成年轻小伙子,不过出生于1858年的事实谁也无法改变。两人在舞池的黑色大理石地板上踏出优雅的舞步,全场的目光都集中在海伦那件白色低胸剪裁的晚礼服上。看到丈夫独自一人站在靠近马蹄形阳台的镀金铸铁柱子边,海伦冲他神秘地微微一笑,很快,克洛斯走出了房间。

走出大厅就碰上了他的老朋友,布鲁斯·普莱斯。

"这么早就要走了?老伙计,这可太失礼了啊。"普莱斯假装板着脸教训他。

"哪能啊？就出来抽根烟，顺便站在你这座华丽宫殿的广场上欣赏下夜景。"

普莱斯笑纳了他的恭维话。

"简直是令人惊叹哪，堪称酒店中的皇宫，无与伦比。"克洛斯感慨地说。他总是羡慕着——或者说是嫉妒——普莱斯卓越的设计天赋。这位设计师在创新方面从未失败过，这是真正的艺术天赋。克洛斯也尝试过各种创新，但以失败居多。他的创新总是脱不了之前作品的条条框框，他还没能突破惯性思维，来创造一些特殊的东西。

普莱斯转身从宽阔的双门走进舞厅，克洛斯掏出纯金烟盒。"我抽完烟就进去找你，一会儿见。"

虽说新港是夏季社交季的中心城市，其他地方也不乏重要活动举行。今晚，上流社会的精英们全聚集在新泽西州朗布兰奇的新赛德酒店里。没人会拒绝这一邀请，酒店由烟草巨头继承人皮埃尔·罗瑞拉德赞助，在短时间内成为时尚聚集地。克洛斯对酒店的称赞是真心实意的，气势恢宏的建筑矗立着，足足占据了两百多码的海滩空间。不过，跟普通酒店动辄修建数以百计的小房间不同，新赛德酒店只有五十间套房，每一间都宽敞无比，酒店经营走的是精英策略——就像纽约的大都会剧场，包厢不多，但每一个都价值不菲。整座酒店的后方有一条蜿蜒的走廊，人们可以站在那里欣赏海景。木桥的另一头是私属的海滩。仆役们穿着裁剪合身的礼服伺候沙滩上的客人，为他们奉上香槟酒桶和来自蓝点海湾的冰镇牡蛎拼盘。

酒店的建筑结构也是特别的，外围通体由石头构成，没有半点木头砖瓦，看上去气势恢宏，自有一股不怒自威的魄力，如同在沙滩上平地拔起的碉堡。飓风在它面前望而却步，唯有精英和巨富才能在这里享受休闲的日子。

纽约大盗

克洛斯吐出一口烟,步下走廊。华丽的毛绒地毯铺陈于地板,走廊壁上镶嵌着红色的缟玛瑙,还有来自非洲的红木镶板。在走廊尽头,克洛斯四下张望,观察着附近的动静。舞会正进行到高潮,除了舞会大厅以外,其他地方都冷冷清清。他在桌上的烟灰缸里掐灭了烟,推开走廊尽头的一扇门。门后是服务室,里面有开放的升降机,克洛斯轻快地跳了进去,跷起二郎腿坐进升降机,扳动开关。沿着封闭的双轴轨道,升降机缓缓地朝北而行,经过一间间同样的服务室,最终停在四楼。但克洛斯没有走出去,他站起来,吹了个口哨,头顶的天花板突然多了个缺口,卡尔沃的头冒出来,他俯下身,帮着克洛斯爬上了天花板的开口。

除了在设计方面有所创新以外,新赛德酒店在施工上也采用了全新的模式。大多数酒店都遵从相同的布局——每层楼的中央走廊两边都是内高十五英尺的客房,而这家酒店大手笔地每隔七英尺便设有铁质和木质的巨大桁架,这让客房有着超过三十英尺的空高,给人大气磅礴、富丽堂皇的感觉。这么巨大的桁架通常用于高架火车候车室。

克洛斯和肯特手下的八个小伙子站在一排排硕大的桁架背后,桁架以巨大的铁质三角固定,他们脚下就是四楼客房。四楼全是顶级的套房——房间里满是昂贵的珠宝、成衣和大把大把的现金,小伙子们只需要沿着桁架行走,打穿天花板,就能进入每间套房,大肆洗劫。一般酒店客房的天花板用的是石膏板,但新赛德酒店用的是华丽的压制金属板,劫匪们可以方便地卸掉其中几块,悄无声息地打开入口,空降到房里。不需要处理凌乱的石膏板条,也不必进入走廊,被仆役看到。

"可能会有啪的一声,工程师先生。"卡尔沃拍了拍克洛斯的后背,提醒说。随着一次又一次行动的成功,团伙里的人越来越认可克洛斯的作用，大家几乎都把他当成自己人了——除了布雷迪，不过谢天谢地，他今晚上没来。

"准确地说，我是名建筑师，卡尔沃先生。这两者差别是很大的。"

克洛斯其实兴奋得几乎全身发抖，不仅仅是因为今晚可以预计的收获，更是因为这是第一次他独立带领团伙作案。肯特的爱妻米利森特不凑巧地生病了，病得还挺重，肯特必须留在家里照顾她，只能拜托克洛斯全权指挥。他别无选择，今晚的节日舞会不可能改期，克洛斯必须证明自己有能力胜任指挥工作。海伦在舞池中给他的微笑是约定好的暗号，意味着每一位住在顶层的嘉宾都已经来到舞厅。背着帆布包，拿着小锤子的小伙子们站成一排，等待克洛斯的命令，从平面图上，建筑师能轻而易举地弄清房间分布，他指挥大家站好，感觉自己就像即将下达攻击指令的将军。克洛斯深深地吸了口气，微笑着，指挥部队投入战斗。

"简单又轻松，你们只要轻轻敲几下，金属板就松动了。"克洛斯提醒道。

小伙子们纷纷用木质锤柄敲松了天花板。像兔子跳进自己洞穴般轻快地，他们沿着吊在桁架上的绳梯，无声无息地降落到房间里。克洛斯跟在卡尔沃后面，先进了更衣室，扫荡所有高档成衣，抓走了梳妆台里的珠宝首饰。每间房里都有个小保险柜，克洛斯认为是个难啃的骨头，可惜在卡尔沃的撬棍面前不堪一击，很快保险柜里的东西也被洗劫一空。房间里铺着奢华的地毯，挂着精致的吊灯，摆满了富有品位的法国古典家具。宽敞的客厅两边都是卧室，克洛斯走到装饰精美的巨幅落地窗前，眺望着海岸，满脸微笑。

"搞定。"卡尔沃低声说，开始爬绳梯，桁架上还剩两个人，负责把装得鼓鼓囊囊的帆布包拉上去。克洛斯和卡尔沃选中另一间客房，很快再一次满载而归。小伙子们有条不紊地扫荡完一间又一间屋子，没过多久，桁架上堆满了一袋又一袋战利品。克洛斯厌倦了跟着卡尔沃爬上爬下，留在桁架上接收帆布袋。他们洗劫了十二间房，在克洛斯的计算中，还有四间。突然间，漆黑的桁架空间里冒出刺眼的光，克洛斯惊恐地瞪大眼，小伙子们也僵在原地，生怕看到警察提着灯笼拿着手枪给他们来个瓮中捉鳖。不过他们马上就发现光源来自于一块撬开的天花板——下面的房间突然亮灯了。

克洛斯蹑手蹑脚地走到天花板边，小心翼翼地跪在洞口。下面传来的人声吓得他猛一抬头。

"伊迪丝，我的视线不能离开你哪怕一秒钟！我要你，我要你，快疯了一样想要你！"一个男人激动地说。

"杰拉德，我们不能这样，太疯狂了，会有人发现我们缺席舞会的。"女人的声音响起，似乎有点犹豫。

"让他们下地狱吧，别担心，亲爱的，大家都忙着跳舞呢，恐怕得一个小时后才会有人注意到我们不在。"

短暂的沉默，然后是女人的呻吟。

"带我去卧室。"她叫道。

"不，就在这儿。"男人带着命令的口气说。

克洛斯总是小心翼翼地决定放下绳梯的位置，通常是在客厅，靠近卧室，尽量离大门远一些。可是绳梯离那对情侣不超过十英尺，他俩只要四下张望一番就能看到。克洛斯缓缓地把绳梯收起来，在桁架上放好。

"我要吻遍你全身每一寸。"男人动情地说。

"来呀，不过你得小心别弄坏我的晚礼服。"女人呻吟着回应。

"我给你买十件晚礼服，然后一件一件撕碎，宝贝儿，我就爱看你一丝不挂的样子,多迷人啊。"

女人回应以挑逗的喘息声。

突然之间,克洛斯认出了他俩的声音——这不是杰拉德·达文波特和伊迪丝·特里威廉吗?两个人都已婚,不过并非彼此的伴侣。据他所知,这两人在公开场合都没说过一句话。这个发现让他呆若木鸡。虽然他知道上流社会许多夫妻貌合神离,但很惊讶下面偷情的两个人居然能凑成一对。谁能想象?不过海伦可能早就知道了吧。

小伙子们都从楼下爬上来了,纷纷围到他身边。克洛斯用双臂撑在洞口边,小心地探头出去。面前不超过十英尺,两具赤裸的身体相互纠缠,激烈地运动着。看来达文波特确实是迫不及待,把伊迪丝径直压在客厅沙发上缠绵。剧烈的喘息声传来,克洛斯觉得尴尬无比,团队的小伙子们倒是听得入了迷。

突然间,他的眼角捕捉到对面沙发底下有动静。赶紧把脑袋缩回来,清点团队成员。

"卡尔沃去哪儿了?"他压低声音问道,其他人纷纷摇头。

恐惧袭来,他低头看去,偷情男女在沙发上激烈动作着,而沙发底下有人在蠕动!这对野鸳鸯完全沉溺在性爱中,压根没注意到周围的动静。克洛斯开始恐慌,无法想象要是搞砸了这次任务,肯特会怎么教训自己。可要在这儿等一个小时太冒险了,得想想别的辙。克洛斯不是个碰运气的人,必须严格按照自己订下的时间表行事。在这里等待的时间越长,被发现的几率就越大。他低声命令小伙子们转移战利品,用升降梯送到地下室。又一次低头看了看,果然是卡尔沃趴在沙发底下,正朝天花板看过来。克洛斯瞟了一眼那对偷情的鸳鸯,确认他们暂时还不会分心,他招了招手吸引卡尔沃的注意。现在必须马上做决定,要等他们偷完情返回舞厅再撤离吗?可是那会耽搁不少时间，再说，他们穿衣服的时候会不会发现卡尔沃？

克洛斯招手示意卡尔沃爬上来，后者满眼恐惧地看着他，然后偷偷瞥了一眼沙发上的男女。悄无声息地，卡尔沃从沙发底下爬出来，手脚并用地在东方式地毯上爬着，背着满载战利品的背包，他看上去像是圣诞老人。克洛斯放下绳梯，卡尔沃像是被狗追一样飞快爬了上来。他坐在桁架上，喘着粗气，从口袋里掏出一个琥珀色小酒瓶，狠狠地灌了两口压压惊。

克洛斯和卡尔沃乘升降梯到了地下室，两名被五花大绑，并被水合氯醛迷晕的酒店仆役一动不动地躺在石地板上。送走了背帆布袋的卡尔沃，克洛斯若无其事地回到舞厅，邀请杰拉德的妻子西比尔·达文波特跳舞。

"这地方真是座巨大的宝库！"海伦惊呼。新赛德酒店抢劫行动已经过去一周了，她仍然兴奋不已。上流社会的人愤怒地议论着这场劫案，这让海伦觉得加倍高兴。她迫不及待地要策划下一次行动，这已经成为她人生中的头等大事，比朱莉娅的成年舞会还重要。

他们面前摆着一张新港地图，海伦在富有潜力的建筑上画着红色的×，这个标记在贝尔维尤大道附近最为集中，毕竟全新港的富翁几乎都集中于此。

在持续十周的夏季里，新港这片能够俯瞰大西洋的狭窄之地成为了纽约上流社会最时尚的社交场所。奢华的舞会、晚宴、游艇宴会和音乐会你方唱罢我登场，每个家族都试图在社交圈里大出风头。贝尔维尤、德利街和海洋大道每天都被华丽的车队塞得满满当当。马车里的名媛们都梦想着自己能艳惊全场，她们的丈夫则满脑子玩游艇和打马球。姑妈卡洛琳在新港也拥有一套豪宅，山毛榉庄园，最近花了两百万巨资由理查德·莫里斯·亨特主持翻修。约翰和海伦收到邀请，他们可以在夏季任何时间来庄园里度假。

"瓦特·谢尔曼怎么样？他是个银行家。"克洛斯说，"还记得吧，以前我在理查森先生那里当学徒的时候参与过他家的设计。"

海伦微笑看着丈夫。"当然记得，当年你还是个初出茅庐的年轻人，能有机会在大师身边学习啊，可把你给乐的。回想起来那时候真开心，没什么钱，但快乐又充实。"

"是啊,那时候我的工作刚刚起步。不过我觉得那是最快乐的一段日子,你刚生了乔治,还记得吗?我还以为自己不太喜欢小孩,结果我错了,有了孩子就有了好多乐趣。"

"那时候我们带他去步行栈道,一路走到海滩边。每次浪头一来他就跌倒,不过总是爬起来又跑回去。"海伦笑着回忆。

"乔治一直这么倔强。"克洛斯说,"想想看,真是美好的时光。"他握住妻子的手。"你觉得我的提议如何?"

"瓦特·谢尔曼家也不是特别富,还有更合适的目标。"

克洛斯笑了,海伦的坚韧让他感到惊讶,看来她很适合当个将军指挥战斗。

"金斯科特家、滨海酒庄……贝尔蒙特怎么样?就在海边。"

"你干脆说山毛榉庄园好啦。"克洛斯笑着问,知道妻子会做何反应。

"血浓于水,先生。卡洛琳姑妈家可不能碰,那可是家里人。"海伦说着,抬手轻打了他一下,微笑。

"问题在于仆人的数量。这些地方大概有几十个仆役,要把这么多人绑起来或者锁在酒窖里可不是个轻松活。"克洛斯的话让海伦点点头。"艾萨克·贝尔家如何?"他继续提议,"我可以从斯坦尼那里搞到设计图。"

"不行,他家太穷酸了。"海伦否决。她的手指逐一划过地图上的红×标记,估量着每一家的财富。克洛斯惊奇地发现妻子在珠宝和贵重物品方面有着近乎过目不忘的能力,连谁家某个价值连城的花瓶摆在哪个位置都记得清清楚楚。这段时间拜访被邀请参加朱莉娅舞会的客人家让她收集了不少情报。

"米勒德家还不错,还有克里斯蒂拍卖场,范阿伦家的宅子里没什么仆役，他本人又经常在伦敦做生意。你要知道，他家的马厩设计在一楼，人就住在马厩顶上！"海伦乐不可支。

"可别跟我提马了，"克洛斯哀叹，"就是堆大麻烦。"

海伦卧室的门突然被推开，查理冲了进来，一脸开心的模样。

"看来你忘了敲门的礼貌，儿子。"克洛斯说。

"我还以为它不适用于我呢。"

"恰恰相反，它尤其适用于你。"

吮着柠檬棒棒糖，查理探头看着桌上的地图。

"这是什么呀？"他假装好奇地打听。

"在新港地图上标记我们受邀参加宴会的地方，今年夏天可真够忙的。"海伦轻描淡写地说。

"哇，你们可真受欢迎。很高兴我不用去，太无聊了。"

"我们也不想你无聊，孩子。所以你跟罗伯逊太太一起留下来吧。"父亲说着，拍了拍他的肩膀。

"太感谢了，父亲。"查理说，"现在，你们想欣赏下我舞蹈课的成果吗？"

虽然父母都显得心事重重，不过仍然点头配合儿子的表演欲。赶紧让他如愿以偿，才能把他打发走。

查理哼着歌，以优雅灵活的舞步跳了一小段。表演完成后，克洛斯和海伦礼貌性鼓掌，小儿子笑得合不拢嘴，不是因为父母肯定他的表演，而是他现学现卖的舞蹈成功地糊弄过关。

"我需要一美元，下周要上舞蹈课。"他打蛇随棍上地提出要求。

"我记得舞蹈课是五十美分吧？"他的父亲疑惑地问。

"下周是特殊教学，双倍课时，我们要学习最新的马祖卡舞。"

克洛斯拿出钱，查理蹦蹦跳跳地出了房间。下周，他会向父母展

纽约大盗

示一些同学的绘画,充当绘画课的作业。弗雷德·特拉斯科特能帮他搞定绘画课的费用。

克洛斯夫妇继续研究地图,物流是个重要因素,取决于建筑物的位置,所以他俩特别关注目标的出入口。海伦把有价值的目标列成一张清单,指着每一个名字给丈夫讲述具体情况,分析优势和劣势,如果某一家太过棘手或者太冒风险,就把它划掉。

"约翰,范邓肯家设计有特殊的楼梯,方便仆役使用!"她喜悦地叫着,"这样亨利和莉莉不会在走廊里撞见仆人。隐秘的楼梯从地下室到顶楼都有,通过暗门连通每个房间。这地方不错,只要挑晚宴的时候潜入,几乎就碰不到人。"海伦的脸上散发着睿智和兴奋的光芒,克洛斯从未见过妻子这么神采奕奕。

"不过亨利最近在生意上受了点挫,家产大幅缩水,不是个好目标。"海伦说着,划去了范邓肯的名字。

他们继续讨论着,克洛斯越来越惊讶妻子展现出来的能力。在他说出肯特的事情以后,海伦以难以置信的活力投入了新的事业。本来他以为妻子会承受不住这样的打击,心碎得不知道如何度日,但令他惊奇——更令他钦佩——的是,海伦有着钢铁般的意志力。他不得不告诉妻子大哥罗伯特已经介入调查抢劫案,可她没有表现出丝毫恐慌。事实上,在跟大伯子吃晚饭的时候,海伦还旁敲侧击打听目前调查的情况来着。在此之前,海伦只是个典型的与世隔绝的社会名媛,全副心思都在持家和养育孩子身上。这段时间,她经历了一场人生的蜕变。

不过跟丈夫想的不同,对乔治给家庭带来的灾难,海伦从未有半点责备之意。克洛斯认为她只是不明白儿子的阴暗面,事实上他自己也不清楚。自从那次在马车上的谈话以后,父子之间刻意回避了这个敏感的话题——不知道怎么跟对方沟通,也不知道该说什么去宽慰对方。

夫妻俩独处的时候，除了策划抢劫案，海伦几乎不谈别的。结婚多年，他俩很少在一间房里待到这么晚，选择下手的目标，分析可行性，评估风险。他们一晚上谈的话比过去十年都多。克洛斯对妻子的印象不停地刷新，她敏锐而严谨，思路清晰。打从心底说，他喜欢有海伦陪着干这种冒险的事情，妻子的内心藏着一把锋刃，足以摧枯拉朽，所向披靡，无人能敌。

今晚她已经知道新港各家社交聚会的日期安排，他们的日程表就和铁打的一样，必须严格遵守。有人乘游艇出海，也有人下午打场马球，晚上参加各种聚会。潜在目标的名单旁边，海伦一丝不苟地记录下可以劫掠的东西，评估其价值。她的话说得越多，克洛斯越觉得如痴如醉。在他的想象中，妻子现在是一家大型企业的负责人，正在董事会上指点江山。

名单上的每个名字都让他联想到曾经参加过的宴会或道听途说的八卦。夜色渐浓，夫妇俩的话题渐渐从策划抢劫变成回忆往事。

"老奥格登还以为我被他困住了呢，他那房子可是你设计的，我早就知道升降梯在哪里，轻而易举就脱身下楼，结果他花了一个多小时在楼上找我。要是我们决定光顾他家，用升降机来搬运东西真是再好不过——就像新奥德酒店那次。"海伦一边讲一边笑，克洛斯也忍不住笑出声来。

突然间，他停下来，静静地看着妻子的脸。虽已年届四十，但她比二十年前更加迷人。克洛斯伸出手，轻轻抚摸海伦如丝绸般柔滑，如天鹅般优雅的脖子。轻轻地，他把妻子搂进怀中，满怀深情地吻着她。"这么多年来，我真是个大傻瓜。"他的声音有些嘶哑，充满了久违的激情。搂着妻子的纤腰，他们来到了床边。

纽约大盗

❖

　　黑暗中，克洛斯凝视着海伦赤裸的身体，她走向浴室，真如特洛伊的海伦那样迷人：完美得如雕像一般的身躯、白璧无瑕的肌肤、动人的曲线。长长的黑发披散在背上，随着她的行走轻轻摇曳。

　　洗完澡，海伦依偎在克洛斯胸前，丈夫有力的手臂把她搂得紧紧的。微微有些晕眩的幸福感袭来，克洛斯迷迷糊糊进入了梦乡。

　　突然间，妻子的一声尖叫让他醒来。

　　"我的上帝啊，我这是怎么回事？"海伦猛地坐起身，克洛斯迷迷糊糊地也坐了起来。

　　"格莱特家，我怎么把他家给忘得一干二净？格莱特家，我们下一个目标就是它了。"海伦眉飞色舞地说。

39

"该死的,查理,快点啊,要不然赶不及啦。"

因为只能乘不太熟悉的第九大道高架铁路跟埃迪碰面,穿越城镇所用的时间比查理想象的更长,他的朋友在科兰特街的大楼前不耐烦地等待着。一看到小男孩就抓着他胳膊,拉着他朝西边码头方向飞奔。

穿过西大街的时候,查理看到数百名一边尖叫一边朝码头停泊的一条白色轮船狂奔的孩子,大家争先恐后地向通往轮船的跳板上冲,上船的人站在甲板上,朝着码头上的同伴挥手、大叫。

"该死的,这是要干吗?"查理在喧哗声中大喊着。最近经常脱口而出"该死的"这个口头禅,他觉得挺自豪,因为埃迪和其他孩子都这么说话。

"一年一度的报童野餐,有人提供免费的轮船,沿着哈德逊河把我们送到帕利赛德去。"埃迪一边喊着,一边冲已经上船的小伙伴挥手。

他和查理飞快地冲进了人群,像两尾箭鱼一样在人潮中往前钻,跳板附近的人太多了,前进得很艰难。

"挪挪你丫那大屁股,往前动动啊!"埃迪尖叫,推搡着往前钻。前面的男孩不小心摔倒了,他拉着查理赶紧钻了过去。

他们终于上了船,迅速朝船头跑去。

"那些有钱人觉得报童很可怜,所以假惺惺地给我们提供点福利。"埃迪说着爬上栏杆,伸开双臂保持平衡,"就像修他妈什么寄宿公寓一样,报童就不用在街上流浪。但你知道,我永远不会住到里面去。"

"他们会一脚踢到你屁股上,把你送去西部农场当黑工,对吧?"

"没错,查理,我的好兄弟,我埃迪·穆尼打死也不会去当个满脚牛粪的西部农民,我宁可天天在曼哈顿街上踩马粪。"

船已经满载,数百名疯狂而肮脏的报童在甲板上跑来跑去,像被放出笼子的野兽。孩子们兴奋得有些神志不清,完全失控了。船员们穿着漂亮的藏青色制服,袖口和裤腿上绣有红线,正在大声咒骂和试图管好这群乘客。可惜把一群野兽关进笼子是一件不可能完成的任务,他们很快就放弃了。不久后,涂着白漆的软木救生衣套上了一个个肮脏的脖子,厕所变成了猪圈,完全没法打扫。报童们发现了通往驾驶舱的舰桥,一窝蜂地要挤上去,穿着金色双排扣制服的船长下令挡住大门。

蓝色天使号准备离港,启动引擎,螺旋桨在水下转动,它慢慢从码头离开。

"快来!"埃迪喊着查理,"要发糖果了。"

船尾摆着一张大桌子,几个衣着体面的中年人把一个个褐色纸袋摆在桌面上。报童们像蝗虫般一拥而上,一会儿工夫,桌面就空空如也,刚摆上的纸袋,不到一秒钟就被抓走。

"每人一袋,每人一袋!"捐赠者之一尖叫道。

纸袋里有各种焦糖、硬糖和水果糖,孩子们快手快脚地剥开糖纸,一把接一把地塞进嘴里。当胃里再也装不下糖果时,男孩调皮的本性就冒头了:他们拿起剩下的糖果互相扔来扔去。越来越多的孩子加入到战斗中,一时间糖果满天飞。三百名报童混战,船员们也遭了池鱼之殃。这群成年人无可奈何地撤离现场,退回船舱,把舱门锁好。他们可憋着一肚子气呢,他们是群经验丰富的水手,但绝不是动物管理员。

站在舰桥上的船长和舵手目瞪口呆地看着甲板上混乱的一幕。轮船在蒸汽机的推动下缓缓北行，孩子们的疯狂又经历了一波新的高潮，肆无忌惮地发泄自己的兴奋。

儿童援助协会招待报童们郊游，本意是为他们提供福利，考虑到这群可怜的孩子们从小就没机会接触高雅音乐，协会还专门聘请了小型铜管乐队上船——其实报童们打小就出入各种歌舞厅，音乐什么的对他们而言不是稀罕物事。船头的音乐家们一脸难色，但出于敬业的理由，他们仍在继续演奏。富有激情的军队进行曲似乎只能让孩子们的疯狂愈演愈烈。没过多久，报童们就把糖果飞弹的目标转向他们。大号手最可怜，乐器那宽敞的号口成了孩子们最钟爱的目标，很快号口里堆满了糖果，没法继续演奏下去。查理精准地用薄荷球砸中了打击乐手的后脑勺。不一会儿，乐队也只能被迫撤退进船舱。

终于，船长对这出闹剧忍无可忍，像一头愤怒的犀牛从舰桥上冲下来，跑进甲板下方的船长室。仿佛是突然进入了另一个世界，船舱里的景象不协调得令他惊讶：衣冠楚楚的绅士和名媛们坐在船舱里悠闲地喝茶，他们都来自儿童援助协会。

"很高兴你今天抽空来陪我们，克洛斯先生，你真是太好心了。"伊莎贝拉·比克曼夫人温柔地说，一边为乔治斟茶。"船长，这位乔治·克洛斯先生最近刚从哈佛大学毕业，今年夏天一直在儿童援助协会的学校里担任老师，在他的悉心教导下，学生们有了日新月异的进步。"

被考德威尔医生威逼利诱前来的乔治温和地笑了笑，端起茶杯抿了一口。

船长恭敬地走到美丽高雅的比克曼夫人面前，她今天戴着一顶装饰着人造花朵的礼帽。

"比克曼夫人,您知道那群小畜生在我的船上做了什么吗?"

女士优雅地慢慢啜饮一口茶,用亚麻布餐巾点了点嘴唇。

"我希望孩子们能尽情享受一下,那些可怜的小家伙真是太不幸了,从未享受过生活中的快乐。"她那悲天悯人的表情实在是令人感动,乔治认真地点头附和。

"夫人,我要掉转船头回曼哈顿去。"

"那可不行。"比克曼夫人专横地拒绝,听她那口气,眼前的船长就跟她家最低等的爱尔兰仆人差不多。"您受雇将我们带到帕利赛德的野餐场地去,等一切结束再把我们载回来。这才是您要做的事情,先生。"

"我会带你们去,但不会带那群小畜生回来!"船长怒喝。

"这样的错误会让您付出沉重的代价,想必您还记得我来自哪个家族吧?"

想到比克曼家的势力,船长变成了一只斗败的公鸡,耷拉着脑袋离开了。

在帕利赛德下船的时候,每个男孩都领到一个超大号饭盒,里面装着厚厚的、夹腌菜的烤牛肉三明治,两个煮鸡蛋,一大块巧克力蛋糕,一瓶沙士汽水和一个苹果。玩闹了一路,报童们肚子也饿了,几分钟不到就狼吞虎咽解决掉所有吃食——除了那个苹果。男孩们把它当成新一轮战斗的投掷武器,在炎炎夏日中不知疲倦地嬉闹。

和大部分男孩一样,埃迪对儿童援助协会安排的游戏不屑一顾,他和查理商量想要去树林里探索一番。这对他而言是新鲜事:密密的树林就像一个完全陌生的世界。埃迪曾经去过中央公园,不过只想着怎么偷行人的钱包,没有半点闲情逸致享受大自然。

船长收起了跳板,孩子们暂时只能在岸上玩乐。他下令全体船员用高压消防水龙头冲洗甲板，收拾孩子们留下的满地狼藉。船长暗暗发誓，如果有必要的话，在回程的时候他会用水龙头对付那群小畜生。

站在船头甲板上，比克曼夫人和协会的其他成员高兴地看着孩子们四处奔跑玩耍。

"请牢记，我们是孩子们的拯救者。"比克曼夫人说，"虽然我个人觉得这些可怜虫最好还是被送到中西部去垦荒，呼吸乡村清新的空气。"

"可他们也有父母啊，送去中西部就永远见不到了。"有人喃喃地提出意见。

"你管那些邪恶的生物叫父母？连猫狗都不如，禽兽尚有半分怜悯之心呢，他们对自己的孩子根本不管不顾。"比克曼夫人哼了一声，满脸鄙夷的神情。

两小时后，轮船的汽笛长鸣着回程的信号。对船员们而言，堪可告慰的是那群小野兽玩了一下午，体力差不多已耗尽，大部分人正安安静静地靠在船栏边看着帕利赛德以西曼哈顿以东的风景，还有些干脆就倒在甲板上呼呼大睡。

跳板放下了，比克曼夫人和协会的其他成员站在舷梯顶端，给下船的孩子们分发宣传册《上帝钟爱干净和品行端正的小孩》，孩子们被迫每人领取一份才能下船。

"我说，看看这份小册子吧，也许对你有点帮助，查理·克洛斯。"

查理的心一沉，抬头看去，他的哥哥正站在船头，脸上露出一抹玩味的微笑。

"上岸吧，我们好好聊一聊，小弟。"乔治平和地说。

40

"约翰,老伙计,见到你真是太高兴了!"斯坦福·怀特高声叫道,"我正在想你和海伦什么时候来新港呢。"

"这段时间海伦忙着操办朱莉娅的成人宴会,准备工作千头万绪,好不容易得空出来。"克洛斯说。

"我很期待看到你对剧场设计的新理念。"

"那就关注下个月的《美国建筑师与建筑新闻》吧。"克洛斯矜持地笑了笑。

"约翰·克洛斯是纽约城里最好的建筑师之一,鲍勃,"怀特对站在身边的高大男子介绍,"嗨,约翰,你认识罗伯特·格莱特吗?"

"是啊,我们见过几次面。"克洛斯礼貌地对格莱特点头致意。

"很荣幸再次跟您见面,克洛斯先生。"格莱特说,"今晚热闹着呢,对吧?"

新港赌场俱乐部的马蹄形后门入口处挤满了人,女人们穿着鲜艳的夏日礼服,和男人们清一色的黑色晚礼服形成鲜明对比。俱乐部坐落在贝尔维尤大道,此处每年夏季都是新港的社交中心,隶属于《纽约先驱报》的老板小詹姆斯·戈登·贝内特,由怀特·麦金设计。说起来其中还有段故事,早年间,贝内特骑着马闯入了以前的社交中心新港阅览室,他和他的朋友由此都被列入了黑名单,拒之门外。《先驱报》的老板拍案而起,买了一片土地,自己修了俱乐部打擂台。俱乐部大楼从建筑学上来说颇富创意,木瓦结构,门廊上电镀有漂亮的晶格和旋转纹路。房间装修成清新脱俗的白色，还有一座高耸的圆顶钟楼。赌场俱乐部建成以后不久，又加入了草地网球场，麦金还在二楼设计了一个宽敞的大剧院。

今晚，来自意大利的著名男高音歌唱家将会在剧场里倾情献唱。

"怀特为您设计的庄园真是太漂亮了，格莱特先生。"克洛斯说。

除了艾斯特家，纽约城最大的地主就要数格莱特了，他每年能收取数百万美元的租金。格莱特和他的兄弟奥格登继承了父亲和叔叔的事业，近年来，房地产已经成为纽约城最赚钱的行当。约翰·雅各布·艾斯特总是感慨地说，要是先知先觉地知道土地这么宝贵，他早该把整个曼哈顿岛都买下来。

两年前，斯坦福为罗伯特·格莱特在纳拉甘希特大道设计了一栋巨型木瓦结构的豪宅，位于能俯瞰大西洋的悬崖附近。这一项目耗资超过八万美元，房子的后院面朝大海，斯坦福把它设计成和式，从视觉上拉伸了房子的纵深。

"我们都喜欢南方的海岸，坐在门廊上，看着海上日出……全世界再也找不到比这里更好的地方了。"格莱特说着，斯坦福微微一笑。

设计一栋房子，让客户赞不绝口并乐意长时间待在里面，这大概是身为建筑师最大的成就了，克洛斯想着。房子可不是四面墙加一个屋顶，那是一个家，一座港湾，一处避难所，能够让人遁入自己的空间，不去在意外面的世界有多残酷。

真希望他能为自己设计一间位于乡村的别墅，躲在里面，和家人幸福快乐地生活，保护他们不受任何伤害。

七点钟了，人群开始朝剧场方向涌去。克洛斯说了声失陪，起身去找海伦。她在咖啡厅里，身边一如既往围着一大群仰慕者。其中有个人长得出奇英俊，鹰钩鼻，长长的卷发，看起来颇富贵族气质，看着还挺眼熟。

"约翰，你还记得亚历山德罗夫伯爵吗？"

"当然啦，我们在霍诺丽娅的晚宴上见过面。您好吗，伯爵先生？"

"有尊夫人这样的美女在场，简直是好得不能再好了。"伯爵用带着浓浓俄罗斯口音的英语说，朝海伦点点头。

克洛斯微笑着回应他的称赞，告了个罪，拉着海伦走到一边。

"记住，你们只有两个小时。"她急切地说，"一旦表演结束，我可不敢保证能留住格莱特，直到你回来。"

"如果有人问起我去哪儿了，就跟他们说我欣赏不来意大利歌剧，到外面抽烟去了。"克洛斯交代，不过估计没人会惦记他。这里的男人们可以为了争夺海伦身边的位置拔刀决斗，自然巴不得这个正牌丈夫不在场。

"那条有八百颗珍珠的项链就放在地板下的保险箱里，在二楼夫人的私人书房，"海伦提醒他，"要掀开地毯才能看到。格莱特那个第九世纪的黄金酒杯放在顶楼书房中第四层书架背后的隔板里。"

克洛斯点点头，跟在人群后面往剧场走去。他几乎是最后一个进去的，很快就找了个空隙溜出去，下楼，穿过大厅出了门。往北走了两个街区，他转向一条小巷，那里有个男孩牵着一匹枣红色的马在等待。克洛斯给了他一块钱，接过马缰，朝东骑行，一路沿着小道来到纳拉甘希特大道。骑马的时候他忍不住想，要是潜伏在劫匪团中的线人又开始动作了，他会不会一头骑进陷阱里面？等待着他的是平克顿和大哥吗？

不，他甩了甩头，把这个可怕的想法甩出脑海，不管三七二十一，先集中精力完成任务再说。

终于，他来到了目的地。前方是一条死路，通往悬崖峭壁。把马拴在冬青木上,克洛斯从马鞍包里掏出一叠纸片。他看了看怀表,晚上七点一刻。

来到前廊的时候,肯特出现了。

"真是一栋漂亮的避暑庄园,我已经记住它的细节,以后可得让您费心给我设计一栋。"他抽着哈瓦那雪茄说。克洛斯默默地咒骂了一句,勉强挤出一脸笑容。

"那些仆人怎么样了?"

"酣睡着呢,蒙哥马利已经施放了他的魔法。"肯特笑着说。

虽然杀几个人不会让肯特良心不安,但是太麻烦了,只要让仆人们别碍事就行,没必要动不动就见血。幸运的是,在夏季里这样的大型庄园总会招聘一些临时工。伶牙俐齿的蒙哥马利在一周以前就以临时园丁的身份进入了庄园。他表现得太过吃苦耐劳,全然是名忠心耿耿为主人家奉献一生的家仆,所以很快就打入了格莱特家仆役的管理层。同伴们都喜欢他快乐活泼的个性,孀居的管家霍普金斯夫人甚至还给他暗送秋波。

两个小时前,仆人们来到厨房,给自己煮茶喝,蒙哥马利自告奋勇去帮忙,偷偷把大量的水合氯醛放进了茶壶里。在仆人用餐的地方,克洛斯看到七八个人倒在橡木桌边,睡得死沉,看上去像一群偷懒的小学生。男仆长鼾声如雷,让克洛斯忍不住笑出声来。他摇了摇头,穿过怀特设计的二十四英尺高的仿古门,进入客厅。肯特的手下已经开始工作,价值不菲的日本和中国瓷器被装入麻袋,墙上的壁画也被拆了下来。参照他在怀特办公室里偷看到的设计图,克洛斯领着小伙子们找到了格莱特先生更衣室墙上的暗格,里面藏有珠宝、稀有硬币和大量现金。格莱特夫人的衣柜被清空,瓷器和银器也难逃一劫。海伦的指示让他们顺利地找到了价值连城的珍珠项链和黄金酒杯。

劫匪团有条不紊地工作着,那种掌控一切的兴奋感又一次席卷了克洛斯全身。他像是踩着云层在天上漫步一样,飘飘欲仙。

在屋子里闲逛,他越来越佩服斯坦福的设计功力,自己的老朋友似乎在一次又一次工作中不断突破自我,这对建筑师而言是难能可贵的,不过斯坦福应该还没有达到设计师的巅峰。虽然克洛斯对抢劫自己朋友的客户有那么点愧疚,但最近和罗伯特的谈话让他清楚自己必须低调。打纽约城里豪宅的主意已经越来越危险,不如把目标放在新港。

小伙子们已经扫荡到二楼的第八间卧室,蒙哥马利一马当先地推开宽大的橡木镶板门,谁料到突然间震耳欲聋的爆炸响起,他倒在大厅的地毯上,捂着右腿。

"有人放冷枪!"他喊道,然后是一大串诅咒那个偷袭者的污言秽语。血迹渗透了浅灰色的布鲁斯兄弟家定制长裤,他的腿被大型铅弹打伤了,同伴们纷纷惊慌地跑了过来。

砰的一声,另一颗子弹在他头上炸开,劫匪们如惊弓之鸟四散开来,纷纷伏倒在地毯上。

卧室里传来一个高亢而愤怒的声音。"杰克逊将军,英国佬开始攻击了!他们在朝着我方的战壕前进!"

又是一声枪响,小伙子们躲到卧室门外,想办法看清里面的情况。肯特也探出头,窗外昏暗的光透过卧室的百叶窗投射进来,他勉强辨认出一个干瘪老头的轮廓,坐在床上,手里拿着双管猎枪。

"我们击退了英国佬!"他喊道,"那群混蛋逃跑啦。"

他举起猎枪,把两个枪筒里的火药都卸了下来。

克洛斯出现在肯特背后。"这是怎么回事?动静太大了,邻居会报警的。"

肯特皱着眉。"只怕是格莱特家里的人，我想他以为自己还在战场上吧。"

"杰克逊将军，雾气越来越大了，我们随时可以追击，像杀死一群小鸡仔一样打死英国佬！"

克洛斯偷偷向卧室里看去："这个老傻瓜，不会还以为在石墙杰克逊手下当兵吧？"

"不是石墙——是安德鲁·杰克逊。新奥尔良战役的指挥官，如果我没记错的话。"

克洛斯恼怒地问："别管这个了，现在我们该怎么办？"

"让大家先撤——别忘了藏书室里的挂毯。"肯特喊道。

又是一枚子弹在门口爆炸，克洛斯和肯特赶紧躲到外面，交换一个不安的眼神。肯特思忖片刻，伏低身子，手脚并用爬进了卧室。

"停火！停火！英国佬逃跑啦！已经安排部队追击，停火，孩子们！"肯特用唱戏一样的腔调喊着，仿佛在舞台上表演。他小心翼翼地爬到了床边，站起身，拍了拍老头的肩膀。

"干得漂亮，干得漂亮！我们赢了，真为你感到骄傲，我的孩子。"

老头自豪地笑了，举起猎枪在他那颗干瘪的光头上挥舞。

"我们成功了，将军！我们战胜了那些该死的英国佬。"

肯特微微一笑，轻轻地拿走了老人手里的枪。又缓缓地扶着他，靠在枕头上。

"这一天你战斗得很英勇，孩子，休息下吧。"

老人微笑着闭上了眼睛。"我们成功了，将军，"他喃喃地说，"打得英国佬屁滚尿流。"

床头柜上放着一瓶药水，肯特拿起它，研究其中成分。含有可卡因，还有8%的酒精，他给老人灌了三大勺。

"做个美梦吧，英勇的战士。"

肯特把枪放在床底下，离开了卧室。克洛斯在走廊上指挥小伙子们撤离，蒙哥马利被人扶着下了楼梯，一边走一边咒骂不休。

屋子的角落有座炮塔，克洛斯站在高大的窗边，俯瞰着纳拉甘希特大道。

"把战利品收拾好！我们快撤！"他高喊着，"警察来了！"

两名戴黑色头盔的巡警骑着马在街上飞驰，如果这里只是工人的住所，而不是百万富翁的豪宅，就算有人报警，估计警察也得磨蹭几个小时才来吧，克洛斯想着。

"他们会从前门过来，我想办法挡一挡。"

肯特转身看着布雷迪。

"下楼，锁住前门，剪断电话线。"他清晰地下达指令。

克洛斯在走廊上跑来跑去。"快点，该死的，快点！我们没多少时间了。"从二楼的窗口望下去，两名警察正在门口的拴马桩上拴马。

"所有人，快撤！赶快！"

小伙子们背着大大的白色帆布包，一窝蜂朝后门跑去。

一名警察礼貌但持续不断地敲着大门，另一个开始拉拽门把手。

"警察，让我们进去！"其中之一终于失去了耐心，大喊着，用拳头敲打大门。

转移大批战利品肯定会在新港惹来不必要的麻烦，肯特之前就设计好了一个巧妙的方案：格莱特家的后院直通俯瞰大海的峭壁，可以轻而易举地把战利品从悬崖上的小径运送下去。海滩上停着三艘划艇接应，把东西运往停在不远处的一艘小型蒸汽轮船上。肯特的手下从后门鱼贯而出，沿着小路跑向海滩。

两个警察都在前门大喊大叫，现在他们已经开始撞门了。

克洛斯和肯特押后，顺着走廊向通往厨房的仆役楼梯跑去，突然间，肯特停下脚步，死死盯着左边的墙壁。

"我的上帝，那是公元 900 年的手稿！来自西班牙的穆斯林！看！"墙壁上挂着四帧手稿，在金色和银色的灯光下闪耀着彩色的光芒。

"这可是无价的艺术品，无价的！"肯特忍不住大叫，伸手要把它们从墙上取下来。

克洛斯愣了一秒钟，跑到楼梯顶，看到前门处只有一名警察在继续撞门。他知道另一个已经去了后门，前门的警察砸碎了门上的玻璃，正伸手进去拔门闩。

"全能的基督啊，肯特，你是疯了吗？快走！"克洛斯尖叫一声，拉着肯特的袖子就开跑。对方胳膊下夹着四个手稿框。克洛斯听到进入底楼的警察疯狂地飞奔，进出每个房间。他们刚下完楼梯，就听到在后门的那位警察破门而入的声音，赶紧又沿着楼梯跑上去。

现在肯特清醒过来了，明白他们处于千钧一发的境地。克洛斯惊恐地看着他从白色亚麻西装的内袋里掏出一把小手枪。

"不行。"克洛斯低吼一声，环顾着走廊四周，揪住肯特的衣领，把他拖进了一间卧室。他把肯特拉到墙上看起来像是衣柜的地方，打开门，猛地推他一把，自己也紧紧地跟了上去。他们扑在金属板上，滑进了门里的暗道。一圈又一圈，两人沿着光滑的金属板蜿蜒往下，直到撞上一扇门的底部。

拉开门，外面是侧院，他俩赶紧出门，朝悬崖跑去。

"该死的，这是怎么回事？"肯特惊讶地问。

"格莱特的阿姨生怕家里着火被活活烧死，逼着斯坦福·怀特专门为她设计了一条火灾逃生滑梯。设计在屋子内部，结构比较紧凑，比屋外的侧梯好看多了。"克洛斯一边跑一边解释。

纽约大盗

在悬崖顶部的小径边，克洛斯停下脚步，肯特死死抱着自己心爱的手稿沿小径往下方的海滩跑去，克洛斯看到两艘划艇已经划走，快到轮船那儿了，还有一艘留下来等着接应肯特。幸运的是，今晚风平浪静。

警察仍在屋里搜索，克洛斯轻松地绕到屋子前面，骑回了自己的马。刚才的惊险让他心力交瘁，但他仍然硬撑着骑回了赌场俱乐部。他悄悄从后门溜进影院，正好看到全场观众为意大利男高音起立鼓掌。很快，他随着观众们一起离场，来到院子里，海伦正站在人群中，格莱特也在。

"真希望你能喜欢今晚的表演，约翰。"海伦用带着点嘲讽的口气轻声说。

"啊，不错，真是空前的成功啊。太好了，期待下次演出。"

"哦，约翰。"海伦说，"格莱特先生盛情邀请我们去他家参加晚宴。"

"慷慨的好心人，我真是迫不及待想看到他的豪宅。"

41

"你这个红魔鬼,我绝不会让你占有我!"

"在我诸多妻子中,你会是第一个住进我小屋的,白人!"

"不要,你这个畜生!"

"你要学会的第一件事是服从!"

酋长高高举起战斧,准备给躺在地上衣着不整的白人女子重重一击,正在这千钧一发之际,突然响起了噼里啪啦的声音,火焰映红了窗外的天空,夹杂着轰鸣和爆炸。

号角声凄厉地划过天空,随后是震耳欲聋的枪响。印第安人纷纷从小木屋的窗口跳了出来,抄起他们的温切斯特连发步枪,扣动了扳机。

"基督啊,狗屎,埃迪,他们用的是真子弹!"查理尖叫。

混乱的交战,印第安酋长瞥了一眼白人女孩,放下手里的武器,一把扯下她的白色蕾丝胸衣,露出丰满的乳房,粉红色的乳头暴露在空气中,微微颤动。女孩尖叫着,往后退去。

"他妈的,这家伙在这里就要干吗?"埃迪愤愤地喊道。

观众们为即将上演的剧情疯狂地尖叫和咒骂,女孩晕倒了,软绵绵地倒在地板上,人们倒抽一口凉气,邪恶的印第安人可以轻而易举占有她了。

"不准碰她,你这个可恶的红毛鬼!"观众席上有人大叫起来。

突然间,剧情发生了戏剧性的逆转。印第安酋长猛地一震,捂着胸口，一颗子弹穿透了他的左胸，他缓缓地朝地板上倒去。

酋长邪恶地一笑，强忍着伤痛，跪在无助的女孩身边，把她的裙子拉了下来。

"你这个肮脏的印第安混蛋，不准碰她！"一个戴黄色花纹软帽的女人大吼。

一声巨响，小木屋的门被撞开，满头金发、年轻英俊的骑兵军官冲了进来。看到酋长，他怒目圆睁，毫不犹豫地冲过去，举起长刀，凶狠地刺入了酋长的胸膛。酋长踉踉跄跄地退了几步，用手捂着伤口，倒在地上，再也没了动静。人群开始疯狂地欢呼，鼓掌叫好。

更多的骑兵涌了进来，开始屠杀其余的印第安人。骑兵军官扶起白人女孩，深情拥抱着她。巴克斯特街剧场的吧台上，有人举起了酒杯，向勇敢的骑兵致敬，人群为战士的荣耀高喊着，啤酒的泡沫自四面八方泛起。观众们站起身，为英雄们鼓掌。

演员们自豪地朝观众鞠躬，当扮演酋长的演员向观众致敬的时候，全场响起一片嘘声，不过那名演员仍然满脸堆笑，至少证明了他的演出很成功。

在熙熙攘攘的人群中，查理、埃迪和乔治兴奋得上蹿下跳。在大都会剧场从来就不曾享受过这种恣意的欢乐，乔治想着，总是无聊得很，看着德国或者意大利的歌剧艺术家拖着长长的花腔唱一些莫名其妙的东西。不过那无关紧要，歌剧院早就成了上流社会名媛们炫耀自己礼服和珠宝首饰的地方，谁去管舞台上演着什么剧码呢？

自打在下东城教书以来，乔治就喜欢来附近的贫民窟看一些底层百姓的戏剧，并且赌钱。粗俗和色情的剧情令他耳目一新，深感刺激和兴奋。这些剧情基本上大同小异：恶棍要对女主角施暴，总会有英俊的英雄适时出现，拯救几近全裸的女孩。

观众们鱼贯离场，乔治微笑地看着查理和埃迪喋喋不休地议论刚才的剧情。他带两个孩子看过四场戏，毫无疑问，这场《野蛮人的贪欲》最吸引人。剧场的特效无以伦比，虽然大多数戏里都有女主角半裸身子的场景，不过这场戏里面女主角裸露得最彻底，时间也最长。流行戏剧都得打一些色情的擦边球。

他们来到街上，按照看完戏后的惯例，前往餐厅享用晚餐。

"我敢打赌，他们肯定用的真子弹，你说是不是，乔治？"查理兴奋地问。

"特效当然要逼真嘛，越逼真越好。"

乔治望着狼吞虎咽地吃着牛排和炸土豆的小弟，忍不住露出微笑。他很高兴查理能挣脱灯笼裤的桎梏，走上街头探索新的世界，总是待在上流社会那一方狭小的天地真是憋闷得慌。至于埃迪，乔治已经认可他是位忠诚和友善的朋友，在某种程度上，这让当哥哥的特别羡慕，他的生活中没有这样肝胆相照的好兄弟。

"她的咪咪全露出来了，你们有没有看到？"埃迪惊呼，"真是太爽了，我们明天该再去看一次。"

也许会的，乔治想着。

42

诺兰坐在扶手椅上，看着眼前的邀请函，那是他在看斗鸡的时候从朱莉娅的手提包里顺出来的。

> 约翰·克洛斯及夫人
> 诚邀您携家人出席
> 朱莉娅·克莱尔·克洛斯的成人舞会

受邀人：
时间：9月24日，星期一晚上九点半
地点：威廉·B. 艾斯特二世先生的住所
>   第五大道454号

他拉开桌子侧面的抽屉，掏出笔和墨水瓶，认真地用漂亮的连体字在空行处写上"约翰·埃文·诺兰"，小心地把墨水吹干。

走到窗户边，诺兰望着窗外的莫顿街，他喜欢自己所在的地方，在这儿，格林威治村，一切都很安静。远离田德隆区的喧嚣、五点区的肮脏和包厘街的污秽，他的同伴们大多住在这些地方。拥有一间干净整洁、精心布置的小屋是诺兰一直引以为傲的事情。住在这里的大多是大学学生或者律师助理之类。

九岁那年，父母就把他赶出家门，不过诺兰跟其他人不同，他颇

House of Thieves

　　有一些中产阶级的节俭意识，而不像贫民窟的下等人那样，只知道"今朝有酒今朝醉，明日愁来明日忧"。诺兰跟他们一样在野蛮无情的都市丛林中长大，只有强壮和狡猾的人才能生存下来，暴力和疾病隐匿在阴暗中，随时可能残忍地夺走他们的生命。二十二岁的诺兰见过了太多贫民，他们大多活不过三十岁。对这些人而言，考虑未来的生活还不如享受当下，赚一美元就花一美元，享受的就是那股子肆意——饮酒、赌博或者跟妓女睡觉。

　　这不是诺兰想过的日子，他曾经发誓要拼命攒钱。最近偷了八百美元，三百要给当地黑帮上贡，自己能赚五百，其中的80%，就是四百美元，他会存到钱伯斯街上的移民储蓄银行里。哪怕有时候点儿背，只赚到十美元，他也会存八美元进去。六年来，他积攒着属于自己的财富。黑帮里的人都嘲笑他是个吝啬鬼，甚至不客气地说他肯定有犹太人的血统。每次说到这个诺兰都会愤怒地否认，逗得那些人开怀大笑。但是，一百美元完全能满足他的衣食住行，还可以享受一阵子，直到他再一次上街打猎。只要运气好，一天就能赚够一百美元，银行里的低级职员一个月才赚得了这么多呢。

　　诺兰走到客厅中间的桌前，拿起一本皮革装订的书籍，又坐了回去。他养的黑猫，木星，安安静静地趴在他腿上。打开书的扉页，上面印着漂亮的花体字："纽约社交礼仪解读——描述纽约市上流社会的社交礼仪，从入门到精通。汉弗莱·L. 奥格兰德著。"

　　简介中写道："对那些不幸远离文明中心的人而言，我们还能为他们留下点什么呢？唯有在基于权威的研究和仔细的分类基础上，准确地引导他们知悉何为最完美无缺、无可挑剔的社交礼仪。"诺兰无法反驳这种说法，虽然包厘街、五点区离第五大道和二十三街只有两英里，但彼此之间的差距甚至可以说比地球到火星还遥远。

他翻到第一章。"年轻男子步入社交圈的注意事项",这本书讲得挺基础,也很全面,先是介绍舞会上的穿着:黑色绒面礼服大衣、白背心、纯色的亚麻长裤、白色领带。除了样式简单的戒指以外不能戴任何首饰,指甲要修剪得干净漂亮,"像拜伦伯爵一样"。白手套是必需品,以避免跳舞的时候手上的汗水沾上女士们的礼服后襟。

诺兰仔仔细细地阅读,继续往后翻。"年轻女子步入社交圈的注意事项",他匆匆浏览而过。第十章"参加宴会、舞会等大型社交场合注意事项"才是他想要看的,书里面写得特别详细。首先讲的怎么吃东西:餐巾要铺在腿上,绝对不要塞在领口里;记住要用右手握叉子,但是切肉的时候要左叉右刀;切记切记不要用餐刀触碰嘴唇。成人舞会时,女孩和她的父母会站在客厅门口附近迎接客人,父母为进门的客人做介绍,绅士要记得鞠躬致意,但弯腰幅度不可过大。

成人舞会首先的项目是用餐,然后才是跳舞,结束时间不能超过凌晨一点。绅士只能向同一个女孩邀请跳一支舞。舞曲结束后要把女孩带回她母亲就坐的地方。可以跟女孩交谈一两分钟,但不可超过这个时间。然后,可以继续邀请名单上的其他女士跳舞。有女士们在场的地方,男人绝对不能抽烟,如果要抽,请去阅览室或者吸烟室。

读完书差不多八点了,一股脑儿吸收了太多知识,他想了想,应该在晚上十二点之前再读一遍,加深印象。

他随便吃了点东西,突然敲门声响起。

"嗨,伯尼。"诺兰打开门,热情招呼脸色红润的小老头。

"约翰尼,我的孩子。你准备好上课了吗?"六十来岁的老者用贵气十足的标准英国口音询问。

"我们开始吧。"诺兰朝他挥挥手,"想喝点什么吗?"

"等我们上完课再喝,孩子。"他和颜悦色地说。

伯纳德·温顿，以前居住在伯明翰，曾经在全英格兰最美丽的庄园担任管家。纽约的上流社会盲目地崇拜所谓的英国贵族风范，他也因此在城里的彭布罗克家找了份工作——那是个相当有钱的家庭。

但伯纳德有个致命的毛病：嗜酒如命。在晚宴结束后的清理工作中，他能把每个玻璃杯里的葡萄酒、干红、霍克酒和雪利酒全喝得精光。起初，主人家没发现他这个毛病，直到有一天，伯纳德在酒窖里烂醉如泥，身边横七竖八摆了一堆价值不菲的酒瓶。他被解雇了，而这种丑闻让他再也找不到管家的工作，于是只能靠坑蒙拐骗过日子。靠着一口地道的英国口音和完美的绅士风度，他经常诓骗小镇外的乡巴佬暴发户购买假的股权证书。

"舞会上第一支舞通常是四方舞，我们已经学过了。然后是华尔兹、波尔卡和马祖卡，你还记得马祖卡的舞步吗？"

两人开始在屋里跳舞，伯纳德嘴里哼着歌。

"好小伙子，接下来，上点档次的舞会就得跳所谓的日耳曼交际舞，这种舞通常由一对贵宾在中间领舞，其他人在他们身边围成圆圈。领舞的人会示意一对舞伴到中间来，一起跳一种被称为圆转华尔兹的舞，结束后，又邀请另外两对人到中间，如此循环，直到每一对舞伴都被邀请过。舞会结束的时候需要鲜花，一般会事先订好一大车，人们可以拿起花束送给新的舞伴邀舞，直到每个人都拿着花，都跳过舞。"

伯纳德看着诺兰一脸困惑，笑着拍了拍他的背。

"我知道你没搞明白，没关系，小伙子，我会慢慢教你，给你点小建议什么的。比如舞会会场总是热得跟地狱一样，衣服的立领最好是浆得特别硬，汗湿以后就赶紧到浴室换一个。"

舞蹈课程持续到深夜，伯纳德教诺兰各种在日耳曼交际舞中可能

纽约大盗

出现的舞步。最后,他一屁股坐在沙发上。

"好吧,小伙子,快给我来点喝的。"

43

克洛斯和海伦期待这一天已经好几个星期了。

这天早上,肯特打来电话,让他在晚上七点前去麦高乐音乐厅。他明白,在洗劫格莱特家以后,他的债务即将还完,家人从此可以脱离生命危险,从此以后,他再也不用跟肯特见面。安心踏实的感觉如此强烈,克洛斯快活得差点手舞足蹈起来。

过去几个月对他而言无疑是一场几乎无法醒来的噩梦。他被迫参与犯罪,该受到良心的谴责,可是他别无选择。反正目标都是些有钱人,被抢的东西一星期之内就能换成新的。

但库克家的女仆在他脑子里挥之不去,克洛斯凝望着车厢的窗口失神了。很快,他清醒过来,责备自己太过脆弱。这是为了挽救家人所付出的代价,难不成他愿意看到乔治或者查理死于非命吗?

赫斯特街的晚上还是一片堕落景象,有人躺在阴沟里,一条肮脏的流浪狗在他脸上急切地舔来舔去。妓女们从暗门里探出身子,招呼着过往行人。克洛斯穿过麦高乐音乐厅嘈杂的大厅,不理会那些搭讪的妓女,径直走到通往地下室的走廊,那群假装残疾的乞丐正准备出门乞讨。没有敲门,克洛斯直接推门走进团伙聚会的窝点,看到肯特、库根和布雷迪围坐在桌边。

肯特举手欢迎他。

"请坐,克洛斯先生。"他指着对面的椅子。

克洛斯笑着坐了下来,在来的路上他就想好了,自己要先发制人,主导这次谈话。

"我想，我的债务，包括利息，已经全部偿清了吧？"他用正式的、洪亮的嗓音说着，向肯特表明自己有多认真。

"大概还剩个一两千吧，不过我慷慨地决定免除它，作为对您出色工作的回报。"

"感谢您的慷慨。这么说，我们已经两清了，那么，在此，我正式向您告别，肯特先生。"克洛斯不紧不慢地站起身，"诚恳地说，跟你们合作非常愉快，我也很喜欢这段时间体验的新生活。完美落幕自然是最好不过，很遗憾，今后我们不会再见面了。"

"结束？不，这只是开始，克洛斯先生，我们在一起能赚更多的钱，多到超乎您想象。"肯特也站起身，热情地挥了挥黄金手杖。

"我想……不必了吧。"

"看样子克洛斯先生似乎对形势有种误解。"

"你这话是什么意思？"对面三位男人脸上的微笑让克洛斯感到一阵恐慌。

"在为组织工作的短暂时间中，您已经成了一座名副其实的金矿，我们获得了前所未有的丰厚收入。"

"我很高兴能帮到你们，但是，我们的协议已经结束了。"

"看来您还不明白，我们决定让您成为组织的一员，每次的抢劫收入会给予您百分之七的提成，您别小看它，这意味着大笔大笔的财富，远远超过您作为一名建筑师的收入。"

三个人自信满满地站了起来，看着克洛斯，似乎觉得他应该为此而感到荣幸。

"该死的，我不想加入你的团伙！"克洛斯大叫。

"是组织，克洛斯先生。"肯特纠正他的用词。

"他似乎不喜欢这个报价?"库根说。

"怎么可能?"布雷迪帮腔,"我不认为您有别的选择,克洛斯先生。"

"只是成为组织的顾问,不会影响您作为建筑师的前途。您如此才华横溢,我怎么忍心剥夺您创造奇迹的机会?邀请您为我设计一栋避暑庄园可不是玩笑话。"肯特冲着克洛斯微笑。

克洛斯觉得双膝一软,不由自主跌坐回椅子上。

"你说过一旦债务还清我就可以脱身的。"他低声说。

"看来我不得不食言了,克洛斯先生。该死的,你可真是个宝贝,我们不可能放你走的。"

"你在我们这行拥有出色的才华。"库根补充说。

"你能带领我们赚大钱,让大家富得流油。"布雷迪赶紧接上。

"看来在这个问题上我没有发言权了。"

"你当然有啊,来,我们来表决,赞成克洛斯先生加入我们组织的人,请举手。"肯特煞有介事地说。

他、库根和布雷迪高高地举起手臂。

"在场所有人都有表决权,嗯,我看看,三比一,好了,提议通过——够民主吧?"

克洛斯坐在椅子上,沉默不言,眼睛盯着地板。

"你看,克洛斯先生,这就是我们这个世界的规则:一朝入行,终身不能脱离。这是铁律,如果试图打破它,那么您会受到惩罚——非常严重的惩罚。"肯特循循善诱地说,那口气就跟教堂里的牧师一样虔诚和坚定。

"你指的是我的家人吧。"

布雷迪走到克洛斯面前,俯下身,看着他的眼睛。

纽约大盗

"每周二，"他说，"海伦都会去阿诺德·康斯特布尔商场。这一路很危险，任何事情都有可能发生，比如马车失控，她会从马车上跌下来，不小心被惊慌的马踩死。"

他掏出钢琴弦，绕在手上，仔细地检查它的长度。

"朱莉娅和查理几个星期以后就要回学校。"库根意味深长地说。

"还有乔治，可怜的孩子。"布雷迪说。库根放声大笑，"不过我们不用担心乔治，只怕有其他人不肯放过他。"

克洛斯瞥了一眼库根，沉默不言。他似乎意有所指，但现在不是去考虑这个问题的时候。事情已经够糟糕了，最终，肯特打破了沉默。

"很高兴我们达成了新的合作意向，一起举杯来庆贺新伙伴的加入吧，先生们。"

44

诺兰站在房间里,旁边是他最好的朋友,诺斯·约翰逊,绰号泡菜,是一名伪造专家。他们的帮派东城牛仔一般很少开会。帮派头领斯派克·密里根讨厌那些繁文缛节,他以高度集权的方式管理帮派,平时都跟手下单线联系。诺兰思忖着,肯定出了什么大事,密里根才会召集所有人来血桶酒吧开会。

诺兰是纽约城最机灵的扒手之一,在帮派里地位相当高。密里根喜欢像他这样老实又技艺精湛的小伙子,从不在上贡方面跟帮里耍花招,哪怕他是个攒钱狂。投桃报李,东城牛仔也庇护诺兰的地盘不被其他人侵占,十四街到二十三街是小偷们的黄金狩猎场,诸多名媛云集,各种塞满了钞票的皮夹唾手可得。圣诞节是最赚钱的时节,不过这片地区一年到头都有丰厚的油水。

东城牛仔大约有六十名成员,全都坐在桌前,啤酒和爱尔兰威士忌如流水般涌进他们的杯子。他们狼吞虎咽地吃着丰盛的午餐:黑麦面包三明治、肝泥香肠以及涂着芥末的意大利腊肠。纽约黑帮正处于春风得意之际,码头上数不清的货舱、从乡下蜂拥进城来的土老财,在他们眼里,这些都是一群群肥羊。牛仔们的日子过得非常快活。

密里根走进房间,喧哗声立刻停止。

"孩子们,最近他妈的发生了点让老子闹心的事情。"他粗声粗气地说。密里根是个壮硕的男子,长着火红的头发和长长的鹰钩鼻,他眯起眼睛,不满地看着手下:"有别的帮派吃得脑满肠肥的,但我们啥也没捞到。老子看不惯这种事情，不公平哪。"

房间里的人们窃窃私语。

"过去几个月，出了好几起真正的大案子，你们都听说了库克和格林家被人洗劫一空的事情吧?"密里根顿了顿，让小伙子们集中注意力，然后咆哮，"我他妈知道，那是肯特的绅士团干的！我他妈还知道他们最近不知道从哪儿搞来了几匹能卖大钱的赛马！混账东西，这三笔生意够我们吃一整年了！"

砰的一声，他那硕大的拳头砸在桌上，小伙子们纷纷放下手里的午餐，互相讨论起来。诺兰一言不发，大脑却在全速运转。密里根讨厌绰号叫绅士的詹姆斯·肯特，讨厌一切比他聪明、比他能干、比他出身高贵、比他受过更好教育的人。他固执地认为像抢劫犯罪之类的事情，本该是贫民窟下等人赖以生存的活路，那些上过大学、抽着古巴雪茄、在德尔莫尼科餐厅吃饭的东西凭什么来横插一杠子？真是伸手捞过界，也不怕闪着腰。

"现在，"密里根朝沉默的手下们喊道，"我打听到他们找了个特别能干的顾问，负责安排抢劫工作。我不知道他叫什么名字，只听说别人都叫他工程师。"

帮派成员面面相觑，似乎在琢磨这个绰号。

"我们必须找到这个工程师，让他换个帮派，老子可不是肯特那个小气鬼，"密里根哼了一声，"给他开价，开高价，开天价，把他弄到手。"

"如果他不乐意怎么办？"有人问道。

密里根狞笑着甩了甩头："那么，我也没办法了。我们总不能老吃亏，对吧？"

45

克洛斯总算体会到什么叫做上天无路，下地无门。他就像掉入陷阱的动物，恐怕除了断肢求生以外无法重获自由。

自打一个星期前被迫加入肯特的绅士团后，他一刻不停地在想怎么能脱身，而在想出万无一失的办法之前，他又不得不接受现实。这意味着还要继续选择目标、策划行动。

那天回家之后才发现，海伦精心烤了他最喜欢吃的巴尔的摩女士蛋糕，庆祝一家人即将摆脱提心吊胆的生活。而当克洛斯跟妻子说一切还没结束的时候，海伦差点膝盖一软倒在地上，这个消息像一记重拳打在她身上。什么都没变，她喃喃地说，她的孩子和丈夫仍然处于危险之中，这种日子根本看不到头。

但她没有哭泣，只是呆呆地坐在沙发里，望着天空出神。克洛斯盯着她，不知道妻子在想什么。

几分钟后，海伦站起身，用平静而坚决的口吻说："惠特曼家要去朗布兰奇度假几周，星期二出发。"

❖

如果能忘掉和肯特之间不情不愿的合作关系，最近克洛斯应该算是春风得意。因为接到好几份新的委托，他不得不另外雇了三个绘图员。在职业生涯中，他触及到了辉煌的巅峰，可一想到自己和家人的处境，克洛斯又无法真的开心起来。

其中一份新委托是在朗埃克广场设计剧院，这是一次难能可贵的机会。不过克洛斯从来没设计过剧院，为此，他进行了详细的调查和研究。最近克洛斯频繁出席各种演出，当然，醉翁之意不在酒，他去各大剧院观察座椅、内饰的细节，分流通道、更衣室和紧急出口的位置，演出结束后人们喜欢从哪些通道退场，测量座席有多宽，座席之间的间距如何设置才能让观众的双腿不至于局促。整整一个星期，每天晚上他都独自去各大剧院看表演，花费了不少心力，全方位考虑现场的各种细节。

这天晚上，他又在位于百老汇和三十九街的赌场剧院看完一遍《电话女孩》，剧院由他的朋友弗朗西斯·金博尔设计，建成仅有四年，其舞台以时髦新颖为人称道。金博尔给了他一套图纸慢慢研究，还给剧院老板打招呼让克洛斯可以自由出入后台。赌场剧院美轮美奂，建筑主体采用法国式的摩尔风格，散发着独特的吸引力。六层座席可以容纳一千三百人，四周转角用塔楼状的柱子支撑。它最具特色的地方是设有屋顶花园当作豪华包厢，提供酒水和食物，花园里还有个供私人使用的小型舞台。每天晚上，数以千计的小电灯闪烁着灿烂的光芒，吸引着四面八方的来客，座无虚席。克洛斯自己的设计能有赌场剧院一半成功，他就心满意足了。

九月下旬，夜色转凉，克洛斯吸着烟，享受着傍晚宁静的时光。他在心里勾勒着剧场的大体轮廓，要有个华丽的、引人注目的入口，最好设计一个漂亮的顶棚，这样在恶劣的天气里，观众们离场等马车的时候不用淋雨冒雪。他满怀豪情地畅想着要设计一座比音乐学院更大、更有气势的剧场。

"不好意思，先生，能借个火吗？"

身边有个粗野的男人打断了克洛斯的沉思，他穿着不太合身的绿色西装，戴圆顶窄边礼帽，看上去挺怪异。"没问题。"克洛斯点头，掏出了火柴，微笑着帮他点燃了雪茄。

"夜晚挺凉快的，对吧？"那人起了个话头。

虽然克洛斯不想跟他闲聊，但也不能表现得没有礼貌，在内心叹了口气，他虚应着。

"是啊，秋天很快就来了，我喜欢凉爽的天气。"

"我也是。夏天真他妈比黑鬼的屁眼还热，你说是不是？"

"是挺热的，没错。"克洛斯冲他点头告别，正打算继续前行。

"哎，等等，老兄，你不认识我吧？"

克洛斯转过头。"抱歉，我不记得我们曾经见过面。"

"当然，当然，不过我知道你是绅士吉姆·肯特的人，对吧？"

克洛斯停下脚步，猛地转身，死盯着对方。他认识肯特团伙里的每个人，但从未见过这张脸。

恐慌的感觉笼罩着他，这个混蛋怎么知道的？看来装糊涂想要蒙混过关不是个明智的选择。

"你怎么知道的？"他低吼。

"哎，我听说的呗。"

"听说什么？"

"听说你的绰号叫工程师。"

克洛斯习惯性要纠正他的说法，幸好及时顿住话头。"你还听说了什么？"

"还有啊，你是个聪明的家伙，在策划抢劫方面简直是天才，给肯特赚了不少钱。"

克洛斯笑了。"我想你恐怕弄错了吧，兄弟。"

"怎么可能嘛，我可没瞎说。"

"你到底想怎样？"克洛斯脱口而出，厌倦了拐弯抹角的试探，"有什么事情开门见山地说吧，该死的。"

"我为你打抱不平啊，哥们，给肯特那个小气鬼做事没啥前途啦。我知道有许多出手阔绰的老板，为人可靠——可不像肯特那个混球儿。"

克洛斯这才慢慢回过神来，原来是肯特的敌对帮派来挖角，这就意味着他在道上也闯出点名声了。

奇怪的是，对方这种迂回、带着点尊重的挖角方式让他有些受宠若惊。还记得在 H. H. 理查森工作室上班的时候，就有来自斯蒂芬·哈奇工作室的建筑师跟他谈跳槽的事情。哈奇在纽约城里名声可不小，设计过许多出类拔萃的建筑，比如科比的歌剧院。而克洛斯当时只是个刚从巴黎美术学院毕业没多久的年轻人，哈奇承诺给他丰厚的报酬，还有更多独立设计的机会，真是太令人动心了。不过最终，克洛斯仍然选择留在理查森的工作室，希望从老师身上学到更多东西。

当然，理查森不会因为跳槽就一枪把他崩了，现在的情况跟当年也不可同日而语。

"谢谢您的好意，但我不想换组织。"他礼貌地说。

"您可以考虑考虑，"对方急切地说，"请拿好这个，算是我们的一点心意，没别的意思，就是表示表示，您懂的。"

粗野的男人把一枚价值不菲的镶有珍珠的纯金领带夹放在他手上。克洛斯没有拒绝，他可不想冒犯对方，更不想被揍一顿什么的。这是谁的领带夹？他琢磨着，或许是他认识的人。

"谢谢您的好意，不过……"

"您考虑考虑吧，"那人又说了一次，"考虑考虑，我们以后再谈。"

46

"上帝保佑！乔治！你干得太漂亮了，太漂亮了！我们可以还清欠债啦！"

法鲁牌桌绿色的桌毯边上堆着九千美元的钞票，凯蒂欣喜若狂地拥抱和亲吻着乔治，抓起一把钞票，闭上眼睛，把它们放在自己高耸的颧骨上揉搓。任何香味都比不上钞票的味道，桌前的赌客欢呼着，跟棒球比赛中乔治打出全垒打时观众们的欢呼一模一样。

乔治感到自己在空中飘浮着，这种久违的感觉，正是他追寻已久的。服务员递上信封，凯蒂赶紧把桌上的钞票收进去，放在乔治的上衣内袋里面，这是个足够安全的地方。乔治挽着凯蒂的手臂，在人们崇拜的目光中，缓缓走出了菲尔德赌场。

在四十六街街头，凯蒂给了乔治一个长长的、充满激情的热吻，不顾路人诧异的眼光。乔治拍了拍左侧微微隆起的内袋，露出微笑。

"幸运女神眷顾，我打了场漂亮的连胜仗。数学说穿了就是精密计算各种概率。"他用权威的口吻说。

"我们快去找马洛里，把钱还给他。"凯蒂凝望着他的眼睛。

"没事，我们有钱了，现在。"乔治说，"首先我要送你一份特殊的礼物，再去雪莉家庆祝一场。"

"先去还债再说吧。"

"好，我们去叫辆马车。"乔治高兴地抓着她的胳膊，往街对面正在下客的马车跑去。可惜有人快了一步，抢先上车。他们四周看了看，四十六街上没有别的马车了。

"我们走到四十二街,那里应该能叫到车。"

他们沿着第六大道散步,走过玩具商店巨大的玻璃橱窗时,乔治停下脚步,然后一言不发地拉着凯蒂走了进去。

"为什么来这里?"她疑惑地问道。

"把我的好运分享给孩子们,"他一边说着一边仔细看货架,"女孩子应该会喜欢中国娃娃吧?男孩子嘛,来点有男子汉气概的礼物怎么样?嗯,那种金属小火车挺不错。"

似乎无意中听到他的话,店主热心地凑上前来。"有什么需要吗,先生?"

虽然节外生枝让凯蒂有点不开心,但她没有表现出丝毫不耐烦。她用出色的眼光帮忙挑选各式各样的娃娃。乔治在另一边小火车和玩具小马,正在他反复考虑到底买什么的时候,他的视线突然被角落的一辆蓝色自行车吸引住了。这是最新款的安全自行车,旧款的自行车通常前轮巨大,后轮窄小,不太好骑,而安全自行车前后轮一样大小。这种新款自行车早已在全美悄然流行,作为礼物,它简直棒透了。

"这种自行车多少钱?"他问。

"二十五美元,先生,同一款型有不同颜色。"老板满脸堆笑地回答,不停地搓着自己那双光滑白皙的手。

乔治盯着自行车,笑了笑。"我要十五辆。"他说。

"乔治!不!"

听到凯蒂的抗议声,店主皱了皱眉,不过看向乔治的时候立马换上一副笑脸。"当然没问题,先生。不过我们店里只有四辆存货,其他的在穆雷街的库房。"

"各种颜色都要几辆,送到百老汇东街112号。"乔治说着,数出三百七十五美元。

"好的，没问题，明天保证送到。"店主开心地说。

"看在上帝的分上，乔治，你不能给他们每人送一辆自行车啊。"凯蒂苦口婆心地说，"那太奢侈了，考德威尔医生知道了肯定会唠叨。"

"考德威尔医生可以下地狱了，他家非常有钱，但从未想过为这些孩子们做点什么。"乔治愤愤地抱怨。

赶在凯蒂说服乔治改变主意之前，店主赶紧把收据放在他手里。

"够了，那么，"她坚定地说，"不要再买任何东西。"

乔治有点不耐烦，干脆把装钱的信封塞到她手上。"好了好了，钱归你管行了吧。"

凯蒂看着乔治，想着他刚才那副心花怒放的样子，心一下子就软了。就这样吧，他开心就好，毕竟这点钱对九千美元而言算不了什么。

他们没有招呼马车，就这么在第六大道上漫步。凯蒂伸手挽住乔治的胳膊，在人行道上踏出轻快的步伐，不时抬头看着爱人那张英俊的脸。乔治总是面带微笑，深情地望着她，不怎么说话。这是个美丽的夏日午后，和煦的微风拂过大街，凯蒂的心雀跃着，欢叫着，仿佛随时可以飞到天上去。

他们走到三十八街的转角，乔治停下脚步。转身向西，他径直走到一座用褐砂石建成、门口挂着绿色帆布篷的大楼前。凯蒂知道这里做什么营生，她往后退了一步，心似乎沉到了谷底。

"请把钱给我。"乔治轻声说。

凯蒂难以置信地看着他。

"我需要我的钱。"他重复了一遍。

"我不打算给你。"她说着，摇了摇头。

乔治的眼睛眯了起来。"你怎么就不明白呢？"

"不明白什么？"凯蒂冷冷地问着，转过头去，看着对面的搬运工。

"今天我交了好运，要趁热打铁。你不明白吗，好运就像一股风，趁着它没有转变方向，一鼓作气地往前冲——你不能在这个时候落下风帆，停在原地。谁也说不准改天它还会不会来。"

"这简直是胡说八道，乔治。我们要赶紧把钱还给马洛里。"凯蒂转头，坚定地看着他的眼睛，"这么长时间以来，我们一直担惊受怕的，乔治，你不能再继续赌下去了。"

"相信我，"乔治伸出一只手安抚她，"我能用这笔钱赚更多，翻倍，至少翻倍。"

"不，该死的！"

乔治的脸色越来越难看，他艰难地吞了口唾沫，靠近凯蒂。

"拜托，乔治，不要这样好不好？看在上帝的分上，不要。"凯蒂的眼泪夺眶而出，"我们离开这儿好不好？去找马洛里，然后享受一份美好的晚餐，或许再去看场表演，怎么样？"

"把钱给我，现在！"他大声命令道。

"不！除非我下地狱，否则绝对不让你再赌钱！"凯蒂挑衅地说，把钱包放在背后。

乔治湛蓝的眼睛里似乎有火焰在燃烧，他扑了过来，凯蒂往后退了一步，但他抓住了她的胳膊，凯蒂想挣扎，乔治猛地搂住了她，把她转过去，伸手要去抢她的钱包。

"不！不！不要这样！"她高声喊着。过往的行人注意到这边的骚动，但没有人上前干预。凯蒂抽泣着，眼泪顺着她的脸颊滑落。"难道你就没想过你可能输得一干二净吗？"她哭着喊道。

这句话激怒了乔治，他轻易地扭住她的胳膊，直到钱包掉到地上。捡起钱包，他取出信封，然后把钱包递给凯蒂，乔治的脸恢复了平静，露出和蔼亲切的微笑。

"没什么好担心的,宝贝儿,我会证明给你看。"他开始沿着褐砂石大楼的台阶往上走,那股火焰仍然在他的蓝眼睛里燃烧。"跟我一起来吧。"

凯蒂向前扑去,想要扭住他的裤腿,但却摔倒在台阶上,她用尽全身力气抱住乔治的大腿。乔治试着挣扎,但她死死抱着不撒手。愤怒涌上心头,乔治用力抓着她的手,粗暴地把她拉开,头也不回地往上走去。凯蒂倒在地上,歇斯底里地大哭大闹。她伤心地哭泣着,这是乔治的病,在他的头脑和灵魂里潜藏着赌博的病根,他无法阻止,而她也无法阻止,乔治已经病入膏肓。

一群人上前来,殷勤地问她是否需要帮助,但凯蒂挥手让他们离开。她就这么躺在石阶上,足足有十五分钟。然后,她坐起身,擦掉了脸上汹涌的泪水,连带脸上的脂粉一起擦了个干净。虽然没有停止抽泣,但她坚强地站了起来,抬头看着褐砂石大楼的实木门。她不愿意待在这儿等乔治出来。

慢慢地,凯蒂走远了。

47

"真有意思,你怎么从来没说起过库克的房子是你设计的？还有富达银行。"

在东六十一街的公园餐厅里，克洛斯和哥哥罗伯特对坐着。两兄弟现在养成了每周抽一天时间共进午餐的习惯，他们还一起去打球、看戏剧、去中央公园散步之类。成年以后，克洛斯兄弟第一次住得这么近，拥有这么多时间陪伴彼此。两兄弟敞开怀抱，畅谈家庭、感情、社会经历等各种话题，还有他们的父亲以及童年回忆之类。跟亲生哥哥倾诉自己的内心世界让克洛斯感到安心和踏实，他知道罗伯特也有类似的感觉，毕竟血浓于水。

罗伯特的问题不会让克洛斯有半点震惊的感觉，他早就做好了思想准备，没想到等这么久才终于被问到。

"好像我跟你说过的吧，库克庄园是我的设计作品。"

"没，反正我没印象。"

"我怎么记得我说过的……嗯，富达银行我确实没提过。"

"真凑巧。"

克洛斯夸张地把双手举过头顶，睁大双眼。"好吧，哥哥，我承认，抢劫案是我干的！"他扮着哭腔说，把双手手腕并拢在一起，伸到罗伯特面前，仿佛在等待着手铐。罗伯特开怀大笑，餐厅周围的食客都好奇地看过来。

"这么多年，我在这座城市里设计了不少建筑，"克洛斯感慨地说，

"有些我自己都忘了。"

"前一阵又有一栋豪宅被抢劫了。"

"我知道,那不是我的客户。"

"嗯,不过从洗劫得干干净净的手法来看,应该是同一个团伙所为。"

"平克顿会怎么做呢?"

"我们在第五大道和上东城区雇用了不少人进行夜间巡逻,有什么可疑的情况立刻通报。再说,发生了这么多起连环抢劫案,那些有钱人也胆战心惊的。不少人雇用了看守巡逻,不管是家里还是公司。"

"那银行呢?"

"我们通知了纽约商业银行协会联盟,他们会说服大多数银行雇用警卫,不过平克顿也会随时关注一些大银行的安保。"

克洛斯喝了口咖啡,咬了口苹果派。

"看来你们真的遇上硬茬子了,胆大包天的罪犯。"他装作不经意地说,"你的线人有没有什么新线索?"

罗伯特沉吟着,克洛斯暗暗仔细打量他,试图从他的表情中读出点什么。他就想知道那个线人的名字!这个人像一根刺梗在克洛斯心头。

"没啥线索,"罗伯特说,"再说,抢劫豪宅还算不上特别出格。我跟你说吧,那群劫匪连赛马都不放过。那群暴发户简直要疯了,比被抢劫了还惨——你懂的吧,对男人而言,洗劫他的宅子还可以忍,绑架他老婆孩子他也能保持镇定,但是,偷他的马,那就是要把人逼疯。"罗伯特发出一阵像犬吠的笑声。"这可不是闹着玩的。"

"真是难以置信,那些赛马有什么消息吗?"

"有可能在欧洲的某个地方,在那里,它们的身份几乎永远不会被暴露。估计我们是很难把赛马找回来了。"

克洛斯用完了甜点，招呼服务员来买单，然后点燃一根香烟。

"就像抢劫案还不够让人头疼一样，我们还得跟基德尔·皮博迪公司协调金条出货的问题，那可是华尔街最大的投资公司。"

"他们买卖金条？"

"是啊，他们是进出口黄金的经纪人，跟西班牙和意大利等国家做买卖。对了，乔治最近怎样？每次我叫他出来聚聚，他都说忙得很。"罗伯特的声音里透着浓浓的失望。

克洛斯的家人已经成为罗伯特生活的重心。不过让他哭笑不得的是，海伦热心而坚决地想要充当红娘，给他介绍了不少有钱寡妇或者年轻的富家女子。罗伯特只能跟着弟媳参加各种社交宴会，有一次家庭茶会的时候还碰上了卡洛琳姑妈。令克洛斯惊讶的是，姑妈一点都不嫌弃罗伯特是个平克顿，倒是挺引以为豪的，还亲自介绍了几个条件很不错的姑娘给他。

"最近我都没怎么见过那小子，哎，他现在有自己的生活啦，海伦为此还沮丧了好久。"

"噢，小伙子总要独立的嘛，你该感到自豪，乔治会成为一名受人尊敬的教授。"

"哎，但愿吧。"克洛斯小声嘟囔着，直至目前，他都没有勇气去询问乔治有没有继续赌博，真是个懦弱的父亲。无论真相如何，他都不想去面对。当父亲的要坚信儿子是值得信任的，他总是这么说服自己。

"还有查理，多有意思的孩子！真羡慕你啊，老弟。"

House of Thieves

❖

今年夏天，查理在裸泳方面堪称专家，他能一边跑一边把自己脱得赤条条的，再从码头跳到东河里。最令人着迷的就是从岸边跃出那一瞬间，人在半空，像是飞行一般，然后没入冰冷的河水。在炎炎夏日里，这种感觉不啻于喝下一大杯冰镇啤酒——这也是埃迪教会他享受的新事物，他很感激。

这是一个温暖的九月天，离查理回到学校没剩下多少日子了。他决定快乐地度过剩下的每分每秒。封闭的樱桃街尽头有个腐烂码头，里面挤满了赤裸的瘦弱小孩，他们潜水，互相推搡，在水里嬉闹。查理把衣服和鞋子藏在街头的木桩子下面（他的衣服质量很好，以前还被人偷过），跟埃迪一起从堤坝跳入水中，差点砸在一具浮在水面的死猪肉上。东河上总是漂着一些死物，偶尔还有尸体，水面肮脏，浮着油花、死老鼠、生活垃圾、人和马的粪便之类。但冰凉的河水让人感觉很舒服，这些恶心的东西不管它就是了。

"今天我们去打猎怎么样？"埃迪的脑袋在黑黢黢的水里浮沉，"最近行情好，十三美分一只。"

"我们可以试试三十二街的仓库，那里在人行道上都能听到老鼠跑动的声音。"查理说着，试图仰躺在水面上。残缺不齐的马尸从他身边几英尺远的地方漂过。

"那我们走吧。"他俩游回码头，爬了上去。有群男孩在码头上躺着晒太阳，还有人在身上擦肥皂，再没入污水中冲洗干净。码头是他们唯一能够洗澡的地方。

穿好衣服，他们回到埃迪的锅炉里，拿上帆布包和木棍。这一次打猎收获颇丰，大约抓了八十只，这些耗子精神着呢，一直在包里蠕动。帆布袋被撑得鼓鼓囊囊的，查理不得不一直用木棒敲它，防止老鼠逃跑。尽管如此，还是有三只从袋口挤出来，跑上了西二十九街，街上的几个女人被吓得尖叫。

"叫你妈啊叫，咬死你个老婊子！"埃迪冲着其中之一大喊。

在老鼠坑边，埃迪和纳尔代洛在价格上针锋相对，计较个没完，埃迪骂他是个肮脏的混账，一直叫嚷着，寸步不让，最终，纳尔代洛投降了，同意以十三美分一只的价格收购这群小畜生。

"奉送你们一个额外的消息，"当他们准备离开的时候，纳尔代洛说，"场子里来了一条名叫芥末的好狗，赔率高得很，足有一比十，但我知道它可是个杀手——八分钟咬死五十只老鼠，够厉害吧？在它身上下注啊，稳赚不赔。你们还有时间，五分钟后表演就开始了。"

埃迪和查理对视一眼，笑了，在脑子里计算起来。然后，他俩从后门溜进了座无虚席的剧场。埃迪花了两美元下注，看到前面第二排有空位，拉着查理挤了进去。观众席上闹哄哄的，催促着比赛赶紧开始。芥末兴奋得一直想挣脱皮带，主人费了不少力气才能拉住它。看上去它是条出色的狐犬，棕色，带着黑色斑纹，真不知道它的主人为什么给它取了个绿色的名字。

木笼子的前挡板开了，老鼠们在泥泞的舞台上狂奔，人们大吼着为芥末加油，它兴奋地冲入了鼠群，以惊人的速度灵活地捕杀对手，一时间舞台上灰色的老鼠尸体四下横飞。仅仅用了七分钟，芥末便令人惊叹地杀死了四十八只。舞台上的老鼠已经死光了，毫无疑问，十五分钟内捕杀五十只老鼠对芥末而言简直是轻而易举。好多观众失望地扔下手里的投注单，他们都买的芥末挑战失败。

查理欣喜若狂地拥抱着埃迪，他的眼角突然瞟到了一个熟悉的身影。姐姐朱莉娅正站在后排，就在那时候，朱莉娅也看见了他。困惑的神情出现在她脸上，不过慢慢地，它消失了，取而代之的是一抹微笑。彼此对望着，他俩突然同时大笑起来。

　　片刻之后，查理朝姐姐跑过去，紧紧地拥抱了她。

48

"古埃及文明辉煌灿烂的时候，罗马还只是一片沼泽，孩子们。埃及人建立了当时最强大最富饶的帝国，开创了新王国时期，真不愧是尼罗河畔的伟大文明。"

"那埃及人怎么得到这颗钻石的？"亨利·肯特问道。

肯特一家站在玻璃展台前，看着眼前那颗释放出神秘蓝绿色光芒的钻石——法老蓝钻。它是曼哈顿科技协会从埃及亚历山大古代博物馆里租借来的，成千上万纽约人在外面排着队，他们得在炎炎夏日里等上几个小时才能欣赏得到。不过肯特是科技协会董事会的一员，自然拥有特权。

"好神奇的色彩，"米利森特惊呼，"让人头晕目眩。"

"它好大！"比尔·肯特咋舌。

"恐怕它是全世界最大的蓝钻。"肯特说着，慈爱地抚摸着儿子头顶。

❖

克洛斯仰望着乌云密布的天空，远处隐约传来隆隆的雷声。通常情况下，一场雷阵雨会让秋日里闷热的天气变得凉爽，但在这时候，凌晨两点，在这地方，曼哈顿科技协会的屋顶，它一点也不受欢迎。

一周前，肯特跟克洛斯见了一面，给他下达新的指令。他交给克洛斯一套施工图,那是五年前建成的研究所大楼的图纸。这是他们合作以来肯特第一次明确指定目标,奇怪的是,克洛斯没有松了口气的感觉,反而又困惑又恼火。

自己选择目标,克洛斯可以在策划潜入路线的时候主动规避几十种风险。而在这次行动前,他只有一小时做准备,包括研究图纸。他只能充分发挥想象力,一步一步仔细策划,给自己提出各种问题:从街对面能不能看到他们的提灯?从哪里切入,又从哪里安全撤退?在进出大楼的时候会不会被附近的人看到?他马上就意识到这次行动得冒大险——研究所背后是一栋十层楼的公寓,要是有人半夜失眠,凑巧又透过窗户往外看,不是刚好能看到对面屋顶上站着一群人吗?在凌晨两点的时候,太不寻常了!

但这次行动是肯特一手策划的,克洛斯没有什么发言权。还有另外一件事情让他不舒服,策划一场行动能带给他充分的满足感,他享受这个过程——而现在,肯特把他的快乐剥夺了。

虽然肯特聪明绝顶,但他对建筑设计一窍不通,只能依赖克洛斯的专业能力来夺取令他垂涎三尺的宝贝:法老蓝钻。当肯特说出这个目标的时候,克洛斯都快疯了。偷这颗举世闻名的钻石?不要命了吗!但说服肯特改变主意是不可能的,他只能配合。

"不鸣则已,一鸣惊人,要做就做笔大买卖。克洛斯先生,您一定不会让我失望的。"肯特乐观地说。

法老蓝钻价值连城,又是从埃及的博物馆租借而来,研究所雇用了武装警卫,二十四小时守在马路对面。另外,在大楼后方的四十六街也安排了守卫。不过他们想了个办法绕过去,研究所是一栋四层高的大理石建筑,约有一百英尺宽,坐落在街区正中。劫匪团从旁边建筑的大门进去,上到顶楼,再从屋顶爬过去。于是,此刻肯特、布雷

纽约大盗

迪、克洛斯、卡尔沃和一名叫莱西的团伙成员正站在研究所平坦的屋顶，他们身边是一扇高达五十英尺的倾斜玻璃天窗，正下方就是展厅外的走廊。这次的潜入路径可不是克洛斯想出来的，而是肯特定的。简单可行，就是不太安全，毕竟天窗离走廊地面有二十多英尺。

克洛斯仔细地旋开了某块玻璃面板的转轴螺丝，这块可以旋开的玻璃板是用来释放下方热气，避免内外温差过大导致玻璃裂开的。克洛斯卸下玻璃板，把绳梯的钩子固定在开口处，然后慢慢地把绳梯放下去。参考设计图，他能精确计算出绳梯所需要的长度。

瘦小灵活的莱西用可以媲美马戏团杂技演员的身手爬了下去，轻巧地落在走廊地板上，他稳住绳梯，克洛斯慢慢地爬了下来，那笨拙的动作惹得布雷迪在头顶上狠狠咒骂。梯子来回摇摆，他花了不少时间才终于落地。其他人一个接一个轻松地下了绳梯，这让克洛斯有点尴尬。

研究所大楼顶层是科学技术展览馆，各色展品安放在高大的玻璃橱窗里，摆在走廊两边，走廊正中间设有一张大型展览桌，上面还放了一溜小玻璃柜。

点燃火柴，肯特掏出怀表看了看。"时间差不多了，先生们，做好准备。对了，我们要去三楼。"他说最后一句话的时候，朝克洛斯点点头。记住路线，充当领路人，是建筑师的职责。

黑暗中，他们站在三楼走廊凹陷的壁橱里，大厅那边出现一道闪烁不定的火光，正慢慢朝他们移动过来。一群人背靠着壁橱，屏气凝声。一名胖墩墩的、六十岁上下的守夜人，拿着报纸，提着灯走过他们身边。他慢悠悠地晃到走廊尽头，推开一扇门。

"好样的，老科林斯，连去洗手间的时间都可以计算精确。"肯特低声说。

卡尔沃朝洗手间门口走去，从帆布袋里掏出一根扁铁条，固定在门框两侧。

"他得在里面困上一段时间了。"他回到大家身边，低声说。

克洛斯领着他们下到二楼，穿过一条走廊来到大楼南侧。"我们从这里下去，下面是隐藏在墙壁和地板下的加热管，一直通到一楼放珠宝的展厅。"他转过头，"我们只要从管道里跳出来，就能轻松地进去了。"

从设计图上，他看得出这栋大楼采用了新式的管道加热系统，取代旧式的供暖系统。通常建筑楼地下室里会设置火炉，然后利用热空气比较轻、容易上浮的特点，给整栋楼供暖。这样的供暖方式太没效率，建筑师现在改用管道输送热量，直接把暖气输送到每层楼的房间里。为了保证效率、方便维修，加热管道很宽敞，足够让成年人猫着腰进去。他们来到设计图上标明管道维修入口的位置，克洛斯来回走了几圈，没找到任何像是管道入口的地方。

"我明明记得加热管的入口就在这儿，我们该从这里下到主管道然后潜入展厅的。"他困惑地说。周围几个人看着他，不知道说什么。叹了口气，卡尔沃点燃了煤油提灯，举起来，黄色的光圈照耀着楼道的地板和墙壁。

"到底去哪儿了？"克洛斯喃喃地问，转头看着肯特："你什么时候拿到图纸的？"

"开工以前。"肯特恼火地说。

"建设的时候有没有修改过？"

肯特想了一下。"嗯，有。那个该死的建筑师在成本控制方面出了问题，结果预算超标了，只能削减一些东西。"

"你没有改造后的图纸吗？"

"我只有这一份。"

"这根本不是最终的图纸！"克洛斯厉声说，"这栋大楼不是按照你这份图纸建造的，我敢打赌，为了省钱，供热系统又改回旧式的了——这就意味着，该死的，没有加热管！"

"那又怎么样？"布雷迪低声咆哮。

"你说呢？我们没法通过管道进入珠宝展览厅了。"克洛斯说，"难道从正门大摇大摆地进去？"

一阵沉默，没人能回答他的问题。几个人都用期待的眼神看着克洛斯，指望他能拿出个解决办法。尽管陷入如此窘境不是克洛斯的责任。

他烦躁地伸手扒着头发，背靠在白色的石膏板墙上。时间分分秒秒过去，一分钟像是一小时那样漫长，他绞尽脑汁琢磨对策。来回踱步时，他无意中抬头看了看被提灯昏暗的光线隐约照亮的天花板。

"嘿，我想到法子了。"他高兴地宣布。

研究所的特殊展品都放在一楼宽敞的展览厅里，法老蓝钻就在其中。展厅有着沉重的青铜双门，想要突破进去绝无可能，它的安全程度可以媲美银行金库，要用硝基化合物才能炸开，不过那么大的动静肯定会惊动外面的警卫。

克洛斯带着他们来到展厅左侧的房间，高高举起提灯，示意大家朝天花板上看。

"看到那些桁架没有？"

天花板上有着五英尺纵深的桁架结构，横跨整栋建筑大楼，有六根三角桁架梁支撑着二楼地板，看上去像是宽大的梯子横放着。铁质桁架工艺精美，上面还雕琢了一些装饰纹路。大概是因为这栋大楼是专业的科学技术博物馆，所以建筑师也不吝啬于把桁架结构暴露出来。

"我们要爬上去，沿着下桁架梁往墙边走，到了桁架穿墙的地方，把墙弄出一个洞,就可以进展厅了。围绕桁架梁的墙壁一般会有些容易弄穿的填充层。"克洛斯像将军指挥士兵一样,以不容置疑的口吻命令着,"莱西先生,我们需要一架梯子爬上去。卡尔沃先生,您带的斧头和绳子该派上用场了。"

听到他命令的两个人赶紧着手准备。

软梯架在墙边,克洛斯爬上了桁架,小心地沿着桁架移动,尽量抱着支柱稳定自己。在桁架穿墙的地方,他掏出了一个小洞,插入锯子活动着。石膏粉如雪花般落下,他切出一个勉强能钻过去的方形,把石膏板拉了出来,扔到地上。

"好吧,跟我来。"他命令道。

四名男子一个接一个从梯子爬上了桁架,桁架仅六英寸宽,离大理石地面足足有十五英尺,他们小心翼翼地穿过克洛斯挖出来的洞,进入了展厅。

不知怎么的,克洛斯本人没有丝毫恐惧,他全身充斥着美妙的兴奋感——全因自己想出来的天才计划。他像一名身手灵活的杂技演员一样在桁架上移动,不过身下可没有安全网。坚定的信念推动着他,如同蒸汽机推动火车头。

他们已经进入了展厅,克洛斯从卡尔沃手中接过提灯,往地板照去。法老蓝钻就在下方,展厅中央立有一根石柱,上面摆着小巧的玻璃盒子,钻石就静静躺在其中,提灯照在它的切面上,闪烁出迷人的光芒。几名劫匪彼此对视,面带微笑,欣慰地点点头。

"真是太美了,"卡尔沃低声说,"太美了,美得不行。"

"玻璃盒子是固定在基座上的,我们得拧开它。"肯特说着,眼睛一眨不眨地盯着即将到手的猎物。

不用等谁命令,莱西便把一根系船的粗缆绳在桁架下梁上绑好,

纽约大盗

从口袋里掏出一把螺丝刀,沿着绳子慢慢朝着地面下滑。跟劫匪团里大多数体格壮硕的成员不同,莱西轻巧、灵活、行动敏捷。克洛斯想着,肯特挑选他来参加这次行动真是再正确不过了。

不一会儿,莱西几乎快降到绳子的底端,绳头离地面大概只有两英尺。克洛斯紧张得心脏都快从喉咙里跳出来了。

"等下,"他突然压低声音喊道,"别动,不要下去。"

"你他妈又怎么了?"布雷迪说着,不耐烦地推了他一把,差点让他从桁架上跌下去。

克洛斯蹲在桁架下梁,尽可能放低提灯,盯着地板。"有点问题,"他说着,来回摆动提灯,"千万不要下去。"

莱西恼怒地挂在绳子上,离绳子末端还有三英尺。

"地板看起来不对劲。"克洛斯喃喃地说。

"怎么不对劲了?"肯特问道。

"大理石地板不会这样反光,你看看,地上好像有水?"

地板上确实泛着不同寻常的波纹状光晕。克洛斯四下摆动提灯,扩大照明范围。

"你们看那里。"他指着桁架穿墙的地方,微小的石膏碎片漂在水面上,微微摆动。

"地上确实有水,那又怎么了?"布雷迪嘘声说道。

莱西低头看了看,嘲弄地笑了。"是啊,有水,不过还不到一英寸深呢,放心,我不会淹死在里面的。"

他又沿着绳索下滑,桁架上,克洛斯正把提灯尽可能往前伸,查看对面的墙壁。突然间,他停下来,转头看着其他人。

"莱西,如果你不想死的话,赶紧回来,立刻!"

49

"看到了吗?"

几个人,包括莱西,都朝着桁架上的克洛斯慢慢移动。他用提灯示意下方的墙根,在昏暗的灯光下,众人隐约看到一根很粗的导线从墙上延伸至大理石地板,大约长一英尺。

"那是什么?"肯特不耐烦地问道,他很厌烦工作的时候被频繁打断,克洛斯明白。

"这是根电线。"克洛斯笃定地说。

"所以呢?"

电力是一种新生事物,爱迪生发明灯泡还不到十年,纽约城里大部分煤气灯已经迅速更换成电灯了。而作为一名建筑师,克洛斯非常清楚电力的某些属性。

"电线插在水里,"他慢条斯理地说,仿佛在启蒙一群五岁的小孩子,"而水是导电的,你走到水里去就会触电身亡。"

四名团伙成员惊愕地低头。

"这确实是防止钻石被偷的好办法。"

"他妈的。"这是劫匪团的统一回答。

"我猜,晚上闭馆以后,展厅里就会灌上半英寸的水,第二天早上开馆之前再把水放干就行了。"

莱西震惊地看着克洛斯,紧紧地抓住桁架梁的支柱。

"有人说爱迪生提出用电刑来取代绞刑,这样更人性化。"卡尔沃说。

"要是我的话,我宁可被绞死。"布雷迪说。

他们盯着下方的钻石,都走到这儿了,谁也不甘心就此放弃。慢慢地,他们沿着桁架移动,到了钻石的上方。

"把绳子拴在这儿,直接下到基座那儿去。"肯特突然说。

每个人都明白他接下来要说的话。

"还是你下去,莱西先生。记得,千万不要踩到地板,放心,不会有事的。"

莱西盯着下方的地板,咽了口唾沫。

"别担心,我会分给你额外的风险津贴。"肯特说着,拍了拍他肩膀。

"绳索末端最好打个大结,这样他的脚可以借力。"克洛斯说。很幸运他选了一个可以通向大厅中央的桁架,尽管如此,沿着绳索下去的莱西离钻石展台还是有几英尺距离,他必须想办法靠近。在提灯微弱的闪光中,莱西的汗水如溪流般从额头淌下。

绳子准备好了,莱西顿了几秒,稳定呼吸,然后往下滑去。他的恐惧清晰地写在脸上,目视前方,还时不时擦拭着额头上的汗。

他降落到跟底座水平的位置,不过还有点距离,够不到玻璃盒。

"你怎么样,莱西先生?"肯特压低声音问道。

"还好。"话音未落,他汗湿的双手突然一滑,往下跌去,还好一瞬间他就重新抓牢。莱西吊在半空中,脚上那双时髦的黑色软鞋离地面仅有两英寸。

不约而同地,桁架上的四个人长长地舒了一口气。

莱西沉默地抬头看着同伴们,无力地笑了笑。他又爬回到合适的高度,开始摇晃身体,慢慢地蓄力。四次摇摆以后,他终于抓住机会,用腿勾住了底座。靠着用手拉住绳子，莱西总算站在了石柱顶上。底座约有三英尺见方，而装着钻石的玻璃盒子长宽只有六英寸，他有足够的地方落脚。

莱西把绳子在胸前牢牢系好，掏出螺丝刀开始朝着玻璃盒子四角的螺丝进攻。看到这一幕，克洛斯兴奋极了，身子轻微地颤抖着。肯特曾经告诉过他，谋划犯罪的感觉让人飘飘欲仙，欲罢不能，现在他深刻地体会到了这一点。

把玻璃盒子的顶盖挪到一边，莱西朝躺在紫色天鹅绒垫上的钻石伸出手去。他毫不犹豫地一把抓起，就在那一瞬间，展厅的青铜大门上的手柄突然往下一压，发出轻微的咯咯响声，似乎有人要开门进来。在跌根针都能听见动静的展厅中，这声音可以媲美子弹爆炸。莱西吓得手一抖，钻石掉了下去，跌在基座上，弹了一下，眼见就要朝地面滚去。他往前一扑，在钻石刚刚落到半空的时候，一把抓住了它。可他本人失去了平衡，一头往下栽去。桁架上的人们惊恐地瞪大眼，注视着这一幕。

说时迟那时快，只见莱西单手拽住了绳子，像只猴子一样在半空中来回摇摆。他赶紧把钻石塞在上衣口袋里，大口大口喘着粗气，像是刚被人掐住了喉咙一样。差不多花了一分多钟，他才让自己镇定下来，然后，望着再没动静的大门，他虚弱地说："我还以为那个守卫被困在厕所里出不来了呢。"

"应该不是他，估计是外面的守卫进来检查大门。"肯特镇定地说，"估计现在他们已经回去了。"

"该死的，我也希望如此。"莱西说着，开始沿着绳子往上爬。桁架上的布雷迪和卡尔沃拉住胳膊把他提了上来。莱西掏出钻石递给肯特，对方小心翼翼地接过去，生怕再次不慎摔落下去，接着赶紧把它揣进了裤袋。

他们沿着原路撤退，很快回到四楼的走廊，卡尔沃跑去检查洗手间的门。

"哈，他估计还没拉完呢。"他笑着说。

这一次，克洛斯像松鼠一样灵活地爬上了绳梯，卡尔沃帮其他人稳住梯子，自己最后一个爬上去。刚爬了十英尺左右，他试图把背上的工具包换个肩膀，结果手一滑，袋子往下掉去。他拼命地抢救工具包，一下子没踩稳，摔了下去。

砰的一声，卡尔沃栽到地上，还好没有直接摔个大马趴，他的脚从绳梯上滑落的时候，一腿扫到了走廊中间的展台。外面已经下起了倾盆大雨，等在屋顶上的人听到声音赶紧冲到天窗前。下方走廊上，卡尔沃痛苦地在展台上扭动，台上的盒子被撞坏了，玻璃碴四下散落。

布雷迪一边迅速地抓着绳梯往下爬，一边怒气冲冲地咒骂。但是，他刚爬到一半，走廊的电灯啪地亮了。

"真见鬼，怎么回事？"一个声音在走廊尽头响起。

布雷迪恐慌地愣住，看到一个三十出头，满脸络腮胡的男人朝他走来。

"我的天，你们是谁？"那人喊道，猛地冲到了绳梯底下，抬头看着布雷迪——还有天窗边几个伸出来的脑袋。

"是迪尔茨，博物馆的管理员之一。"肯特低声说。

这时候想躲开已经太晚了，迪尔茨已经瞥到了那张熟悉的面孔："肯特先生？"

布雷迪从六英尺的半空跳了下来。

卡尔沃痛苦地呻吟，迪尔茨转头看着他。被撞坏的展台上陈列着石器时代的工具，现在都掉在地板上。布雷迪拿起一根猛兽骨头做成的棒子。

"不！不要！布雷迪，不要！"克洛斯在上方尖叫着。

可惜已经晚了，布雷迪的棒子野蛮地敲在管理员的头盖骨上。那一瞬间，克洛斯脑子里浮现出尼安德特人狩猎时用这根棒子打碎野兽脑袋的场景。布雷迪狠狠地打着，直到猎物再也没有动静。他满意地看着已经死去的管理员，把大棒丢到一边，扶起卡尔沃，艰难地把他拽向绳梯，莱西也爬到绳梯中间，帮着把卡尔沃拉上去。

在屋顶上，布雷迪朝着克洛斯走去，直到离他的脸只有几英寸。

"我别无选择，哥们。"他说。

50

"沃顿先生,欢迎光临。请允许我为你介绍,这是我女儿朱莉娅。"

朱莉娅·克洛斯站在妈妈和姑妈卡洛琳·艾斯特身边,迎接所有前来艾斯特家宴会厅参加成人舞会的客人们。她的父亲、乔治和外婆站在她们后面。

身穿沃斯家定制的白色绸缎礼服,点缀碎钻的领口映出柔和的光芒,纤细修长的脖子再挂上一串名贵的珍珠项链,此时的朱莉娅美丽得如同坠落凡间的小仙女,炫花了男宾们的双眼。卡洛琳姑妈骄傲地微笑着,恐怕等不到宴会结束就会有几十个未婚的青年才俊要来探口风了。

"你今晚看上去非常迷人,克洛斯小姐。"阿尔弗雷德·沃顿不住地称赞。

"谢谢你,沃顿先生,今晚有空的话请务必让我聆听你关于恐龙的见解。"

沃顿的脸害羞地涨红了,发出一阵不知所云的喃喃声,朝宴会厅里面走去。

"比克曼中尉,请允许我为你介绍,这是我女儿朱莉娅。"

"克洛斯小姐,今晚我专程请假前来参加宴会。"穿着军装的英俊男子深深地鞠了一躬。

"真是抱歉,我把你从阿帕切族的杰罗尼莫身边拉走了。"

"没关系的,九月初他就投降了。"

"好吧,很遗憾你失去了亲自朝他开枪的机会。"

海伦冲朱莉娅打了个眼色,对着年轻的比克曼露出迷人的微笑,对方感动地鞠躬,然后离开。

斯蒂芬·范科兰特走上前来,向海伦问好。范科兰特是富可敌国的灯笼裤家族,海伦不由得眼前一亮。

"请允许我为你介绍,这是我的女儿朱莉娅。"

"克洛斯小姐,请千万不要狠心拒绝我的邀舞,否则我就要'克洛斯①'了。"范科兰特开了个玩笑,为自己的小幽默笑个不停。

"我本来还不相信,这世界上居然有和海伦一样漂亮的姑娘。"罗伯特·克洛斯笑容满面地前来,朝朱莉娅伸出手。他的开场白先声夺人,宴会厅里许多人都好奇地转过头来。

"人们都说平克顿是群粗野的汉子,"卡洛琳姑妈说,"我可不这么认为,你天生就适合穿晚礼服,罗伯特。"

"卡洛琳姑妈,别忘了我也是半个舍默霍恩啊。"罗伯特冲她顽皮地笑了笑。

"对了,朱莉娅,你可别告诉我邀舞卡上没有填我的名字,如果你胆敢这么做,那我就要逮捕你。"他用深沉、富有权威的嗓音说着,惹得朱莉娅笑出声来。

"或许你能抓住偷法老蓝钻的贼,"卡洛琳姑妈笑着说,"今晚所有人都在议论这件事,听说这桩不幸事件发生以后,埃及人号称拼了命也要跟美国宣战。"

"别担心,罗伯特,卡洛琳姑妈跟你开玩笑呢,今晚上你有别的工作,我们选择你来陪朱莉娅跳第一支舞。"海伦对着卡洛琳姑妈笑了

---

① 在英文里,克洛斯(Cross)也有"生气"的意思。

笑。罗伯特瞥了一眼弟弟，眼里闪过笑意，跟成人宴会的女主角跳第一支舞，可是件非常荣幸的事情。

"晚上好，克洛斯夫人。"

帅气潇洒的年轻人站在海伦面前，她礼貌地朝他微笑，一边拼命地转动脑子，看能不能想起他的名字。

"约翰·诺兰！"站在背后的外婆脱口而出。她眉开眼笑地从海伦和卡洛琳姑妈中间挤上前来，热情地欢迎英俊的小伙子。其他人看到诺兰是老太太的熟人，纷纷冲他微笑致意。除了朱莉娅——她的嘴巴不由自主地微微张开，呼吸都急促起来。在这里看到诺兰——穿着燕尾服、打着白色领带的他看起来真是英俊得令人窒息——几乎让她有种在做梦的错觉。

"诺兰家，你知道吗？罗斯福家的密友——我也很自豪有约翰这么一个好朋友。"老太太絮絮叨叨地说着，卡洛琳仍带着疑惑的神情打量诺兰，老太太有点不耐烦地低声说："别紧张，卡洛琳。我来为朱莉娅介绍他。"

虽然想半天也想不起来邀请名单上有这么一号人物，海伦仍然优雅地伸出手："诺兰先生，请允许我为你介绍，这是我的女儿朱莉娅。"

"克洛斯小姐，您一直是位漂亮的姑娘，今晚，这身礼服让您美丽倍增。"他说。几秒钟后，朱莉娅终于从吃惊的状态中恢复过来，找回了开口说话的能力。

"诺兰先生！您能来真是……太好了。很高兴今晚见到您，对了，我能邀请您陪我跳第四支舞吗？"她伸来那双戴着以蓝丝带为饰的手套的纤纤玉手递上一张精美的牛皮纸卡片。

"非常荣幸，乐意之至。"诺兰欣然接受。朱莉娅公开打破按照来访顺序填写邀舞卡的规则，把诺兰的名字写在了前面。

"我想为您介绍我的父亲,约翰·克洛斯先生,还有我的哥哥,乔治。"她说着。两名男人走上前,微笑着跟诺兰握手。

诺兰鞠躬致意,往宴会厅里走去,老太太跟上前去,挽住他的胳膊。

"亲爱的华吉把最漂亮的那杆烟枪卖给我了,象牙做的,上面有精美的黄金雕纹,连烟锅都是纯金的!他告诉我说这样容易做清洁,不过我从来没清洁过一次烟枪,每次都是华吉代劳,他真是位名副其实的绅士。"

"您这么说我非常高兴,什么时候您有空和朱莉娅一起去我那儿玩玩?"

"周六上午吧,朱莉娅还要去买点上学用的东西,斯彭斯小姐精英学校马上就要开学了,我没事做就来找你,好吧?"

"真是太好了,希望我有这个荣幸请您喝杯茶或者共进午餐,卢瑟福夫人。"

"那绝对没问题,诺兰先生,我希望你和在场的客人们打成一片,尽情享受今晚。老婆子可是看得出来,你已经吸引了众多年轻女士的目光。"老太太笑着说,轻轻推了下英俊的年轻人,然后,她回到大厅门口,忍不住露出微笑。

"那位诺兰先生真是位英俊的绅士。"卡洛琳低声说。

"没错,毕竟是上流社会出来的,气质真好。"

虽然艾斯特家的宴会厅可以轻松容纳四百人,不过受邀参加舞会的只有这个数字的一半。诺兰在大厅里漫步,欣赏着金碧辉煌、奢华高贵的宴会厅装潢,还有墙上的壁画。周围的男女老少都在窃窃私语,不厌其烦地讨论这位迷人的年轻人是谁家的公子。

朱莉娅仍然站在门口,不停地跟各路客人打招呼,但她总是不由自主地把视线投向宴会厅，看看诺兰在做什么。在这里见到他真是紧张又刺激，在过去的三个月里，他们都是在嫩腰肉区和包厘街共同消磨时光，在赌场、鸦片馆里找乐子，观看斗鼠比赛什么的。而现在，诺兰出现在美国纽约最奢华的上流社会晚宴现场，在全纽约最富有、在上流社会社交圈一言九鼎的卡洛琳姑妈家。他看上去没有丝毫违和感，事实上，朱莉娅觉得诺兰是整个宴会厅里最出色的男人。

客人们到齐了，晚宴正式开始。按照习俗，约翰·克洛斯陪同卡洛琳姑妈首先入席，然后是乔治和朱莉娅，女主角坐在父亲的右手边。海伦挽着威廉·巴克豪斯·艾斯特二世的胳膊最后入场。

卡洛琳姑妈慷慨地在晚宴上安排了十二道正菜，盛在金色的餐盘里，黑胡桃木餐桌铺着红色天鹅绒桌毯，带着白色爱尔兰刺绣花边。和通常的高餐桌不同，为了方便大家轻松交谈，卡洛琳姑妈特意选择了低矮的淡紫色分隔饰盘。第一道正餐是半壳牡蛎，然后是法国皇后浓汤配雪莉酒。艾斯特家训练有素的仆人为客人送上食物和酒水，这种服务方式颇有俄罗斯特色。

诺兰护送着奥莉维亚·斯科特·琼斯入场，她是海伦闺密最年幼的女儿。他们坐在餐桌三分之二的位置。整个用餐过程中，朱莉娅不时偷偷看过去，诺兰和奥莉维亚聊得很开心，他俩周围的宾客也时不时开怀大笑。真想知道诺兰说了什么让大家这么高兴，朱莉娅想着，她和诺兰平时聊天的话题大多围绕嫩腰肉区的罪恶展开，难道他也跟奥莉维亚说这些？这个想法让朱莉娅感到嫉妒：那是专属于她和诺兰两个人的秘密世界。

就在这时候，朱莉娅突然意识到和诺兰谈话是件多么轻松又愉快的事情——尤其是跟那个无聊的斯蒂芬·范科兰特相比。她在斯彭斯小姐精英学校的最后一年学习即将开始，以后没这么多时间去嫩腰肉区玩耍了，这让她很难过。她着迷地看着诺兰优雅地使用十种银质餐具和五个不同的酒杯，没有出一丁点错。他端起酒杯的方式和提醒仆役添酒的手势都是地道的上流社会风范。他的风度和礼仪无懈可击，朱莉娅在心里赞叹。

在享用完了布丁、果味冰激凌、水果、咖啡和餐后酒以后，来宾们纷纷站起身，进入舞厅。乐队优雅地开始演奏，罗伯特领着朱莉娅跳起了开场的四方舞。打着白领带的男士和穿着美丽晚礼服的女士们纷纷步入舞池。朱莉娅几乎没怎么在意自己的第二个舞伴杰弗里·梅特兰爵士，她一直关注着诺兰和奥莉维亚优雅的舞蹈，甚至踩到了梅特兰爵士的脚——然后急匆匆地道了个歉。

第二曲是波尔卡，第三曲是加洛普，诺兰流畅地和两名舞伴跳完了。终于到了第四曲——朱莉娅的邀请卡上写着诺兰名字的这首。

"诺兰先生，如果谁告诉我格罗夫·克利夫兰总统亲自来参加我的舞会，我也不会吃惊。"朱莉娅说着，眼睛闪闪发光。

诺兰笑了，用戴着白手套的手揽住了朱莉娅的纤腰，拉近。

"我就知道你会惊讶的，克洛斯小姐，看到我出现在不属于我的场合。"

"恰恰相反，你非常适合这种地方。"

"我一直想看看你的世界是怎样的。"诺兰诚挚地说。舞厅的巨大水晶吊灯投射出热情的光芒，他们踩着马祖卡的舞步又蹦又跳，朱莉娅抬头仰望着诺兰深邃的蓝眼睛，一种奇怪的、混杂了迷乱和极度喜悦的感情冲击着她的心。她从未体验过这种令人心跳的激情。

可惜，舞曲总有结束的时候，诺兰护送她回到外婆身边，她的长者女伴和几位穿黑蕾丝礼服的遗孀坐在一起闲聊。稍事休息后，朱莉娅和邀舞卡名单上的下一位舞伴，阿尔弗雷德·沃顿步入舞池。

纽约大盗

通常情况下，绅士只能跟被正式引见的淑女或者在舞会之前就认识的女子跳舞。不过今晚，老太太替诺兰介绍了不少年轻女性，他那出色的相貌和卢瑟夫夫人的金字招牌让他的邀舞卡上填满了姑娘的名字。日耳曼交际舞开始了，奥莉维亚·斯科特·琼斯再次拉着诺兰进了舞池，踩着熟练的舞步，他们欢乐地跳着圆转华尔兹。

舞曲结束，朱莉娅坐在外婆身边休息，两百来人穿着沉重的晚礼服，在舞厅里产生的热量让她觉得自己仿佛置身火炉中。不知道怎么的，朱莉娅发现诺兰的衣领仍然硬挺又干净，他的目光穿过舞厅的人群，凝视着她，让朱莉娅决定尝试点出格的东西。在社交宴会上，年轻男女通常会用一些约定俗成的暗号来秘密传递消息，这样不会惊动年长的女伴。如果一个女人快速地把折扇打开又合上，就是在暗示她对这个男人不感兴趣；掉落手套暗示着她已经在谈恋爱了。斯彭斯小姐精英学校里的同伴们教过朱莉娅这些小花招。

她凝视着诺兰的眼睛，用右手拿起折扇，挡住了半边脸。诺兰一直在舞厅对面注意着她，一瞬间就明白了她的暗示：跟她出去。站起身，朱莉娅低声对外婆说想要去补下妆。

诺兰在偏厅里等到了她，朱莉娅拉着他的手，一句话也没说。诺兰笑了，弯下腰，吻住了她的双唇。他唇间的气息把朱莉娅带到了一个奇妙的世界里，她沉醉了，不忍分开。他们吻了几乎有半分钟，彼此的气息和感觉交融在一起。

"你外婆说下周六你会来。"

"正好能赶上洛基家的斗鸡比赛。"

"我们可不能错过这场比赛。"

"但我要请你帮个忙。"

"我愿意为你赴汤蹈火。"

"有个名叫范科兰特的家伙,我一会儿会装作不小心撞到他,如果你能趁机取走他的钱夹,我会非常感激。"

"你来给我当托儿啊?"诺兰笑着说。

"没错,另外,周六我们压谢尔曼将军赢。"

51

"诸位,我们干吗不到大厅里享用雪茄和白兰地呢?"

皮埃尔·罗瑞拉德五世领头走出了餐厅,这座由布鲁斯·普莱斯设计的新型别墅是他引以为豪的资产,他的父亲在拉马波山区大手笔建造了德克斯朵公园作为奢华的休闲地,新别墅就坐落在公园内。作为周末来访的客人,克洛斯礼貌地赞叹罗瑞拉德这栋别墅有多么棒,但说实话,他并不太喜欢。时髦的斜坡屋顶和锥形塔楼,丝毫没有体现出普莱斯的设计功力。这位才华横溢的建筑师设计过许多简约、线条感强烈、颇富几何美感的别墅,可这一栋在造型上太过平凡无奇,还画蛇添足地加上了不少亚当式古典装饰。很明显,客户和他妻子的强烈个人意愿凌驾于设计者的构想之上,造就了这么一个不伦不类的失败之作,克洛斯绝不会因此责怪建筑师。

不过,德克斯朵公园是个风景极美的地方,占地13000英亩,美丽如画的园林和蜿蜒曲折的小径构成了它的主体。普莱斯,克洛斯最欣赏的同行之一,包办了公园里会所、马厩和各种一流别墅的设计。整座公园四周都围着带有铁丝网的栅栏,以保证上流社会能独占这个夏日避暑胜地。

克洛斯和普莱斯是好朋友,又跟罗瑞拉德有合作关系,此外,海伦也想拜访下只在五月对公众开放的德克斯朵公园。诸多因素加在一起,克洛斯欣然接受了参观邀请。来访的宾客里有一些是他认识的,其中包括英俊的俄罗斯伯爵,几个星期前他们在新港见过面。

克洛斯挺喜欢罗瑞拉德的，通常继承家族巨额财富的纨绔子弟都有傲慢专横或者浮夸的个性，但罗瑞拉德不一样，他是个单纯的人，痴迷于赛马，说到养马经可以滔滔不绝地谈上几个小时。罗瑞拉德家的烟草公司是全美数一数二的，他家的赛马也是，曾经赢得过美国三大赛马比赛之一，贝尔蒙特赛马的冠军，还在英国艾普森赛马比赛中夺过冠。

"你的宝贝赛马养在哪儿呢，皮埃尔？"克洛斯问道。

"新泽西州，兰科卡斯，"对方回答，"这里的草场太小了，不过我还是要送几匹马过来。"

绅士们穿过大厅，来到后方宽敞的阳台，欣赏着窗外的夕阳。

"我想德克斯朵公园是父亲最引以为傲的地方，没有之一。"罗瑞拉德说，"他在一片原始森林中开辟出这片乐土，创造它，赋予它美感和生命。跟建筑师的很相似，对吧？"

"这倒没错，"克洛斯若有所思地说，"创造建筑，让它流芳千古，遗泽后人。"

海伦和女眷们也朝阳台走来。英国和美国的传统是晚餐之后男女嘉宾分开活动，虽然法国人认为这是一种未开化的习俗。饭后，女士们在接待室里热热闹闹地闲聊。皮埃尔的妻子露丝走到克洛斯身边。

"很高兴你能携尊夫人一起来过周末，约翰。她真是美丽动人。"露丝说，她穿着翠绿色礼服，戴着闪闪发光的大钻石项链，"我认为海伦比伦道夫·丘吉尔大人的妻子珍妮·杰罗姆还漂亮。"

"您谬赞，愧不敢当。"克洛斯谦虚地说，一旁的海伦面露微笑。

客人们次第回到了大厅，里面正在上演非正式的钢琴独奏会。克洛斯觉得这样的气氛轻松又有趣，钢琴弹奏的曲目可不是冗长的古典乐，而是一些流行小调。仆人们送上清淡的茶点，大家享受着愉快的夜晚，直到凌晨一点左右，罗拉瑞德夫妇向客人们致以晚安道别，这场轻松的聚会才宣告结束。

酒店的房间不算奢华，但很舒适，房间里设有乡村别墅最时尚的独立浴室。在山区里，十月的夜晚已略带一些寒意，房间里点起了壁炉。克洛斯和海伦很快宽衣就寝，可是凌晨三点的时候，克洛斯从枕头上抬起头，看着海伦。她似乎毫无睡意，正盯着天花板发呆。

他伸手揽住她的肩膀，海伦转身看着他，笑了笑，抚摸他的脸。

"祝你好运，亲爱的。"她低声说。

克洛斯捏了捏她的手，慢慢从床上坐起来，穿上长袍和拖鞋，看了看怀表。他沿着蜿蜒的楼梯走到宴会厅，来到通往阳台的玻璃门边，把门闩拉开，等待着。

大约五分钟后，两个人影从黑暗中闪出来，克洛斯打开阳台门让他们进来。尽管大厅里一片漆黑，他也能认出布雷迪的轮廓，另一个人个子更矮一些。

"你认识'印章'康诺利，对吧，克洛斯？"

事实上，克洛斯现在已经认识团伙里所有人。他点头打了个招呼。

"好了，它在哪儿？"

"在主客厅。"克洛斯低声说。

"带路吧，工程师先生。"布雷迪说。

一周前，布鲁斯·普莱斯已经给克洛斯看过所有别墅的设计图，当然也包括罗瑞拉德家的。克洛斯认为肯特和范布伦家的别墅才是经典之作。他诚恳地向普莱斯承认，在任何领域，都要不断地向大师学习。

既然看过图纸，克洛斯当然知道普莱斯巧妙地把罗瑞拉德的保险箱设计在主客厅的护墙板内，而不是按照惯例设在主卧室。他悄悄打开主客厅的门,然后,全身一僵。

在房间的尽头,亚历山德罗夫伯爵正在掀起墙上的壁画,似乎要找什么东西。克洛斯、布雷迪和康诺利沉默地看着俄罗斯人一幅又一幅地翻看着。

"你他妈的哪条道儿上的?"布雷迪压低声音喝问。

伯爵吓得一颤,飞快地转过身。很快,他恢复了镇定,挺直背脊站在原地。

"我是亚历山德罗夫伯爵,半夜睡不着,找几本书来看看,怎么了?"他咄咄逼人地反问。

布雷迪笑了,转头对康诺利说。"有趣,我还是第一次听说谁会在壁画背后去找书看的,你说呢,印章?"

"啊哈,照理说嘛,书本应该在书架上,如果我没记错的话。"

"克洛斯先生?"伯爵怀疑地看着克洛斯,"您在这儿做什么?"

"你们两个认识啊?"布雷迪似乎被逗乐了。他不紧不慢地踱步上前,走到伯爵身边,一把夺过了对方手里的小皮包,翻开一看,里面是成套的小工具和几根电线。"哎,看看,这套溜门撬锁的工具可够专业的。"

伯爵保持着他的贵族气度,目不斜视,一言不发。连克洛斯都为他感到尴尬。

"真是对不住啊,伯爵先生,您打扰了我们今晚的计划。"布雷迪说。

"好吧,抱歉,请诸位绅士原谅我的失礼,我马上就回房,今晚我什么都没看见。"伯爵力持镇定地说,转身想走,但布雷迪飞快地抓住了他的胳膊。克洛斯生怕伯爵会大喊大叫,把房子里的人都吸引过来,毕竟,亚历山德罗夫伯爵可以推说他听见动静下楼,然后抓到了潜入的劫匪。要知道他是个贵族，上流社会的人更倾向于相信他，而克洛斯又该怎么解释自己在这个尴尬的时候出现在这个尴尬的地方？真是太伤脑筋了。

"伯爵先生，请留步，有点小事情要打扰下。"布雷迪彬彬有礼又充满热切地说，就在那一瞬间，他飞快地往前走了一步，克洛斯几乎快被吓晕过去：布雷迪手里的钢琴弦精准地绕过伯爵的脖子，毫不犹豫地用力拉紧。伯爵眼珠凸出，脸色铁青，嘴里嘟囔着不知所云的话，连挣扎都还没来得及，颀长的身躯便颓然地倒在波斯地毯上，涣散的眼神直指天花板的横梁。

"好了，告诉我，保险箱在哪儿？"布雷迪心平气和地问着，满不在乎地把钢琴弦收进口袋。处于几近休克状态的克洛斯没法立刻回答。布雷迪不耐烦地又问了一次，克洛斯强忍着恶心，尽量不让视线触及地上的尸体，颤抖地伸出手指向壁炉右侧的护墙板。"按……按下顶部的装饰板……板条，再……再把中间的镶板滑……滑到右侧。"他结结巴巴地说。

我快晕倒在地了，克洛斯想着，他的脑子像个纺锤般飞速旋转。这是他第三次眼睁睁地看着他们杀人了，但仍然无法适应。他跟跟跄跄地走到墙边靠着，用一只手撑住自己。布雷迪看着他一副神经质的样子，发出欢乐的傻笑。

印章从工具包里掏出一堆开锁工具，其中还有一个医生用的听诊器，在旋转保险箱旋钮的时候用以聆听动静，判断正确的位置。他耐心地对付着保险箱，足足过了二十分钟，咔嗒一声，保险箱打开了。他们取出艾米丽·罗瑞拉德成套的珠宝首饰，其中包括在上流社会名声最响亮的西班牙菲利普二世的珍珠钻石项链和许多古典宫廷首饰，另外还有大量的现金。

哼了一声，布雷迪踢了踢地上伯爵的尸体。

"真没想到伯爵也干这种勾当。不过也好，别人会以为他偷东西以后潜逃了，我们要做的就是让他消失，嗯，最好留点证据在这儿。"

他从伯爵衣服口袋里掏出印有首字母的烟盒，扔到地毯上。

"我们需要你帮个忙，把他抬到栅栏那儿，工程师先生。这家伙个子也太他妈大了，我和印章两个人不好搬。"

52

"该死的,朱莉娅你说你怎么下注的?不能因为斗鸡的尾羽颜色漂亮就下它吧,真是的!"查理嘟囔着。他们刚刚离开钱德勒大街的红鼠赌场。

朱莉娅皱眉看着弟弟:"又不是你输了钱,着急什么?"

"那是,"查理自豪地转头看着埃迪,"我的斗鸡赢了。"

"你就别浪费时间教她怎么下注斗鸡啦,查理。这些娘儿们总觉得自己啥都懂,其实她们懂个屁。"埃迪说。

"谢谢你的指导哦,女性专家先生。"朱莉娅假笑着说。

埃迪冲查理和诺兰翻了翻白眼,他俩大笑起来。

"你少来说我了,小混蛋。"朱莉娅有点生气地道,"先管管自己吧,在斗鼠环节我可是遥遥领先,六连胜呢,你行吗?"

查理羞愧地低下头,她说得没错,自己最近运气不太好。赌场上走背字又不稀奇。这是乔治说的,他跟查理和埃迪一起赌斗鸡,输了不少钱,不过乔治还是兴致勃勃地继续赌着。事实上,大哥的赌瘾比谁都大。

他们沿着嘈杂喧闹的钱德勒街散步,今天天气闷热潮湿,空气中传来一阵阵腐烂的臭味。

一名保镖模样的人喝得烂醉,就在他们面前跌进了排水沟,嘴里骂骂咧咧的。他们径直走过去,仿佛什么也没发生。

"你今天下午应该在哪儿?"朱莉娅问。

"在自然历史博物馆上科技课——你呢?"

"跟乔斯琳·范德梅尔在图书馆。你可记牢了,听到没?上次你编故事的时候都弄混了,妈妈会怀疑的。"

查理瞪了姐姐一眼,转头和埃迪嘀咕着什么。

"在狐犬上场之前还有点时间,我们干吗不去汉尼根家吃个三明治什么的?"为了避免姐弟之间的争辩升级,诺兰赶紧转移话题,指着附近的一家小餐馆说。他的目的达到了,所有人都赞成吃点东西。他们走进汉尼根家,找了张桌子坐下来。

等待上菜的时候,诺兰偷偷打量朱莉娅,她正和查理、埃迪七嘴八舌地讨论着即将开始的斗鼠,他们是否该下注在芥末身上之类的。他微笑着看她,她也报以一抹羞涩的笑容。她的快乐感染了他,她的存在让他快乐。自从在斗鼠比赛现场跟查理偶遇,朱莉娅一直想为弟弟做点什么,虽然偶尔两姐弟会斗斗嘴,但诺兰非常清楚,朱莉娅深爱着查理,就像深深喜欢现在的秘密生活一样。

他们在铤而走险,这样的刺激反而增加乐趣。朱莉娅和查理生活的世界充斥着令人窒息的上流社会规则,打破规则就是无可饶恕的犯罪。这一切她曾经多次向诺兰解释过。上流社会的人必须按部就班地过日子:吃什么、穿什么、如何跳舞,最重要的是和什么样的人来往。而现在,克洛斯兄妹胆大包天地跨入了禁忌的区域,如果有人发现他们的所作所为,后果不堪设想。

为了自由和快乐,冒这么大风险,付出这么大代价,值得吗?诺兰陷入沉思。

望着朱莉娅笑容满溢的脸,他找到了答案:哪怕只有一秒钟,那也是值得的。

53

克洛斯一边走一边琢磨着设计的事情,下午早些时候,他就去看了东六十四区的空地,位于第五大道和麦迪逊大道中间。这片空地是他的新客户买了要盖房子的,跟想象中狭窄幽深的地形不同,这片地五十英尺见方,可以设计一个宽敞的门面。克洛斯欣慰地想着。十月中旬,今天天气非常好,他决定不叫马车,慢慢散步回办公室。

不过,在从第五大道往中央公园的路上,克洛斯的思绪已经跳到下一次的抢劫计划上了。这是常有的事情,他发现,往往在享受一场音乐会或是一顿美餐之后,他会突然开始琢磨下一次抢劫的细节。

无论上一次计划成功与否,肯特都会在一星期之内要求克洛斯想出新的目标,所以他得抓紧时间思考。准备工作,准备工作,准备工作决定一切。肯特的话在克洛斯脑子里回荡。

目标不能选在城里。上周他陪罗伯特散步的时候已经打听到,平克顿们换班潜伏在第五大道附近。平克顿的监督和亲历谋杀现场的重重压力让克洛斯倍感疲惫。那些恐怖的场景如走马灯般在他脑海里浮现——戈登被淹在河水里,从剧烈挣扎到一动不动;棍棒如狂风暴雨般落在迪尔茨身上;还有伯爵被钢琴弦勒得双眼凸出、脸色铁青的样子。他想到这里,突然感到了恐惧,像是有人一记重拳打在心脏。他甩了甩头,赶紧把这些画面驱逐出脑海。

克洛斯强迫自己把注意力集中在房屋设计上。城市里的建筑风格正悄然改变,曾经风靡一时的安妮女王风格已经逐渐落伍,取而代之的是麦金、米德和怀特引入的保守古典主义风格，他们在东三十三街为一对单身汉兄弟菲尼克斯设计的住所就是其中代表之作，黄色的陶瓦砖建筑，外观简练，线条利落，没有那些奢华复杂的雕纹和装饰品。克洛斯对这种极简主义非常有兴趣，决定参照这种风格为新客户设计楼房。

"下午好，工程师先生，你决定加入我们了吗？我保证你不会后悔的。"一个愉快的声音从他身边传来，打断了他的思绪。克洛斯转过头，惊讶地看着曾经有过一面之缘的、戴着圆顶窄边礼帽的男人。由于肯特一直要求他策划更多抢劫案，再加上操办朱莉娅的成人舞会，克洛斯压根把这位老兄忘得一干二净。

男子双手叉腰站立，面带微笑。他仍然穿着不合身的深绿色三件套西装，克洛斯注意到他的眉毛异常浓密。

"怎么样，你的答复呢？"

虽然很恼怒男子的逼问，但克洛斯克制住脾气，他会像对待一个十来岁的小孩子那样对待他，耐心，但又高高在上。

"感谢你好心为我提供这样的机会，但是我不得不谢绝。我想你能明白吧？"

"别啊，再考虑考虑。为我们工作你能赚更多的钱，你看，我给你带来什么了。"

这一次，那双戴着白手套的手递过来一个蒂凡尼的黄金烟盒。

"同样非常感谢您，但我不能接受。"

对方似乎语塞了，皱着眉，脸上的笑容敛去。他把烟盒放进口袋里，摘下帽子，用手耙了耙头发。他垂头看着人行道上的六角石，似乎在想该怎么说服克洛斯。

"这是你的最终答案，对吧？"

"恐怕是的。"克洛斯给他一抹同情的笑容。

一对中年夫妇走过,彼此悄声谈论着什么。男子目送他们走远以后,耸了耸肩,一脸温和冷静。

"那么,我也只能如此了。"他说着,从内兜里掏出一把左轮手枪,"黑帮之间的竞争也得公平点,否则怎么做买卖?"

在男子用枪指着自己之前,克洛斯猛地跨过分隔中央公园与第五大道的拱形石墙,野兽一样往树林里狂奔。他听到身后急促的脚步声,那个人追了上来。恐惧笼罩着克洛斯,他的指尖一片冰凉。跟上流社会的大部分人一样,克洛斯不怎么锻炼,五十码冲刺就让他觉得几乎快晕倒,心脏怦怦地敲击,像要跳出胸腔。汗水湿透了衣服,但他不敢停下脚步,子弹随时可能击穿他的头盖骨。

他从大路跑到池塘边的小径上,沿着湖边往北跑。公园里的人纷纷停下脚步,惊奇地看着这场追逐战,克洛斯和追击者仿佛两只幽灵一样从他们面前穿过。在奔跑中,克洛斯突然急转向左,朝着盖普斯托拱桥方向而去,希望能骗过对方。可惜没有成功,身后的脚步声仍然紧追不息,沿着人行道往西狂奔,他几乎撞上一个推着婴儿车的保姆。跑过一个岔道,他又折向北边,缓下脚步,刚回过头看了看,一声枪响,子弹几乎擦着他右边耳朵掠过。

不知道从哪儿生出一股力气,克洛斯继续狂奔,像个疯子一样。另一颗子弹擦着他肩膀而过。他抬头一看,眼前是座牛奶场,位于六十五街横断路的南边,石头和木材所建的哥特式建筑耸立着,旁边是石质屋顶的敞棚。克洛斯跑进了棚子里,直奔角落,翻过矮墙,躲在棚子后面。

没过几秒钟,那名男子也跑了进来。看到棚子里空无一人,他转身走了出去。克洛斯等了几分钟,拼命控制住呼吸,之后他慢慢站起身,绕到旁边的建筑背后。

他躲在角落,伸出脖子探查那男人有没有搜索到这儿来。视线之内没有人影,他正准备撒开脚丫跑路——突然又停下来,盯着哥特式建筑旁边的草坪。上面有一片深绿色的阴影。克洛斯小心翼翼地匍匐向前。

在距离约二十英尺远的地方,他看到那名追杀者面朝下趴在地上。克洛斯站起身,走到他身边,又蹲下来,把那家伙翻过来。男子的双目圆瞪,盯着如洗的碧空,肋骨间插着一把刀子。他的帽子和左轮手枪散落在地上。

克洛斯环顾四周,没有找到一个人影。

❖

五十码开外的小树丛里,诺兰暗中注视着克洛斯,直到对方慢慢离开。他低着头,看着自己颤抖的双手。

他知道自己别无选择。不过,他背叛了团伙——那是他唯一的家。因为诺兰是如此深爱着朱莉娅,不忍心让她受到一丁点伤害。

54

肯特和克洛斯站在赫斯特街上，突然间，一粒子弹从他俩中间两英尺的空间穿过，打破了身后酒吧的玻璃窗。碎片飞溅，有一块直接砸中了音乐厅吧台边的一名客人，吓得他大声尖叫。为肯特拉车的马也受惊了，拖着马车往前飞奔，车夫毫无准备，直直地一个倒栽葱摔在人行道上。肯特看到一辆双轮马车朝赫斯特街上冲过来，上面有两名戴着圆顶窄边礼帽的人。

"库根！"他尖声叫着，"搞定那辆该死的马车！"

在麦高乐音乐厅门口站岗的库根一口气冲到拥挤的人行道上，肯特扶着克洛斯站稳，建筑师吓得双腿抖如筛糠。像肯特这样的黑道大亨绝对不能容忍别人对自己有丝毫不敬，更别提试图谋杀，他气得快炸了。这个总是一脸平和、头脑冷静的枭雄能气成这样，也是很少见的。

"谁他妈吃了熊心豹子胆来跟我作对？"他朝着刺客可能出现的方向大吼，然后转头："你没事吧，克洛斯先生？"

那一瞬间克洛斯还挺感动，不过随即又意识到肯特只是关心自己的摇钱树是否安好。吧台里受伤的顾客痛苦地呻吟着，肯特干脆视而不见。

"放心吧，我没事。"克洛斯简短地回答。

"该死的，我会找出谁在背后打黑枪！"肯特咆哮着。

克洛斯其实已经明白了几分，他一直犹豫不决是否要告诉肯特另外的帮派开出价码来挖角，以及中央公园和牛奶场里发生的事情。由于那名追杀者离奇暴毙，他猜测可能肯特暗中派了人保护自己。既然老板已经知情，再跟他说这些也没意义。对克洛斯而言，肯特就是黑社会的教父，无所不知、无所不能。在他的组织里，自己不会受到任何伤害。

本来克洛斯更担心帮派里的叛徒，而不是敌对帮派的攻击，可现在看来，情况跟他想的不一样。

手枪的声音在几个街区外响起，这在包厘街上已经司空见惯，跟野猫叫春一样，没几个人会关注。

"有件事情我必须告诉你。"克洛斯谨慎地说。

肯特面无表情地看着他。

"两个星期前，有个跟你敌对的帮派派人来找我，想说服我转投他们麾下，当然，我拒绝了。昨天，那个人又来了，我还是拒绝了他。然后他就拔出手枪要杀了我，在中央公园，不过有人抢先一步把他给杀了。"克洛斯像小学生承认错误一般低着头说。

肯特盯着他看了几秒钟，然后走到音乐厅的砖墙边，靠了上去。取出一支雪茄，点燃。他看了看人行道，又转头看了看克洛斯，一脸困惑。

"我想，出事之后我应该马上告诉你的。"克洛斯仍然垂着头说。

肯特突然大笑出声，一副乐不可支的模样，完全停不下来。"是的，克洛斯先生，"他喘着气说，"你早点告诉我会好一些。不过，我很欣赏你的忠诚。"

"什么忠诚啊，就是害怕。我要是敢跳槽，你会杀了我的。"

"我毫不怀疑。"

库根朝他们跑来。"那群家伙转到南边，往莫特街去了。我追过去开了一枪，但是没打中。不过我认出了其中一个，大个子乔斯·海因希，密里根的手下。"

"那个来找你的男人长什么样？"肯特问克洛斯。

"他穿着深绿色的三件套西装，眉毛长得很特别，像两条很粗的毛毛虫。"

"瑞普·默克多。"库根狞笑着说，"也是密里根的人。"

"唉，其实我真心讨厌战争，会影响生意的。但密里根必须受点教训，印象深刻的教训。"肯特说。

"我去对付海因斯？"库根问。

"库根先生，如果你想摆脱一群黄蜂，最好的办法不是来一个杀一个，而是找到它们的巢穴，彻底摧毁。"肯特慢条斯理地说。

"我明白了，您和克洛斯先生要盯着生意，不能分神。我会解决这些小爬虫。"库根说着，快步离开。

"好了，克洛斯先生，我们继续谈之前被这出意外打断的事情，请告诉我接下来的目标。"

枪击带来的惊吓仍未抚平，克洛斯现在只想回家躲进被窝，压根不想谈抢劫的事情。

"曼哈顿的豪宅？或者德克斯朵公园的别墅？"肯特似乎已经忘了，不到五分钟之前，他们离死亡只有几英寸。克洛斯摇了摇头，茫然地盯着前方，不知道该惊讶于肯特的镇定，还是继续陷入恐惧。

"曼哈顿可不行了，平克顿盯得紧呢。"

"您怎么知道的？"

刚才那句话一出口，克洛斯就知道要糟糕。他得赶紧想个合情合理的解释出来，必须无懈可击。

"库克，你还记得吧？我的老客户，上次在联盟俱乐部里我和他聊过,他透的口风。现在德克斯朵也看守得很严密。"

"那么,试试银行?"

在新港和德克斯朵连续两次得手,都给肯特带来了大笔的收入。克洛斯原以为能轻松一阵,不会这么快开始下一场,但成功让肯特越来越贪婪。他倒是信守诺言,不折不扣地分给了克洛斯百分之七的赃款,不过这么一大笔钱克洛斯也不知道该怎么花,只能单独开了个银行账户把钱存起来。

"我想过,"克洛斯说,"不过有个更好的想法,绝对的大手笔。"

"我洗耳恭听。"

55

诺兰和朱莉娅刚把外婆送去了华吉家去消磨下午时光,老太太现在越来越喜欢外孙女这位英俊的朋友了,甚至允许他俩单独出去。当然,主要是她也想单独在华吉家待着。她告诉外孙女,鸦片是种神奇的药物,折磨了她十多年的腰疼都能治愈。现在老太太每周来这里三次,每次他们送她回家的时候,外婆脸上总是洋溢着梦幻般兴高采烈的神情。

不过朱莉娅也暗暗担忧——她的外婆从华吉家买了太多猫。这些小动物在宅子里到处乱跑,已经害得两名仆人被解雇了。现在,外婆家里已经养了几十只猫,事实上它们才是房子真正的主人。

但冒点险也值得。朱莉娅喜欢和诺兰一起漫步在包厘街和嫩腰肉区,这里是她迫切想要深入了解的地方。查尔斯·狄更斯,她最崇拜的作者之一,曾经为了创作每天穿行于伦敦的大街小巷,她也想向偶像学习。她告诉诺兰自己在观察生活的细节——越是下层人的生活越好。

"我可以给你提供下层人的一生做参考。"诺兰朝她挤了挤眼。

他没有告诉朱莉娅,自己偷偷买了一本二手的《雾都孤儿》,已经读完了。他非常欣赏狄更斯,对扒手生活的描写太真实了,而书里他最喜欢的角色就是费金,让他想起了自己的良师益友,疯子内德。现在诺兰正在读狄更斯的另一本小说《少爷返乡》①。

今天他们没去看斗鼠或斗鸡，诺兰护送朱莉娅去了西三十八街的坎特维尔赌场。纽约城里有各种档次的赌场，迎合各个阶层的赌客，而朱莉娅对所有类型都感兴趣。诺兰已经带她去过唐人街的赌窝，相比而言，坎特维尔还算高档。它有四个大房间，分别对应不同的游戏：轮盘、法鲁牌、骰子和扑克。

诺兰当然不会让朱莉娅出钱，总是自己来下注。不管赌场看起来有多高档，里面都有点猫腻，庄家永远是最终的赢家。不过诺兰是坎特维尔老板的朋友，他向荷官打了个眼色，朱莉娅运气高涨，总是连连押中。每次赢钱她都兴奋地尖叫，这让诺兰很是高兴。在她的叫声中，有些输红了眼的赌客也纷纷跟风押注——这正是庄家想要看到的场面。气氛炒热了以后，诺兰就带着朱莉娅离开赌桌，换个地方。她在法罗牌和骰子赌场同样大杀四方，但朱莉娅是个很有自制力的人，总是见好就收，不会沉溺于赌博之中。

停手以后，她就站在一边观察其他人。轮盘和里面弹来弹去的象牙小球疯狂地让她着迷。她屏住呼吸，鼓励其他的赌客，当他们输了的时候，她的眼里也流露出真挚的同情。

骰子房里传来欢呼声，起初零零散散的，然后越来越响亮。只有玩家掷骰子的时候才会中断。之后爆发出一波又一波鼓掌和欢呼，看来有人赢了不少。

"今天有人似乎很走运啊。"朱莉娅对诺兰说。

一会儿欢呼，一会儿平静，突然有个声音大喊着："数学家说，七

---

① 《少爷返乡》（Nicholas Nickleby），多译为《尼古拉斯·尼克贝》，此处为了和前文的《雾都孤儿》（Oliver Twist）统一，采用意译译名。

点是个幸运数字。等着瞧吧!"

听到这个声音,朱莉娅立刻离开了轮盘赌桌,冲出房间,诺兰大惊失色地跟着她跑出去。骰子房里挤得就像沙丁鱼罐头,他俩被重重人群堵在门口。几乎用出全身力气,朱莉娅才从几十名欢呼着的观众中挤了进去。雪茄和香烟的烟雾在赌客和看客们头上弥漫着,像是一片巨大的乌云。朱莉娅终于挤到了前排,看到自己的哥哥乔治正站在赌桌边掷骰子。他脸上浮现出一抹疯狂的表情,带着点神经质般的笑容,仿佛吃了什么让人精神错乱的药。朱莉娅从来没在哥哥那张英俊斯文的脸上看到过这种狰狞的表情,差点以为自己认错了人。

"那是我哥哥。"她的声音低得近乎耳语,而不是跟身边的诺兰在交谈。

又投了两轮,乔治都赢了。掌声和欢呼声越来越高,可乔治压根没注意到周围,他只是小心地把面前的筹码垒放好,沉浸在自己的世界中。

朱莉娅前面站着一个身穿紫红色便服的女人,她悄悄对身旁的男人说:"我猜他赢了八千。"她那兴奋的样子,就像是自己赢了这么多一样。

"只怕有九千吧。"男人说。

又投了三轮,乔治幸运地全胜。人群几乎疯狂了,其他房里的赌博停了大半,赌客们纷纷涌入骰子房,看看出了什么事情。朱莉娅在一片嘈杂和混乱中呆立着,瞪着自己的哥哥。诺兰百思不得其解地望着她。

喧哗平息了,众人焦急地等待着下一轮掷骰子。

"现在肯定超过一万了。"之前的男人说。

乔治顿了顿,低头看着自己眼前的筹码堆。他拿起几枚,在手里摇了摇，再把它们放回原处。随后，他用双手仔细地把一堆堆筹码推到绿色桌毯上的投注区。一堆，又一堆，再一堆。在朱莉娅眼里，这些筹码堆像是中世纪城堡外墙的防御工事。

整个骰子房里陷入了紧张的沉默，连落根针的声音都能听得清清楚楚。乔治把所有的筹码都押下去了，拿起骰子，捏在拳头里，盯着长桌。朱莉娅想站出去，哀求哥哥不要这样做，但她的双腿却挪不动一步。那名打扮时尚的女士紧张地抓着身边男人的胳膊。所有人都瞪大了眼睛等待骰子落下的那一刻。乔治越是迟迟不扔骰子，他们越是焦急难耐。

手腕轻抖，骰子滚落在桌毯上，在筹码堆上撞了下，又反弹回来。每个人都屏住呼吸，等待骰子停止旋转。

"两点！"荷官高喊着。此起彼伏的呻吟声响彻了整个房间。

两个黑点就像两只黑洞洞的小眼睛，盯着乔治。但欢呼声和掌声如退潮般消失无踪，屋子里的人群很快散去，不愿看他失去好运的样子。乔治一动不动地站着，在桌边，如此孤独。另一名赌客走到他身边，挺着个大啤酒肚，留着灰色络腮胡，他拿过骰子，准备开始新一轮游戏。

朱莉娅看着哥哥，破碎的绝望感将她淹没。她抓着诺兰的手，拉着他飞快地离开了赌场。

56

整个下午,克洛斯都在跟客户争论大理石成本的问题,再加上下一次抢劫计划在他脑子里不断盘旋,到了下班的点儿,他几乎快累趴下了,简直像全世界的重担都压在身上。

没看到候客的马车,他决定走到中央车站,乘坐第三大道高架铁路回家。时值傍晚,车站挤满了人。衣衫褴褛的报童尖声叫卖着报纸,小摊小贩们推着车,卖着小吃,从烤玉米到姜饼蛋糕应有尽有。还有个看上去油腻腻的意大利人戴着礼帽在卖烤香肠。

身心疲惫,克洛斯拖着沉重的步伐迈上了通往站台的楼梯。

"号外!号外!俄罗斯伯爵入室抢劫被谋杀!"报童站在楼梯中间的转角处大声叫着,这个消息让克洛斯全身一颤。他们肯定找到了伯爵的尸体,布雷迪也会留下一点珠宝首饰当作障眼法,误导那些警察是伯爵偷走了罗瑞拉德家的财宝,然后被同伙杀人灭口。

"俄罗斯人密谋策划偷窃稀世珍宝!欲知详情请买一份《太阳报》!"男孩尖叫着骇人听闻的消息。有些无良的小报记者干脆借此大肆炒作,声称亚历山德罗夫伯爵策划了一系列抢劫案,还偷走了法老蓝钻。真是荒谬,令人难以置信——不过让克洛斯心里有了些许安稳。

他朝报童走去,想买份报纸来看看——接着惊讶地停下脚步:大多数报童都穿得破破烂烂,可眼前这个的衣服得体又干净。他定睛一看,又吓了一大跳,差点在楼梯上摔倒:那是他的儿子,查理!在这里卖报纸!

"号外！号外！特大新闻！俄罗斯伯爵入室抢劫被谋杀！"

目瞪口呆地看着儿子好一会儿，克洛斯才冷静下来。他没有叫住查理，而是从楼梯退了下来，回到街上。他躲在一根铸铁支柱背后，盯着小儿子。男孩熟练地把报纸递给客人，接过钱，又熟练地找零，然后再次大声高叫着耸人听闻的标题。克洛斯简直不敢相信自己的眼睛，查理在这里卖报纸已经够让他吃惊了，更令他惊讶的是，儿子从哪儿学来这一身报童的本事？长这么大，查理还从没做过一件有实际意义的事情。毕竟家里都有仆人伺候着，没有必要。

无意中，克洛斯的唇角扬起笑容，看到小儿子居然在辛勤工作，他莫名其妙地感到一阵骄傲，这是一个男孩成长为男人的第一步。不久后，查理卖光了手里的报纸，开始计算收入。一个衣衫褴褛的小男孩走近他，从他俩相处的神情看，显然是好朋友。他们一起跑上楼梯，进了候车室，克洛斯赶紧跟了上去。列车靠站了，克洛斯跟着两个小男孩上了同一辆火车，不过坐在后面的车厢，避免跟他们打照面。下班高峰期，车上非常拥挤，他站得直直的，盯着儿子，只有一次蹲下来假装系鞋带，避开查理扫过来的视线。

男孩们在格兰街下车，连蹦带跳地跑到街上，继续跟着他们比克洛斯想象中要困难一些。不过他们也没有径直往某个目的地走，而是一边走一边玩，不时停下来看看商店橱窗，在排水沟里捡垃圾，朝老鼠扔石头，还跑进了一家中国人开的小店去买糖果。克洛斯不时躲进一些建筑的门口或者转角，免得被他们发现，中途还被一个拿着扫帚的老太婆狠狠地赶出去一回。

他看着他俩停在一辆卖水果的手推车前，小男孩东拉西扯吸引摊贩的注意，查理趁其不备偷走了几个梨和桃子，把它们塞在从裤兜里掏出来的一个粗麻布袋里。男孩们继续沿着东河边喧哗的街道游逛，这里到处都是摇摇欲坠的危楼，肮脏的街区堆满了废弃的建筑垃圾。偶尔有几个站街妓女招呼着来往的客人，排水沟里还有只腐烂的猫尸，一群苍蝇围着它飞来飞去，人行道几乎快被垃圾填满了。

到了一座废弃的仓库，查理和男孩转进了边上的小巷。克洛斯赶紧从街对面赶过来，站在转角探头看去。两个男孩从破窗口爬进了仓库，他也跟了上去，原来这是间废弃的锅炉房。

"这一天真不赖啊，查理，好哥们，真不赖。"小男孩骄傲地说。

"我们明天该去打打猎。"查理说。

在黑暗中，克洛斯看着小男孩打开了超大的锅炉上的挂锁，和查理一起爬了进去，然后关上门。他惊奇地悄悄来到锅炉前面，烛光透过铁板缝隙洒了出来，他站在门外，听他俩谈论明天的计划。查理和小男孩约定明早九点在码头碰面。

看来查理就是这样学会爆粗口的啊，克洛斯终于明白了。他忍不住笑了起来，听着锅炉里的儿子一句接一句地骂着脏话。

他稳稳地走上前，一把拉开了锅炉门。两名男孩目瞪口呆地看着他，摇曳的烛光中，他清晰地看见了孩子们脸上的惊愕。

"哎，查理，你应该赶紧把我介绍给你朋友——或者说，你的舞蹈老师？看上去两位小绅士还没吃晚饭吧？正巧我一路过来的途中看到一家很棒的餐厅。"

57

"想想吧,弗雷迪,两千美元就这么轻而易举地跳进你口袋啦。"

"你是让我冒奇险啊,乔治。"

"弗莱彻已经参与了,我们就差你了,哥们。"

弗雷德·沃特金斯是乔治哈佛大学棒球队的队友,现在在美国棒球联盟里波士顿食豆人队担任投手,他在哈佛大学棒球队表现得太出色了,一毕业就被波士顿队签下。弗雷德已经在波士顿队站稳脚跟,每场比赛都能稳定出场。目前波士顿食豆人队在联赛中排名第五,紧跟在芝加哥队后面。联赛已经进行了三十场,两周内即将结束,他们接下来的对手是巨人队。乔治虽然在法罗牌桌上来了个漂亮的连胜,但仍然欠一位名叫赫尔利的人不少钱,他的债主是巴克斯街上帅小伙哈里赌场的老板。两天前,赫尔利的手下已经找上门来,要干掉他来抵债,乔治只能苦苦哀求他们再宽限几天。现在已经走投无路,他决定冒险尝试之前肯特要求他做但没做到的事情:打假球。

如果一切顺利,沃特金斯在比赛中放放水,巨人队就会赢得今天下午的比赛。

"你可是投手,弗雷迪,很容易控制比赛的,你又不是不明白。"乔治坐在温莎酒店里弗雷迪房间的床上,他宣称游击手弗莱彻已经参与打假球,不过这是撒谎。

"答应吧,弗雷迪,就当玩玩而已。"凯蒂在旁边帮腔,"帮帮我们——你自己也能得到一大笔钱,比你当个棒球手的狗屁收入丰厚多了。"

凯蒂坚持让乔治带上她去说服弗雷迪。他已经游说两天了，但弗雷迪一直犹豫不决。下午两点比赛就开始，剩下的时间不多了。

"巨人队排第三啊，他们的实力比我们强大得多。"弗雷迪说。

"对啊，只是以防万一，如果你们要赢球了，你放放水就行，不会惹人怀疑的。"

"想想看，两千美元哪，可以做好多事情。你是哈佛人，可以在基德·皮博迪公司谋个好差，甚至搞点投资什么的。"凯蒂劝诱道。

弗雷迪走到窗户边，俯瞰着窗外第五大道上来来往往的马车。

"我投球的风格大家都了解，我也不知道什么时候上场，会上多久。"他的声音像是从遥远的地方传来，似乎只是在自言自语，"当然，钱总是好东西。但是风险太大了。"

凯蒂看着乔治，皱眉，现在已经是上午十一点了。

去玩具店那天过后，凯蒂曾经发誓再也不帮乔治了，但她的决心没持续到一个星期。就像乔治无法自拔地沉溺于赌博一样，她也无法自拔地沉溺于爱情。或许真爱就是这样吧，她也想不出别的理由，爱情让人不由自主地做一些傻事，明知道会沦陷，会跌入深渊，但仍然义无反顾。她和乔治都被下了魔咒，赌博和爱情的力量过于强大，令人无法反抗。如果乔治今天拿不出钱还给赫尔利，后果可不是被揍一顿这么简单了——一颗子弹会送他上西天。这是他们最后的救命稻草。

"乔治，等会直接去棒球场等我好不好？我和弗雷迪单独谈谈。"凯蒂说着，朝客房中间的小桌点了点头。乔治从床边站起来，在桌上放下五张一百美元的钞票，然后离开。

House of Thieves

❖

  七局比赛结束,波士顿4:0领先。乔治焦急得像热锅上的蚂蚁。

  帮赫尔利收账的两个打手正坐在他后面三排的位置上,胆小鬼肖和骗子沙利文。他俩大笑着给波士顿队加油,希望弗雷迪的队伍能赢下比赛。这样他们就可以把乔治干掉,再去美美地享受一顿晚餐。

  用了特殊的方式之后,凯蒂已经说服弗雷迪合作。她飞快地瞟了一眼赫尔利的手下,怒火让她美丽精致的脸有些扭曲。

  作为曾经的棒球队员,乔治看得出弗雷迪已经尽量在放水了。但是,每当巨人队击球的时候,球总是稳稳地落在波士顿人的手套里。强劲的风在球场上吹着,这种天气最适合全垒打。弗雷迪几乎投出了慢长球,结果巨人队的击球手仍然没打到。然后,一次悲剧的双杀,垒位上两名队员同时出局。弗雷迪想要四坏球保送击球手上垒,结果那家伙不争气,又给出局了。

  仿佛吃了兴奋剂一般,波士顿的内野手——通常表现平平的家伙——居然奇迹般地防守住了巨人队的击球。三垒手汉森一个猛力飞扑,接住了球,让两个跑垒手出局。乔治太紧张了,太阳穴突突直跳,他抬手按摩着,不敢转头看凯蒂。

  第八局上半,波士顿人两记安打,成功上了一垒和三垒,没人出局。乔治的心沉到了谷底,还好杰克·辛格尔顿被三振出局,巨人队经过苦战终于遏止了波士顿的得分势头,主场球迷兴奋地欢呼起来。第八局下半,在弗雷迪的帮助下,巨人队的打手纷纷上垒。最先出场的击球手康纳就来了一记漂亮的二垒安打,埃斯特布鲁克勇猛地上演全垒打,被打出的球直接飞过了外面的广告牌。基夫来了个一垒安打,然后奥罗克送上二垒安打保护他回到本垒。比分现在是4：3，看上去弗雷迪完全可以再送两分出去。但接下来三个打者发挥失常，一个高飞球出局，一个滚地球出局，还有一个犯规被罚出局。

波士顿人逃过一劫，九局上半，波士顿队的明星打手莫里尔差点来了个全垒打，球在左外野区直奔全垒打墙而去，乔治倒抽一口冷气，紧紧抓着凯蒂的手，还好风把球吹回来了，被外野手拿到。怀斯被保送上垒，但接下来就被双杀出局。九局下半开始了。

弗雷迪只剩一次机会输掉比赛。

多根最先出场，尽管弗雷迪投了慢速下手球，但他还是打空了，三振出局。格哈特倒霉地来了个滚地球出局。乔治绝望了，再出局一人波士顿队就赢了。观众们纷纷失望地退场，肖和沙利文俯身向前，盯着乔治，确保他不会趁乱溜之大吉。

弗雷迪投了四个坏球，离好球区十万八千里远，保送约翰逊上垒。卡拉汉走到本垒区，结果倒霉地打出两记界外球。

"好了，该走了，乔治。"肖说着，结实的大手按在他肩膀上。

卡拉汉又是两记界外球，折磨着乔治和全场观众，肖猛地把他从座位上拽起来，往过道上拖。

"该走了。"他又说了一次。

球场上，卡拉汉挥棒，但落空。这下完了，近万人的球场一片嘘声。凯蒂无助地看着肖拖着乔治的衣领走上台阶。

但裁判给出信号，擦棒球，落地，比赛继续进行。几秒钟后，人群中传出疯狂的尖叫。乔治猛地挣脱沙利文的钳制，跑回到座位上。白色的小球猛地被击飞，一路往全垒打墙奔去，几乎打到包厘街上麦肯家帽子店的广告牌。巨人队赢得一个两分全垒打！凯蒂欢乐地扑入乔治怀中，献上热情的吻。成千上万名粉丝疯狂地叫喊雀跃，肖和沙利文满脸失望和厌恶地看着人群，灰溜溜地走了。

"你先去我那儿，我晚点去找你。"凯蒂在一片喧嚣声中对乔治说，"没办法，我答应弗雷迪如果输球了会给他点额外奖励。"

58

　　这一系列的抢劫案像是魔术师干的，一点线索都没有。罗伯特只隐约听说有个名叫"工程师"的犯罪分子策划了所有抢劫案这种疯狂的谣言。黑社会里面也有热衷于八卦的人，总喜欢把一些所谓的绝密消息泄露出来，可这一次，没什么靠谱的信息，当了这么多年平克顿，罗伯特还是第一次遇见这种事情。所有人都不敢谈论那个工程师。

　　在报纸的大力鼓吹下，公众已经相信死去的俄罗斯伯爵才是罪魁祸首。真是无稽之谈，罗伯特对此嗤之以鼻。那个什么亚历山德罗夫根本就不是俄罗斯王室成员，只是个颇富才华的骗子，冒充贵族招摇撞骗罢了，像这种油头粉面的小贼哪有这么大的胆量和魄力去偷取法老蓝钻，这一切的幕后黑手是那个工程师，毫无疑问。

　　走在去往第二大道高架铁路总站的路上，罗伯特突然在艾伦街的转角处发现了他的侄子乔治，他正往一栋摇摇欲坠的两层楼房里走去。罗伯特皱着眉头，很是吃惊，乔治这样英俊的小伙子怎么会来这种像猪圈一样的肮脏场所？毫不犹豫地，罗伯特跟着乔治往那栋楼走去。这里是纽约城里最低档的赌窝之一，给那些贫民赌点小钱，打发无聊时间的。罗伯特用职业的眼光看了看，这里的不法窝点可以一天二十四小时不间断地让人们玩廉价游戏。

　　接下来，更令他吃惊的事情发生了，他的侄女朱莉娅也出现在这里，大约一个街区的距离，身边跟着个高大英俊的小伙子。罗伯特看得出来他们不想引起乔治的注意，乔治走进赌窝以后，他俩等了几分钟,然后跟了上去。

除了那些街头混混,某些公司的职员也会趁午餐时间来这里消遣消遣。他犹豫了几秒钟,决定不跟进去。在这么狭小的房子里,被乔治或者朱莉娅发现的几率太高。

再说也没必要进去看个究竟,罗伯特对这种地方了如指掌:一条狭窄昏暗的走廊,通向烟雾缭绕的房间,里面通常有法鲁牌桌,十三张牌一字排开摆在油腻腻的桌毯上;桌旁站有荷官和助手,他们从黄铜牌盒里给赌客发牌,牌桌另一边的傻瓜们纷纷把赌注放在桌毯上。

这个赌窝没有什么特别的设施,想来是那种临时租来当赌场的屋子。房东会抽一成赌金当租金,不管是玩轮盘、三骰游戏还是其他的。

罗伯特走到街道对面,站在一家二手服装店附近,点燃一支烟,耐心地等待着。盯梢是门技术活,更是门艺术,半点不能分心,说不准一眨眼目标就溜之大吉了。在这方面他可是专家,一边盯着赌窝门口,一边打量来来往往的行人。纽约街头就像个迷人的万花筒,挤满了令人难以想象的各色人士。罗伯特随时都能看到像刚刚从俄罗斯出来的希伯来人,扎着长辫的中国人,头发乌黑、鼻梁高挺的希腊人。跟法布罗完全不一样,那里只有像他这样的白种人。

一个漂亮的、皮肤有些黑的意大利姑娘挎着洗衣篮从他身边走过,冲着他挑逗地微笑。这条街上车流如梭,各种货车、板车和手推车挤作一团。这里是曼哈顿阴暗的角落,没人会在意街道是否干净,路上是否堆满了臭气熏天的屎尿和腐烂的垃圾。

约莫十分钟后,朱莉娅和她的朋友从赌窝里冲了出来。他的侄女一脸震惊的模样,脸色苍白得吓人,双手紧紧地攥成拳头。这让罗伯特很困惑,但他想了想,还是待在原地没动。朱莉娅的同伴看起来有些眼熟——也许在侄女的成人舞会上打过照面?在这种肮脏的地方,那个小伙子至少能保护好他的侄女。

一个小时过去了，罗伯特有点饿，但他没有放弃任务。打了个响指叫来附近游荡的卖香料姜饼的女孩，他买了点姜饼垫肚子，可以撑到晚饭时候。

终于，乔治现身了。从侄子脸上的表情罗伯特就能猜到发生了什么，乔治靠在大楼外面的砖墙上，点燃一支香烟，神情茫然地盯着脏污的地面。大概五分钟后，他走了。

罗伯特一直等到乔治走过街区转角，这才穿过马路进了那间赌窝。他径直走到法鲁牌桌前，挤进了看热闹的赌客中。

他走过来的时候，荷官正好在跟助手说什么。

"不好意思打扰下，刚才有个穿蓝色西服，长得很英俊的小伙子从这里出去，他经常来吗？"

"这他妈关你什么事？"荷官口气很冲地质问。

罗伯特一把抓住他衣领，把他的头摁在法鲁牌桌上，掏出平克顿徽章在他面前晃了晃。

"我敢肯定，你的牌桌上那些针孔位是用来出老千的，警方大概会很有兴趣看你示范。或者，你愿意回答我的问题，我就放你一马。"罗伯特轻声在他耳边说，一边用力摁住挣扎的荷官。

"他的名字叫乔治·克洛斯，"对方尖声说，"应该出身不错，不过他几乎去过包厘街和五点区的所有赌场。今天他拿了三千美元来，不过都输光了。这些可怜的家伙从来不懂收手，非得输到当裤子才行。"

"他从哪儿搞来的钱？"

"不知道，可能有些收入，有个妓女有时候会给他钱，但他每次都来输个干净。"

罗伯特松开手,让荷官站直。
"输?"他冷笑,"看来在你这儿是赢不了的。"
荷官也冷冷地笑了。
"那些傻瓜就喜欢输钱的感觉,我简直爱死他们了。"

59

布朗尼·史内德一记凶猛的左勾拳打在惠特尼·赛谬尔斯的下巴上，对方狠狠地撞上地下室脏污的黑墙，又像皮球一样弹了回来。一个漂亮的回旋踢，惠特尼的下巴又挨了一下狠的，直直飞起，倒在地上。布朗尼扑上去踢对方的肚子，但顽强的老混蛋没有要认输的意思。

诺兰在布朗尼身上下了十美元，自然希望比赛就此结束，但惠特尼抓住一个空档，一拳头砸在布朗尼裤裆，对手一个不留神，痛苦地在地板上翻滚。

"这些娘娘腔就没有从英国的昆斯伯里侯爵那儿学到点基本规则吗！"泡菜诺斯·约翰逊喊道。

东城牛仔的成员们在血桶酒吧的地下室里聚集，享受着他们所谓的"简单粗暴"的自由搏击，没有护臂、拳套，也没有规则。地下室的后面摆着一张大桌子，他们一边吃吃喝喝，一边看比赛。

惠特尼狠狠地在对手脸上踩了三下，终于，布朗尼倒在地上，站不起来了。团伙成员发出一阵哀叹：布朗尼本来占尽优势，结果反而被打趴下了。很快，房间里又开始喧哗起来，没人去管倒在地上的失败者。诺兰喝了一口黑麦啤酒，给桌上的其他人发牌，准备开局。

"你和那个贵族姑娘怎么样啦？"泡菜诺斯问，"朱莉娅小姐长得真是漂亮啊。"

"她回学校了，不过我们可以在下午和周末见面。"诺兰说着，检查手里的牌。自从被扔上大街以后，他就学会了玩牌，玩着玩着就自学了加减法。至于打牌出老千,他从很小的时候就开始玩这套了。每种出千的法子他都精通——给牌做记号、把两张牌粘在一起、在袖子里或背心里藏牌,甚至利用一些特殊的小镜子偷看对手的底牌。这种号称"打牌包赢工具"的东西在包厘街随处都能买到,报纸上还能找到广告。

他看到泡菜诺斯悄悄地把红心 A 藏在袖子里准备换牌,不过诺兰自己就是玩牌的行家,可以把这些小花招化解于无形。他还教过朱莉娅一些玩牌技巧,让她高兴坏了。上流社会里,玩牌也是种时尚,当然,名流名媛们玩牌是要赌钱的,朱莉娅正式步入社交圈以后已经可以参加各种牌局,诺兰的指点让她赢了不少钱。她经常用打牌赢的钱来玩斗鼠,越赚越多。朱莉娅有种与生俱来的天赋,总是能够选出能赢的那条狗,这让她的弟弟查理感到非常不平衡。

密里根走了进来,在人群中转了一圈,问候手下的小伙子们,跟他们讲笑话,喝酒。布朗尼已经回过神来,坐在桌边揉着自己受伤的地方,缓解疼痛。惠特尼收起了赢的赌注,然后离开。

房间的门被推开,一个戴着眼镜,长得獐头鼠目的男人探头进来。

"我来交货,斯派克·密里根先生的啤酒。"他用洪亮的嗓音说着,房间里一下子安静下来。

密里根恼怒地朝他走去。

"你他妈的没长眼啊,老子又不是酒吧老板,把它送到楼上吧台去!"他咆哮着。

送货员像是被骂习惯了,一点也不生气,还友好地挥挥手。

"哎,先生,这是特殊订单,克洛克先生订的。"

密里根眼睛一亮,转头看看小伙子们,大家脸上都露出兴奋的笑容。理查德·克洛克是坦慕尼协会的巨头,或者说是老板。这个爱尔兰流氓一拳一脚从阴沟里打拼出来,担任过验尸官,然后是消防局局长,最终爬上了这个跟他的出身完全不相称的位置。两年前,前任坦慕尼协会会长、老实人约翰·凯利退休,克洛克继承了他的位置。在纽约城里,他以铁腕政治著称,下个月纽约市长开始选举,克洛克让他们帮派做点最擅长的事情——为他指定的候选人拉选票。

送货员扛着一个大桶走进了屋子,密里根自豪地盯着它。

"孩子们,"他指着酒桶说,"这是克洛克先生的赏赐,为我们过去所干的买卖。另外就是提醒我们,下个月该干活啦。克洛克先生希望亚伯拉罕·休伊特担任下届纽约市长,而不是他妈的狗屎社会主义亨利·乔治或者卖屁眼的西奥多·罗斯福。我们要帮坦慕尼协会做点事。"

诺兰笑了。密里根很会操纵选票,他能让一个人投六次。帮派专门召集那些伤者、残疾人或者乞丐在不同的投票站投票,再换身衣服,重新打扮打扮,又多投几次。在某次竞选中,曾经创下一个人投十四次的纪录。

"克洛克先生说过,忘恩负义是最大的政治犯罪,东城牛仔绝不会忘恩负义的。让我们做好该做的事情,不要让克洛克先生失望!"密里根大声说,帮里的小伙子们纷纷欢呼起来。

送货员把酒桶交给密里根,代表坦慕尼协会热情地与他握手,然后转身离开。走到门边的时候,他停了下来。

"肯特先生希望你尽情享受他送的啤酒,顺便说一句,他要投票给罗斯福!"他高叫着,迅速掏出一把柯尔特海军手枪,朝酒桶开了一枪,砰地关上门。

震耳欲聋的爆破声响起,橘红色的火球吞没了房间里的一切。不幸坐在酒桶边上的人被炸得渣儿都不剩,玻璃和木头碎片穿透了小伙子们的头骨、躯干和四肢，碎片四射，整个房间里充满了硫磺和火焰的气味。人们尖叫着，发出临死前的最后一声呻吟。不到几秒钟，木板吱嘎吱嘎地开始燃烧，火势蔓延到一楼，过了一阵，地下室顶上的楼板轰然垮塌。

喧哗停止了，偶有低沉的呻吟打破沉默。房间里弥漫着烟雾和灰尘，几乎伸手看不清五指。

诺兰感觉自己的胃里被灌满了灰，他勉强睁开眼，只看到面前一片厚厚的乌云。

他什么也没想，除了朱莉娅。

60

"存放银器和亚麻布的金库非常隐秘,还有装珠宝的保险柜,所以,有什么人知道它们的位置?"

"仆人们都知道,"威廉·库克说,"我,还有我妻子……当然,设计屋子的建筑师也知道。"

"是啊,建筑师。"罗伯特轻声笑了笑,他当然知道那是谁。

"你们什么都没追回来吗?"威廉·库克问。盗窃案发生不久后,他和妻子就用更昂贵的东西来代替了被偷走的物事,还入手了一套罕见的德累斯顿瓷器。抢劫案之所以让他如此愤怒,不在于金钱损失,而在于这是种嚣张的挑衅。

"在费城找到两把沙拉叉子,但恐怕仅此而已了。"

"就是那个婊子养的俄罗斯人,那个冒充贵族的混账东西!就是他干的!我在家里招待过他三次,居然骗我!好吧,我吸取教训,不可能再有下次了。我已经安装好最新的电子报警系统,直接连线到警察分局。"

库克离开办公室后,罗伯特看着桌上美国富达银行提供的设计图。从图上他能看出,地下金库离百老汇街地下那条被废弃的地铁隧道有多近。这是一次精心策划的抢劫案,跟他司空见惯的简单粗暴的犯罪手法完全不同。

他的同事彭伯顿在办公桌边,聚精会神地看着调查报告。

"你在纽约城里工作挺长时间了吧,彭伯顿?"

一头白发的男子抬起头，笑了笑。

"怕是有一万年了吧，哈哈……自打1876年我就来这里了。"

"还记得乔治·莱斯利吗？"

"印象深刻。那家伙号称银行劫匪之王。"

"他是个工程师或者建筑师之类的？"

"差不多，出生在俄亥俄州一个小康之家，在辛辛那提大学学建筑学，我想的话。果然是学以致用啊，这家伙的脑子绝对非同寻常。"

罗伯特盯着窗外百老汇街熙来攘往的人群。然后，拿起电话，打给格林，问到了为他设计公馆的建筑师的名字。在纽约市通讯目录里找了一会，他记下了电话和地址。

❖

"威尔先生，感谢您能在百忙之中抽空见我。"罗伯特说。

"有什么可以帮您的吗？愿意效劳，希望早点抓住抢劫格林先生的混蛋。"詹姆斯·威尔说。他带着罗伯特来到铺满了设计图的会议室。"我希望您能从中找到什么线索，"他说，"这是完整的房屋设计图。"

"谢谢，我知道您提出了非常有创意的设计，新型公寓……嗯，在设计比赛中得过奖，真是恭喜。"

威尔微微欠身表示感谢，罗伯特看得出来，他为自己的设计自豪。

"哎，您过奖了。我就是想从整体上做一个人性化的设计，让那些可怜的贫民能享受更多的阳光和空气，甚至能有自来水和室内卫生间。"

"真是社会发展的重大进步，那些不幸的贫民居住条件太恶劣了，跟野兽差不多，太可怜了。"罗伯特说。

"是啊,那些西城区的房东把房子改建得比猪圈还差,屋子里分出好多小隔间,然后塞进几十个人,这简直是犯罪,彻头彻尾的犯罪,但法律保护他们。后来他们又修了更多令人发指的出租屋,就前后各一扇窗,其他地方连个通风的地方都没。"威尔的声音越来越愤慨,"算下来每平方英亩里居住了五百多口人!"

"真是太不像话了,动物园里的动物待遇都比这好。对了,顺便问下,抢劫案发生的那天晚上,您在哪儿啊?"罗伯特装作不经意地问。

"那一周我都在波士顿。"威尔说,"当我听说抢劫案的时候,肺都快气炸了。"

"是啊,居然发生在您设计的这么漂亮的房子里,真是亵渎。对了,您和格林先生合作愉快吗?我的意思是他有没有付清设计费用什么的?"

"谢谢您的称赞。嗯,您怎么会这么想呢?格林先生慷慨地支付了所有费用,包括额外设计的部分。"

"好的,抱歉占用您这么多时间,威尔先生,我得走了。请您相信,我真的非常喜欢做你们这一行的人,我弟弟约翰也是一名建筑师,不知道你认识他吗?"

威尔的眼睛一亮:"啊,我是约翰的好朋友,请替我向他问好。"

"我会的,再次感谢您。"

"约翰是个特别有才华的人,而且谦虚好学,总是想学习更多的东西,这是成为一名伟大建筑师的标志。他甚至来参考过我的图纸。"威尔的声音里明显透出些许自豪。

罗伯特顿了顿脚步,转身。"哦……是最近吗?"

"大概一个月前吧。他想看看我设计的廉价公寓,他说最近可能会设计类似的东西。"

House of Thieves

❖

  罗伯特沿着麦迪逊大道走到东二十八街,在一家小餐馆里,他点了咖啡和火腿三明治。他取出笔记本,认真研究目前手上的案子。跟大多数男人不同,他是真心热爱自己的工作。每个案件都是一次亟待征服的挑战。不管上班下班,他满脑子都是工作,每天大部分时间都会花费在研究破案上。

  自打第一次进了平克顿事务所,罗伯特就被罪犯们邪恶的手段震撼了。在此之前,他天真地以为世界上没有什么真正的坏人,压根没想到竟然有人会做这种暴力残忍、令人发指的事情。很快,跟这样的人和事情打交道成了他日常生活的一部分,事实上,他很喜欢破获案件、追捕罪犯的生活。打从心底说,罗伯特佩服那些人在犯罪方面的聪明才智,根据他的经验,贪婪是引诱人们犯罪的罪魁祸首,至少90%的犯罪都源于此。人们对金钱的欲望是个填不满的无底洞,就像尼亚加拉大瀑布一样。妻子毒杀丈夫获取遗产,子女谋害父母获取保险金,职员在老板鼻子底下盗用公司资金等等,一切都是贪欲作祟。

  毫无疑问,他来到纽约以后碰到的一系列案件是平克顿生涯中最具挑战性的,并且,种种迹象表明,一系列抢劫案的幕后是同一个犯罪团伙,这让罗伯特更加兴奋。再加上在富达银行那桩案子里,罪犯居然从自己眼皮子底下溜走,这让他有点沮丧,又很愤怒,这一切都坚定了罗伯特追捕这群罪犯的决心。

  他的手指在列表上移动着,很快看到了新港的抢劫案。当地警方在破案方面一无所获,迫于被害人的压力,他们请求平克顿介入。他喝完咖啡,结账走人。沿着麦迪逊大道往南走,在西十九街右转,很快走到西十七街一栋狭长的建筑物门口。拾阶而上,他走进拱形入口,敲门并报出自己的名字。服务员领着他来到小会客室，一名瘦高个、头发稀疏、戴着眼镜的男子起身欢迎他。

"很高兴见到你，克洛斯先生。格莱特先生让我们为您提供一切所需的帮助，请跟我来办公室，那个地方私密点，适合谈话。"

"谢谢您，先生，我只是问几个问题而已。您知道为格莱特先生设计新港住所的设计师是谁吗？"

"应该是斯坦福·怀特。麦金、米德和怀特设计事务所的建筑师。事实上，这个小房子也是他设计的，这里是格莱特家族企业的总部，看起来挺像个家庭公寓的，对吧？"

"的确，"罗伯特的眼神变得深沉莫测，"这里非常迷人。"

❖

"不好意思，占用了您的时间，怀特先生。"

"叫我斯坦尼吧，罗布，"红光满面的设计师大笑着说，"很高兴见到你啊，老兄。你在追捕那群到处入室抢劫的混蛋吧？有什么需要我帮忙的尽管开口。还有，务必请帮我给约翰老伙计带个好儿，你们两兄弟什么时候一起来我那里喝几杯啊？"

"那真是太好了，"罗伯特说，"我一定跟老弟说。"

走在第五大道上，罗伯特陷入沉思。破案在他看来就像玩拼图，一大堆零碎的线索全堆在那里，不可能一下子就把它们拼成一幅宏伟的阿迪朗达克山全景图或是圣经里的某张插画，而是要慢慢地梳理。随着一片片碎片安放就位，图形就慢慢显现出来了。

到现在为止，拼图的碎片已经差不多组合完成，但是罗伯特没有像往常一样感到自豪和得意，只觉得一团烦躁。

61

诺兰睁开眼的时候，只看到眼前白茫茫一片，白得有些刺目，让他想流泪。

"你可终于醒了，睡神。"一个男人的声音响起。

他艰难地抬起头，看到团伙成员邓恩站在一排病床中间，冲他挥手。

这一刻他才意识到自己在医院，还没有去见上帝。几十张病床上躺满了受伤的人，有的全身裹着绷带，有的光溜溜的。头顶是白色的石膏天花板，电灯投射出刺目的白光。

这下他明白为什么这间房干净、宽敞又明亮了。他感觉到自己脸上有东西，想抬手去摸，从右手传来剧烈的疼痛，他微微一颤，仍然抬起手抚摸自己的脸：前额上缠着绷带。

"真没想到你还能醒过来。"

"该死的，这是哪儿？"

"十五街的纽约医院。"

"上帝啊，发生什么事了？"

"肯特那个混账，给我们送了一桶炸药来，把血桶酒吧都炸翻了，你还记得吗？"

"我就记得那个桶被送了进来……然后就一片空白了。"

"我想也是，你昏迷了快两天，医生给你打了一加仑的吗啡。"

"其他人呢？"

"没有其他人了，只有我俩幸运地活了下来，那群可怜的家伙……"

顾不得全身剧烈的疼痛，诺兰用手肘支撑自己坐起身。

"所有人都……"他不敢置信地问。

"除了斯旺森和几个没在现场的，其他人都死了。密里根、泡菜诺斯、布林克霍夫……都死了。"

"泡菜诺斯……也死了？"

"唉，被炸成一团碎肉，只剩下个大鼻子。肉渣骨头渣全粘在墙上，只能刮下来。当时一楼还有些客人，差不多都完蛋了。"

"泡菜诺斯……他死了……"

"爆炸发生的时候我他妈正好在桌子那边摸牌，被狠狠地砸到了墙上，他妈的，老子腿都断了。"

诺兰摸着自己的躯干，痛苦地瑟缩下。

"我听医生说，你断了两根肋骨，头骨上还开了个大口子。不过，你他妈真幸运，还活着。凑巧你站在屋子最里面。"

诺兰背靠着枕头，不自觉地抽泣。他无法自抑，虽然团伙里没什么好东西，都是群无知的败类，但那是他唯一的亲人。他跟帮里大部分人一起长大，彼此亲如兄弟。在最困难的时候，他们互相扶持，同心协力共渡难关：泡菜诺斯一直像大哥一样照顾诺兰，保护他，教他在街头生存的伎俩，如果没有他，诺兰根本活不下来；帕格·约翰逊教会他怎么当一名小偷；密里根待诺兰好得像自己的亲儿子，总是慷慨地让他保留大部分偷窃所得……

诺兰几乎不记得和亲生父母在一起的日子，在他印象里，被打、被骂和饿肚子是家常便饭，酗酒的父亲喝醉以后就拿他撒气。有时候，他真的觉得被赶出家门是这辈子最幸运的事情。可庇护着他、带给他家庭般温暖的人现在都走了，再也不会回来。而这一切都是他的错，他为了保护约翰·克洛斯，不得已杀死了默多克，这就是命运的惩罚。

他到底干了什么？上帝啊，为了爱情，他做了这么冲动的事情。现在几十个人的鲜血染红了他的手，这个想法几乎让诺兰崩溃。他死死地盯着天花板，深藏在胸中的怒火熊熊燃烧，几乎快焚毁心脏。纽约黑帮之间经常有些小冲突，但像肯特那样的报复——冷血的屠杀——必须受到惩罚！

"肯特，该死的畜生。我要他的命。"诺兰咬着牙，一个字一个字地说。

门口的动静吸引了邓恩的注意力。"哎，她来了。你好啊，小美人儿。"他高喊道。

"很高兴见到你，邓恩先生。"

见到朱莉娅的那一瞬间，诺兰的怒火就消失了，只剩下满心的喜悦。他试图起身迎接她，但只能颓然地躺在床上。

"小姑娘今天已经来了三次，就为了等你醒过来。"

朱莉娅蹲在床边，拉起他的手，吻了一下。

"约翰，我好害怕你醒不过来了。哦，上帝，再次见到你真是太高兴了。"她哽咽着，泣不成声。诺兰轻抚着她的长发，但什么也没说。其实，朱莉娅出现在这里已经让他觉得好多了。

"今天星期几？"他轻声问。

"星期二中午。"

"你不上学？"他问着，仍然抚摸着她的头发。

朱莉娅抬起头，笑了。"我逃学了。当我去血桶酒吧找你的时候——唉，一片废墟——有人跟我说你在这里。不过别担心，我不会有麻烦的——早编好借口了，你教我的。"

62

"城里有好多新建筑,你的生意一定很好吧,约翰?"

"比任何时候都好,最近设计了剧院、医院,还有几个写字楼。"克洛斯高兴地说。他不是个喜欢吹嘘的人,不过能得到大哥的称赞对他而言意义非同寻常。

"好像最近新修了不少新型的廉价公寓,怎么,你有设计过这类建筑吗?"

"很遗憾,没有。不过真希望有机会尝试下,这种多房间的公寓楼设计还有许多可以改进的空间。"

两兄弟在雪利酒吧共进晚餐,过去的几个月里,克洛斯没错过一次跟哥哥共进午餐或者晚餐的机会。有两方面原因,一来他喜欢跟大哥待在一起,二来他也可以打听些平克顿的最新动态。抢劫案有没有新线索?到底是谁给他们通风报信?很奇怪,自从银行抢劫案以后,内鬼居然没有丝毫动静。但帮里有内鬼这个事实一直是克洛斯心里的一根刺。

更糟糕的是,罗伯特和平克顿布下天罗地网,现在再打城里有钱人家的主意真是难于登天,肯特那边又逼得紧,克洛斯简直是左右为难,他和海伦为了寻找目标已经绞尽脑汁。

"你知道吗,我在麦迪逊大道看到一栋气势恢宏的大楼,就在圣帕特背后。主体建筑呈 U 形,上流社会的大手笔啊。"罗伯特说着,叉了一块苹果派送进口中。

"亨利·维拉德的豪宅,他是北太平洋铁路的总裁。是我的好朋友查理·麦金为他设计的。实际上它不是一栋房子，而是环绕着入口庭院的六栋独立住宅。"

"六栋？看起来像一栋巨大的豪宅。"

"这恰恰是它的高明之处啊。这种设计风格来源于意大利文艺复兴时期，参考了罗马的文书院宫，但在细节上做了简化，没有使用烦琐的壁柱，窗口的装饰简化了……"

看到大哥笑得合不拢嘴，克洛斯停了下来。显然他又开始絮絮叨叨专业的东西了，沉默了一会儿，克洛斯和罗伯特都大笑起来。

"我很抱歉，一旦开始谈建筑的框架结构什么的，我就闭不上嘴了。"克洛斯道歉。

"你真的很喜欢建筑师这份工作，老弟。我也喜欢自己的工作，真是件美好的事情。我想解决每一个案子，把每一个罪犯都送上审判席。"罗伯特平静地看着弟弟。

"抢劫案有什么新进展吗？库克家和银行的案子。"

"恐怕进展不多，那些狡猾的罪犯需要花费时间和力气来解决，但我一定能抓住他们。唉，还有一大堆事情要做，比如给商家当保镖什么的。"罗伯特喝完了咖啡，看着第五大道熙来攘往的人流。

"维拉德的豪宅是麦金、米德和怀特工作室设计的吧？斯坦福·怀特也在那里？"他突然问道。

"怎么突然问起这个？是啊，他主要做室内设计，斯坦尼是我的好朋友，朱莉娅的成人舞会他也来了的。高个子、红头发，他可是纽约城里顶呱呱的建筑师，拥有难以置信的天赋。"

"我想我还记得他。"罗伯特说，顿了一顿，他又补充道，"那他的客户里一定有许多有钱人吧？比如在新港拥有豪宅的那些。"

"他的客户大部分都是有钱人，虽然卡洛琳姑妈不怎么用他。"

"今年夏天你去新港看了老姑妈没？"

"我们去新港待了一个星期,但那时候姑妈在伯克郡。"

"那你去过赌场俱乐部吧?我听说那里有场很棒的音乐会。"

"海伦拖着我去听了。"

"对了,我听说最近流行在德克斯朵公园度周末,罗瑞拉德在那里有一栋别墅。"

"是啊,我一个朋友布鲁斯·普莱斯给他设计的,别墅和会所,相当不错。"

"普莱斯啊,朗布兰奇的新赛德酒店也是他设计的?"

克洛斯顿了顿,喝了口咖啡,他需要一点时间审时度势。略有些不安地在椅子上挪了挪,他用亚麻餐巾擦拭着嘴唇。脑海中不断重复刚才跟大哥的一番对答,每个字都在他脑子里敲响了警钟——廉价公寓、怀特、新港、演唱会、普莱斯、德克斯朵和新赛德酒店。

"没错,新赛德酒店也是普莱斯设计的,几周前那里发生了一起抢劫案。"

"是啊,一场慈善舞会结束,整个酒店被洗劫一空。真是令人难以置信。"罗伯特说,

"听说劫匪是从顶楼的天花板上空降进房间的。"克洛斯补充说。

"非常巧妙。坊间传闻说纽约城里出了一个绰号叫'工程师'的智囊,策划了所有抢劫案。"

正舀了一勺醋泡豌豆准备送进嘴的克洛斯吓得手一抖,豌豆掉了下来,在他的衬衫和马甲上弹跳。

"该死的。"克洛斯咒骂一声,慌张地瞥了一眼坐在桌子对面的大哥。

"我看你的餐桌礼仪跟你十岁的时候差不多嘛。"罗伯特笑着说。

克洛斯擦拭着白色衬衫上的污渍,装作好奇地问:"你是说真的?谁是'工程师'啊?"

"一个深受黑社会敬仰的人,几乎被传成了神话英雄。"

克洛斯无力地笑了。

"或许普莱斯就是这个'工程师',罗瑞拉德的房子被抢劫了,你知道——他设计的。"罗伯特说着,屈起指节在白色桌布上轻敲。

"我想是那个冒牌俄罗斯贵族干的吧?"克洛斯明白,罗伯特不知道那天晚上自己也在现场。为了保护隐私,罗瑞拉德没有把周末宾客的名单透露给其他人。上流社会的绅士不会允许自己做出泄露客人信息的事情,这是铁律。

罗伯特突然大笑出声,引得餐厅里其他客人转头来看。

"不,不会是他。"

"但也不可能是普莱斯啊,老哥。"

"为什么不可能?"

"普莱斯是名建筑师,不是工程师。这其中区别很大的。"克洛斯笑着说,"艺术家和工匠的区别。"

罗伯特又爆发出一阵大笑。

这场谈话让克洛斯如坐针毡,所以他决定改换话题,谈点大家都感兴趣的事情。

"明天一起晚餐怎么样?然后去看戏,可以吗?"

"好啊。乔治会来吗?我好久没看到他了,这小家伙最近忙什么呢?"

"上周六我们逼着他回来吃了顿晚饭。"克洛斯说着叹了口气,"他还在包厘街教书,说是会坚持到秋季开学。他是真心喜欢那群淘气的小孩,喜欢他们每一个。"

"这在上流社会可有些出格啊,我想海伦恐怕都快急疯了吧?我敢打赌,你太太一定为乔治挑好了成打成打的妻子候选人。"罗伯特笑着说。

克洛斯点点头。"我跟她说过一万次了,放手让孩子自己安排生活,她就是不听。"

"那乔治空闲的时候怎么消遣?"

"这恐怕就是一个谜了。"确实如此,克洛斯不知道乔治在教书之余会干些什么——或许是一些他不愿去触碰的秘密。

"他喜欢跟女孩厮混?或者打球、赛马,抑或是……赌博?"

克洛斯不确定大哥是否有注意到自己微微愣了下,他全身僵硬了一瞬间,虽然非常轻微,如同猫抖了下耳朵,或是一片树叶在微风中轻颤。他已经意识到,大哥知道了真相——并在谈话中一步又一步把自己引进陷阱,像是印度人捕捉老虎的陷阱,据他所知,那是挖的深坑上覆盖着草皮落叶,跟周围环境一模一样。跟罗伯特相处的时候,他一直小心翼翼地防备着,生怕露出什么马脚,但不知道为什么,从小在大哥身边他就特别粗心,现在,他只差一步就会掉进陷阱里。

"乔治遗传了海伦的相貌,我想他很受女孩子欢迎吧?或许平时他跟哈佛的同学一起打发时间,纽约城里的哈佛精英可不少。"

"你说得对,约翰,"罗伯特平静地说,"他只想要自由。不过,我可能会给乔治打电话,邀请他一起吃晚餐。"

"那太好了,乔治很喜欢你这个大伯,我想他一定会欣然接受。"

"啊哈,年轻真是好啊,我太羡慕他了。"罗伯特说完,招手示意服务员买单。在克洛斯抗议之前,他补充说:"好了,别跟我抢,让我来。"

❖

走在第五大道上,罗伯特悲伤地垂着头。警方和报纸都封锁了新赛德酒店被入侵的方式,克洛斯却知道劫匪是从顶楼天花板空降的。

他很清楚,自己的弟弟那天晚上也在现场。

他没什么可以谴责约翰的,毕竟,如果换成自己,为了拯救儿子,他也会做任何事情。

63

"八千？你欠了八千？可是今天上午还只欠一千五呢！"

凯蒂腿一软，跪在她家客厅的地毯上，用手捂住脸，试图止住哽咽。乔治在他面前，沉默地站着。

"我受不了了，乔治，"她呻吟着，"我真的受不了了。你每天都冒着被打死的危险去赌钱，我真的受不了了。"

"凯蒂，这是最后一次，最后一次，我发誓。"

"你发誓？你跟我发过多少次誓了？一百万次！"凯蒂大哭起来，她的眼睛里燃烧着愤怒的火焰，"而每一次我都全心全意相信你！因为我全心全意爱着你！但是真的不行了，乔治，不能再这样，再这样下去，你就是在凌迟我。"

"求你了……"

"每一天，我们都为钱的事情吵架。这种局面永远不会停止，我再也撑不下去了。总有一天，你的尸体会在河面上漂着，我不能等到那个时候。"

"你知道我已经尽力了，凯蒂，你知道的。"

"可是该死的，没用！你根本无能为力！乔治，你就像个酗酒的醉鬼，一边拼命喝酒，一边拼命保证这是最后一口！那是种病，你已经病入膏肓了，我没办法帮你。"凯蒂的声音变得无力，乔治从来没见过她这么绝望的模样。"我就只能眼睁睁地看着这辈子唯一真爱过的男人慢慢毁灭自己。"

"凯蒂，我爱你，真的，我爱你。只要我们齐心协力，一定能渡过难关。我们不能放弃。"

凯蒂站起来，冷冷地看着乔治。他试图拥抱她，但被她推开。

"不，一切该结束了。我不能再这样对待自己，我不能再忍受这样的生活。人们说，如果你爱一个人，你会原谅他做的一切事情，你会容忍他的一切，但事实并非如此。"凯蒂一字一句地说。她的眼神空洞，似乎灵魂已经被抽空，身体只剩下空壳。

"亲爱的，你之前也这么说过。"

"这一次我是认真的。一切该结束了，我希望你离开。"凯蒂坚决地说，尽管眼里的泪水夺眶而出，"我不能再跟你见面了，乔治，永远，不再见。"

乔治站在她面前，静静地，仿佛他被变成了一块石头。

"你走吧，乔治。"凯蒂用轻而坚决的声音说。

他没有回答，她突然控制不住抽泣起来。凯蒂一边流着眼泪，一边把乔治推向门口，他试图反抗，但她不停地推着。

"你走！滚出去！该死的，出去！"

乔治转身出门，砰的一声，大门在他身后关上。那声音似乎一直在他耳朵里回响，久久不能平息。他无法挪动脚步，就这么站在走廊上等着，希望她能一时心软打开门。

时间一分一秒过去，凯蒂在门口哭泣的声音隐约传来，但也仅此而已。

慢慢地，乔治挪动着脚步，机械地走下黑铁楼梯，来到街上。

64

搬运工们气喘吁吁地把金条搬到马车上，时不时骂骂咧咧。金条本身并不重，一根大概五磅左右，但连续工作仍然耗费不少体力。多年来，他们无数次地搬运价值连城的黄金，压根就没有偷窃几根的心思，在他们眼里，这些东西和砖块也差不多。

终于搬完了，他们去大仓库角落里休息，喝咖啡吃三明治。车夫和武装警卫会在二十分钟后把马车里的黄金押运到码头去。时值清晨五点，曼哈顿街头的交通还没到拥堵的时候，位于第一大道十一街的仓库外，一片冷冷清清。

很快，车夫和警卫来了，锁好仓库后门，开始沿着上东城云山街往码头赶去，货运船在码头上等待着把黄金运到比利时。为了避免引起不必要的注意，基德·皮博迪公司用普通的送啤酒的改装货运马车来运送金条，而不是全副武装的装甲货车。一名带着手枪的平克顿坐在车夫身后，另一名警卫驾着送奶货车在前面开道。他们穿着一身普通工人的服装，没有穿警卫制服。

十月下旬，清晨的街头吹着凉爽的风，马车慢慢在街上走着，人行道上零零散散的人们开始为生计奔波。杂货摊主慢条斯理地整理铺子，手摇遮阳篷，露出平板玻璃窗，摆好装满货物的桶。马车上的平克顿警惕地四下观察街道，看看有没有什么不寻常的动静。不过清晨的曼哈顿一如往常，没什么特别的。

穿过休斯顿街，往东边的斯坦顿方向前行，前方哥伦比亚街转角处有个大型砖石仓库正在修建中。摇摇晃晃的木脚手架搭了四层楼高，工人们正在传递砖块。大楼面前的街道，不停地有穿着工作服的建筑工人穿梭来往，准备开始新一天的忙碌。

正在货车行驶到仓库面前的时候，突然传来一阵吱吱嘎嘎的声音，越来越响。马车夫抬头一看，吓得差点魂飞魄散：脚手架垮了，正朝着他们的方向倒下来！木板断裂，砖块砸在人行道上，碎片在他们面前飞溅。拉车的马匹受了惊吓，尖啸着四下逃窜，试图挣脱马缰，马车夫用尽全身力气才勉强把它们稳住。

突然，从道路两侧冲出来一群拿着铅管的男人，建筑工人也混进他们的队伍中，跳上押运金条的马车，狠狠地殴打警卫。啤酒货车的车夫被打碎了头盖骨，警卫也头破血流地从马车上跌了下来。送奶车的车夫被粗暴地拽下来，摔在人行道上，挨了一顿狂风暴雨般的毒打。就像一场精心排练的舞台剧，这群凶手飞快地把尸体拖进了仓库。两名男子爬到啤酒货车的驾车座上，赶着马车转向南边，踩着一地碎肉血水前行。暴徒拼命打着马，马车飞快地沿着哥伦比亚街转到西边的德兰西街，随后，他们让马车减速，混在清晨的车流中，沿着肯梅尔街到了布鲁姆。穿过哈德森和莱特街，马车在圣约翰总站停下。这里是中央铁路货运站，由范德比尔特准将主持修建。砖石建筑，五十多英尺高，气势恢宏。为了方便装货卸货，货运站有着宽阔的站台。

车夫赶着马车穿过四十多英尺宽的拱形门洞，来到货运车旁边，一节一节的车厢边上斜搭着木板，方便装货。车夫狠狠地拉着缰绳，好不容易才迫使马儿钻进货运车里去。

刚钻进来，肯特、克洛斯、布雷迪和卡尔沃赶紧跑到货运车上，看到马儿紧张地在车上来回踩着步子，震得车皮来回晃动。

"把这该死的马弄下去，"布雷迪大叫，"赶紧的！"

车夫跳下马车，以最快的速度去解马缰。

"这列火车还有十分钟就开了。"肯特看着怀表，"让我们来看看货,带上灯笼,车厢里黑漆漆的。"

四个人走到了马车背后,布雷迪用一根铅管撬开车门,卡尔沃带着灯笼抢先钻了进去。

"天哪!"他惊叹道。

"满满的财富,嗯?卡尔沃先生?"肯特打趣说。

"咦?快看哪!"卡尔沃吃惊地叫了一声。

堆放得整整齐齐的金条旁边有个人,正是乔治·克洛斯。

65

　　几个人站在原地,不可思议地看着乔治。乔治瞪大眼睛看着父亲。

　　"乔治?看在上帝的分上,你在这里做什么?"克洛斯真是大吃一惊。

　　肯特突然爆发出一阵大笑。

　　"跟您在这里的目的一样,克洛斯先生。偷金条,嗯,偷我们的金条,我不得不这么说。"

　　乔治跳下马车,走到父亲身边,他艰难地咽了口唾沫,问道:"这是怎么回事?"

　　克洛斯张了张嘴,但一句话也说不出来。他被吓坏了。

　　"你在这里干什么?老爸?"乔治又问道。

　　"你父亲碰巧是我的合作伙伴,乔治。"肯特好心地解释,微笑着。这种讽刺的局面似乎让他觉得特别有意思。

　　乔治看着父亲,克洛斯转身背对着他。慢慢地,他绕到父亲面前,盯着那张僵硬的脸。货运车里很暗,卡尔沃把提灯举高,诡谲的人影映在车厢壁上。

　　"这到底是怎么回事?"乔治低声说。

　　"如果不还清你的赌债,他会杀了你的,儿子。我没有办法,不能让你送命,只能帮他抢劫。"

　　"你的父亲做得非常棒。"肯特说着,点燃一支雪茄。

　　乔治用双手捂着脸,慢慢地走到一边。

　　"你这样可不好啊,乔治。这里的金条,其中有一部分估计得用来偿还你现在所欠的债务了……据我所知，数量好像不菲。"肯特说着，冲布雷迪和卡尔沃微笑。

克洛斯转头盯着儿子，表情痛苦万分。乔治无可奈何地点点头。

"有个在基德·皮博迪公司的老同学告诉我今天会送金条出去，在工人们装好金条去休息的时候我偷偷溜了进来。本来是想装一包金条，然后半路从车厢后面跳车逃跑的。"

"上帝啊，乔治，你居然……"克洛斯不知道该说什么。

"我不能再向您寻求帮助了，我很惭愧，真的，很惭愧……再说，你也没这么多钱。"

"这么说，在我要求你不准赌博以后，你还一直在赌？"克洛斯低声说，"为什么？"

父亲看上去几乎快崩溃了，似乎下一秒钟就会倒在地上，变成一堆粉末。乔治真想找个地缝钻进去，或者变成一只蚂蚁爬走。肯特看了看父亲，又转头看了看儿子，大笑起来。

"你不明白，老爸，我只是……我只是没办法控制自己，我……"

"胡说八道！你又不是不知道再赌下去会有什么后果，但你居然停不下来！该死的，你知道你作了什么孽吗？有三个人，因为你而丧命！都是因为你！"克洛斯伸手揪住儿子的衣领，但没有打他。泪水充满了他的眼眶，他只能把头靠在儿子的胸口，抽泣着。

车厢微微一震，拉车的马被拖离了运货车。

乔治把双手放在父亲肩膀上。

"我真的很抱歉，连累了您。早知如此，我宁可当初就死在这个混蛋手上。"乔治说着。肯特只是咧嘴一笑，饶有兴趣地看着他。

"我很高兴没有要你的命，乔治，否则我就没机会遇上你的父亲，也没机会赚这么多钱了。"

克洛斯转头怒视着肯特。

"真的很抱歉要打断你们这场感人的父子相会,不过,火车马上就要离站了。"肯特说。

布雷迪锁上马车门,领头往货运车外走,其他人跟着他从舷梯下到平台。有人过来移开了木板,关上货运车门。两分钟后,车轮摩擦铁轨发出吱吱嘎嘎的声音,火车慢慢地驶出了车站。

"下一站是皮克斯基尔,皮克斯基尔,纽约。"卡尔沃学着铁路售票员的口气说。

"安静的小镇,卸载黄金的好地方。"肯特说着,拍了拍正在慢慢加速的火车车厢,"把它送到铸造厂去,我们要把金条熔了,重铸一些不那么惹人注目的东西。"

几个人都没有理会克洛斯父子,彼此道了个别,开始朝哈德逊街走去。

"九点,我们在麦高乐碰面。"肯特对布雷迪和卡尔沃说。

"站着别动,你们被捕了!"突然间,有人大喊。

肯特和手下停下脚步,他们仍站在装卸平台的阴影深处。对面的哈德逊街上,十个男人手持猎枪指着他们。

"我说了,站在原地别动,把手举起来!"

卡尔沃、库根和马车夫飞快地拔出左轮手枪开始射击,对面平克顿的猎枪纷纷开火还以颜色,另一个马车夫被打飞了,倒在地上。

不过几秒钟,空气中弥漫着白色的硝烟,双方都看不清对方的位置了。克洛斯赶紧冲向站台入口,在烟雾中,他看到自己的哥哥在给猎枪填火药。右边,卡尔沃的胸口中了一枪,重重地倒下,马车夫跑过去要救他,但被一枪打爆了头。克洛斯听到库根放枪掩护大家逃跑的声音,装卸码头到处回荡着震耳欲聋的枪声。

他往回跑到乔治身边,儿子站在缓缓移动的火车边,吓得呆住了。

"跟我来!"克洛斯喊道,抓住乔治的袖子,拉着他往火车前进的方向跑，跟劫匪团其他人正好相反。"不能跟他们一起，要走另一边。"他低声说。

克洛斯用力拉住火车车厢外供司闸员上下的铁梯，费了好大力气跳到运货车两节车厢的连接处，再跳到站台对面。乔治灵活地跟在父亲身后，克洛斯指了指后墙外面的楼梯，他俩用最快的速度跑过去，登上了阁楼。铁质桁架暴露在楼顶，纵横交错，克洛斯领着儿子爬上桁架，在桁架下舷上往南穿行，一直跑到大楼对面另一座楼梯上。顺着楼梯跑下去，他们直接打开后门，来到了瓦里克街。在西百老汇街的角落里，父子俩喘着粗气停下脚步，他俩浑身都被汗水浸透了，很快，他们招手上了一辆双座小马车。

"您对您设计的建筑真是了如指掌。"乔治惊叹地说。

"该死的，你说得太对了。"

◆

拖着失去知觉的卡尔沃，肯特、布雷迪和库根拉住钩在运货车末尾的绳子，赶在火车出站加速之前爬了上去。在西区莫顿街，他们跳车逃生，差不多跑了两个街区，火车就被勒令停下了。

肯特和库根抓着卡尔沃的手臂，把他轻轻放在满是污泥的小巷地面。鲜血从他的胸膛涌出，肯特发疯似的用自己的外套给他止血，但毫无用处。卡尔沃的眼神开始涣散，没过多久，他就咽了气。

肯特痛苦地呻吟着，低下头，靠在卡尔沃的胸口。"那些狗娘养的杂种竟然杀了他！"他咆哮着，怒气冲天。

"上帝啊，真是九死一生。"布雷迪后怕地说。

"该死的，他们抢走了我的黄金！"肯特愤愤地叫道。

库根弯下腰，看着肯特的眼睛，神情严肃。

"枪战刚刚开始的时候,马车夫伯吉斯说对面那个朝我们大喊大叫的平克顿名叫罗伯特·克洛斯,以前在法布罗活动的,伯吉斯被他抓进过监狱。"

肯特僵住了。"克洛斯?"

66

"这么说,克洛斯的哥哥是个平克顿?"奇怪的是,肯特看上去更像是笑,而不是愤怒。

"还是个杀了卡尔沃,抢了我们黄金的平克顿!"布雷迪说。

"这桩生意也是克洛斯提议做的,这么说果然是他了……"肯特喃喃地说,"银行的事以后,我就怀疑过他出卖我们,可是我也不确定。不过,现在……"

"我一开始就告诉你那家伙不可靠,但你就是不肯相信我。"布雷迪说着,听起来很受伤。

肯特走到达科他公寓楼的落地窗前,朝外面的中央公园望去。这是他永远看不厌的景色,一望无际的绿荫,熙来攘往的车马。像是在大都市中享受乡村生活,每当他心烦意乱的时候,看看风景总能让他镇静下来。

他一脸冷峻,紧了紧红色丝绸礼服的腰带,坐到沙发上。他的妻子米利森特推开藏书室的门走了进来。

"晚餐八点开始,马里兰炖鸡,你最喜欢的。"她说。

肯特微微一笑,举手表示同意。

"布雷迪先生留下来一起吃晚饭吧。"

"很抱歉,恐怕不行,亲爱的,他还有点紧急公务要处理。"

米利森特点点头,向布雷迪挥手道别,静静地离开。

"克洛斯把我们当傻子一样耍。他知道我不会放他走,所以一直耐心地等待时机把我们卖给他老哥,一网打尽。"肯特狠狠地说,"难怪他知道运输金条的事情,这可是撒下香饵钓金鳖啊。"

"克洛斯必须死。"布雷迪咬着牙说,他站在肯特面前,一脸决然。

"他全家都必须死。"肯特抬头看着布雷迪,确信对方明白自己的意思,"我曾经说过,这是他背叛我们的代价——我从不食言。"

"这事儿就交给我吧,这是我的荣幸。"

"虽然这也是我们的遗憾。同克洛斯先生合作非常愉快,从商业角度来说,我很遗憾送他上西天。但你知道,布雷迪先生,就算他没有背叛我们,有这么个当平克顿的哥哥,克洛斯先生也将成为我们的心腹大患。"

"那么,他那个平克顿哥哥怎么办?"

"我很抱歉,他恐怕也得承担相应的责任。"

※

"非常感谢您及时提供了黄金抢劫案的线索,基德·皮博迪公司决定慷慨地给予您丰厚的回报,远远超出富达银行支付的酬金。您一定会感到高兴的,在老地方等着你的是金条。"

"听到这个消息我就很高兴了。黄金可是王中之王。"黑暗中,五十英尺开外,传来一个男人的声音。

"如果您能为我提供抢劫的详细信息,我会非常感激。比如具体有哪些人参与。"

"我非常乐意,到前面来吧,我们可以详细谈谈。"

罗伯特·克洛斯站在东河边的码头上,四周一片漆黑,跟他对话的那个人就隐没在黑暗中。罗伯特谨慎地站在原地,试图辨别码头上还有没有其他人。没有别的动静,他只听到奔腾的河水不断敲打在码头木桩上的声音。

慢慢地，罗伯特一步步走上前去，他的眼睛逐渐适应了黑暗，脚下稳稳地踩过水坑，碰到成堆的垃圾和碎木片。他的手小心地放在左轮手枪扳机上，以防眼前的线人突然变卦。前方约二十英尺，他能模糊地辨认出一个男人的轮廓。

黑暗中，那人又开口了。

"我可以告诉你他们的名字，也可以告诉你他们的窝点——当然，我要更多的黄金。"

罗伯特停了一下，使劲瞪大眼睛，试图看清楚黑暗中的男人，可惜仍然只能辨认出个大致的轮廓，他继续往前走了几英寸，踩到了另一个水坑里。突然，他全身一颤，仿佛被利刃划过，又仿佛被重锤敲击。他的身体摇晃着，没有一下子倒地，脸色呆滞，一种奇怪的感觉充斥着他的身体。

终于，他脸朝下摔倒在水坑里，瞳孔扩大，仿佛临死之前看到什么可怕的东西。

黑暗中，内德·布雷迪的身影慢慢地出现了，他走到墙边，拉动一个短手柄，墙上有一条长长的电线，一直拖到罗伯特脚下的水坑里。站在尸体面前，他弯下腰，伸手按着罗伯特的脖子，没有脉搏，什么也没有。

"电线，真是神奇的东西。"布雷迪轻声说，他的话在寂静的码头上回荡。

他把罗伯特的尸体拖进仓库，扔到地板上，发出一声闷响。布雷迪弯腰打开地上的活板门，东河水自他脚下呼啸而过，偶尔能看到水面上飘过几只死老鼠或者一堆垃圾。

布雷迪为平克顿的死感到遗憾，毕竟罗伯特曾经为他提供了丰厚的额外收入。他一直要求更多的分红，但肯特死活不肯答应，拒绝承认他在团伙中的价值和元老的身份。不止如此，更让布雷迪厌恶的是肯特那副上层阶级颐指气使的嘴脸，尤其是在其他团伙成员面前。是，没错，肯特受过高等教育，是个有钱有品位的人，什么都是最好的。布雷迪讨厌他，但一直把火山般的愤怒压抑在心里。他在等待一个好机会，再说，偶尔当个卧底可以赚不少外快——至少在那段时间里。

  他有些费力地把尸体拖到活板门边，扔了下去。一声闷响，平克顿落入水中，不到一眨眼的时间，就被冲得无影无踪。

67

"你知道他要杀我们全家?"

"是的,乔治,我非常明白。"克洛斯的声音很机械,毫无感情可言,他的手放在哥哥乱蓬蓬的头发上。

罗伯特的尸体躺在桑树街300号警察总署的大理石太平间里。克洛斯父子身后站着面无表情的验尸官,他看过成百上千名死者亲属悲痛欲绝的脸,早就习以为常。

"还记得那时候,我告诉大哥想当一名建筑师,但父亲反对。我父亲总是说我该去做生意,当老板,成为有钱人,这样可以让许许多多建筑师为我服务。罗伯特告诉我那都是废话,我应该按照自己的心意去过日子,去巴黎圆自己的梦。"

"大伯是个好人,我真希望他能早点来纽约。"乔治摇了摇头,把手放在父亲的肩膀上。"罗伯特伯伯喜欢跟家里人一起待着。"

验尸官慢慢走向克洛斯,轻声问:"先生,我能请您辨认下尸体吗?"

"他是罗伯特·克洛斯,我的大哥。"克洛斯沉痛地说。

点了点头,验尸官把白布覆盖在罗伯特的脸上。克洛斯父子俩转身离开,警员把装着罗伯特个人财物和一把点三八口径史密斯·维森左轮手枪的口袋交给他们。

"我们应该做什么,爸爸?把事情的真相告诉平克顿吗?"乔治朝着玻璃门点了点头,问道。玻璃门外是罗伯特的同事,六个平克顿脸上都有着抑制不住的愤怒。所有胆敢谋害平克顿的人都将受到惩罚。

克洛斯转头看了看他们。"不，这是家务事，乔治，我要自己解决。"

乔治挡在他面前，脸色凝重地看着父亲。

"你对付不了肯特，他看上去像个绅士，但其实是个魔鬼。"

"我很清楚。"克洛斯说，三桩血淋淋的谋杀在他的脑海中飞快地浮现，"所以，我必须尽快解决他。"

"但你不可能单干，"乔治说，"你不是他的对手，他还有手下。"

"我别无选择，我不可能坐以待毙。"

"那我也要来帮忙，父亲。是我的错，才导致了罗伯特伯伯送命，是我搞出来的麻烦，这一切都是我的错。你一定要让我帮忙，父亲。一定。"

◆

海伦的脸离克洛斯只有几英寸，她用几不可闻的声音喃喃说："这不是意外，对吗，约翰？"

克洛斯走到客厅窗口边，外面，一辆装满水果的货车慢腾腾地驶向麦迪逊大道。车夫低着头，弯着腰，一副昏昏欲睡的样子。那匹棕色的老马看上去也像是在梦游。

他没有回头看海伦。"不是意外，罗伯特是被谋杀的。"

海伦退了一步，抓住遮在窗户边的橄榄绿天鹅绒窗帘。一分多钟，她什么也没说，然后，她把手放在丈夫的手上。

克洛斯搂着她的腰，把她拉入怀里。他很骄傲，海伦能够平静地接受这个消息。从太平间回来以后，他第一时间把这件事情告诉了妻子，根据他们过去几个月相处的经验，他明白海伦不会晕倒在地，或者陷入歇斯底里。如他所料，妻子有着钢铁般的意志。

在回家的马车上，克洛斯已经意识到他从来没经历过这种飞来横祸。他的父母和亲戚都是寿终正寝，没有死于非命的——不管是内战、疾病还是意外。他在想，会不会纽约上流社会的精英世界一直给予他和家人特权以及保护，让他们不用面对这个世界残酷的一面？而对平民而言，生存总是如此艰难。贫穷、疾病和肮脏的环境困扰着下东城和包厘街的居民，贫民窟和富人区大概只隔了两英里，两英里的距离，却是天壤之别。克洛斯偶尔会在报纸上读到一些耸人听闻的消息，诸如失业工人杀死全家，只为了不想让家人饿死在肮脏的矿工公寓里；爱尔兰女仆不堪忍受累死累活的工作，跳下了中央公园的大湖之类。几乎每个星期都会有失控的马车撞死踩死路上行人的消息，但受害者从来不可能是上流社会的人，似乎这些生存在亮丽光鲜世界里的上等人天生就受庇护，被隔绝在残酷的世界之外——直到现在。

他看着坐在身边的乔治，虽然失去罗伯特几乎撕碎了他的心，但他仍然忍不住暗自庆幸，死去的不是他的儿子，或者女儿，如果是那样，他会更加伤心——这样的想法让他觉得羞愧。

克洛斯必须尽快采取下一步行动，他不想失去更多的亲人。

"你知道你必须做什么。"就像是有了读心术一样，海伦的声音平静无波。

克洛斯盯着她看了几秒钟，他很惊讶，妻子那双美丽的黑眼睛闪闪发光，仿佛里面有火焰在燃烧。

"我要想办法解决这一切——尽快。"

"不，我们要想办法解决这一切。"她坚决地说。

他看着她，笑了。海伦把头埋在他胸口，紧紧地抱着丈夫。

"我们决不能失败，约翰。"

❖

  克洛斯轻轻敲了敲查理的房门，走进去一看，小儿子眼睛红红的，自从听闻噩耗以后，他一直在哭泣。大厅外，朱莉娅啜泣的声音传来。克洛斯坐在查理的床上，用手臂搂着小儿子，查理把头靠在父亲胸口，放声大哭。几分钟后，克洛斯才开口。
  "查理，今天下午我需要你和埃迪帮忙做点事情。"
  查理勇敢地抽了抽鼻子，抬起头看着父亲的眼睛，用力点头。
  "我要你们跟踪几个人，找到他们住的地方。"

68

公寓的灯熄灭后,克洛斯又足足等了一个多小时,这才小心地潜入莫特街181号新型公寓楼。此刻大约凌晨两点,天下着雨,街上冷冷清清,除了几只老鼠在阴沟里乱蹿。

一靠近大楼他就忍不住为它的外观所倾倒,真是停不下来的职业病,克洛斯自嘲地笑了笑。优雅的安妮女王风格砖墙,跟一般的公寓楼设计迥然不同,入口处有三扇巨大的实木框玻璃门,不过只有中间那扇是开着的,供住户进出。克洛斯看了看街对面,乔治站在莫特街187号意大利杂货铺门口,四下观察了一番,冲父亲点了点头:周围一个人都没有。

克洛斯手提麻袋,走进了公寓大门,沿走廊来到位于公寓中间的主楼梯。哑铃式建筑的特点就是楼梯修在公寓正中,这一设计有利于整栋大楼的通风和采光。克洛斯静悄悄地走上大理石台阶,一边留心楼上的动静。来到三楼,他走向楼梯对面的两间浴室,室内管道和自来水设计也是新型公寓的亮点之一,在此之前,贫民窟的住户们只能使用后院的厕所或者在家里摆个夜壶,每天把排泄物倒进排水沟。

克洛斯推了推两间浴室的门,很好,都没人。每层楼的布局都一样,他很清楚,中间两间浴室,周围全是房间。他悄悄地走到右前方的房间门口,把耳朵贴在门上听了大概一分钟,然后回到大厅,踮起脚尖关上墙上的煤气灯总闸。他从麻袋里拿出一根小口径长胶管,一头固定在煤气喷嘴上,再拉着胶管回到右前方的房间门口。他弯下腰,慢慢地把胶管另一头从门缝里伸进去了大约六英尺。

把胶管沿着走廊墙角铺好，尽量隐蔽。克洛斯又从麻袋里掏出一堆破布条，沿着门缝小心地塞进去，把门边的缝隙填得满满的。差不多五分钟之后，他才满意地站起身，走到墙边，把煤气闸打开，开到最大。他回到楼梯边，在离开之前，再一次确认浴室里空无一人。

回到大街上，克洛斯来到儿子身边。

"没人进出。"乔治低声说。

克洛斯拉紧身上的夹克御寒，靠在杂货铺的门口，他们安静地等待着。发现对方的秘密让父子之间竖起了一道耻辱之墙，分隔了彼此。在黄金劫案的枪战中侥幸逃得性命后，他们没有讨论过任何相关事宜。这一切有如噩梦，连提及都能让人心碎神伤，罗伯特的死亡加剧了这份痛苦。今晚，父子之间仍然保持着沉默。

差不多过了一个半小时，克洛斯看了看怀表。

"我想我们可以走了。"他说。

"要不然再等会儿？"乔治一脸忧心忡忡的样子。

"不用了，没问题的。"克洛斯拉着儿子的手臂，沿着人行道前行。

"你怎么知道卧室在哪个方位？"乔治问。

"这栋公寓楼是尼克·基勒契莫设计的，他是我一个朋友，给我看了图纸。"

他们俩差不多走到梅尔街，突然听见震耳欲聋的爆炸声。克洛斯和儿子转过身，正好看到不远处的公寓三楼窗口弹出一个火球。下一秒钟，一个人影从窗口跌了出来，全身燃着熊熊火焰，发出撕心裂肺的尖叫。

砰的一声闷响，那人掉落在人行道上，像一团烧红的煤。

"真是遗憾，"克洛斯摇了摇头，"我本来希望他看起来像是自杀，无声无息地在睡梦中死去，至少走得很体面。"

莫特街181号的居民们纷纷跑出公寓，看着燃烧的尸体，他们沉

纽约大盗

默着。终于,有人带了条毯子出来,扑灭了火苗。

消防马车的铃声从远处传来。

"可能库根先生突然想抽根烟吧。"克洛斯笑着说。

清晨五点，除了为了生计必须早起的人们，整座城市还在睡梦中。克洛斯和乔治来到第三大道高架铁路总站的时候，只有两个人在候车。

克洛斯几乎二十四小时没有合眼了，他全身仿佛充满了能量，丝毫没有疲惫，感觉也变得十分敏锐，仿佛动动鼻子就能从周围的空气中嗅到不寻常的气息。一个小时前，天气就开始变得阴雨蒙蒙，但他完全没感觉到冷。

喷着蒸汽的火车缓缓驶入市中心总站，车轮在铁轨上摩擦着，发出尖锐刺耳的声音。克洛斯在列车上走动，直至找到一节无人的车厢，示意乔治过来。他们坐在右侧的座位上，铁轨环绕着包厘街东侧，离路边的砖瓦楼只有不到二十英尺。砖瓦楼里大部分窗户都漆黑一片。

火车一路驶过布鲁姆、德兰、文顿和斯坦顿街的十字路口，路边的电灯透过窗户照亮车厢。到了休斯顿街，克洛斯和乔治下了车，走到对面的候车室，大概等了五分钟，他俩登上了回市中心总站的列车。在总站，父子俩又乘上了跟之前同样去往休斯顿街的火车。

这个时候，街上的人已经逐渐多起来，沿街的店铺次第开门，公寓楼的窗口也亮起了灯。克洛斯和儿子一起望着窗外，沉默无言。火车哐啷哐啷地沿着高架铁路前行，时速大约十英里。中途有个穿着褪色的灰衬衫和宽腿黑色裤子的工人进入这节车厢，克洛斯和乔治起身往下一个车厢走，很幸运，里面没人。

火车靠近德兰街了，克洛斯打开车窗，探头张望一番，满意地冲儿子点点头。乔治看了看车厢，也冲父亲点头。很快，火车来到包厘

纽约大盗

街和文顿街交汇的地方，克洛斯爬出车窗，坐在窗沿上，用左手抓着窗框，右手从上衣口袋里掏出罗伯特那把史密斯·维森连发左轮手枪。车行到了街区中间，他尽可能地把身子往前探，朝着对面那栋公寓楼里亮着灯的某个窗口连续开了六枪。玻璃破碎的声音和女人的尖叫声几乎同时响起，火车继续前行，克洛斯爬回车厢里，靠着座椅上的软垫，把左轮手枪收回上衣口袋。

乔治从容地关上车窗，四下看了看，车厢里仍然只有他们父子俩。他们在休斯顿街下车，这一次径直来到大街上。现在是清晨五点四十五分，大部分居民已经开始新一天的生活。父子俩穿过街边杂货铺门口摆着的货桶和匆匆忙忙赶去上班的行人，来到大琼斯街，叫了辆双座马车。

即使在这时候，他俩仍然保持着沉默。

✦

晨曦刚刚透入位于文顿街和斯坦顿街之间的公寓楼，一个女人尖叫着，拼命摇晃布雷迪弹痕累累的尸体。

肯特的得力助手毫无生气地倒在厨房的桌子边，汩汩的血流在桌上淌着，流过了咖啡杯和一片玉米面包——布雷迪总是喜欢吃这个当早餐。

70

"他不会来了。"

"他只是迟到了十分钟而已。"

"十分钟?肯特从来不会迟到哪怕十秒钟!守时是他念念不忘的准则。"乔治背靠着一棵橡树说。中央公园的树上,树叶几乎落光,剩下的零星几片不足以为克洛斯父子遮蔽阴冷的细雨。他们顺路回家了一趟,拿了外套,不过乔治仍然瑟瑟发抖。

"我们应该再等等。"克洛斯不耐烦地说。

"不!"乔治差不多是在大喊大叫,"有什么地方不对劲。他从来不会错过早上的马车,风雨无阻。"

克洛斯的手指拂过上衣口袋里的手枪,感觉像冰一样冷。他从另一个口袋里掏出黑色皮手套戴上。

乔治抬头看着达科他公寓楼,四边的巨型塔楼在公园的树荫中若隐若现。

"你在这儿等着。"他扔下这句话,飞快地跑了出去。

"乔治,看在上帝的分上!你要做什么?"克洛斯在他身后喊着,但儿子的身影很快消失在灌木丛中。

他小心地从橡树背后探出头,透过朦胧的雨雾朝下方的马车道看去。这条车道从七十二街延伸而出,穿过中央公园的树林,蜿蜒向东。他希望看到肯特那辆闪闪发光的黑色敞篷马车出现在这里,但车道上什么也没有,除了一片灰蒙蒙的雨雾。克洛斯重新躲回橡树背后,调整好位置,确保自己的头不会露出树干太多。

纽约大盗

点燃一根烟,看着烟雾袅袅地飘向空中,寒冷潮湿的天气让它们看起来厚重但柔软。让克洛斯惊讶的是,过去这十二小时他感觉很好。对自己所做的事情,他压根没有丝毫内疚或羞愧,取而代之的是满满的自豪感。自从请了替身代他参军以后,克洛斯一直认为自己是个懦夫,不敢为保卫国家做出贡献,但现在他清楚地知道,自己不是。他勇敢地站出来,为家人遮风挡雨,保护他们不受任何伤害。他没有半分犹豫,妻子和孩子对他而言意味着一切,远远超过设计一栋最伟大的建筑。另外,他必须为哥哥报仇,虽然对于罗伯特的遇害他也要承担一部分责任,他要亲手终结这场梦魇,现在,离尘埃落定还有最后一步。

五分钟后,乔治出现了。

"他不会来了。"他气喘吁吁地说,一边朝着父亲跑来。

"你怎么知道的?"

"从达科他公寓的门卫那儿打听到的,那人认识我。他说肯特今天要担任铜像揭幕的嘉宾。"

"难怪,我就说怎么今天这么多马车都朝着市中心去。原来如此。"克洛斯恍然大悟。

罗伯特的死亡带来的悲痛和家人陷入危机的恐惧让他顾不得其他,压根忘了今天是新自由女神像在贝德罗岛上落成的日子。几个星期以来,全纽约都在热切讨论这座高举火炬的女神像,法国人把它当作礼物送到美国。这是座前所未有的巨大铜像,光是自由女神的鼻子就有五英尺长。

铜像的底座和支架制作经历了漫长的筹款历程,《太阳报》出版商约瑟夫·普利策发起了募捐倡议,募集到了成千上万的镍币和美元。他的朋友理查德·莫里斯·亨特参与过设计。今天,盛大的纸带游行即将在第五大道举行,克利夫兰总统将亲自前往贝德罗岛为女神像揭幕。港口上的舰队会在帷幕拉开的时候鸣笛鸣枪表示庆贺。

"没法子了,我们只能等。明天他会照常来这里。"乔治说着,点燃一根烟。

"上帝啊,乔治,我们不能冒这个险。他可能已经知道布雷迪和库根的消息,如果是这样,他一定会派人来对付我们。我们耽搁不起,哪怕一秒钟!"

"可是市中心至少有五万人在游行,在里面找肯特,跟大海捞针没区别吧?"乔治抗议道。

"不,我敢肯定,像肯特这样有身份的人,一定会在岛上的观礼台就座。"克洛斯来回踱步,迅速思考对策。

"我们可以晚上来达科他公寓对付他。"

"不,不能冒险,必须速战速决。走吧,我们先走出公园再说,我需要时间考虑。"

他们默默地在寒冷的细雨中走着,雾气降临,像是厚厚的灰色帷幕,街上能见度不超过五十码。克洛斯想着下一步的行动计划,却止不住脑子里冒出的恐怖画面:海伦、朱莉娅或者查理——也许还有科林和罗伯茨太太的尸体横七竖八地躺在家中。毫无疑问,肯特会非常享受这个画面的。

途经贝塞斯达露台,这里居然空无一人,连鸟儿都消失无踪。终于,父子俩出了中央公园,朝南方走去。

"你听到音乐了吗?"乔治问道,他歪着脑袋倾听远处传来的声音。

克洛斯停下脚步。"没错,这是《哥伦比亚万岁》。似乎从中央公园对面传来的,我想阅兵式已经开始了。"

"对啊,"乔治微笑着,"听到没,还有欢呼声?"

他们加快步伐,十分钟以后,大街上一片令人难以置信的景象。在朦胧的雨雾中,第五大道上人潮汹涌,穿着蓝色制服的士兵排成方

纽约大盗

阵在街上列队前进,队伍前方领头的是戴着三角帽和金边白手套的军官。士兵们举着带刺刀的步枪,昂首挺胸地踏着脚步。军乐队演奏着进行曲,诸如《我的祖国弥撒曲》和《共和国战歌》之类。每个士兵方阵边都有鼓手,随着音乐敲击鼓点,指挥士兵们的行军节奏。

"原来阅兵式从这里开始的!"克洛斯在一片喧嚣声中喊着,指着五十九街。围观阅兵式的群众汇成了汹涌的人流,场面恢宏。克洛斯激动得暂时忘了自己的使命,也忘了家人面临的危机。人们从窗户和阳台边探出头,俯下身,疯狂地尖叫和挥手。许多平房的屋顶上都挤满了人。街上更是被围得水泄不通,淘气的男孩们甚至爬上了路灯灯杆。每栋建筑前面都挂上了美国和法国的国旗,欢呼声此起彼伏,轰然雷动。

克洛斯父子穿过第五大道西部的人群,努力朝西南边走去,不过举步维艰,好不容易觑到个空儿,他俩赶紧冲到了马路对面。

"我们去麦迪逊街!"克洛斯喊道,拉着儿子的袖子,"那里看得更清楚。"

❖

"你看清楚了,那是你老爸?"

"还有我大哥。他们刚才正好从下面穿过马路。"查理说。

"真希望他能给我们更多活儿干。"埃迪咧嘴笑着,摸了摸裤子口袋里的十美元钞票,像是要确认它是真的存在。

埃迪·穆尼和查理·克洛斯早就在第五大道和五十五街的路灯灯柱上找到观看阅兵式的最佳位置。当克利夫兰总统的敞篷马车经过这里时,一定会抬头看到他们,还会冲他们挥手。埃迪笃定地说。

响亮的金属声从他们下方传来,负责维持秩序的警察用警棍在敲打灯柱。

"该死的小子，快给我滚下来！"胖墩墩、脸色红润的警察大喊道。

"你滚开！"查理喊着，伸出脚踢过去，把他的头盔踢到地上。这位老兄没办法像男孩一样爬上灯杆，一脸无奈和沮丧，只能灰溜溜地捡起头盔，跺了两下脚，转身离开。

✤

相比第五大道的热闹，麦迪逊街清静得像座坟墓。克洛斯和乔治快步前行，不过走到三十二街的时候，他们吃惊地看到游行队伍从第五大道东边走过来，径直穿过克洛斯家门口。周围成百上千的居民从窗户、阳台和屋顶上探出头，尖叫、欢呼、鼓掌。

"这是在搞什么鬼？"乔治喊道。

困惑了几秒钟，克洛斯想通了绕路的原因。

"第五大道二十六街到三十街那儿没有铺柏油路，对吧？士兵们不愿意在污泥里踏正步。"

他俩从麦迪逊街西侧走到三十街，远远地，克洛斯看到游行队伍在麦迪逊广场上转到二十六街，重新回到第五大道。

突然，他在三十街和二十九街之间的人潮中看到了朱莉娅，很快，乔治也注意到了。

"该死的。"克洛斯咒骂，脸色一沉，"我跟你妈说了今天不要让孩子们出门的！为什么朱莉娅会在大街上？她可以在客厅里看阅兵式！"

朱莉娅身边站着一个高大的年轻人，右侧脸颊上还绑着绷带，他递给朱莉娅一个棕色的男士皮夹，女孩飞快地把皮夹收入自己包里。

"这个小伙子好像来参加过朱莉娅的成人舞会？"

"是啊,我还记得他的名字叫诺兰。"乔治说。

诺兰从朱莉娅身边离开,挤进了人潮中,不到一分钟,他又带回一个皮夹,道上的行人丝毫没有察觉,他们忙着为正在经过的游行队伍欢呼。

乔治和克洛斯惊讶地对视一眼,慢慢的,微笑浮上了克洛斯的脸。"看来我们的诺兰先生从事着十分有趣的职业。"

朱莉娅和诺兰朝麦迪逊街南边走了,克洛斯父子俩穿过马路,跑回自己家。大楼外挤满了兴奋的陌生人,海伦在客厅窗前看着游行队伍。克洛斯刚一进门,妻子就跑到他身边。

"你有没有……"

"他不在那儿,"克洛斯说,"去了那个该死的岛上参加自由女神像揭幕仪式了。我刚才在街上看到朱莉娅,怎么回事?我没告诉你吗,今天可千万别让孩子们出门!另外,查理去哪儿了?"

"噢,上帝,约翰,我想警告他来着,可是查理凌晨就溜出家门了,赶在所有人都没起床之前。然后可爱的诺兰先生登门拜访,他真的很热心……再说,有他陪着朱莉娅,我不觉得会有什么危险。"

虽然又急又怒,但克洛斯仍然按捺住脾气:"他们随时有可能送命,海伦。"

"不会有事的,查理那小家伙躲在人群里,谁也找不到。"乔治说着,把手放在母亲肩膀上,"另外,我相信妈妈的判断,朱莉娅跟诺兰在一起也不会有事的。"

克洛斯走到窗前,看着下面的士兵方阵踏着整齐的步伐经过,往左转去。麦迪逊广场通常十分安静,眼前这一幕让他很不习惯。他差不多呆立了一分多钟,脑子飞速转动。

"海伦,"他问道,"你知道哪些人要去贝德罗岛上观礼吗?"

"收到请柬的人会去,这次的请柬是一张特殊的蓝色卡片,允许持卡人携带一名伴侣登船,然后被送到岛上去。"

克洛斯看着窗外。

"这么说,没有卡的就不能去了?"

"当然啦,没办法混进去的。"

陷入沉思,克洛斯慢慢踱步回到客厅,点燃香烟,深深地吸了一口。

"乔治,到街上去,把朱莉娅带回来。"

71

"是你策划了那些抢劫案？是你偷了法老蓝钻？"

"是的。"克洛斯冷静地回答。

朱莉娅站在父亲面前，不敢置信地张大嘴，她的目光死死地盯着客厅中央猩红色带绿色花纹的地毯。克洛斯仿佛看到"这不可能"这几个字在女儿脑子里打转。

乔治和海伦坐在沙发上，诺兰站在壁炉边。房间里静悄悄的，除了外面喧哗的人声。

"你……犯罪了？"

"是的。"

"我是他的帮凶，所以我也犯罪了。"海伦说。

朱莉娅目瞪口呆地转头看着母亲。海伦那美丽绝伦的风姿和罪犯这两个字似乎风马牛不相及。

"但是，为什么你们会做这样的事情？"

"为了救我的命，"乔治严肃地说，"为了不让我因为赌债而送命。"他站起来，朝着妹妹走了几步，又停下。

"我别无选择，朱莉娅。"克洛斯说。

朱莉娅愤怒地盯着哥哥："所以这一切都是你惹出来的？全家人的生命都因为你而陷入危机？你真是够可以的啊，哥哥！"

她激动地开始踱步，绕着桌子一圈又一圈地走着。毫无预兆地，她跑到乔治身边，开始捶打他的胸膛。诺兰走过来，轻轻地拉开她，扶她坐到扶手椅上。朱莉娅失控地啜泣着，一边流着泪一边歇斯底里地叫。

"我们所谓的循规蹈矩的上流社会生活只是假象,对吧?我们都躲在秘密的世界里,都在条条框框以外的地方寻欢作乐,想逃开苛刻的灯笼裤的潜规则,那些我们必须遵守、甚至连自己都不理解的潜规则!这无可厚非!但谁想因此而送命?甚至连累家人?卡洛琳姑妈会怎么说我们?"

克洛斯干巴巴地笑了笑:"她恐怕会气得心脏病发作。"

向女儿坦白自己的真面目让他感到羞愧,但同时,他又为朱莉娅敏锐的感知力而骄傲。就一个十八岁的姑娘而言,她表现出非凡的洞察力。

"我的父亲、母亲,还有兄弟们——也包括我——我们都过着双面人生。我们都想逃离那个令人窒息的世界,可谁能想象得到竟然会有这种事情?"朱莉娅无力地笑着,摇了摇头。

乔治砰地跪下来,跪在妹妹面前。

"你可能不理解,朱莉娅,我为我所作的一切感到羞耻。但我真的无能为力,我试图偿还债务。"他说着,泪流满面,"一次又一次,我都只是想要偿清债务。"

朱莉娅止住了呜咽,死死地盯着哥哥的眼睛。

"我在坎菲尔德赌场看到过你,你一天就输了一万美元。还有黄龙赌场和奥马利。"

乔治一脸震惊地看着妹妹。

"你不会每次都这么好运地溜走吧。"朱莉娅讽刺地说。

"你真的不明白,这是种病,我没办法控制自己,这是种病。"

"胡说八道,荒谬!"

"我知道听起来很荒谬,你不是我,你没法理解那种滋味。我没办法,真的,无能为力。像是被巫师诅咒了一样。"乔治站起身,走到窗边,"当然,现在解释这些毫无意义。"他悲哀地说。

"你真让我觉得恶心,乔治。你毁了你自己,还要再毁掉整个家!因为你的缘故,我们都会死,就像罗伯特伯伯一样!你想过没有,查理才十岁!"

"没有人会死。"克洛斯用威严的声音说,听上去更像是宣誓,"一切会好起来的,只要我们一起努力,想办法渡过难关。"

✦

"我的天哪,我真是笨手笨脚,太抱歉了,请原谅我。"

细密的小雨不停地下着,二十三街码头上黑伞云集,一名五短身材,穿着上等成衣的绅士朝着朱莉娅抬了抬帽子,微微一笑。

"这里太拥挤了,真是的。"朱莉娅抱怨着。

"的确如此,小姐,老天爷不太赏光,今天的揭幕可没撞上好天气。"

"冰冷潮湿得可怕,我得回家了,坐在客厅的壁炉前,喝一杯热巧克力。"朱莉娅说着,俏皮地眨了眨眼。

"真希望我也有自由回家的权利,可惜我被邀请参加揭幕仪式,不得不去。"对方遗憾地说。

"请注意保暖,再见,先生。"朱莉娅说着,挥手离开。她看到男人脸上掠过失望的表情,显然,他想和漂亮姑娘多聊一会儿。

奋力挤出人群,她和十码外的诺兰会合。

"拿到手了?"她问。

诺兰从上衣口袋里掏出一张蓝色卡片。"你可真是专业的托儿。"他赞叹,朱莉娅自豪地一笑。虽然家庭危机闹得她忧心忡忡,但诺兰的恭维总是能让她露出真心的笑容。

"当然啦，我可是被专家训练出来的。"她说。

诺兰拉着她的胳膊，钻到她伞下，护着她穿过人群。克洛斯、海伦和乔治在栏杆边等着他们。诺兰不动声色地四下张望一番，迅速地递出蓝色邀请卡。

"谢谢你，诺兰。非常感谢你帮忙，剩下的就看我们的了。"克洛斯拍着诺兰的肩膀说。

"祝你们好运，克洛斯先生。小心肯特，虽然这里没有其他手下，但他自己就是个极度危险的人物。"克洛斯看到年轻人脸上的关切，心里一暖。

"您真的不让我跟你们一起去吗？我非常乐意效劳。"诺兰补充说。

克洛斯摇了摇头，跟他握手，又微微一笑。

在他们身边，朱莉娅抓着乔治黑色大衣的袖子。

"我为我之前说的话道歉，哥哥，我不是故意这么说的。"

"不，朱莉娅，人们在生气的时候总是会说点气话，虽然事后都会说是无心，因为内疚吧。噢，别误会，我不是指责你……我，我的意思……你是对的。"乔治羞愧地承认，伸出双臂，拥抱自己的妹妹，亲吻她的脸颊。

克洛斯看着女儿的脸色，上面明白无误地写着担忧。

"我保证，朱莉娅，一切都会好起来的。等我回来读你新写的小说，你可得准备好喽。"

从东河边吹来一阵寒冷潮湿的风，朱莉娅浑身一颤，望着父母和哥哥，她花了好大力气才抑制住眼泪。

克洛斯领着妻儿穿过人群，朝登船的跳板走去，水手们正在检查乘客的邀请卡。跳板通往一艘红白相间的漂亮蒸汽船，两个烟囱高耸着，喷出浓浓的黑烟。克洛斯把邀请卡递给海伦，当他们走到负责检查的水手面前，海伦挥了挥手里的蓝色卡片。

"这是我的邀请卡。不过正如你所看到的,我多带了一名客人,那是我儿子。希望你不会介意。"海伦眨了眨眼,给了水手一个迷人的微笑。

"可是,女士,这……只能带一名客人上去,这样不行……"

海伦凑近了他,她的微笑散发出惊心动魄的魅力,"行行好,通融一下可以吗?那是我儿子,在今天这么一个特殊的日子里,我想您也不愿意让他失望,对吧?"

水手很年轻,差不多刚刚成年,他露出一抹羞涩的笑容,解开了拦在他们面前的链条。

看着克洛斯夫妇和乔治登船,诺兰转向朱莉娅。"你父亲是一个勇敢的人,"他说,"几乎没人有勇气做他即将要做的事情。"

朱莉娅用双臂环绕着他的腰,靠在他身上,一起目送蒸汽船启航。这一别,或许她和父母、哥哥就将天人永隔,这个念头突然出现在朱莉娅脑海里,但她用惊人的毅力把它赶了出去。

※

满载的不屈号航行到炮台公园的一角,克洛斯和乔治看到堤坝上成千上万的人在欢呼。不过,海湾弥漫着浓雾,自由女神像看不太真切。在海军舰队、拖船和游艇的拱卫下,蒸汽船拉着长长的汽笛,缓缓在铅色的海水中航行。

船队排成两行,在哈德孙河和东河的雨雾中前行,克洛斯听到东边总督岛上传来的礼炮声,海军舰队的水兵们纷纷鸣枪致敬,这标志着克利夫兰总统的座船进入港湾。其他船只上传来疯狂的鸣哨,像是跟礼炮别苗头。震耳欲聋的噪声让克洛斯的耳朵嗡嗡作响,他赶紧退回到船舱里。船舱中挤满了人,弥漫着雪茄的味道。穿过拥挤的人群,他来到海伦身边，紧张地微笑着。尽管海伦也有些紧张，但她那身袖口和领口都缀着白色兔毛的海蓝色长袍简直艳光夺目，配上羽毛帽，让她那迷人的魅力得以充分展现。船舱里所有男人都为之倾倒，所有女人都为之嫉妒。

"首先是参议员埃瓦茨讲话，讲完以后，雕塑家巴托尔迪会拉绳子揭开蒙在自由女神像上的面纱，"海伦低声说，"然后是克利夫兰总统讲话。"

嘈杂的环境让克洛斯听不太清楚，他示意海伦出去说话。他们来到甲板上，海伦继续为丈夫讲解揭幕仪式流程。

"肯特和其他客人会在看台上等待总统，在雕像底座靠海的那边。要记住，埃瓦茨讲话完毕之后几分钟就会进入揭幕的程序，那是我们的机会。"

"我们必须最后离船，这样才能在去看台的路上脱身。"克洛斯对乔治说。

海伦突然倒抽了口气，克洛斯心里一惊，四下打量着甲板。

"没事，你看那边。"她指着前方。

V形的开口在重重迷雾中显现出来，自由女神塑像高耸其上。

"天哪，"乔治惊叹，"真是令人难以置信。"

前方，低头看着他们的是一张巨大的女性脸庞，她戴着尖刺王冠，高举的手臂和肩膀部分隐约可见。三种颜色的面纱遮在她的眼睛和鼻子上，让克洛斯想起了在圣地看到过的阿拉伯妇女的图片。这座雕像大得超乎想象，孩提时候克洛斯就了解过古代历史上的七大奇迹，其中有罗德岛巨像，想必跟眼前这座雕像不分轩轾吧，克洛斯如痴如醉地看着，浮想联翩。自由女神像已经完工，不过从海湾看去，只是一个模糊的斑点。如果没有在这么近的距离亲眼见到，谁也想象不出她的神奇之处。

纽约大盗

不屈号的引擎轰隆隆逆转,顺顺当当地泊入了岛南的码头。激动的乘客们爆发出阵阵欢呼,如潮水般朝下船的跳板涌去。克洛斯三人这才回过神来,想起了他们肩负的重任。海伦跟着乘客们沿跳板下去,父子两人假装有些晕船,畏缩地在甲板上逗留。前方一百来码,正对着雕像的基座,设有一个大看台,想必很快就会座无虚席。旁边的演讲台上挂着美国和法国国旗,那就是参议员和总统讲话的地方。

尽管情况紧急,克洛斯仍然无法把目光从女神像上移开。三色面纱被细雨浸透,贴在塑像的脸上,她的轮廓清晰可见。面纱上的绳子穿过尖刺皇冠的一个开口,垂到下方,有三个人在底座附近担任警卫。

克洛斯和乔治在码头耐心地等待着，直至总统一帮人差不多到了看台。不知道海伦在哪儿，克洛斯想着，不过没时间想这些了。跟乔治交换了个眼神，父子俩跟在人群里向前走。

他们绕到雕像的左边，观察陆陆续续往看台而去的人群。大多数人都打着伞，不太容易看清楚人脸，这让克洛斯挺失望的。

"我们怎么找到他？"乔治低声问。

克洛斯也是一脸无可奈何。"跟我来。"

他俩走到了露天看台的下面，抬头，仔细在人群中搜索。

"他一般会坐在靠后的位置。"克洛斯说着，脱下右手手套，把手伸进兜里，握住手枪。彼此点点头，父子俩分头行动，沿着一列列座位慢慢走动，观察着观众们露在雨伞外的后背。

总统就位后，揭幕仪式正式开始。首先由牧师查理·斯托尔斯念了一段简短的祷告词，然后是苏伊士运河的设计者，法国人费迪南·德·雷赛布客套地讲了几句，时间不超过一分钟。接下来才是主发言人，参议员埃瓦茨讲话。在他滔滔不绝的演讲中，乔治和克洛斯走过一列又一列座位，寻找肯特的身影。露天看台每列都长一百英尺左右，他俩来回穿梭，窥视着座位上的人们。细雨绵绵，终于，乔治给父亲打了个手势，指向上面的一个点。

克洛斯顺着他指的方向看去，一柄抛光的乌木手杖映入他眼帘，杖头是醒目的黄金蛇形，他冲乔治点了点头。

"还有几分钟讲话就结束了。"他低声说，手仍然放在衣兜里，握

纽约大盗

着手枪。

埃瓦茨正在慷慨激昂地讲述大革命时期法国对美国的援助，讲完一小段，他停顿了下。两秒钟后，人群中突然爆发出愤怒的吼声，参议员转过身，惊恐地看着自由女神像脸上的面纱已经被揭开。原来雕塑家巴托尔迪和雕像的设计者错把参议员的停顿当成演讲结束的信号，忙不迭地猛拉绳子，面纱被吊起，露出女神像的真容。与此同时，停在港湾的船舶整齐地奏响汽笛和喇叭，海军们陆续鸣响礼炮。

喧哗声更响了，震耳欲聋的炮声响起，军舰的烟囱喷出蒸汽，混入了雨雾。火炮和枪支在暗灰色的雾气中闪着鲜艳的红光。

克洛斯被爆炸声弄傻眼了，本来计划用炮响做掩护开枪的，突然而来的乌龙搞得他措手不及。拔出手枪的时候，他手一滑，枪掉到潮湿的草地上，他急急忙忙去捡，谁知道又滑了一下。等好不容易捡起枪，瞄准肯特，人群已经兴奋地纷纷站起身。克洛斯扣动扳机的时候，正巧肯特跟着人群站了起来，子弹呼啸着擦过他深灰色的长裤，打中了前面一个人的雨伞。虽然那记枪响被喧哗的人声淹没，但肯特立马意识到发生了什么。他四下一扫，看到克洛斯和乔治惊愕地盯着自己，肯特毫不犹豫地拔腿就跑。

克洛斯惊慌失措地看了儿子一眼，拔腿就追。扔掉伞，肯特推搡着挡路的人，艰难地跑到看台边，他跳了下去，落在湿透的草地上。

克洛斯眼睁睁地看着前方二十英尺左右的目标跳到地上，翻滚一圈，然后起身飞奔，头上的礼帽落在草地上。肯特奔跑的速度让他大吃一惊，不出几秒钟，他就跑到雕像底座拐弯处，消失不见。克洛斯不知道他会往哪躲，毕竟这是座荒岛，唯一的灌木丛离这里有好几百码远。

站在克洛斯身边的乔治开了一枪，擦过肯特的腿飞向雕像底座的东北角。他追了上去，看到肯特的身影一闪进入了底座北面的入口。他喘着粗气，等着父亲赶上来。

"他往里面去了。"乔治对同样喘得上气不接下气的父亲说。

"底座有四个门,他可能会从别的门跑出来,然后去码头。"克洛斯分析说。

"我们必须跟进去。"乔治说。

他俩进了底座内部,但没有找到肯特。三名穿燕尾服、戴高顶礼帽的男子正从楼梯走下来,脸上一副疑惑的表情。

"他可能跑上去躲起来了。你在四周看看,我先上去,一会儿到楼上会合。"克洛斯说。

乔治跑开,克洛斯沿着楼梯往上,底座的铁楼梯径直通往上方,中间有几个转角,他不得不在每个转角都停下脚步喘息片刻。最后,他来到雕像内部的螺旋梯上,掏出手枪。

克洛斯一边沿着螺旋梯往上爬,一边观察雕像内部的结构:自由女神像的雕塑采用幕墙设计,即外墙不承重,由内部的铁桁架塔支撑重量。主塔由四根像井架一样的铁桁架搭成,其他部位的支架从主塔上延伸而出,这样可以避免应力在铜质蒙皮上聚积让雕像开裂的问题。螺旋楼梯直通雕像王冠,那里设计有观景平台,周围还有一排小铁窗,些许微光和雕像内部的电灯混在一起,隐约照亮着女神长袍的褶皱。

他沿着螺旋楼梯往上跑了一百多步,才意识到自己在浪费时间,但头顶上铁窗那一点微光吸引着他的好奇心。克洛斯义无反顾地继续沿着楼梯往上,视线越来越清晰,终于,他到了离皇冠平台不过十来步的地方。在黑暗狭窄的雕像内部一圈又一圈地绕着,让他有些头晕,前方明亮宽敞的平台可以让他略微休息会,他想着,说不定站在那里能看到肯特正往码头仓皇逃窜的样子。

他终于爬上了平台,视线一下子被皇冠边缘的铁窗吸引住了,暗灰色的雾气在空中氤氲,湿冷的风在尖顶皇冠的缝隙中肆虐,克洛斯跑到窗口边,探出身子往外看。登高俯瞰的感觉令他精神一振,冷风吹在脸上，海湾像笼罩在迷雾中的豌豆汤，一片朦胧，不过还能看到下方蚂蚁般大小的人们。克洛斯用双臂撑在铁窗两侧，尽可能把身子探出去，短暂地享受着心旷神怡的感觉。

"好吧，很高兴见到您，克洛斯先生。我知道，我们之间还有点业务需要商谈。"黑暗中传出一个声音。

克洛斯吓得尖叫一声，差点从窗口摔出去。肯特从黑暗里现身，穿着黑色的貂皮大衣，拧着手杖杖头，面带微笑。

"看来您今天是要来彻底解决我们之间的问题，真是凑巧，我也有同样的想法。"他从手杖中拔出利刃，开始朝踉跄着后退的克洛斯步步逼近。"我很遗憾必须送你上路，"肯特补充说，"毕竟我们的合作堪称完美。"

克洛斯还没来得及开枪，肯特就扑了过来，一剑刺在他左肩。他的剑术很棒，颇有普鲁士剑客的风范。克洛斯的大衣渗出血迹，他跌跌撞撞地往后退了两步，倒在平台上。

"你有一件很漂亮的外衣，我没想到它这么厚。"肯特说着，用双手举起利刃，准备给对手致命一击，克洛斯毫无还手之力，只能等待着接受不可避免的命运。

利刃划过一道弧线朝克洛斯的头顶而去，他低头侧身，徒劳地挣扎，就在此时，他看到一双手从下方伸出，抓住了肯特的脚踝，猛地一拉，肯特脸朝下摔在平台上。他扭着身子往后一看，乔治的脑袋从平台下方的螺旋梯伸出来，看上去像是被砍下的头摆在平台地板上。他正努力爬上最后几步阶梯，可是绊了一下，这让肯特趁机站起来，举起细剑朝他刺去。乔治头一偏，肯特的利刃正好刺中他额头，左边眉毛上方。他惊呆了，伸手在额头上摸了一下，手掌上一片鲜红。

鲜血像是点燃了乔治内心的兽性，他怒吼着，蛮横地往肯特身上撞去，肩膀径直顶在他腹部。肯特都没来得及再出手，乔治已经重重地把他撞飞，径直穿过一扇铁窗，跌落。在最后一刻，乔治出手抓住了铁窗边缘，要不然他就要跟肯特同归于尽了。

他震惊地看着肯特在空中跌落，发出凄厉的尖叫，黑帮头子疯狂地挥动着手和腿，徒劳地挣扎。砰的一声，他正巧掉在雕像的左肩女神系斗篷的纽扣处。

克洛斯跑到窗边，探头往外看。肯特的尸体挂在雕像的肩膀上，垂着头，在雕像的纽扣处晃晃悠悠。他的背脊和脖子摔断了，脑袋可怕地扭曲着，失神的双眼圆瞪，正对着阴云密布的天空。尸体在金属雕像上滑了几英寸，但女神的斗篷上有着大片大片的褶皱，所以它没有继续滑落。

湿冷的风吹着他们的脸，肯特的尸体正挂在狂欢的人群头顶上。演讲台上，克利夫兰总统正在讲话。停泊在海湾的军舰发出的汽笛声隐约可闻。

克洛斯拉着儿子回到平台，乔治额头的伤口还在淌血，顺着脸颊流下来。

"我们得赶紧走，乔治。如果肯特的尸体掉下去了，所有人都往这里聚集，要是被撞见，那就太尴尬了。"

乔治掏出手帕擦了擦脸，往外一看，肯特的尸体又在湿滑的铜像上滑了几英寸。

"赶紧离开这鬼地方。"他说。

沿着螺旋楼梯一路狂奔，父子俩沉重的脚步回响在铜像内壁。终于跑到底座了，克洛斯头晕得想吐，连忙停下脚步，让自己喘口气。乔治抓着他的衣袖，半拉半拖地把父亲拽下了底座的台阶。他俩一路提心吊胆，每走一步都怕有警察或者士兵出现，幸好，什么都没发生。

终于来到地面了，克洛斯大口大口喘着气，觉得肺快炸开来。乔治拽了他一把，他没动。

"我们得回码头才行！"乔治喊道。他用力抓着父亲往外走，一分钟不到，两人就到了底座北边的出口外，还好，截至目前为止一切都很顺利。父子俩往南边兜了个大圈子，躲开正在举行揭幕仪式的人们。克洛斯一直盯着雕像左边的肩膀，他可以发誓，肯特的尸体又往外移动了几英寸。

他们跑到码头，惊讶地发现海伦已经在那里候着了。刚才惊心动魄的几分钟里，父子俩压根没想起还要先找到海伦才能离开。海伦朝他们招手，他俩赶紧跑过去。

"这艘私家船马上就会出发，我告诉他们我要回去照顾生病的丈夫，他们答应把我捎回曼哈顿。"她用威严的口气说。

克洛斯和乔治一起伸出双臂，深深地拥抱她。

"结束了，海伦。一切都会好起来的，没事了，没事了。"克洛斯低声说着，忍不住抽泣。

海伦凝望着丈夫的眼睛，抚摸着他的脸颊，微笑。

"你真是太勇敢了，亲爱的。"

克洛斯温柔地把妻子搂进怀里。然后，海伦转身，给了乔治一个大大的拥抱。

私家船缓缓地驶出港口，在游艇、拖船和军舰中穿梭，海面的迷雾慢慢消散。甲板上有好几把长条椅，克洛斯坐在椅子上，搂着妻子，轻抚着她散发着迷人香味的长发。几分钟后，他站起来，朝着领航员走去。

"劳驾，请问能借用下你的望远镜吗？"他问道。

"当然啦，先生。这尊自由女神雕像简直是棒极了，对吧？"胖墩墩、黑黝黝的意大利领航员笑着说。

"是啊，毫无疑问。"克洛斯说。

透过望远镜，他看到肯特的尸体仍然躺在雕像的肩膀上。

73

"看看这太阳的图案,全是用金线绣的。在墨绿色的缎子上,是不是神乎其技?"

海伦慢慢地走过挂着一排排长袍的衣柜,拉出其中之一,仔细检查。

"精工刺绣,上面还镶着小珍珠,卡洛特家的手工总是这么精致漂亮。"

她对自己的选择很满意,把这身礼服递给丈夫。克洛斯把它卷起来,塞在长帆布包里,海伦继续往前走,一共挑选了六件长袍。

他俩没说一句话,默契地走进了亨利·林登-特拉弗斯的卧室,打开他的大衣橱。这一次克洛斯没有费心去挑选,一股脑把晚装、外套、大衣、背心,还有鞋架的所有鞋子都扫进了帆布包,然后拿走了丝绸衬衣和领带。

所有东西都装好了。

回到林登-特拉弗斯夫人的卧室,他们又带走了重约二十磅的珠宝。走在宽敞的主楼梯上,海伦微笑看着丈夫。

"今晚上还不赖吧?"她开心地说。

"岂止是不赖,我不得不说,简直是棒极了。"克洛斯说。虽然背着沉重的帆布袋,他仍然倾身吻了下妻子。

全家人最大的危机解除后,克洛斯和海伦反倒有种空落落的感觉。策划抢劫案是他们俩二十二年婚姻生活中最富有激情的日子,带给他们前所未有的体验,夫妻之间亲密无间的合作堪称完美。但最重要的是，他俩都体会过那种感觉——当初克洛斯询问肯特为什么会走上犯罪道路之时，肯特描述的那种感觉。一种疯狂的喜悦，无可比拟的成就感，超越了一切。

肯特死了以后，克洛斯的生活又恢复了平静。只是每当他为客户做完一次设计之后——不管是私人住宅、公寓楼还是银行，他总会禁不住想应该怎样利用建筑结构去抢劫它。一开始克洛斯和海伦只是拿设计图来玩桌面游戏，但过了一阵就演变成两夫妻亲自上阵的抢劫计划。每隔一个月，他俩就策划一次抢劫案。期待令人愉悦，虽然没人会承认，但事实上抢劫带来的激情和刺激让他们的婚姻得到新生。他们很高兴，深深地沉溺在兴奋中，享受着那种纯粹的快乐。

两人在底楼最后转悠了一次，看看有没有漏过什么值钱的东西。二月中旬社交季结束以后，纽约城里的暴发户们大多会到一些温暖的地方过冬：佛罗里达州、加利福尼亚州甚至意大利。林登-特拉弗斯全家正在圣奥古斯丁享受阳光呢，整整两个月，他们在纽约城里的豪宅都空无一人。凌晨两点多，屋内一片漆黑，克洛斯和海伦提着小灯笼照明。

到了主客厅，海伦拿起一个镶有巨大红宝石的金烟盒，放进袋子里。

"我想今晚上差不多了。"她说。

"嗯，收获颇丰，超过预期。"克洛斯说着，提高灯笼四下张望。

摆脱了肯特的绅士团以后，克洛斯和海伦曾担心乔治会重蹈覆辙，又欠下一屁股赌债陷入危机。他们跟乔治坐下来长谈过，痛斥赌博的害处。起初，他们觉得沉溺赌博是道德方面的问题，就像当时那些道德家所宣称的那样，后来，克洛斯夫妇才慢慢明白儿子问题的本质，乔治得了一种任何疫苗或者手术无法治愈的病，他欲罢不能，不管怎么努力，赌博的欲望所涉——法鲁牌、赛马、骰子以及其他——都太过强烈，无法抗拒。

但从某种层面上来说，罗伯特的死亡多多少少改变了乔治的心态。愧疚于伯父的遇害，乔治整整一年都没有进过赌场。他的父母都松了一口气，但仍然不敢太过放松警惕。儿子是在走钢丝，哪怕一点点偏差都有可能让他再次滑入无底深渊。

不过自从乔治在圣马可开始教学生涯之后，生活似乎充实了不少。他甚至默许了卡洛琳姑妈和母亲为他牵线搭桥认识诸多未婚妻候选人，并用独特的魅力吸引了不少女孩。尽管如此，克洛斯和海伦未雨绸缪地储备了不少非法收入，以免大儿子又陷入经济危机。

"现在，我觉得差不多可以收工了。"克洛斯说着，熄灭了灯笼，和妻子一起去到地下室的厨房，走出后院。三月的夜晚冰冷而清爽，天空中没有一丝云，繁星点点，天河如同一件缀着无数碎钻的蓝黑色长袍。克洛斯深吸一口气，品味着夜空下的宁静，一阵微风吹过林登-特拉弗斯后院，光秃秃的树枝沙沙作响。新鲜空气总能让人精神一振，身边的海伦慢慢把头靠在他胸膛上，微笑。

他轻手轻脚地打开铁门，探出头。东八十七街，中央公园拐角处，埃迪·穆尼冲他俩摆摆手：这是一切安全的信号。第五大道上，查理也做了同样的手势。

角落里一辆马车缓缓地驶向克洛斯夫妇，马车夫约翰·诺兰顺顺当当地让马车停在后门。车厢里的座位后面，有一块能移动的壁板，诺兰打开它，微笑着从克洛斯手上接过鼓鼓囊囊的帆布包。

在这一年的相处里，克洛斯越来越喜欢这个小伙子。虽然惊讶于诺兰的出身，但克洛斯从来没有因此看不起他。事实上，由于拥有出众的相貌和风度，诺兰在上流社会里也混得风生水起。甚至连卡洛琳姑妈都被他的魅力所倾倒，不过姑妈一直被蒙在鼓里，还以为他是哪个世家的贵公子。朱莉娅在波基普西市的瓦萨学院上学，他俩一直出双入对，享受陪伴彼此的时光。

纽约大盗

装好货物，克洛斯扶着海伦上了马车，马车沿着公园大道缓缓行驶。附近大部分是空地，为数不多的几栋豪宅在蓝黑色的夜空中孤独地矗立，勾勒出朦胧的轮廓。这个时候，街上空无一人。

他们的伪装工作天衣无缝，没有人会拦住他们问东问西。即使有，也会以为是某个有钱人家赶夜路回家罢了。查理和埃迪已经消失在黑暗中，小儿子能够自己找到回家的路。克洛斯给过埃迪不少钱，让他找间公寓栖身，不过男孩固执地不肯放弃自己的锅炉。

坐在马车上，克洛斯思绪联翩，回想到过去的十八个月里，他们的生活发生了天翻地覆的改变。全家都变成不一样的人了，朱莉娅说得没错，他们生活在华丽的大厦里，但又躲在自己的秘密世界中。想到这里他笑了起来，至少克洛斯一家人彼此之间再无秘密。

当然，坦诚仅限于家庭成员内部，表面上他们仍然得遵守上流社会严苛无情的规则。但是，全家人都拒绝放弃秘密生活，为此冒点风险也是值得的。这样的秘密生活如此自由、充满刺激、令人振奋，他们如何能放弃？一边享受上流社会的特权，一边过着刺激精彩的日子，听上去有点矫情，不过那又如何？克洛斯很自豪，自己的家人都很叛逆，不甘局限在灯笼裤的世界中。不管怎么说，他不后悔自己的选择。

克洛斯仍然是一名受人尊敬的建筑师，在职业生涯中取得了辉煌的成就。他用独特的眼光和创意设计出一栋又一栋受人称赞的作品。但每次因为取得一点成就而沾沾自喜的时候，克洛斯总是提醒自己，和家人所做的一切相比，这点成就实在是微不足道。

在麦迪逊街，海伦和诺兰下了车，克洛斯向妻子挥手告别，又朝诺兰点点头。两人很快分头离去，克洛斯抓住缰绳，打马往市中心而去。

今晚，他一定会说服贝拉·莱文只收45%的中介费。

（全书完）

House of Thieves

fin.

UNICORN
独 角 兽 书 系
分享与无趣相悖的话题
你的脑洞 超乎你想象